MIRA®

Fest der Herzen

Linda Lael Miller
Geständnis unterm Weihnachtsbaum

Seite 7

Linda Lael Miller
Schicksalstage – Liebesnächte

Seite 233

MIRA® TASCHENBUCH
Band 25703
1. Auflage: November 2013

Konzeption / Reihengestaltung: fredebold&partner gmbh, Köln
Umschlaggestaltung: pecher und soiron, Köln
Redaktion: Mareike Müller
Titelabbildung: Getty Images, München; pecher und soiron, Köln
Autorenfoto: © Harlequin Enterprises S.A., Schweiz
Satz: GGP Media GmbH, Pößneck
Druck und Bindearbeiten: CPI – Ebner & Spiegel, Ulm
Printed in Germany
Dieses Buch wurde auf FSC®-zertifiziertem Papier gedruckt.
ISBN 978-3-86278-834-7

www.mira-taschenbuch.de

Werden Sie Fan von MIRA Taschenbuch auf Facebook!

Linda Lael Miller

Geständnis unterm Weihnachtsbaum

Roman

Aus dem Amerikanischen von
Ralph Sander

anchmal, wenn die pure Erschöpfung Olivia O'Ballivan in einen tiefen, festen Schlaf sinken ließ, hörte die Tierärztin sie nach ihr rufen – Kreaturen mit Flossen, Federn und vier Beinen.

Pferde, wild oder gezähmt, geliebte Hunde und solche, die sich verlaufen hatten, Katzen, die man am Straßenrand ausgesetzt hatte, weil sie zur Last wurden oder ihr Besitzer in hohem Alter gestorben war.

Die Vernachlässigten, die Misshandelten, die Unerwünschten, die Einsamen. Sie alle richteten die gleiche Botschaft an Olivia: *Hilf mir!*

Selbst wenn sie versuchte, diese Hilferufe zu ignorieren, indem sie sich im Schlaf vor Augen hielt, dass sie das alles nur träumte, half es nichts: Sie schreckte unweigerlich hoch und saß dann wie aus tiefsten Abgründen emporgerissen hellwach im Bett. Und das geschah, ganz gleich, ob sie mehrere Tage hintereinander achtzehn oder mehr Stunden gearbeitet hatte, zu etlichen Farmen und Ranches in ihrer County gefahren war, unabhängig davon, wie viel Zeit sie in ihrer Tierklinik in Stone Creek verbrachte oder wie intensiv sie sich mit den Plänen für das neue, hochmoderne Tierheim beschäftigte, das ihr berühmter Bruder und Countrymusiker Brad mit seiner letzten Filmgage finanzierte.

Heute Nacht war es ein Rentier.

Olivia richtete sich in ihrem zerwühlten Bett auf und blinzelte nach Atem ringend in die Dunkelheit. Mit beiden Händen fuhr sie sich durch ihr kurzes dunkles Haar und bemerkte, dass ihre momentane Pflegehündin Ginger ebenfalls aufgewacht war, gähnte und sich streckte.

Ein *Rentier*?

„O'Ballivan", sprach sie zu sich selbst, während sie die Bettdecke zur Seite schlug und sich auf den Rand der Matratze setzte. „Diesmal hat's dich ja wohl wirklich erwischt."

Doch der stumme Hilferuf wollte nicht verhallen, sondern geisterte drängend durch ihren Kopf.

Nur manchmal kam es vor, dass Olivia die Tiere richtiggehend etwas sagen hörte, wenn man die wortgewandte Ginger einmal außen vor ließ. Üblicherweise war es eher eine Wahrnehmung von eindringlichen Gefühlen, oft ergänzt durch Bilder, die zusammen einen intuitiven Hilferuf bildeten. Aber dieses Rentier hatte sie klar und deutlich vor ihrem geistigen Auge gesehen, wie es verwirrt und verängstigt an einer vereisten Straße verharrte.

Sie hatte sogar die Straße erkannt: Es war die Zufahrt zu ihrem Haus, ganz weit draußen an der Landstraße, wo der windschiefe Briefkasten stand. Das arme Tier war nicht verletzt, es hatte sich nur verlaufen. Und es hatte Hunger und Durst … und schreckliche Angst. Für hungrige Wölfe und Kojoten stellte es eine leichte Beute dar.

„In Arizona gibt es keine Rentiere", sagte Olivia zu Ginger, die ihr einen skeptischen Blick zuwarf. Der an Arthritis leidende goldbraune Mischling aus Labrador und Golden Retriever erhob sich langsam von seinem bequemen Kissen in einer Ecke des hoffnungslos vollgestopften Schlafzimmers. „Es gibt definitiv in ganz Arizona nicht ein einziges Rentier."

„*Wie du meinst*", erwiderte Ginger gähnend und trottete bereits in Richtung Tür. Olivia zog eine Jogginghose über ihre Schlafanzugshorts und griff nach einem Kapuzenshirt, das von einer Konzerttournee ihres Bruders übrig geblieben war, bevor der seinen vorzeitigen Abschied von der Bühne bekannt gegeben hatte. Dann stieg sie in die reichlich unglamourösen Arbeitsstiefel, in denen sie immer durch Wiesen, Weiden und Scheunen stapfte.

Olivia lebte in einem kleinen gemieteten Haus auf dem Land, doch sobald das Tierheim in der Stadt fertig war, würde sie in ein geräumiges Apartment in dessen Obergeschoss umziehen. Sie fuhr einen alten grauen Suburban, der früher einmal ihrem verstorbenen Großvater Big John gehört hatte, und sie wollte auch gar keinen schickeren Wagen. Nach dem Beenden ihres Veterinärmedizinstudiums hatte sie keine Energie damit verschwendet, ihre Schäfchen ins Trockene zu bringen.

Von ihren Schwestern, den Zwillingen Ashley und Melissa, wurde sie zwar immer wieder ermahnt, sie solle endlich mal „die Dinge auf die Reihe kriegen", sich einen Mann suchen und eine Familie gründen. Aber die beiden waren selbst Singles ohne Aussicht auf Flitterwochen an einem exotischen Ort und ein Haus mit weißem Gartenzaun, weshalb sie aus Olivias Sicht überhaupt kein Recht hatten, ihr irgendwelche Vorhaltungen zu machen. Das meinten die zwei wohl nur, weil Olivia ein paar Jahre älter war als sie, mit diesem Argument allerdings brauchten sie ihr schon gar nicht zu kommen.

Abgesehen davon war es ja keineswegs so, dass sie nichts von einem Ehemann und einer eigenen Familie wissen wollte – ganz im Gegenteil. Doch ihre Praxis und ihre „Dr.-Dolittle-Nummer", wie Brad ihre zugegebenermaßen ziemlich schräge Fähigkeit der Tierkommunikation nannte, kosteten sie jeden Tag so viele Stunden, dass für andere Dinge kaum noch Zeit blieb.

Ihr gemietetes Haus war schon älteren Datums und die Garage stand daher in einigem Abstand daneben, weshalb Olivia sich mit Ginger ein paar Meter weit durch den tiefen Pulverschnee kämpfen musste, um zu ihrem Wagen zu gelangen. Ihr Wagen war keins von diesen neumodischen Autos mit allem möglichen Schnickschnack, und außerdem war er meistens total schlammverspritzt – aber er hatte sie noch nie im Stich gelassen. Ganz gleich, welches Wetter herrschte, der Motor sprang immer an, und es gab kaum eine Wegstrecke, die er nicht bewältigen konnte.

„Ich möchte ja nicht wissen, wie ein gestrandetes Rentier in Melissas kleinem rotem Sportflitzer Platz finden sollte", sagte sie zu Ginger, während sie das Garagentor öffnete. „Oder in diesem albernen Hybridauto, mit dem Ashley durch die Gegend kurvt."

„Also, ich hätte nichts gegen eine Runde in dem roten Sportflit-

zer einzuwenden", gab Ginger zurück und kletterte die speziell angefertigte hölzerne Trittleiter hinauf, die Olivia zum Wagen gezogen hatte. Ginger wurde schließlich nicht jünger, und ihre Gelenke verursachten ihr seit ihrem „Unfall" zwangsläufig noch mehr Probleme, also mussten Maßnahmen ergriffen werden, damit ihr das Leben erleichtert wurde.

„Davon träumst du", konterte Olivia und schob die Trittleiter zur Seite, nachdem die Hündin es sich auf dem Beifahrersitz bequem gemacht hatte.

Sie schloss die Tür, stieg auf der Fahrerseite ein und startete den Motor, der fast schon ein biblisches Alter hatte, aber immer noch so glatt und rund lief wie am ersten Tag. „Du weißt, wie sehr sich Melissa über Hundehaare aufregt. Und was meinst du, was du zu hören bekommst, wenn du mit deinen Monsterkrallen ein Loch in die teuren Lederpolster reißt!"

„Sie mag Hunde", beharrte Ginger und hob den Kopf, um sie anzusehen. *„Sie bildet sich ja nur ein, dass sie allergisch ist."* Die Hündin glaubte unbeirrt an das Gute in jedem Menschen, obwohl es Menschen gewesen waren, die sie auf dem Highway ausgesetzt hatten – oder besser gesagt: der rachsüchtige Freund von Gingers Vorbesitzerin, der sie aus dem fahrenden Auto geschleudert hatte, wobei ihr zwei Beine gebrochen worden waren. Olivia war nur wenige Minuten später am Ort des Geschehens eingetroffen, nachdem dieser übersinnliche Hilferuf an ihr Herz sie dazu veranlasst hatte, hinzufahren. Sie hatte Ginger geborgen und in die Klinik gebracht, wo sie mehrere Operationen und eine langwierige Genesung hatte durchstehen müssen.

Olivia schaltete die Scheibenwischer ein, musste dennoch blinzeln, damit sie durch die umherwirbelnden dicken Flocken etwas erkennen konnte. „Meine Schwester ist eine Hypochonderin."

„Sie ist nur noch nicht dem richtigen Hund begegnet", behauptete Ginger unbeirrt. *„Und auch nicht dem richtigen Mann."*

„Fang jetzt bloß nicht von Männern an", warnte Olivia die Hündin und hielt Ausschau nach dem Rentier in Not.

„*Du wirst schon fündig werden*", meinte Ginger und hechelte, während sie nach draußen in die verschneite Nacht schaute.

„Redest du vom Rentier oder von einem Mann?"

„*Sowohl als auch*", antwortete Ginger und zeigte dabei ihr Hundelächeln.

„Was soll ich nur mit einem Rentier machen?"

„*Dir fällt schon was ein*", erwiderte Ginger. „*Bald ist Weihnachten. Vielleicht gibt's ja eine Vermisstenmeldung vom Nordpol. Ich würde ja auf der Website vom Weihnachtsmann nachsehen, wenn ich mit meinen Pfoten eine Tastatur bedienen könnte.*"

„Von wegen", brummte Olivia. „Wenn du das könntest, würdest du dauernd bei diesen Verkaufssendern bestellen, nur weil der Mann von UPS immer so nett zu dir ist. Dann würden wir unter Bergen von Wunderkopfkissen, Kräuterzeugs gegen Übergewicht und Mitteln für weißere Zähne ersticken." Ein vertrauter Schmerz regte sich zwischen ihren Schulterblättern, als sie angestrengt die Dunkelheit zu beiden Seiten der schmalen Straße mit ihren Blicken absuchte. Weihnachten. Noch so eine Sache, für die sie keine Zeit hatte, von der nötigen Begeisterung ganz zu schweigen. Aber Brad und seine ihm frisch angetraute Ehefrau Meg würden gleich nach Thanksgiving den Weihnachtsbaum aufstellen und sie notfalls kidnappen, sollte sie nicht zur Familienfeier auf der Stone Creek Ranch erscheinen – allein schon aus dem Grund, dass das Baby der beiden, Mac, vor einem halben Jahr das Licht der Welt erblickt hatte und es das erste Weihnachtsfest als junge Familie sein sollte. Erschwerend kam hinzu, dass Megs jüngere Schwester Carly im Rahmen eines Förderprogramms für hochbegabte Schüler sechs Monate in Italien verbrachte und Brad und Meg sie sehr vermissten. Ashley würde in ihrem Bed & Breakfast ihre alljährlichen Tage der offenen Tür veranstalten, während Melissa wahrscheinlich entscheiden würde, dass sie gegen Mistelzweige und Stechpalmen allergisch war, und dann überzeugende Symptome zur Schau stellen würde.

Und Olivia würde letztlich ja doch hingehen. Zu Brad und

Meg, weil sie die beiden liebte und von Mac nicht genug bekam. Zu Ashley, weil sie ihre Schwester liebte und weil sie fast immer darüber hinwegsehen konnte, dass sie sich wie eine zu Lebzeiten wiedergeborene Martha Stewart aufführte. Und zu Melissa dann auch noch, um ihr Nasenspray gegen die Allergie und einen Topf Hühnersuppe zu bringen – natürlich aus der Konservendose, denn was richtiges Kochen anging, da kannte sie ihre Grenzen.

„Da ist Blitzen", meldete sich Ginger zu Wort und ließ ein fröhliches Winseln folgen.

Tatsächlich war da im gelblichen Lichtkegel der etwas altersschwachen Scheinwerfer ein Rentier zu erkennen, das mitten im Schneegestöber am Straßenrand stand.

Olivia stoppte den Wagen, legte den Leerlauf ein und zog die Handbremse an. „Du bleibst hier", meinte sie zu der Hündin und öffnete die Wagentür.

„Als ob ich bei dem Wetter aussteigen würde", meinte Ginger verächtlich schnaubend.

Vorsichtig näherte sich Olivia dem Rentier, das wie erstarrt wirkte – ein kleines, schmächtiges Tier mit riesigen dunklen Augen, die im Scheinwerferlicht funkelten.

„Verirrt", ließ das Rentier sie nur wissen, da es offenbar nicht über einen ähnlich umfangreichen Wortschatz verfügte wie Ginger. Wenn sie für die Hündin jemals ein liebevolles Zuhause finden sollte, dann würden ihr die langen Unterhaltungen mit ihr fehlen, auch wenn sie beide politisch sehr gegensätzliche Standpunkte vertraten.

Das Rentier hatte ein Geweih, also war es ein Männchen.

„Hey, Kleiner, woher kommst du denn?"

„Verirrt", wiederholte das Rentier. Entweder war es benommen oder nicht besonders intelligent. So wie die Menschen war auch jedes Tier einzigartig, und manche von ihnen hatten die Intelligenz eines Albert Einstein, während andere etwas einfältiger waren.

„Bist du verletzt?", vergewisserte sie sich, auch wenn sie nicht den Eindruck hatte. Dieser erste Eindruck täuschte sie so gut wie nie, dennoch gab es immer ein gewisses Restrisiko.

Keine Antwort.

Langsam ging sie weiter, bis sie nahe genug war, um das Rentier behutsam abtasten zu können. Nirgendwo klebte Blut, es waren keine offensichtlichen Knochenbrüche zu fühlen. Das schloss natürlich nicht aus, dass das Tier Verstauchungen oder Haarrisse in den Knochen erlitten hatte. Es gab keine erkennbaren Markierungen, auch keine Marke im Ohr oder etwas Ähnliches.

Das Rentier ließ sich ohne Gegenwehr untersuchen, was bedeuten konnte, dass es zahm war. Sicher war das jedoch nicht, denn so gut wie jedes Tier – ob wild oder gezähmt – hatte sich bislang von ihr anfassen lassen. Einmal war es ihr sogar gelungen, mit der Hilfe von Brad und Jesse McKettrick einen verletzten Hengst zu behandeln, der zuvor noch nie Bekanntschaft mit Hufeisen, Zaumzeug oder einem Reiter gemacht hatte.

„Es wird alles wieder gut", sagte sie zu dem kleinen Rentier, das tatsächlich so aussah, als solle es vor den Schlitten des Weihnachtsmanns gespannt werden. Sein Fell hatte einen silbrigen Glanz, das Geweih war fein geschnitten, und das zierliche Tier war kaum größer als Ginger.

Sie zeigte mit dem Daumen über die Schulter auf ihren Truck. „Kannst du mir zu meinem Haus hinterherlaufen? Oder soll ich dich auf die Ladefläche setzen?", fragte sie.

Das Rentier nahm daraufhin den Kopf runter. Aha, es war also schüchtern. Und erschöpft.

„Aber du hast schon einen langen Weg hinter dir, nicht wahr?", redete Olivia weiter, während sie zum Wagen lief, die Heckklappe öffnete und die stabile Rampe herauszog, die für Ginger und andere vierbeinige Passagiere gedacht war, denen der Sprung auf die Ladefläche zu viel abverlangte.

Das Rentier zögerte, vermutlich weil es Ginger gewittert hatte.

„Keine Angst", beruhigte Olivia es. „Ginger ist lammfromm. Geh ruhig rauf, Blitzen."

„*Sein Name ist Rodney*", verriet Ginger ihr. Sie hatte sich so gedreht, dass sie über die Rückenlehne alles beobachten konnte.

„Dasher, Dancer, Prancer oder ... Rodney", sprach Olivia gestikulierend, wobei sie dem Tier genug Raum ließ.

Rodney hob den Kopf, als sie seinen Namen aussprach, und schien etwas munterer zu werden, dann stolzierte er die Rampe hinauf und legte sich mit lautem Schnauben auf ein paar auf die Ladefläche geworfene alte Futtersäcke.

Olivia schloss die Heckklappe ganz leise, da sie das Tier nicht erschrecken wollte.

„Woher kennst du seinen Namen?", fragte sie, kaum dass sie wieder eingestiegen war. „Außer einem ‚Verirrt' bekomme ich nichts aus ihm raus."

„*Er hat's mir gesagt*", entgegnete Ginger. „*Er ist noch nicht bereit, Einzelheiten über seine Vergangenheit zu berichten. Da ist auch ein bisschen Amnesie im Spiel. Ausgelöst durch das emotionale Trauma, weil er sich verlaufen hat.*"

„Hast du dir wieder irgendwelche Pseudo-Seelenklempner im Fernsehen angeschaut, dass du so was weißt? Vielleicht *Oprah*?"

„*Nur, wenn du vergisst, den Fernseher auszumachen, wenn du aus dem Zimmer gehst. Du weißt, ich kann mit der Fernbedienung nicht umgehen.*"

Olivia löste die Handbremse und legte den Rückwärtsgang ein, dann fuhr sie zurück zum Haus. Vermutlich wäre es sinnvoller gewesen, das Rentier in die Praxis zu bringen, um es zu röntgen, oder zur Ranch, damit Rodney dort in der Scheune übernachten konnte.

Aber es war mitten in der Nacht, und wenn sie um diese Zeit in der Praxis das Licht einschaltete, dann würden all ihre anderen Patienten aufwachen und einen solchen Lärm veranstalten, dass die gesamte Nachbarschaft aus dem Schlaf gerissen wurde. Und auf der Stone Creek Ranch würde sie vermutlich das Baby wecken, dabei waren Brad und Meg auch so schon völlig übernächtigt.

Also musste Rodney den Rest dieser nicht mehr allzu langen Nacht bei ihr auf der überdachten Veranda verbringen. Sie würde für ihn mit einem Stapel alter Decken, von denen sie für alle Fälle immer mehr als genug hatte, ein Nachtlager herrichten, ihm Wasser geben und versuchen, ob er etwas von Gingers Leckerchen essen würde. Am Morgen konnte sie sich dann richtig um ihn kümmern, ihn in der Praxis untersuchen, ihn röntgen und eine Blutuntersuchung durchführen. Wenn er transportfähig war, konnte sie ihn zu Brad bringen und ihn in einer eigenen Box im Stall einquartieren.

Rodney trank eine ganze Schale Wasser leer, nachdem Olivia ihn durch die Tür auf die Veranda gelotst hatte. Dabei behielt er die ganze Zeit über Ginger im Auge, obwohl die weder knurrte noch sich hastig bewegte, wie es manch anderer Hund an ihrer Stelle getan hätte.

Stattdessen schaute Ginger Olivia mit einem mitfühlenden Blick an. *„Ich schlafe besser hier draußen bei Rodney"*, erklärte sie. *„Er ist noch immer ziemlich verängstigt. Die Fahrt auf dem Truck hat ihn ein bisschen erschreckt."*

Das war von Gingers Seite ein wirklich großes Opfer, liebte sie doch ihr großes, weiches Kissen über alles. Ashley hatte es für sie genäht und dabei den weichsten Fleece verwendet, den sie finden konnte. Sie hatte es sogar mit einem Monogramm versehen. Unwillkürlich musste Olivia lächeln, als sie sich ihre blonde, kurvenreiche Schwester vorstellte, wie die an der Nähmaschine saß und unermüdlich arbeitete.

„Du bist ein guter Hund", meinte sie und musste gegen ein paar Tränen ankämpfen, sowie sie sich vorbeugte und Gingers Kopf tätschelte.

Ginger seufzte, was so klang, als wollte sie sagen: *„Was tut man nicht alles für ein Lob?"*

Olivia ging ins Schlafzimmer und holte Gingers Kissen, das sie auf der Veranda auf den Boden legte, dann nahm sie den leeren Wassernapf und begab sich in die Küche, um ihn noch einmal aufzufüllen. Als sie danach erneut nach draußen kam, musste sie feststellen, dass Rodney es sich auf dem Kissen bequem gemacht hatte, während Ginger sich auf einem Stapel alter Decken eingerollt hatte.

„Ginger, dein Bett …?"

Die Hündin gähnte einmal von Herzen, legte die Schnauze auf ihre Vorderpfoten und verdrehte die Augen. *Jeder braucht nach einer Bruchlandung erst mal ein gemütliches Plätzchen"*, antwortete sie schläfrig. *„Sogar Rentiere."*

Das Pony war nicht besonders glücklich.

Tanner Quinn stand gegen die Stalltür gelehnt. Gerade erst hatte er die Starcross Ranch gekauft, und heute war Butterpie eingetroffen, das Lieblingstier seiner Tochter. Abgeliefert worden war es gemeinsam mit seinem eigenen Palomino-Wallach Shiloh von einem Pferdetransportunternehmen, das seine Schwester Tessa ausgesucht hatte.

Shiloh fand sich schnell in seine neue Umgebung ein, im Gegensatz zu Butterpie, der das viel größere Schwierigkeiten bereitete.

Seufzend schob Tanner seinen Hut fast bis in den Nacken. Vermutlich hätte er Shiloh und Butterpie bei seiner Schwester in Kentucky lassen sollen, wo sie das viel besungene Rispengras hatten, auf dem sie so wunderbar hin und her galoppieren konnten und das ihnen so gut schmeckte. Immerhin sollte diese Ranch weder für ihn noch für die Tiere ein dauerhaftes Zuhause sein. Er hatte das Gelände als Geldanlage zum Schnäppchenpreis gekauft, um hier zu wohnen, während er dieses Neubauprojekt in Stone Creek leitete, was längstens ein Jahr in Anspruch nehmen würde.

Dies hier war nicht viel mehr als ein weiteres von vielen Häusern, die alle nur eine Zwischenstation, aber kein Zuhause darstellten. Er kam in eine neue Stadt, kaufte ein Haus oder eine Wohnung, baute irgendein teures Gebäude, und dann zog er auch schon wieder weiter und vertraute sein vorübergehendes Quartier einem Immobilienmakler an, damit er es auf dem Markt anbot.

Dieses jüngste Projekt, ein Tierheim, fiel für ihn völlig aus dem Rahmen. Üblicherweise entwarf und errichtete er Bürogebäude, etliche Millionen Dollar teure Villen für Filmstars und Manager, und hin und wieder auch mal mit Regierungsgeldern finanzierte Schulen, Brücken oder Krankenhäuser, die im Ausland entstanden – üblicherweise in Krisengebieten.

Bevor seine Frau Katherine vor fünf Jahren gestorben war, hatte sie ihn auf seinen Reisen stets begleitet und Sophie mitgenommen.

Aber dann …

Tanner schüttelte den Kopf, um die Erinnerung zu verdrängen. Um sich damit auseinandersetzen zu können, wie Katherine ums Leben gekommen war, musste er schon eine Menge Bourbon runterkippen, und dem Teufelszeug hatte er vor langer Zeit abgeschworen. Nicht dass er jemals Alkoholiker gewesen wäre, doch die Voraussetzungen dafür hatten eine Zeit lang existiert, und dieses Leid, was damit einhergegangen wäre, wollte er seiner Tochter und sich ersparen. Er hatte die Flasche, die er in der Hand hielt, wieder zugeschraubt und sie seitdem nicht mehr angerührt.

Es hätte ihn erwischen sollen, nicht Kat. Weiter als bis zu diesem Punkt konnte er in nüchternem Zustand nicht denken.

Er wandte sich wieder dem kleinen cremefarbenen Pony zu, das verloren in seiner schicken neuen Box stand. Er war kein Tierarzt, aber das musste er auch nicht sein, um das Problem zu erkennen. Das Pferd vermisste Sophie, die jetzt in einem gut gesicherten Internat in Connecticut untergebracht war.

Ihm fehlte sie ebenfalls, und ganz sicher fehlte sie ihm mehr als dem Pferd. Doch hinter diesen hohen Mauern war sie sicher vor jenen Gruppen, die von Zeit zu Zeit Morddrohungen wegen der Bauten aussprachen, die er errichtete. Diese Schule war wie eine Festung – schließlich hatte er selbst sie entworfen und gebaut. Sein bester Freund Jack McCall, ein ehemaliger Angehöriger der Special Forces und einer der besonders einflussreichen Sicherheitsberater, hatte die Alarmsysteme installiert, die das Beste darstellten, was es auf dem Markt gab. Kinder und

Enkel von Präsidenten, Kongressabgeordneten, Oscar-Preisträgern und Software-Entwicklern besuchten diese Schule, die vor allem eine Bedingung erfüllen musste – und auch erfüllte: Sie durfte Kidnappern keine Chance bieten.

Sophie hatte ihn angefleht, sie nicht dort zurückzulassen.

Noch während Tanner darüber nachdachte, klingelte sein Handy. Sophie hatte bei ihrer letzten Begegnung diesen Klingelton gewählt: die Titelmelodie aus dem Kinofilm *Der Grinch*.

Er selbst war natürlich der Grinch – was sonst?

„Tanner Quinn", meldete er sich, obwohl ihm klar war, dass es kein geschäftlicher Anruf war. Diese Angewohnheit konnte er nicht ablegen.

„Ich hasse es hier!", platzte Sophie ohne Begrüßung heraus. „Das ist hier wie ein Gefängnis."

„Soph", begann er seufzend. „Deine Zimmernachbarin ist die Leadsängerin deiner Lieblingsband. So schlimm kann es doch gar nicht sein."

„Ich will nach Hause!"

Wenn wir ein Zuhause hätten, dachte Tanner. Die Wahrheit war, dass er und Sophie seit Kats Tod fast schon wie Flüchtlinge gelebt hatten.

„Honey, du weißt, ich werde hier nicht lange bleiben. Du würdest hier Freunde finden, dich an die Gegend gewöhnen, und dann müssten wir doch schon wieder woanders hinziehen."

„Ich will zu dir", jammerte Sophie so schmachtend, dass Tanners Herz einen Schlag lang stockte. „Ich will Butterpie. Ich will ganz normal leben."

Sophie würde niemals normal leben, so viel stand fest. Sie war erst zwölf, und sie hatte schon jetzt Fächer, bei denen sich der Lehrstoff auf College-Niveau bewegte. Noch ein Vorteil, wenn man eine Eliteschule besuchen durfte. Die Klassen waren kleiner, die PCs waren leistungsfähig genug, um damit Satelliten zu steuern, und die Gastdozenten waren angesehene Wissenschaftler, Historiker, Linguistikexperten und Superstars der Mathematik.

„Honey …"

„Warum kann ich nicht bei dir und Butterpie in Stone Creek sein? Da würde ich bestimmt nette Leute kennenlernen!", beharrte sie.

„Dazu kann ich nichts sagen", antwortete er. Tatsache war, dass er selbst eigentlich noch niemanden aus Stone Creek kennengelernt hatte, da er nur für ein paar Tage in der Stadt gewesen war. Er kannte den Makler, der ihm Starcross verkauft hatte, und er kannte Brad O'Ballivan, weil er für ihn vor den Toren von Nashville einen regelrechten Palast hingesetzt hatte. Dadurch war es überhaupt erst dazu gekommen, dass er sich zu dem Auftrag für dieses Tierheim überreden ließ.

Brad O'Ballivan. Dass dieser Star der Country & Western-Szene jemals sesshaft werden würde, hätte er nie für möglich gehalten. Und doch gab es für diesen Mann jetzt nichts Wichtigeres als seine Braut Meg – und jetzt wollte er unbedingt, dass all seine ledigen Freunde auch heirateten. Wahrscheinlich dachte er, wenn er hier mitten in der Einöde die Liebe fürs Leben findet, dann müsste das bei Tanner auch funktionieren.

„Dad, bitte", flehte Sophie schniefend. Irgendwie versetzte ihm dieser Versuch seiner Tochter, sich ihre Tränen zu verkneifen, einen tieferen Stich ins Herz, als wenn sie tatsächlich in Tränen ausgebrochen wäre. „Hol mich hier raus. Wenn ich nicht bei dir in Stone Creek wohnen darf, dann kann ich ja vielleicht wieder bei Tante Tessa bleiben, so wie letzten Sommer …"

Tanner nahm den Hut ab, ging ein paar Schritte weiter und machte das Licht aus. „Du weißt, deine Tante macht im Moment eine schwierige Zeit durch", erklärte er ihr ruhig. Eine schwierige Zeit? Tessa und ihr nutzloser Ehemann Paul Barker waren gerade mit ihrer Scheidung beschäftigt. Unter anderem erwartete eine andere Frau von Barker ein Kind, was für Tess ein besonders hässlicher Schlag ins Gesicht gewesen war, hatte sie sich doch seit dem Einsetzen der Pubertät nichts sehnlicher gewünscht, als Mutter zu werden. Und daneben musste sie nun auch noch um ihr Zuhause kämpfen, das sie von ihrem eigenen Geld gekauft hatte. Immerhin war sie als Teenager ein erfolgreicher Fernsehstar gewesen, und all ihr Geld steckte in dieser Pferdefarm. Gegen den Ratschlag von Tanner hatte sie nicht auf einem Ehevertrag bestanden.

Wir lieben uns, hatte sie ihm gesagt, den Blick vor lauter Glückseligkeit in weite Ferne gerichtet. Paul Barker hatte natürlich keinen Cent besessen, und nur einen Monat nach der Heirat war er für all ihre Konten unterschriftsberechtigt. Während nach und nach ihre Ehe in die Brüche ging, schrumpften auch die Guthaben.

Kalte Wut regte sich in Tanner bei dem Gedanken an Barker. Auf Kats Vorschlag hin hatte er vor langer Zeit einen Treuhandfonds für Tess angelegt, und das war eine verdammt gute Idee gewesen. Bis heute hatte sie nicht die geringste Ahnung von der Existenz dieses Geldes, weil er und Kat verhindern wollten, dass Barker davon erfuhr und irgendeinen Weg fand, um darauf zuzugreifen. Vermutlich würde sich Tess weigern, auch nur einen Dollar von diesem Geld anzunehmen, weil ihr unbändiger Quinn-Stolz ihr das untersagte. Aber wenn sie tatsächlich die Farm an Barker und dessen diabolisches Dream-Team aus Anwälten verlieren sollte, dann würde sie ganz von vorn anfangen müssen. Die Frage war allerdings, ob sie zu einem Neuanfang in der Lage sein würde.

„Dad?", fragte Sophie. „Bist du noch da?"

„Ja, ich bin hier", antwortete Tanner und ließ seinen Blick über die nächtliche Landschaft schweifen. Das mussten mindestens dreißig Zentimeter Schnee sein, und es fiel immer noch mehr vom Himmel. Verdammt, und dabei war der November noch nicht mal vorbei.

„Kann ich nicht wenigstens über Weihnachten nach Hause kommen?"

„Soph, du weißt doch, wir haben gar kein Zuhause."

Wieder schniefte sie. „Klar haben wir ein Zuhause", gab sie sehr leise zurück. „Das ist da, wo du und Butterpie seid."

Mit einem Mal brannten Tanners Augen. Das musste an dem eisig kalten Wind liegen, der ihm ins Gesicht wehte. Als er sich bereit erklärt hatte, den Job anzunehmen, da hatte er bei Arizona an drei Dinge denken müssen: Kakteen, weite Wüstenlandschaft, sechsundzwanzig Grad im Winter.

Aber Stone Creek lag im nördlichen Teil von Arizona in der Nähe von Flagstaff, einer Region mit Wäldern und roten Felsen – und gelegentlichen Schneestürmen.

Es war nicht seine Art, solche geografischen Details zu übersehen, diesmal allerdings war genau das passiert. Er hatte den Vertrag unterschrieben, weil er ihm viel Geld einbrachte und da Brad ein guter Freund war.

„Was hältst du davon, wenn ich stattdessen zu dir komme? Wir verbringen Weihnachten in New York, wir gehen am Rockefeller Center Eislaufen, wir sehen uns die Rockettes an …"

Sophie liebte New York. Sie wollte dort das College besuchen und danach Medizin studieren, anschließend plante sie, sich als Neurochirurgin niederzulassen. Für ein Mädchen in diesem Alter ein ziemlich ehrgeiziges Ziel, aber diese Gene hatte sie von ihrer Mutter geerbt, nicht von ihm. Kat war nicht nur so schön wie ein Supermodel gewesen, sondern auch noch hochintelligent, hatte sie doch als Chirurgin mit dem Fachgebiet Kinderkardiologie gearbeitet. Das alles hatte sie aufgegeben, um Sophie zu bekommen und mit ihrem rastlosen Ehemann durch die Welt zu reisen, und dabei beteuert, dass es nur vorübergehend war …

„Aber dann kann ich Butterpie nicht sehen", wandte Sophie ein und kicherte. „Ich glaube, ins Waldorf werden sie sie nicht lassen, auch wenn wir den Haustierzuschlag bezahlen."

Unwillkürlich stellte sich Tanner vor, wie das Pony an den Blumenarrangements in der gediegenen Lobby des Hotels knabberte und dabei ein paar Pferdeäpfel auf den altehrwürdigen Teppichen verteilte. „Nein, wahrscheinlich nicht", stimmte er ihr grinsend zu.

„Willst du nicht, dass ich zu dir komme, Dad?", fragte sie plötzlich. „Liegt es daran? Meine Freundin Cleta sagte, dass ihre Mom sie über Weihnachten nicht nach Hause kommen lässt, weil sie einen neuen Freund hat und nicht will, dass ihr ein Kind den Spaß verdirbt."

Cleta? Wer gab einem armen, wehrlosen Kind den Namen Cleta?

Und was für eine Mutter war das, die lieber ihren „Spaß" hatte, als ihr eigenes Kind zu sich zu holen? Noch dazu an Weihnachten!

Tanner kniff kurz die Augen zu, dann schritt er auf das in Dunkelheit gehüllte Haus zu, in dem er sich noch nicht auskannte. Die letzten Nächte hatte er in Brads Haus verbringen können, bis hier die Stromversorgung sichergestellt und das Telefon angeschlossen worden war.

„Ich liebe dich mehr als jeden anderen Menschen auf der Welt", versicherte er ihr und meinte jedes Wort so, wie er es sagte. Praktisch sein ganzes Handeln war darauf ausgerichtet, für Sophie zu sorgen und sie vor den anonymen und gesichtslosen Mächten zu beschützen, deren Hass er sich zugezogen hatte. „Glaub mir, hier kann ich keinen Spaß haben."

„Dann werde ich eben weglaufen", verkündete sie entschlossen.

„Viel Glück", konterte Tanner, nachdem ihm sekundenlang der Atem gestockt hatte. „Dir ist genauso klar wie mir, dass diese Schule ringsherum hermetisch abgeschlossen ist."

„Wovor hast du solche Angst?"

Dich zu verlieren. Die Kleine hatte keine Ahnung, wie groß und vor allem wie gefährlich die Welt war. Sie war erst sieben gewesen, als Kat getötet wurde, und sie konnte sich kaum an den Rückflug aus Nordafrika erinnern. Leibwächter hatten im Flugzeug die Plätze um sie herum besetzt, damit sich ihnen beiden niemand nähern konnte, während im Frachtraum der versiegelte Sarg transportiert worden war.

Die Medien hatten sich auf die Story gestürzt. „US-Bauunternehmer von Aufständischen angegriffen", hatte eine Schlagzeile gelautet, während eine andere fragte: „Fiel Ehefrau eines amerikanischen Geschäftsmanns einem Racheakt zum Opfer?"

„Ich habe vor gar nichts Angst", beharrte Tanner.

„Das hat was damit zu tun, was mit Mom passiert ist", redete Sophie weiter. „Das hat Tante Tessa gemeint."

„Tante Tessa soll sich um ihre eigenen Angelegenheiten kümmern."

„Wenn du mich hier nicht rausholst, dann breche ich aus, und wohin ich dann gehe, weiß ich noch nicht."

Tanner war an der altmodischen, um das ganze Erdgeschoss verlaufenden Veranda angekommen. Das Haus besaß einen gewissen Charme, auch wenn noch viel instand gesetzt werden musste. Er konnte sich nur zu gut vorstellen, wie Sophie hier zwischen dem Gebäude und der Scheune hin und her lief, wie sie mit einem dieser gelben Busse zur Schule fuhr, wie sie Jeans anstelle einer Schuluniform trug. Wie sie Poster in ihrem Zimmer an die Wand klebte, wie sie mit ganz normalen Kindern zu tun hatte, nicht mit kleinen Prominenten mit all ihren Macken.

„Versuch es gar nicht erst, Soph", sagte er, drehte den Knauf und drückte dann mit der Schulter die schwere Haustür auf. „Du bist in Briarwood gut aufgehoben, und von Connecticut bis Arizona ist es ein weiter Weg."

„Gut aufgehoben?", fauchte sie ihn an. „Ich bin hier nicht in einer Parallelwelt, weißt du, Dad? Hier passieren auch Sachen. Erst letzte Woche hat Marissa vom Kartoffelsalat in der Cafeteria eine Lebensmittelvergiftung gekriegt, und dann musste sie mit dem Hubschrauber ins Walter Reed gebracht werden. Allison Mooreland hatte einen Blinddarmdurchbruch, und sie ..."

„Soph", unterbrach er sie und schaltete in der Diele das Licht an. Wo entlang ging es zur Küche?

Sein Zimmer war irgendwo oben, aber wo?

Er hängte seinen Hut an die Garderobe, dann zog er seinen Ledermantel aus und warf ihn in Richtung eines kunstvoll verzierten Messinghakens.

Sophie schwieg. Obwohl sie sich fast am anderen Ende des Landes befand, konnte Tanner spüren, wie sie den Atem anhielt.

„Wie wär's damit: Das Schuljahr endet im Mai, dann kommst

du her und verbringst die Sommerferien hier. Dann kannst du auf Butterpie reiten, solange du willst."

„Im Sommer bin ich zu groß, um noch auf Butterpie zu reiten", machte sie ihm klar. Einmal mehr fragte sich Tanner, ob seine scharfsinnige Tochter nicht besser Anwältin werden sollte. „In drei Tagen ist Thanksgiving", fuhr sie hastig fort. „Lass mich dich zu Thanksgiving besuchen, und wenn du danach immer noch meinst, dass ich nicht brav genug bin, um bei dir zu bleiben, dann gehe ich zurück nach Briarwood und tue für den Rest des Jahres so, als würde es mir hier unheimlich gefallen."

„Niemand hat behauptet, dass du nicht brav bist, Soph", wandte er ein. Inzwischen war er im Wohnzimmer angekommen, wo er an einem vergilbten Wandkalender stehen blieb, den der letzte Eigentümer der Ranch hier zurückgelassen hatte. Dummerweise war er einige Jahre alt.

Sophie sagte nichts.

„In drei Tagen ist Thanksgiving?", murmelte er erschrocken.

Durch seinen Lebensstil neigte er dazu, Feiertage völlig aus den Augen zu verlieren. Aber wenn Weihnachten für seine Tochter bereits ein Thema war, dann *konnte* der Truthahntag gar nicht weit entfernt sein.

„Wenn ich mich auf eine Warteliste setzen lasse, dann könnte ich noch ein Ticket kriegen", erwiderte sie hoffnungsvoll.

Tanner schloss die Augen und ließ die Stirn gegen die Wand sinken, an der Hunderte von kleinen Löchern davon zeugten, wie viele Kalender hier schon im Lauf der Jahre mit Reißzwecken aufgehängt worden waren. „Das ist ein ziemlich weiter Weg, nur um in einem fetttriefenden Diner eine Portion Truthahn zu essen." Er wusste, sie stellte sich ein idyllisches Abendessen mit der ganzen Familie vor, in der Mitte auf dem Tisch den Truthahn, der eben erst aus dem Backofen geholt worden war.

„Irgendjemand wird dich schon zum Essen einladen", entgegnete Sophie mit einer zerbrechlich klingenden Zuversicht in ihrem Tonfall. „Dann könnte ich doch einfach mitkommen."

Er sah auf die Uhr und marschierte in Richtung Küche. Wenn

sie nicht dort war, wo er sie vermutete, würde er weitersuchen müssen. Er brauchte dringend einen Kaffee. Aber ohne Jack Daniel's.

„Du hast dir wieder einen von diesen rührseligen Thanksgiving-Filmen im Fernsehen angeschaut, wie?", brachte er mit erstickter Stimme heraus. Es gab so viele Dinge, die er Sophie nicht geben konnte – ein geordnetes Zuhause, eine Familie, eine normale Kindheit. Doch er konnte dafür sorgen, dass sie in Sicherheit war, und das bedeutete, sie musste in Briarwood bleiben.

Eine lange, schmerzende Pause schloss sich an.

„Du wirst nicht nachgeben, richtig?", fragte sie schließlich im Flüsterton.

„Wird dir das erst jetzt klar, Kleine?", gab Tanner zurück und bemühte sich um einen lockeren Tonfall.

Von ihr kam nur ein sehr frustriertes Seufzen zurück, und schließlich erwiderte sie: „Na gut, aber sag nachher nicht, ich hätte dich nicht gewarnt."

2. KAPITEL

*E*s war eine Schande, dass die Starcross Ranch so verfallen war, überlegte Olivia, während sie ihren Suburban über den Zufahrtsweg lenkte. Ginger saß neben ihr auf dem Beifahrersitz, Rodney fuhr auf der Rückbank mit. Das Grundstück grenzte im Westen an ihr gemietetes Anwesen an, und obwohl sie auf dem Weg in die Stadt tagtäglich an dem verwitterten Zaun und der windschiefen Scheune vorbeikam, wirkte die Ranch an diesem Morgen auf eine unerklärliche Weise noch viel verlassener.

Am Stoppschild hielt sie an, um nach rechts und links zu sehen. Die Straße war frei, aber noch ehe sie auf das Gaspedal treten konnte, traf die allzu bekannte Schwingung sie wie ein Blitz.

„O nein", sagte sie erschrocken.

Ginger, die eifrig die verschneite Landschaft absuchte, äußerte sich nicht.

„Hast du das gehört?", hakte Olivia nach.

Daraufhin drehte sich Ginger zu ihr um und reagierte mit einem leisen, kurzen Bellen. Offenbar hatte sie sich für den heutigen Tag vorgenommen, sich für einen ganz gewöhnlichen Hund auszugeben – als ob es so etwas wie einen gewöhnlichen Hund überhaupt geben konnte –, der zu einer intelligenten Unterhaltung nicht in der Lage war.

Der Ruf kam aus der alten Scheune auf dem Starcross-Grundstück.

Olivia ließ einen Moment lang die Stirn auf dem kalten Lenkrad ruhen. Natürlich wusste sie längst, dass Brads Freund, dieser wichtige Bauunternehmer, dort einziehen wollte, und sie hatte auch schon mindestens einen Umzugswagen gesehen. Aber ihr war nichts davon bekannt, dass er auch Tiere mitbringen würde.

„Ich könnte es ignorieren", sagte sie zu Ginger.

„*Wohl eher nicht*", gab die Hündin zurück.

„Ach, verflucht", stöhnte sie und setzte den Blinker nach links, obwohl es in die andere Richtung nach Stone Creek ging, und fuhr zu dem alten, baufälligen Tor, das die Zufahrt zur Starcross Ranch darstellte.

Das Tor stand weit offen, also befanden sich wahrscheinlich weder Rinder noch Schafe im Stall. Selbst die blutigsten Anfänger in Sachen Viehzucht wussten, dass diese Tiere keine Gelegenheit ausließen, um auszuschwärmen, wenn sie irgendwo einen Weg nach draußen fanden. Aber irgendein Geschöpf schickte ihr aus dieser erbärmlichen Scheune einen übersinnlichen Notruf.

Ihr Wagen holperte über die mit Schlaglöchern übersäte Zufahrt und geriet auf dem Schnee und der darunter befindlichen Eisschicht ein paarmal ins Rutschen. Als Olivia einen brandneu aussehenden roten Pick-up vor dem Haus entdeckte, drückte sie beharrlich auf die Hupe, aber niemand ließ sich blicken, um dem Lärm auf den Grund zu gehen.

Grummelnd brachte Olivia ihren Suburban vor der Scheune zum Stehen, stieg aus und knallte die Wagentür zu. „Hallo?", rief sie.

Niemand antwortete, zumindest kein menschliches Wesen.

Das Tier in dem windschiefen Gebäude dagegen verstärkte seinen übersinnlichen Ruf, woraufhin Olivia hinlief und vor dem großen Scheunentor kurz stehen blieb und einen sorgenvollen Blick hinauf zum alles andere als vertrauenerweckenden Dach warf. Dieses Bauwerk sollte schnellstmöglich abgerissen werden, bevor noch jemand zu Schaden kam.

„Hallo?", rief sie abermals und öffnete das Tor weit genug, um die Scheune betreten zu können.

Ihre Augen brauchten eine Weile, bis sie in der düsteren Scheune etwas ausmachen konnten. Trotz der eisigen Kälte, die einem das Knochenmark gefrieren lassen konnte, war der Himmel strahlend blau, und dementsprechend groß war der Kontrast zum Inneren des Gebäudes.

„*Hier drüben*", antwortete eine lautlose Stimme, die tief und eindeutig männlich klang.

Olivia drang tiefer in die Schatten vor. Die Überreste von

einem Dutzend Boxen, die früher einmal stabil und robust gewesen waren, säumten den mit Sägemehl und Stroh bedeckten Gang.

Ein großer Palomino sah sie aus einer Box zu ihrer Rechten an und bewegte den Kopf auf eine Weise, als wollte er auf die gegenüberliegende Seite zeigen.

Sie folgte der angedeuteten Richtung und schaute über die halbhohe Boxentür, hinter der sich ein kleines Pony mit gelblich-weißem Fell auf die frisch gestreuten Sägespäne hatte niedersinken lassen, um mit untergeschlagenen Läufen dazuliegen. Es sah Olivia betrübt an.

Obwohl sie rein rechtlich Haus- oder Landfriedensbruch beging, konnte Olivia einfach nicht anders und öffnete den Riegel, der die Boxentür zuhielt. Mit langsamen Bewegungen betrat sie die Box und kniete sich neben dem Pony hin, um dessen Kopf zu streicheln und zu tätscheln.

„Na du?", sagte sie leise. „Weshalb denn diese Aufregung?"

Ein leichtes Schaudern durchfuhr das kleine Pferd.

„Ihr fehlt Sophie", erklärte der Palomino von gegenüber.

Während sie sich fragte, wer wohl Sophie sein mochte, untersuchte sie das Tier genauer, wobei sie nicht aufhörte es zu streicheln. Das Pony machte einen gesunden, gepflegten Eindruck, und es war wohlgenährt, das konnte sie auf den ersten Blick erkennen.

Zwar begann der Palomino plötzlich laut zu wiehern, was für Olivia eigentlich Warnung genug hätte sein sollen, doch sie war viel zu sehr auf das kleine Pferd konzentriert, um von irgendetwas anderem Notiz zu nehmen.

„Wer sind Sie und was fällt Ihnen ein, sich in meine Scheune zu schleichen?", wollte eine tiefe, energische Stimme wissen.

Olivia wirbelte so hastig herum, dass sie den Halt verlor und rücklings im Stroh landete. Als sie hochsah, blickte sie in das Gesicht eines dunkelhaarigen Mannes, der sie über die Boxentür hinweg finster anstarrte. Seine Augen waren so blau wie seine Jeansjacke, sein Cowboyhut wirkte eine Spur zu neu.

„Wer ist Sophie?", fragte sie, während sie aufstand und sich das Stroh von ihrer Jeans wischte.

Er verschränkte nur die Arme und sah Olivia abwartend an. Er hatte als Erster eine Frage gestellt, und offenbar wollte er auch erst eine Antwort hören, bevor er etwas sagte. Nach der Art zu urteilen, wie der breitschultrige Mann dastand, würde er wohl lieber bis zum Jüngsten Tag auf ihre Antwort warten, ehe er selbst etwas erwiderte.

Schließlich gab sie nach, da sie heute noch andere Dinge zu erledigen hatte. Unter anderem musste sie den Eigentümer eines Rentiers ausfindig machen. Also setzte sie ihr gewinnendstes Lächeln auf und streckte ihm die Hand entgegen. „Olivia O'Ballivan. Ich bin Ihre Nachbarin, wenn man so will, und ich …" Ich habe Ihr Pony um Hilfe rufen hören? Nein, so etwas sollte sie wohl besser nicht sagen. Welche Reaktion das nach sich ziehen würde, konnte sie sich nur zu gut ausrechnen. „Ich bin Tierärztin, und ich habe es mir zur Angewohnheit gemacht, mich bei jedem vorzustellen, der hierher in unsere Gegend zieht. Im Wesentlichen möchte ich meine Dienste anbieten."

Die blauen Augen musterten sie, und offensichtlich hielt ihre Statur der Überprüfung nicht stand. „Ich schätze, Sie behandeln vor allem Katzen und Pudel", gab er zurück. „Wie Sie sehen können, habe ich Pferde."

Olivia empfand diese sexistische Bemerkung wie einen Schlag ins Gesicht. Es dauerte einen Moment, bis sie die Wirkung des Adrenalinschubs unter Kontrolle hatte. Mit überlegen lässiger Gebärde deutete sie auf das Pony und erklärte: „Dieses Pferd hat Depressionen."

Der Hauch eines Lächelns umspielte Tanner Quinns verführerisch aussehenden Mund, amüsiert zog er eine Augenbraue hoch. Jedenfalls ging sie davon aus, dass dieser Mann Quinn war, schließlich hatte er „Ich habe Pferde" gesagt, nicht „Wir". Außerdem machte er auf sie nicht den Eindruck eines gewöhnlichen Ranchhelfers.

„Braucht mein Pony vielleicht ein paar bunte Pillen, damit es sich wieder besser fühlt?", fragte er unüberhörbar ironisch.

„*Das Pony braucht Sophie*", sagte der Palomino, was Mr Quinn natürlich nicht hören konnte.

„Wer ist Sophie?", wiederholte sie.

Quinn zögerte sekundenlang. „Meine Tochter. Woher wissen Sie, wie sie heißt?"

„Mein Bruder Brad muss ihren Namen erwähnt haben", antwortete Olivia, erleichtert darüber, dass ihr noch rechtzeitig eine halbwegs überzeugende Erklärung eingefallen war. Sie ging zur Boxentür und hoffte darauf, dass der Mann einen Schritt zur Seite machte, damit sie die Box verlassen konnte.

Das tat er jedoch nicht, sondern stand weiter wie angewurzelt da, während seine Arme auf der Türkante ruhten. „O'Ballivan", sagte er nachdenklich. „Sie sind Brads Schwester? Sie werden das neue Tierheim leiten, wenn es eröffnet ist?"

„Ich glaube, ich erwähnte gerade, dass Brad mein Bruder ist", konterte sie schnippisch. Sie fühlte sich ungewöhnlich aufgewühlt und in die Enge getrieben, was sie wunderte, da sie nicht unter Klaustrophobie litt. Auch wenn man sie mit ihren eins sechzig Körpergröße leicht übersehen konnte, war sie durchaus in der Lage, sich zur Wehr zu setzen. „Wären Sie jetzt so freundlich, mich aus der Box zu lassen?"

Quinn trat zur Seite und vollführte dazu noch eine tiefe Verbeugung.

„*Du willst doch nicht etwa gehen, oder?*", meldete sich der Palomino besorgt zu Wort. „*Butterpie benötigt Hilfe.*"

„Einen Augenblick", antwortete sie dem besorgten Pferd. „Ich werde mich darum kümmern, dass Butterpie gut versorgt ist, aber das wird ein bisschen dauern." Ein paar schweigsame Sekunden verstrichen, dann wurde Olivia klar, dass sie nicht wie sonst üblich eine geistige E-Mail geschickt, sondern ihre Erwiderung laut ausgesprochen hatte.

Prompt stellte sich Quinn ihr wieder in den Weg und verschränkte abermals die Arme vor der Brust. „Also", begann er in unheilvollem Tonfall. „Ich weiß mit Sicherheit, dass ich niemandem in ganz Stone Creek gesagt habe, wie das Pony heißt, nicht mal Brad."

Sie schluckte und versuchte vergeblich, ein Lächeln aufzusetzen. „Dann habe ich wohl gut geraten", meinte sie und wollte um ihn herumgehen.

Er fasste nach ihrem Arm, ließ sie aber gleich wieder los.

Als Olivia ihn ansah, wurde ihr klar, dass der Palomino recht hatte. Sie konnte nicht einfach weggehen, auch wenn Tanner sie für noch so verrückt halten würde. Butterpie war in Schwierigkeiten.

„Wer sind Sie?", fragte Tanner schroff.

„Das habe ich Ihnen bereits gesagt. Ich bin Olivia O'Ballivan."

Tanner nahm seinen Hut ab, mit der freien Hand fuhr er sich durchs volle, etwas zottelige Haar. Wegen der Löcher im Dach war der Gang vor der Box besser beleuchtet, da sich überall Sonnenstrahlen einen Weg ins Innere bahnten. Sie konnte sehen, dass der Mann unrasiert war.

Von einem frustrierten Stöhnen begleitet, fragte er: „Können wir noch mal von vorn anfangen? Wenn Sie tatsächlich Olivia O'Ballivan sind, dann werden wir bei diesem Tierheim-Projekt zusammenarbeiten müssen, und das geht wesentlich besser, wenn wir gut miteinander auskommen."

„Butterpie sehnt sich nach Ihrer Tochter", sagte Olivia. „Sehr sogar. Wo ist sie?"

„Im Internat", antwortete er seufzend, als müsste er sich dazu überwinden, diese Worte auszusprechen. Seine jeansblauen Augen waren immer noch auf ihr Gesicht gerichtet.

„Oh." Das tat ihr für das Pony und für Sophie gleichermaßen leid. „Aber zu Thanksgiving wird Ihre Tochter doch zu Hause sein, nicht wahr?"

Tanners Miene war wie versteinert, und auch seine Augen nahmen keinen sanfteren Ausdruck an.

„Nein."

„Nein?" Olivias ohnehin schon angeschlagene Stimmung sank auf den Nullpunkt.

Der Mann machte einen Schritt zur Seite, nachdem er ihr eben noch den Weg versperrt hatte. Es war offensichtlich, dass sie von hier verschwinden sollte, und das so schnell wie möglich.

Nun war es Olivia, die die Arme verschränkte und eine starrsinnige Körperhaltung einnahm. „Dann werde ich das dem Pferd erklären müssen."

„Was?", fragte Tanner verständnislos.

Anstatt ihm zu antworten, drehte sie sich um und kehrte in die Box zurück. „Sophie ist im Internat", sagte sie dem Tier lautlos. „Sie kann zu Thanksgiving nicht nach Hause kommen. Aber du darfst dich nicht so hängen lassen. Bestimmt kommt sie zu Weihnachten her."

„Was machen Sie da?", wollte Tanner wissen. Er klang gereizt.

„Ich lasse Butterpie wissen, dass sie nicht deprimiert sein soll und dass Sophie zu Weihnachten daheim sein wird." Er hatte sie gefragt, dann sollte er jetzt sehen, was er mit ihrer Antwort anfangen konnte.

„Sind Sie verrückt oder was?"

„Kann schon sein", erwiderte Olivia und sagte dann in normalem Tonfall an das Pony gerichtet: „Ich muss jetzt gehen. Ich muss ein verirrtes Rentier in meine Praxis bringen, um es zu röntgen, und anschließend muss ich es zu meinem Bruder fahren, damit es dortbleibt, bis ich seinen Eigentümer gefunden habe. Aber ich werde dich bald wieder besuchen kommen, das verspreche ich dir."

Bei diesen Worten hörte sie Tanner hinter sich leise schnauben.

„Du solltest aufstehen", redete sie weiter auf das Tier ein. „Dann fühlst du dich auch besser."

Diesmal war es das Pony, das ein Schnauben von sich gab, während es sich langsam aufrichtete.

Tanner stockte hörbar der Atem, als er das sah.

Behutsam tätschelte Olivia Butterpies Hals. „Das hast du toll gemacht. So ist es richtig."

„Sie sind mit einem Rentier unterwegs?", fragte Tanner und folgte ihr aus der Scheune.

„Sie können sich gern davon überzeugen", gab Olivia zurück und deutete auf ihren Wagen.

Tanner näherte sich dem Fahrzeug und ging an der Beifahrertür vorbei, woraufhin Ginger ausgelassen zu bellen begann. Der Mann winkte dem Hund beiläufig zu, was Olivia zu der Erkenntnis brachte, dass er doch nicht ganz so hart und kalt war, wie er sich ihr gegenüber präsentiert hatte.

Mit dem Handschuh wischte er das hintere Seitenfenster sauber und spähte nach drinnen. „Ich glaub's nicht!", murmelte er entgeistert. „Das ist tatsächlich ein Rentier."

„Hab ich doch gesagt", meinte sie. Unterdessen bekam sich Ginger im Wageninneren fast nicht mehr ein. Die verrückte Hündin hatte eine Schwäche für gut aussehende Männer. Obwohl … eigentlich hatte sie eine Schwäche für Männer insgesamt. „Ginger, Platz!"

Zwar gehorchte Ginger, allerdings machte sie dabei eine so bemitleidenswerte Miene, als posiere sie für eine Kampagne zugunsten unerwünschter Heimtiere.

„Wo haben Sie denn ein Rentier aufgelesen?", wunderte sich Tanner, der sie nun mit ganz anderen Augen wahrzunehmen schien.

So lächerlich dieser Gedanke auch war, wünschte sie sich in diesem Moment dennoch, sie hätte an diesem Tag irgendetwas angezogen, das sie femininer wirken ließ, nicht aber ihre üblichen Jeans, das Flanellhemd und die mit Dreckspritzern überzogene Daunenweste. Das Problem war nur, sie besaß überhaupt keine Kleidung, die sie auch nur annähernd feminin hätte aussehen lassen.

„Ich habe es gefunden", sagte sie und öffnete die Fahrertür. „Gestern Nacht an der Zufahrt zu meinem Grundstück."

Zum ersten Mal, seit sie Tanner vor ein paar Minuten kennengelernt hatte, lächelte er. Es war ein Lächeln, das ihr fast den Boden unter den Füßen wegzog. Seine makellos geraden Zähne strahlten in einem Weiß, das sie für natürlich hielt und nicht für Jacketkronen.

„O-kay", redete er weiter und dehnte dabei das Wort extrem. „Dann, Dr. O'Ballivan, verraten Sie mir doch bitte mal, was ein Rentier in Arizona zu suchen hat."

„Das werde ich Ihnen verraten", erwiderte sie und stieg ein, „sobald ich es herausgefunden habe."

Sie wollte die Tür zuziehen, aber er war bereits um den Wagen herumgekommen und hatte sich in die offene Tür gestellt. Den Cowboyhut hatte er inzwischen wieder aufgesetzt, und als er jetzt neben ihr stand, grinste er sie breit an. „Ich schätze, für morgen früh um zehn ist der erste Spatenstich angesetzt", sagte er. „Da werden wir uns wiedersehen."

Olivia nickte und wunderte sich darüber, dass sie sich auf eine unerklärliche Weise nervös fühlte.

„Hübscher Hund", meinte Tanner.

„*Man dankt*", sagte Ginger begeistert.

„Klappe", raunte Olivia die Hündin an.

Tanner wich daraufhin verdutzt ein kleines Stück zurück, aber der schelmische Ausdruck hielt sich in seinen Augen.

„Sie waren nicht gemeint", stellte sie hastig klar, während sie einen roten Kopf bekam.

Er musterte sie, als wollte er sie fragen, ob sie wohl vergessen hatte, ihre Tabletten zu nehmen. Es war sein Glück, dass er das dann aber doch nicht tat. Stattdessen tippte er nur an die Krempe seines Huts und machte einen Schritt nach hinten, damit Olivia die Fahrertür schließen konnte.

Kaum hatte sie den Motor angelassen, gab sie auch schon Gas, wendete in einem Zug auf dem freien Platz vor der Scheune und ließ die Ranch hinter sich zurück. „Das ist großartig gelaufen", sagte sie an Ginger gewandt. „Wir werden uns den ganzen Tag gegenseitig auf den Füßen stehen, wenn das Tierheim gebaut wird, und er glaubt, ich bin reif für die Zwangsjacke."

Diesmal antwortete Ginger nicht.

Eine halbe Stunde später waren die Röntgenaufnahmen erledigt, und sie hatte Rodney Blut abgenommen. Jetzt konnte das Rentier zu Brad gebracht werden.

Tanner stand auf dem Hof vor der Scheune und starrte dem Schrotthaufen auf Rädern hinterher, während er überlegte, was ihm da gerade eben eigentlich passiert war. Auf jeden Fall fühlte es sich so an, als hätte ihn ein Güterzug überrollt.

Sein Handy klingelte und holte ihn aus seiner Trance.

Er zog das Telefon aus der Jackentasche und schaute auf das Display. Der Anruf kam von Ms Wiggins, der Rektorin von Briarwood. Sie hatte sich viel Zeit mit ihrem Rückruf gelassen, immerhin hatte er schon bei Sonnenaufgang eine Nachricht auf ihren Anrufbeantworter gesprochen.

„Tanner Quinn", meldete er sich reflexartig.

„Hallo, Mr Quinn", begrüßte Ms Wiggins ihn. Die ehemalige CIA-Agentin Janet Wiggins war durchaus eine attraktive Frau, sofern man den Typ mochte, der mit Waffen umzugehen wusste. Tanners Fall war das nicht, aber es änderte nichts an der Tatsache, dass die Frau eine mustergültige Dienstakte und einen überzeugenden Lebenslauf vorweisen konnte. „Tut mir leid, dass ich mich erst jetzt melde. Aber die Besprechungen – na ja, Sie wissen schon."

„Ich mache mir Sorgen wegen Sophie", sagte er ohne Vorrede. Von dem Berg, der sich am Rand von Stone Creek in den Himmel streckte, fegte ein kalter Wind herab, der Tanner in den Ohren schmerzte. Dennoch ging er nicht zurück ins Haus, sondern blieb vor der Scheune stehen, wo die Kälte seinen ganzen Körper durchdrang.

„Das habe ich aus Ihrer hinterlassenen Nachricht heraushören können, Mr Quinn", entgegnete Ms Wiggins freundlich. Sie war den Umgang mit übermäßig besorgten Eltern gewohnt, vor allem mit solchen, die zudem noch von ihrem schlechten Gewissen geplagt wurden. „Tatsache ist, dass Sophie nicht die einzige Schülerin ist, die über die Feiertage in Briarwood bleibt. Es gibt noch einige andere. Wir haben vor, mit allen Zurückgebliebenen eine Zugfahrt nach New York zu unternehmen, damit sie sich die Parade zu Thanksgiving ansehen können. Anschließend gehen wir mit ihnen im Four Seasons essen. Würden Sie unseren wöchentlichen Newsletter lesen, dann wüssten Sie über diese Dinge Bescheid. Wir verschicken ihn immer freitagnachmittags per E-Mail."

Sehr schön, aber ich bin eben einer Frau begegnet, die mit Tieren redet und die glaubt, dass diese Tiere ihr antworten!

In ruhigem Tonfall erwiderte Tanner: „Ich lese Ihren Newsletter sehr aufmerksam, Ms Wiggins, und ich weiß nicht, ob es mir tatsächlich gefällt, dass meine Tochter als eine ‚Zurückgebliebene' bezeichnet wird."

Ms Wiggins antwortete mit einem Kichern, das gar nicht zu einer ehemaligen CIA-Agentin passte. „Keine Sorge, diese Bezeichnung benutzen wir nicht in der Gegenwart der Schüler", versicherte sie ihm. „Sophie geht es gut. Sie neigt bloß dazu, die Dinge etwas dramatischer hinzustellen, als sie es in Wahrheit sind, weiter nichts. Sie macht das so gut, dass ich sie momentan zu überreden versuche, sich zu Beginn des nächsten Schuljahrs für den Schauspielkurs einzuschreiben und …"

„Und Sie sind sich sicher, dass es ihr gut geht?", fiel Tanner ihr ins Wort.

„Von all unseren Schülern gehört sie zu denen, die emotional sehr gefestigt sind. Es ist aber nun mal so, dass Kinder etwas sentimental werden, wenn es auf die Feiertage zugeht."

Geht das nicht jedem von uns so? fragte sich Tanner. Wenn Sophie nicht bei ihm sein konnte, ließ er Thanksgiving und Weihnachten jedes Mal ausfallen. Bislang war ihm das immer problemlos gelungen, da er die letzten beiden Jahre im Ausland verbracht hatte. Sophie war in der Zeit bei Tessa geblieben, und er hatte die Geschenke für Sophie im Internet bestellt. Als ihm diese Erinnerung durch den Kopf ging, verspürte er tief in seinem Inneren ein Gefühl der Leere.

„Ich weiß ja, Sophie ist emotional ausgeglichen", sagte er geduldig. „Aber das bedeutet nicht, dass es ihr gut geht."

Ms Wiggins legte eine Kunstpause ein, ehe sie antwortete. „Nun, wenn Sie wollen, dass Sophie über Thanksgiving nach Hause kommt, dann werden wir selbstverständlich gerne alle notwendigen Vorbereitungen treffen."

Tanner wollte *Ja, sofort* sagen. *Buchen Sie einen Flug, bringen Sie sie zum Flughafen. Mir ist egal, was es kostet.* Doch so etwas würde bloß einen tränenreichen Abschied nach sich ziehen, sobald Sophie in die Schule zurückkehren musste – und einen solchen Abschied konnte er einfach nicht ertragen. Jedenfalls nicht so bald.

„Es ist besser, wenn Sophie bei Ihnen bleibt", sagte er stattdessen.

„Der Meinung bin ich auch", stimmte Ms Wiggins ihm zu. „Solche Heimreisen in letzter Minute können für ein Kind sehr belastend sein."

„Sie lassen von sich hören, wenn es irgendwelche Probleme gibt?"

„Selbstverständlich", beteuerte die Frau. Wenn er sich den leicht herablassenden Unterton in ihrer Stimme nicht nur einbildete, dann hatte er ihn vermutlich auch verdient. „Wir hier in Briarwood rühmen uns damit, dass wir nicht nur auf die schulischen Leistungen der Kinder achten, sondern auch immer ihr körperliches und seelisches Wohl im Blick haben. Ich kann Ihnen versichern, dass Sophie nicht unter irgendeinem Trauma leidet."

Tanner wünschte, er könnte nur halb so viel Überzeugung aufbringen, wie Ms Wiggins über das Telefon ausstrahlte. Ein paar Festtagsfloskeln wurden ausgetauscht, dann war das Gespräch beendet. Er klappte das Handy zu und schob es zurück in die Jackentasche.

Dann drehte er sich zur Scheune um.

Konnte ein Pferd Depressionen bekommen?

Niemals, entschied er. Bei einem Mann sah das allerdings anders aus.

Als Olivia auf den Hof gefahren kam, wurde sie von einem Schneemann begrüßt. An der Haustür hing ein aufklappbarer Truthahn aus Pappe. Brad kam soeben aus der Scheune, und gleichzeitig betrat ihre Schwägerin Meg die Veranda und lächelte ihr freundlich zu.

„Wie gefällt dir unser Truthahn?", rief sie. „Wir bringen uns dieses Jahr richtig in Festtagsstimmung." Dann nahm ihr Lächeln einen etwas betrübten Zug an. „Es ist irgendwie eigenartig, dass Carly nicht hier ist, aber sie verbringt selbst eine sehr schöne Zeit."

Grinsend zeigte Olivia auf Brad. „Redest du von dem da?", zog sie ihren großen Bruder auf. „Ja, als Truthahn dürfte er ganz okay sein."

Brad stellte sich zu ihr, legte einen Arm um ihren Hals und drückte sie an sich. „Sie redet von dem Papptruthahn an der Tür", ließ er sie in einem übertriebenen Flüsterton wissen.

Olivia täuschte eine überraschte Miene vor und brachte ein „Oh!" heraus, woraufhin Brad sie lachend aus dem Schwitzkasten entließ.

„Und was führt dich auf die Stone Creek Ranch, Doc?", wollte er wissen.

Anstatt zu antworten, ließ Olivia ihren Blick über die vertraute Umgebung schweifen. Wie immer, wenn sie nach Hause kam, fiel ihr als Erstes auf, wie sehr ihr Großvater Big John ihr fehlte. Seit Brad seine Karriere als Country-Musiker zumindest zum Teil an den Nagel gehängt hatte, war hier viel geschehen. Er hatte die Scheune auf Vordermann gebracht, die alten Zäune ersetzt und ein Aufnahmestudio eingerichtet, das auf dem neuesten Stand der Technik war. Zumindest hatte er aufgehört, auf Tournee zu gehen. Aber auch wenn Meg, die vierzehnjährige Carly und das Baby jetzt in seinem Leben eine Rolle spielten, war Olivia nicht hundertprozentig davon überzeugt, dass er tatsächlich sesshaft geworden war. So wie ihre Mutter hatte er sich schon früher ganz plötzlich wieder aus dem Staub gemacht.

„Ich habe da ein Problem", erwiderte sie mit großer Verzögerung auf seine Frage.

Meg war wieder ins Haus gegangen, während sie mit Brad noch immer auf dem Hof stand.

„Was für ein Problem?" Er sah sie ernst an.

„Ein Rentier-Problem", antwortete sie und fügte in Gedanken hinzu: Ach ja, und deinen Freund, den Bauunternehmer, habe ich auch noch auf dem falschen Fuß erwischt.

Brad stutzte. „Ein … was?"

„Ich muss hier raus", sandte Ginger ihr aus dem Wagen zu. *„Und zwar sofort."*

Leise seufzend öffnete Olivia die Beifahrertür, die Hündin sprang heraus, schnupperte kurz hier und da, dann kauerte sie sich hin und hinterließ einen gelblichen Fleck im Schnee. Nachdem das erledigt war, trottete sie in Richtung Scheune davon, wohl um Ausschau nach Brads Hund Willie zu halten.

„Ich habe ein Rentier gefunden", sagte Olivia und öffnete die hintere Tür des Suburban, um den Blick auf Rodney freizugeben. „Ich hoffe, ich kann es bei dir unterbringen, bis wir den Eigentümer gefunden haben."

„Und wenn es niemandem gehört?", hakte ihr Bruder nach, fuhr sich durch sein zotteliges Haar und beugte sich dann vor, um das Tier zu streicheln.

„Rodney ist handzahm", versicherte sie ihm.

„Mag sein, aber er ist nicht stubenrein." Brad deutete auf die Hinterlassenschaft auf der Decke, die auf dem Rücksitz lag.

„Ich habe auch nicht erwartet, dass du ihn ins Haus holst", machte sie ihm klar.

Brad begann zu lachen, dann streckte er die Arme aus und holte Rodney aus dem Suburban. Das Rentier war von der langen Autofahrt ein wenig wacklig auf den Beinen und sah Olivia beunruhigt an.

„Du bist hier in Sicherheit", sagte sie zu dem Tier, dann wandte sie sich wieder Brad zu. „Er kann doch in der Scheune bleiben, oder? Ich weiß, ein paar von den Boxen stehen leer."

„Klar", erwiderte Brad nach einem kurzen Zögern, das etwas Komisches an sich gehabt hätte, wäre Olivia nicht so sehr in Sorge um Rodney gewesen. „Klar", wiederholte er dann.

Da sie wusste, dass er im Begriff war, ihr die Haare zu zerwühlen, wie er es schon gemacht hatte, als sie beide noch Kinder gewesen waren, tat sie hastig einen Schritt zur Seite, um außer Reichweite zu sein.

„Ich erwarte aber eine Gegenleistung", redete er weiter.

„Und zwar?", fragte sie argwöhnisch.

„Du kommst an Thanksgiving zu uns. Keine Ausflüchte, dass du in deiner Klinik einspringen musst. Ashley und Melissa kommen beide, außerdem Megs Mutter und ihre Schwester Sierra."

Diese Einladung traf sie nicht völlig unvorbereitet, schließlich hatte Meg schon vor Wochen davon geredet, Thanksgiving ganz groß zu feiern. Allerdings war es so, dass Olivia an Feiertagen lieber arbeitete, weil sie dann nicht daran denken musste, dass Big John nicht mehr bei ihnen war. Außerdem musste sie sich dann auch nicht mit der Frage herumquälen, ob ihre seit so langer Zeit verschollene Mutter womöglich plötzlich zur Tür hereingeplatzt kam, um sich mit ihren mittlerweile erwachsenen Kindern zu versöhnen, nachdem sie sie vor all den Jahren einfach im Stich gelassen hatte.

„Livie?", fragte Brad.

„Ja, okay. Ich werde kommen. Aber ich habe über Thanksgiving Rufbereitschaft. Alle anderen Tierärzte haben Familie, und wenn es einen Notfall gibt …"

„Liv", unterbrach er sie. „Du hast auch Familie."

„Ich rede von Ehepartnern und Kindern", machte Olivia ihm aufgebracht klar.

„Zwei Uhr. Du musst nichts mitbringen, und zieh irgendwas an, in dem du nicht einem Kalb auf die Welt geholfen hast."

Sie warf ihm einen wütenden Blick zu. „Kann ich jetzt meinen Neffen sehen, oder gibt es dafür auch schon eine Kleiderordnung?"

Brad reagierte mit einem Lachen. „Ich werde Rudolph in

einer schönen, gemütlichen Box unterbringen. Aber lass deine gereizte Laune besser im Wagen. Meg meint das mit der Festtagsstimmung ernst. Und weil Carly dieses Jahr nicht da ist, hat sie besonders viel Arbeit."

Willie und Ginger kamen um die Scheune herum, und als er Olivia entdeckte, stürmte Willie auf sie los, um sie zu begrüßen.

„Er heißt nicht Rudolph, sondern Rodney", betonte sie.

Nachdem Brad sie mit einem undefinierbaren Blick bedacht hatte, begab er sich mit dem Rentier in Richtung Scheune. Rodney folgte ihm zögerlich und schaute nur kurz zu Olivia. Willie, der von Ginger vermutlich vorgewarnt worden war, ließ Rodney jede Menge Freiraum, zumal Olivia sich vorbeugte, um seine Ohren zu kraulen.

Seine Verletzungen, die ihm ein Wolf oder ein Rudel Kojoten auf dem Berg nahe der Stone Creek Ranch zugefügt hatte, waren mittlerweile hervorragend verheilt. Mit Brads und Megs Hilfe hatte Olivia den Hund seinerzeit in die Stadt gebracht, um ihn zu operieren und gesund zu pflegen. Allerdings war Brad derjenige, dem er sich dann angeschlossen hatte und dessen Hund er seitdem war.

Von den beiden Hunden gefolgt, betrat Olivia das Haus. Im Wohnzimmer entdeckte sie Macs Laufstall, der jedoch verlassen war.

Olivia suchte das nächstgelegene Badezimmer auf, um sich die Hände zu waschen. Als sie von dort zurückkam, stand Meg im Flur und hielt den sechs Monate alten Mac an sich gedrückt. Der streckte sofort seine Arme nach einer zutiefst gerührten Olivia aus und begann zu strampeln.

Sie nahm den Jungen an sich und kitzelte ihn am Hals, damit er zu lachen begann. Sein zerzaustes blondes Haar stand in alle Richtungen ab, seine dunkelblauen Augen schauten neugierig in die Welt. Glucksend versuchte er, Olivia in die Nase zu beißen.

„Er ist groß geworden", stellte Olivia fest.

„Du hast ihn bloß eine Woche lang nicht gesehen", gab eine vor Stolz fast platzende Meg zurück.

Olivia fühlte, wie ein Stich durch ihr Herz ging, und sie fragte sich unwillkürlich, wie es wohl sein musste, ein solches Glück zu erleben.

Meg, die so blond war wie ihr Ehemann und ihr Sohn, legte den Kopf schräg und betrachtete sie nachdenklich. „Alles in Ordnung?"

„Mir geht's gut", versicherte Olivia eine Spur zu schnell. Mac streckte die Arme in Richtung seines Laufstalls aus, in dem ein Großteil seines Spielzeugs verteilt lag.

Meg nahm den Jungen und setzte ihn in den Laufstall, dann wandte sie sich wieder Olivia zu, doch in diesem Moment kam Brad herein und brachte einen Schwall kalter Novemberluft mit ins Haus.

„Rudolph hat jetzt eine gemütliche Box", erklärte er und bückte sich, um die beiden Hunde zu kraulen, die sofort zu ihm kamen. „Und Futter habe ich ihm auch gegeben."

„Rudolph?", fragte Meg, die durch die Bemerkung von ihrem eigentlichen Gesprächsthema abgelenkt wurde.

Olivia nahm das mit Erleichterung zur Kenntnis. Sie und Meg waren nicht nur verschwägert, sondern auch sehr gute Freundinnen, und Meg war für Olivias Geschmack etwas zu feinfühlig. Sie hatte bereits bemerkt, dass irgendetwas sie bedrückte, und wären sie nicht unterbrochen worden, hätte sie um jeden Preis herausfinden wollen, was dieses Irgendetwas war. Aber da Olivia selbst nicht wusste, was ihr auf der Seele lastete, wäre es eine sinnlose Unterhaltung geworden.

„Liv kommt zu Thanksgiving her", sagte Brad zu seiner Frau, zog sie an sich und gab ihr einen Kuss aufs Haar.

„Das ist doch selbstverständlich", gab sie zurück und schien überrascht, dass so etwas je infrage gestanden haben könnte. Ihr Blick blieb an Olivia hängen und nahm einen besorgten Ausdruck an.

Mit einem Mal wollte Olivia nur noch weg. „Ich muss noch tausend Dinge erledigen", sagte sie und beugte sich über den Laufstall, um Mac noch einmal zu kitzeln, der mit Armen und

Beinen zu strampeln begann. Auf dem Weg zur Tür rief sie Ginger zu sich.

„Wir sehen uns morgen beim ersten Spatenstich", rief Meg ihr nach und stieß Brad spielerisch mit dem Ellbogen in die Seite. „Dank unseres Country-Stars können wir mit viel Publikum rechnen."

Olivia musste über das Gesicht lachen, das Brad daraufhin zog, doch dann fiel ihr ein, dass Tanner Quinn ebenfalls dort sein würde. Prompt regte sich wieder dieses unerklärliche Unbehagen. „Wegen der Kälte ist der Boden ziemlich hart", sagte sie, um die kurze Pause zu überspielen. „Wollen wir hoffen, dass unser Country-Star noch genug Muskelkraft besitzt, um die Schaufel durch eine zwanzig Zentimeter dicke Schicht aus Schnee und Eis zu treiben."

Sofort präsentierte Brad in Bodybuilder-Manier seinen Bizeps, was alle wieder zum Lachen brachte.

„Ich bringe dich noch zum Wagen", sagte er dann, bevor Olivia Gelegenheit bekam, sich klammheimlich aus dem Staub zu machen. Am Suburban angekommen, hielt er die Fahrertür auf. Ginger war mit einem Satz im Wagen und ließ sich auf dem Beifahrersitz nieder.

Olivia sah die Hündin verblüfft an, da die sich sonst nie von einer so agilen Seite zeigte. Aber gleich darauf nahm Brad ihre Aufmerksamkeit wieder in Anspruch.

„Ist eigentlich alles in Ordnung mit dir, Livie?", erkundigte er sich. Seit Big Johns Tod waren Brad und die Zwillinge die Einzigen, die sie Livie nannten. Aus ihrem Mund klang es richtig, aber es weckte auch jedes Mal Erinnerungen an ihren Großvater. Er hatte Thanksgiving noch mehr geliebt als Weihnachten, da er immer fand, dass die O'Ballivans für vieles dankbar sein konnten.

„Es ist alles bestens. Wieso fragt mich eigentlich jeder, ob mit mir alles in Ordnung ist? Erst Meg, jetzt du!"

„Ich weiß nicht, aber du wirkst irgendwie … ein bisschen traurig."

Olivia traute sich nicht, den Mund aufzumachen, und mit einem Mal begannen ihre Augen zu brennen.

Brad fasste sie sanft an den Schultern und drückte ihr einen Kuss auf die Stirn. „Mir fehlt Big John auch", sagte er leise, dann ließ er sie wieder los. Nachdem sie eingestiegen war, schloss er die Fahrertür und winkte ihr nach, während sie wendete. Als sie nach ein paar Metern in den Rückspiegel sah, stand Brad noch immer da, Willie war an seiner Seite. Beide schauten sie ihr nach.

*A*uch wenn Brad seine erfolgreiche Karriere gern herunterspielte – vor allem, seit er nicht mehr auf Tour ging –, war er trotzdem nach wie vor eine bekannte Persönlichkeit. Als Olivia am nächsten Morgen um Viertel vor zehn das Grundstück am Stadtrand von Stone Creek erreichte, wimmelte es auf der freien, windigen Fläche bereits von Ü-Wagen der verschiedensten Fernsehsender und von Reportern der diversen Klatschmagazine. Natürlich waren auch die Einwohner von Stone Creek hergekommen, die sich darüber freuten, dass der Bau des neuen Tierheims in Angriff genommen wurde, und die stolz auf den erfolgreichen Sohn ihrer Stadt waren.

Olivia hatte ein etwas zwiespältiges Verhältnis zu Brads Ruhm, immerhin hatte er weit weg von zu Hause den großen Star gemimt, als Big John ihn am dringendsten gebraucht hatte. Das war etwas, was sie ihm noch immer nicht verzeihen konnte. Aber als sie ihn jetzt auf der provisorischen Bühne entdeckte, verspürte sie dennoch Freude. Sie bahnte sich ihren Weg durch die Menge, um sich zu Meg, Ashley und Melissa zu gesellen, die in einer kleinen Gruppe zusammenstanden und sich mit Mac beschäftigten. Sein blauer Skianzug war so dick gefüttert, dass er den Kleinen wie das Michelin-Männchen aussehen ließ.

Ashley drehte sich zu Olivia um und lächelte sie an, dann fiel ihr Blick auf den taillierten schwarzen Hosenanzug – ein Überbleibsel von ihrem Vorstellungsgespräch in der Tierklinik, gleich nachdem sie ihren Abschluss gemacht hatte. Es war nötig gewesen, das ganze Haus auf den Kopf zu stellen, um diesen Anzug zu finden, und dann musste sie ihn auch noch in mühevoller Kleinarbeit von den allgegenwärtigen Tierhaaren befreien.

„Ich schätze, ein Kleid wäre wohl auch zu viel verlangt gewesen", kommentierte Ashley ganz ohne Sarkasmus. Sie war groß und blond, sie trug einen langen Rock, elegante Stiefel und dazu eine farbenfrohe Patchwork-Jacke, die sie vermutlich selbst genäht hatte. Außerdem war sie auf eine starrsinnige Weise altmodisch – kein Handy, kein Internet, kein MP3-Player.

Olivia hatte insgeheim schon oft vermutet, dass ihre jüngere Schwester wohl besser in der viktorianischen Zeit gelebt hätte. So wie sie sich gab, hätte sie glatt aus dem Jahr 1890 stammen können, einer Zeit, in der sie liebend gern auf einem Herd mit Holzfeuer gekocht, bei Gaslicht Bücher gelesen und ein Heer von Dienstmädchen in Rüschenschürzen und mit weißen Hauben befehligt hätte.

„Was Besseres hab ich auf die Schnelle nicht finden können", gab Olivia zurück, lächelte Meg an und drückte leicht Macs Hand, die in einem dicken Fäustling steckte. Seine Pausbäckchen fühlten sich kalt an, als sie ihm einen Kuss gab.

„Seit wann ist ein ganzes Jahr Vorlauf ‚auf die Schnelle'?", wollte Melissa grinsend wissen. Sie und Ashley waren Zwillinge, aber bis auf die tiefblauen Augen sahen die zwei sich in keiner Hinsicht ähnlich. Melissa war klein, sogar noch zwei Zentimeter kleiner als Olivia, ihr seidiges, kastanienfarbenes Haar trug sie zum Bob geschnitten. Da sie direkt vom Büro der Staatsanwaltschaft hergekommen war, wo sie arbeitete, trug sie wie üblich High Heels, einen schnurgerade geschnittenen Rock, einen figurbetonenden Blazer und eine makellos weiße Bluse.

Auf der Bühne tippte Brad leicht auf das Mikrofon, sofort verstummte das Gemurmel, als hielten alle Anwesenden gleichzeitig gebannt den Atem an. Über allem lag eine freudige, erwartungsvolle Stimmung, da die entlassenen Mitarbeiter des Sägewerks darauf brannten, auf der Großbaustelle endlich wieder eine Beschäftigung zu haben.

Megs Augen glänzten, als sie zu ihrem Mann sah. „Ist er nicht wundervoll?", fragte sie und stieß dabei mit dem Ellbogen Olivia leicht an, während sie Mac auf ihrer Hüfte balancierte.

Olivia reagierte mit einem Lächeln, erwiderte aber nichts.

„Sing was!", rief irgendwer in der Menge, die sich in Richtung Bühne drängte. Es war fast so, als würde jeden Augenblick ein

Meer aus Feuerzeugen hochgehalten, um Brad mit den winzigen Flammen zu feiern.

Brad schüttelte den Kopf. „Heute nicht", erklärte er der Menschenmenge, die gemeinschaftlich enttäuscht aufstöhnte. Er streckte beide Arme aus, damit wieder Ruhe einkehrte.

„Er wird singen", sagte Melissa in einem unmissverständlichen Tonfall. Sie und Ashley als die jüngsten Geschwister kannten Brad kaum, und genau das versuchte er zu ändern, seit er von Nashville nach Hause zurückgekehrt war. Allerdings gestaltete sich dieser Prozess als langwierig und mühselig.

Die beiden bewunderten ihn und waren ihm dankbar für alles, doch Olivia hatte den Eindruck, dass die Zwillinge ihrem älteren Bruder auch mit großer Ehrfurcht begegneten. Anders ließ sich diese untypische Schüchternheit nicht erklären, von der sie stets dann befallen wurden, wenn Brad in der Nähe war.

Plötzlich hörte Olivia, wie Brad sie und Tanner zu sich auf die Bühne bat.

Dass es dazu kommen würde, hatte Olivia zwar erwartet, dennoch wünschte sie, sie müsste sich nicht zu ihm auf die Bühne stellen. Sie war jemand, der lieber hinter den Kulissen aktiv war und der sich unbehaglich fühlte, wenn er im Mittelpunkt stand. Tanner tauchte überraschend hinter ihr auf und fasste sie am Arm, um sie in Richtung der provisorischen Holztreppe zu dirigieren. Bei seiner Berührung stockte ihr unwillkürlich der Atem.

Als die Leute aus Stone Creek in Jubel ausbrachen, lief Olivia vor Verlegenheit rot an, während Tanner sich aus dem Trubel gar nichts zu machen schien.

Er trug viel zu neu und viel zu teuer aussehende Stiefel, vermutlich eine Maßanfertigung, die zu seinem zu neuen Cowboyhut passte, außerdem Jeanshose und -jackett sowie ein schwarzes Seidenhemd. Vor all diesen Menschen zu stehen war für ihn offenbar genauso normal und selbstverständlich wie für Brad. Er lächelte strahlend in die Menge, seine Augen funkelten vor Begeisterung.

Möchtegern-Cowboy, dachte Olivia, doch in ihr wollte kein

Groll aufsteigen. Vielleicht übertrieb Tanner Quinn es mit seinem Cowboy-Image ein wenig, doch das änderte nichts daran, dass er gut aussah. Sogar viel zu gut, wenn es nach Olivia ging.

Brad stellte sie beide den Leuten vor: Tanner als den Bauunternehmer und Olivia – „Ihr kennt ja alle meine kleine Schwester, die Pferdeärztin" – als die treibende Kraft hinter dem Projekt, ohne die das Ganze niemals Wirklichkeit geworden wäre, wie er es formulierte.

Da sie sich selbst nie in irgendeiner Form als eine treibende Kraft gesehen hatte, fühlte sich Olivia in ihrer Haut nur noch unwohler, als Brad den Anwesenden erklärte, dass sie dieses Tierheim auch leiten würde, wenn es in gut einem Jahr seine Pforten öffnete. Wieder wurde applaudiert, zustimmendes Gemurmel ertönte aus der Menge.

Hoffentlich ist das bald vorbei, dachte sie nur.

„Jetzt sing endlich!", forderte jemand, und Augenblicke später griffen die anderen das auf und machten daraus einen volltönenden Sprechchor.

„Wir sollten jetzt besser von hier verschwinden", raunte Tanner Olivia zu, dann verließen sie schnell wieder die Bühne. Tanner tauchte in der Menge unter, Olivia kehrte zu ihren Schwestern und Meg zurück.

Brad stand noch auf der Bühne, als ihm einer seiner Kumpels eine Gitarre reichte, was er mit einem Kopfschütteln und einem ungläubigen Grinsen kommentierte. „Aber nur ein Song", sagte er entschieden. Nachdem er ein paar Akkorde gespielt und die Gitarre gestimmt hatte, begann er mit *Meg's Song*, einer Ballade, die er für seine Frau geschrieben hatte.

Meg, die ihren Sohn im Arm hielt und ihren Mann mit grenzenloser Freude ansah, schien von innen heraus zu strahlen. Eine ganz besondere Atmosphäre kam auf, die es so erscheinen ließ, als würden in diesen magischen Minuten nur Brad, Meg und Mac tatsächlich existieren, während alle anderen Anwesenden sich in einer anderen Dimension befanden, die sie in weite Ferne rücken ließ.

Als die letzten Noten verhallten, begann das Publikum eine Zugabe zu fordern, doch diesmal gab Brad nicht nach. Er gab die Gitarre zurück, dann verließ er die Bühne und griff nach einer blitzsauberen, neuen Schaufel, während Fotografen und Kameraleute sich um ihn drängten, weil jeder den besten Platz ergattern wollte.

„Wird es ein Comeback geben?", wollte einer der Reporter wissen.

„Wann drehen Sie wieder einen Film?", fragte ein anderer.

Ein dritter Journalist hielt Brad ein Mikrofon vors Gesicht, aber er schob den Arm des Mannes mit einer geübten Geste zur Seite. „Wir sind hier für den Spatenstich für ein Tierheim", erklärte er, wobei nur die Art, wie er den Unterkiefer ein wenig vorschob, seine Verärgerung erkennen ließ. Nachdem er Olivia und Tanner in der Menge wiedergefunden hatte, gab er beiden ein Zeichen, dass sie zu ihm kommen sollten. Dann drückte er mit gekonnter Leichtigkeit die Schaufel in den zum Teil gefrorenen Boden und ließ die Erde bedenklich nahe neben den Schuhen eines der Journalisten landen.

Als Olivia den Spatenstich sah, musste sie daran denken, wie es einmal hier aussehen würde, wenn das neue Heim für herrenlose und verstoßene Hunde, Katzen und andere Tiere erst mal fertig war. Dies war der Moment, in dem sie die Gewissheit bekam, dass das Projekt Wirklichkeit werden würde.

Das Tierheim, für das sie gekämpft hatte, war in diesem Augenblick in Angriff genommen worden.

Die Reporter machten noch mehr Fotos, Brad gab weiter Interviews, wobei er jedes Mal großen Wert darauf legte, dass es hier nicht um ihn ging, sondern um das Leid von Tieren. Als ein Reporter ihn fragte, ob es denn nicht sinnvoller wäre, Unterkünfte für obdachlose Menschen anstatt für Hunde und Katzen zu bauen, machte Brad dem Mann klar, dass Mitgefühl und Hilfe ganz einfach bei jenen ansetzen sollten, die sich nicht selbst helfen konnten und deren Stimme niemand vernahm. Das wäre schon mal ein guter Ausgangspunkt.

Hätte sie in diesem Moment an ihren Bruder herankommen können, wäre sie ihm vor lauter Dankbarkeit über diese Worte glatt um den Hals gefallen.

„Ich habe für uns Cider und Kekse vorbereitet", sagte Ashley, die schon halb auf dem Weg zu ihrem witzig aussehenden Hybridauto war, das im winterlichen Sonnenschein in hellem Gelb strahlte, zu ihr und Melissa. „Wir müssen planen, was wir an Thanksgiving bei Brad und Meg zu essen mitbringen."

„Ich muss jetzt zurück zur Arbeit", meinte Melissa kurz angebunden. „Koch du was, ich revanchiere mich dann schon irgendwie bei dir." Mit diesen Worten ging sie zu ihrem schicken roten Sportwagen, ohne auch nur einen Blick über die Schulter zu werfen.

Olivia musste sich ihrerseits um einige ihrer Patienten kümmern, auch wenn es sich dabei nicht um Notfälle handelte, und für den Nachmittag standen mehrere Termine in der Klinik an. Aber als sie Ashleys enttäuschte Miene bemerkte, entschloss sie sich, bei ihr zu bleiben. „Ich werde mich bei dir zu Hause umziehen", erklärte sie und stieg in ihren Suburban ein, um ihrer Schwester nach Hause zu folgen. Ginger hatte entschieden, sie nicht zum Spatenstich zu begleiten, und behauptete, ihre Arthritis mache ihr zu schaffen. Es war ein eigenartiges Gefühl, allein in ihrem Wagen zu sitzen.

Ashleys Heim, das am entgegengesetzten Ende von Stone Créek lag, war ein großes weißes Bauwerk im viktorianischen Stil, mit einem weißen Gartenzaun und einer mit viel Gebälk verkleideten Fassade. Im verschneiten Garten stand ein verschnörkeltes, aber dennoch geschmackvolles Schild mit der Aufschrift „Mountain View Bed & Breakfast" in eleganten goldenen Lettern. Darunter war die Zeile „Inhaberin: Ashley O'Ballivan" zu lesen.

Im Sommer prägten Blumen in allen nur denkbaren Farben den Vorgarten, doch inzwischen hatte der Winter offiziell Einzug gehalten, und die blühenden Flieder- und Rosenbüsche waren nichts weiter als eine Erinnerung. Am Tag nach Thanksgiving würde die Weihnachtsbeleuchtung aufgehängt, und gemeinsam mit riesigen geschmückten Kränzen an der Tür würde das ganze Haus wie eine gigantische Weihnachtsgrußkarte aussehen.

Olivia verspürte eine gewisse Traurigkeit, als sie das überaus viel Platz bietende Gebäude betrachtete. Die Hauptsaison war vorbei, und Gäste kamen jetzt nur noch selten her. Damit war Ashley die meiste Zeit über allein in ihrem jetzt viel zu großen Zuhause.

Sie brauchte einen Ehemann und Kinder.

Oder wenigstens eine Katze.

„Brad war fabelhaft, fandest du nicht auch?", fragte Ashley, während sie in ihrer riesigen, von köstlichen Aromen erfüllten Küche werkelte, um den gewürzten Cider aufzuwärmen. Zwischendurch stellte sie einen Teller mit äußerst kunstvoll verzierten Keksen auf den Tisch.

Olivia war soeben aus dem Badezimmer gekommen, wo sie sich umgezogen hatte. Jetzt trug sie wieder ihre gewohnte Kombination aus Jeans, Flanellhemd und Stiefeln. Sie nahm sich eine Papiertüte und stopfte den Hosenanzug hinein. „Brad war … na ja, halt Brad", erwiderte sie. „Er liebt es, im Rampenlicht zu stehen."

Ashley zog erstaunt die Augenbrauen zusammen und sagte in einem Tonfall, als wäre sie persönlich angegriffen worden: „Er hat das Herz auf dem rechten Fleck."

Olivia ging zu ihr und fasste sie am Arm. Die Patchwork-Jacke hatte Ashley beim Hereinkommen ausgezogen und ordentlich auf einen der auf Hochglanz polierten Messinghaken gleich neben der Haustür gehängt, sodass Olivia nun den locker sitzenden Rollkragenpullover aus beigefarbenem Cashmere bewundern konnte. Bei dessen Anblick kam sie sich vor, als hätte sie ihre Sachen in einer Kleiderkammer zusammengesucht.

„Ash, das war keine Kritik an Brad", sagte sie leise. „Es ist mehr als großzügig von ihm, den Bau des Tierheims zu finanzieren. Wir brauchen dieses Heim, und wir können uns mehr als glücklich schätzen, dass er bereit ist zu helfen."

Ashley entspannte sich ein wenig und ließ ein zögerliches Lächeln erkennen. Dann sah sie sich in ihrer Küche um, die groß genug war, um als Schauplatz für eine von diesen Kochsendungen im Fernsehen zu dienen. „Du weißt, er hat dieses Haus für mich gekauft", murmelte sie, während der Cider in dem glänzenden Topf auf dem Herd zu köcheln begann.

Olivia nickte. „Und es sieht großartig aus", versicherte sie ihr. „So wie immer."

„Du kommst doch wirklich zum Thanksgiving-Essen auf die Ranch, oder?"

„Warum sollte ich nicht?", fragte Olivia, obwohl sich ihr bei dem bloßen Gedanken der Magen umdrehte. Wer war nur auf diese Idee gekommen, Feiertage einzuführen? Das ganze Leben kam abrupt zum völligen Stillstand, wenn im Kalender einer von diesen Feiertagen eingetragen war. Nur das Leid, von dem es auf der Welt viel zu viel gab, nahm an diesen Tagen keine Auszeit.

„Ich weiß, du magst keine Feiertage, an denen die ganze Familie zusammenkommt", sagte Ashley und füllte den dampfenden Cider aus dem Kochtopf in eine Kupferkanne um, aus der das Getränk dann in die Teetassen eingeschenkt wurde, die mitten auf dem antiken runden Tisch standen. Olivia hätte den Cider direkt aus dem Topf in die Tassen umgefüllt und damit vermutlich mindestens die Hälfte auf der Tischplatte und auf dem Boden verteilt.

Sie war einfach nicht für solche Dinge geschaffen, da offenbar alle Gene, die irgendetwas mit Küche und Haushalt zu tun hatten, ausschließlich an Ashley vererbt worden waren.

Ihre Schwester sah sie mit ernster Miene an. „Letztes Jahr musstest du einer Kuh unbedingt den Blinddarm herausoperieren, weshalb du dich so schnell verabschiedet hast, dass ich nicht mal Zeit hatte, den Kürbiskuchen zu servieren."

Olivia seufzte leise. Ashley hatte sich letztes Jahr für das Thanksgiving-Essen regelrecht krummgelegt und Wochen im Voraus Rezepte gesammelt und mit ihnen experimentiert wie ein Wissenschaftler, der auf der Suche nach einem Heilmittel für irgendeine Krankheit war – und das alles nur, weil sie sich darauf freute, ihre liebe Verwandtschaft zu bewirten.

„Haben Kühe überhaupt einen Blinddarm?", hakte Ashley nach.

Lachend zog Olivia einen Stuhl nach hinten und setzte sich an den Tisch. „Der Cider duftet köstlich", sagte sie, um das Thema zu wechseln. „Und deine Kekse sind kleine Kunstwerke. Die sind fast zu schade zum Essen. Martha Stewart wäre bestimmt stolz auf dich."

Ashley setzte sich zu ihr, aber sie wirkte unverändert bedrückt. „Warum hasst du Feiertage so, Olivia?", wollte sie wissen.

„Ich hasse Feiertage nicht", widersprach sie. „Es ist nur dieser ganze sentimentale Kram …"

„Dir fehlt Big John … und Mom", unterbrach ihre Schwester sie leise. „Warum gibst du das nicht einfach zu?"

„Big John fehlt uns allen", räumte sie ein. „Aber was Mom angeht … sie ist schon lange weg, Ash. Sie ist schon verdammt lange weg. Bei ihr ist es nicht so sehr die Frage, ob sie mir fehlt."

„Aber fragst du dich nicht manchmal auch, warum sie Stone Creek verlassen hat? Ob sie glücklich ist? Ob es ihr gut geht? Ob sie wieder geheiratet und wieder Kinder gekriegt hat?"

„Ich versuche, darüber nicht nachzudenken", gestand Olivia ihr.

„Du hast damit ein Problem, dem du dich nicht stellen willst", warf Ashley ihr vor.

Olivia seufzte und nippte an ihrer Tasse Cider. Das Zeugs war wirklich köstlich, so wie alles, was ihre Schwester in der Küche zusammenbraute.

Mit einem Mal hellte sich Ashleys Engelsgesicht auf, da sie gerade wieder einen ihrer quecksilbrigen Sinneswandel durchmachte und aus heiterem Himmel Hoffnung zu schöpfen begann. „Angenommen, wir finden sie", hauchte sie. „Ich meine Mom …"

„Angenommen, wir finden sie?", wiederholte Olivia sonderbar beunruhigt.

„Es gibt doch im Internet all diese Suchmaschinen", fuhr Ashley begeistert fort. „Ich war gestern Nachmittag in der Bibliothek und habe bei Google Moms Namen eingegeben."

Ach, du liebe Güte, schoss es Olivia durch den Kopf, während ihr das Blut aus den Wangen wich.

„*Du* hast dich an einen Computer gesetzt?"

Ashley nickte. „Ich überlege auch schon, ob ich mir einen eigenen zulegen soll. Dann könnte ich eine Website einrichten, damit mehr Leute auf mein Bed & Breakfast aufmerksam werden."

Die Dinge waren im Wandel, musste Olivia in diesem Moment erkennen. Sie hasste Veränderungen. Warum konnten sich die Leute nie mit dem zufriedengeben, was sie hatten? Warum wollten sie alle immer etwas Neues, etwas anderes?

„Es gibt mehr Frauen mit dem Namen Delia O'Ballivan, als du dir vorstellen kannst", fuhr sie fort. „Und eine von ihnen muss Mom sein."

„Ash, Mom könnte längst tot sein. Oder sie könnte einen anderen Nachnamen haben …"

Ashley schaute sie beleidigt an. „Du redest genauso wie Brad und Melissa. Wenn ich Brad auf Mom anspreche, wird er mit einem Mal wortkarg. Er hat mehr Erinnerungen an sie, weil er älter ist, und von ihm bekomme ich nur zu hören: ‚Fang nicht damit an.' Und Melissa glaubt, dass Mom drogenabhängig ist oder ihr Geld als Nutte verdient." Sie atmete schnaubend aus. „Ich dachte, dir fehlt Mom genauso wie mir. Davon war ich wirklich überzeugt."

Auch wenn Brad nicht darüber redete, vermutete Olivia, dass er mehr über ihre Mutter wusste, als er stets behauptete. Wenn es ihm darum ging, dass Ashley und die anderen keine schlafenden Hunde wecken sollten, dann hatte er dafür sehr wahrscheinlich auch einen guten Grund – auch wenn er kein Recht hatte, darüber als Einziger zu entscheiden.

„Mir fehlt eine Mutter, Ash", entgegnete Olivia schließlich. „Das ist etwas anderes, als zu sagen, mir würde Mom fehlen. Sie hat uns verlassen, oder hast du das vergessen?"

Wie sollte Ashley es vergessen, wenn sie überhaupt keine Erinnerung an diese Zeit hatte. Sie war noch fast ein Säugling gewesen, als ihre Mutter sich eines Nachmittags in den Überlandbus gesetzt hatte und aus Stone Creek verschwunden war. Ashley klammerte sich an Erinnerungen, die sie sich eigentlich nur einreden konnte. Erinnerungen an eine Mutter, wie sie hätte sein sollen, die sie aber nie war.

„Ich will den Grund dafür erfahren", beharrte Ashley. Ihre Augen waren von Schmerz erfüllt. „Vielleicht bereut sie es ja. Hast du daran schon mal gedacht? Vielleicht fehlen wir ihr, und sie wünscht sich eine zweite Chance. Vielleicht denkt sie, wir wollen von ihr nichts wissen, und deshalb hat sie Angst davor, sich bei uns zu melden."

„Oh, Ash." Olivia ließ sich frustriert gegen die Rückenlehne sinken. „Du hast schon mit ihr Kontakt aufgenommen, stimmt's?"

„Nein", widersprach sie und strich ein blondes Haarbüschel hinter ihr rechtes Ohr. „Aber wenn ich sie finde, werde ich sie zu Weihnachten nach Stone Creek einladen. Wenn du, Brad und Melissa nichts mit ihr zu tun haben wollt, ist das eure Sache."

Olivias Hand zitterte leicht, als sie die Teetasse absetzte. „Ashley, es ist dein gutes Recht, dich mit Mom zu treffen, wenn du das willst", sagte sie behutsam. „Aber ausgerechnet an Weihnachten …?"

„Was hast du denn schon mit Weihnachten zu schaffen?", konterte ihre Schwester aufgebracht. „Du stellst ja meistens nicht mal einen Baum auf."

„Du, Melissa und Brad, ihr drei seid mir wichtig. Wenn du Mom ausfindig machen kannst, okay, toll. Aber findest du nicht, sie an Weihnachten herzubringen, ausgerechnet an dem Tag, der mit mehr Emotionen überfrachtet ist als jeder andere Tag des Jahres, ohne vorher mit uns allen zu reden … findest du nicht, das ist ungefähr genauso riskant, als würde man eine scharfe Handgranate in einem Truthahn verstecken?"

Ashley erwiderte darauf nichts, und ab diesem Zeitpunkt war

die weitere Unterhaltung etwas verkrampft. Sie redeten darüber, wer was zum Thanksgiving-Essen bei Brad und Meg mitbringen sollte, und einigten sich darauf, dass sich Ashley um frisch gebackene Brötchen kümmerte, während Olivia eine Auswahl an fertigen Salaten aus dem Lokal in der Stadt holte. Danach machte sich Olivia wieder auf den Weg.

Als sie im Wagen saß und den Motor anließ, um zur ersten Farm auf ihrer Liste zu fahren, fragte sich Olivia, wieso sie eigentlich so besorgt war. Falls Delia noch lebte, hatte sie ganze Arbeit geleistet, all die Jahre über unentdeckt zu bleiben. Sie hatte ihnen nie geschrieben, sie nie angerufen. Nicht einmal war für einen von ihnen eine Geburtstagskarte von Mom in der Post gewesen. Falls sie tot war, würde jeder von ihnen auf seine ganz eigene Weise um sie trauern müssen.

Dafür fühlte sich Olivia noch nicht bereit.

Früher hatte der Gedanke an Delia sie mit Trauer und kindlicher Sehnsucht erfüllt. Der Rhythmus ihres Herzschlags hatte aus *Komm zurück, komm zurück* bestanden.

Mittlerweile dagegen kam in ihr nur noch große Wut auf, wenn sie an Mom dachte. Wie konnte eine Frau einfach vier Kinder und einen Ehemann im Stich lassen und sich niemals wieder um sie kümmern?

Sie ballte die Faust und schlug einmal von der Seite gegen das Lenkrad. Tränen stiegen ihr in die Augen, ihre Kehle war wie zugeschnürt.

Ashley erwartete ein Wiedersehen wie in einem Märchen oder wie in einer Folge von *Oprah*, voller tränenreicher Geständnisse und geschluchzter Entschuldigungen.

Olivia rechnete dagegen eher mit etwas, das einer Apokalypse gleichkam.

Die Sonne strebte bereits dem Horizont entgegen, als Tanner den alten Pick-up über die Zufahrt zu seiner Ranch poltern hörte. Lächelnd schlug er die Zeitung zu, stand vom Küchentisch auf und schlenderte zum Fenster. Er sah zu, wie Olivia O'Ballivan ihren Suburban abstellte, das Ranchhaus mit einem trotzigen Blick bedachte und sich auf den Weg zur Scheune machte. Ihr Golden Retriever trottete hinter ihr her.

Er wusste, sie war hier, um ein weiteres Schwätzchen mit Butterpie zu halten. Der Gedanke amüsierte ihn, gleichzeitig versetzte ihm sein schlechtes Gewissen aber einen schmerzhaften Stich ins Herz. Sophie befand sich am anderen Ende von Amerika, war krank vor Heimweh und bohrte vermutlich in diesem Moment Nadeln in eine Voodoopuppe, die ihren Vater darstellte. Sie sehnte sich nach ihrem Pony, das Pony sehnte sich nach ihr, und er war der Mistkerl, der dafür verantwortlich war, dass die beiden voneinander getrennt waren.

Er nahm Hut und Jacke vom Garderobenhaken gleich neben der Hoftür, zog sie an und ging nach draußen. Er war daran gewöhnt, allein zu sein, und es gefiel ihm sogar. Trotzdem würde es eine willkommene Abwechslung sein, Doc O'Ballivan Gesellschaft zu leisten, auch wenn sie ziemlich kratzbürstig sein konnte.

Einen Moment lang blieb er auf dem Hof stehen, um ihr einen gewissen Vorsprung zu geben, damit sie Butterpies Box erreichen konnte, bevor er im Stall auftauchte.

Als er die Scheune betrat, kam ihm der Retriever schwanzwedelnd entgegen. „Na, hallo, Hund", sagte Tanner und bückte sich, um dem Tier über den Rücken zu streichen.

Er konnte hören, wie Olivia in der Box Butterpie striegelte und dabei leise auf sie einredete. Ihre sanfte, beruhigende Stimme berührte etwas tief in Tanners Innerem, und mit einem Mal wollte er auf dem Absatz kehrtmachen und ins Haus zurückgehen.

Aber genau das würde er nicht machen. Das hier war *seine* Ranch, *seine* Scheune. So wohlmeinend ihre Absichten auch sein mochten, war immer noch Olivia diejenige, die auf seinem Grund und Boden nichts zu suchen hatte.

„Sie ist noch immer sehr aufgewühlt", ließ Olivia ihn wissen, ohne sich zu ihm umzudrehen und ohne das Striegeln zu unterbrechen.

Einen Augenblick lang dachte Tanner, sie rede von Sophie, nicht von dem Pony, und er spürte, wie sich ihm die Nackenhaare sträubten.

Shiloh, der schon immer ein sehr pflegeleichtes Pferd gewesen war, stand in seiner Box und kaute zufrieden das Futter, das Tanner ihm gegeben hatte, während Butterpie es anscheinend nicht mal angerührt hatte, um es zu probieren.

„Kennen Sie sich in irgendeiner Weise mit Pferden aus, Mr Quinn?", fragte Olivia.

Wie am Tag zuvor lehnte er sich auch jetzt gegen die Boxentür und grinste breit. Er war praktisch auf Pferden aufgewachsen. Er und Tessa waren auf der Farm ihrer Großmutter in den texanischen Hügeln groß geworden, nachdem ihre Eltern sich hatten scheiden lassen. Jeder war seines Wegs gezogen, aber beide waren sie zu beschäftigt gewesen, als dass sie sich um ihre Kinder hätten kümmern können. „Das eine oder andere", erwiderte er. „Übrigens würde ich gern Olivia zu Ihnen sagen. Vielleicht könnten Sie mich ja im Gegenzug auch mit meinem Vornamen anreden."

Er beobachtete sie, während sie über seine Worte nachdachte und sich wohl überlegte, wie sie darauf reagieren sollte. Es schien so, als würde er auf diese Reaktion noch eine Weile warten müssen, doch das konnte ihm nur recht sein. Es war schon ein Vergnügen, Olivia O'Ballivan dabei zuzusehen, wie sie ein Pferd striegelte.

„Also gut, Tanner", sagte sie nach einer Weile. „Diese Scheune ist eine Bruchbude. Haben Sie vor, irgendwann mal das Dach reparieren zu lassen? Wenn es wieder anfängt zu schneien, wird das Heu nass werden und zu schimmeln beginnen …"

Er lachte leise und verlagerte sein Gewicht auf das andere Bein. Am nächsten Montag würde ein Bautrupp hier antreten, um das Dach komplett zu erneuern und die Wände herzurichten. Das hatte er bereits vor über einer Woche in Auftrag gegeben, aber er sah keine Veranlassung dazu, ihr das zu erklären. Dafür machte es ihm viel zu viel Spaß, sie zornig zu erleben. Ihr Gesicht bekam dann mehr Farbe, ihre Haare wirbelten umher, wenn sie abrupt den Kopf zur Seite drehte, und da sie schneller atmete, hob und senkte sich ihr Busen in einem verführerischen Rhythmus. „Wie kommen Sie darauf, ich könnte von Pferden keine Ahnung haben?", fragte er mit sanfter Stimme.

Auf seine Frage hin drehte sie sich zu ihm um, blieb aber bei Butterpie stehen. „Ihr Hut, Ihre Stiefel. Dazu der auffällige rote Truck, den Sie fahren. Ich möchte wetten, das ist eine Sonderanfertigung."

Tanner grinste weiter, während er seinen Hut zurechtrückte. „Wollen Sie mir erzählen, echte Cowboys fahren keine roten Trucks?"

„Hier draußen gibt's jede Menge Trucks. Manche von denen sind rot, und manche sind auch noch ziemlich neu. Aber alle sind voller Matsch oder Mist oder beidem."

„Hm, vielleicht sollte ich eine Waschanlage eröffnen", zog er sie auf. „Hört sich ganz so an, als ob es hier viel Nachfrage danach geben könnte. Das wäre vielleicht eine gute Investition."

Ihr Körperhaltung und ihr Gesichtsausdruck nahmen einen sanfteren Zug an, zudem ließ sie ein flüchtiges Lächeln erkennen, das so aussah, als würden ihr tausend Fragen auf der Zunge liegen, von denen sie aber keine aussprechen wollte. „In Indian Rock gibt es bereits eine Waschanlage", entgegnete sie. „Da fahren die Leute von hier hin, wenn sie ihren Wagen waschen lassen wollen. Das sind nur vierzig Meilen."

„Oh", meinte er mit einem Anflug von Spott. „*Nur* vierzig Meilen. Tja, dann sollte ich wohl besser meinen Wagen mit Schlamm bewerfen, wenn ich in der Gegend hier ernst genommen werden will. Und die Stiefel sollte ich auch noch ein bisschen abwetzen. Nicht zu vergessen mein Hut. Was meinen Sie? Reicht es, wenn ich ein paarmal darauf herumtrampele?"

Ihre Wangen nahmen einen sehr hübschen Rosaton an. „Sie drehen mir die Worte im Mund herum", sagte sie und strich weiter sanft, aber immer noch mit genügend Druck mit der Bürste über Butterpies Fell. „Was ich damit gemeint habe …"

Tanner beneidete das kleine Pferd. So sehr, dass er wünschte, er hätte auch so ein Fell, damit Olivia ihn ebenfalls bürsten konnte.

„Sie meinten, ich bin kein richtiger Cowboy", fiel er ihr ins Wort. „Damit könnten Sie sogar recht haben. In den letzten Jahren habe ich viel Zeit auf Baustellen und mit Besprechungen verbracht, bei denen so ein Hut und passende Stiefel nicht die angemessene Kleidung waren. Anstatt erst meine alten Sachen aus irgendeiner Kiste auf dem Speicher herausfischen zu müssen, habe ich mich kurzerhand neu eingekleidet, nachdem ich mich entschieden hatte, diesen Job anzunehmen."

„Ich wette, Sie haben überhaupt keine alten Sachen", konterte sie und lächelte dabei so verhalten, dass es aussah, als könnte ihr Gesicht jeden Moment wieder diesen argwöhnischen, missbilligenden Ausdruck annehmen.

Er nahm den Hut ab und hielt ihn ihr hin. „Hier, wälzen Sie ihn so lange im Schlamm, bis er Ihrer Meinung nach richtig aussieht."

Als sie lachte, berührte ihn der Klang so gewaltig, dass es ihm einerseits Angst machte, er sich andererseits aber danach verzehrte, es noch einmal hören zu können. „Das wäre wohl ein bisschen übertrieben, finden Sie nicht?"

„Sie halten mich für einen Möchtegern-Cowboy", sagte er und setzte den Hut wieder auf. „Ist das das einzige Urteil, das Sie über mich gefällt haben?"

Als sie nicht sofort reagierte, hatte er das Gefühl, dass sie im Geiste eine lange Liste zusammenstellte. Tanner war von dieser Frau fasziniert – aber sie machte ihm auch nach wie vor Angst.

„Brad hat mir erzählt, dass Sie verwitwet sind", antwortete sie schließlich. „Das tut mir leid."

Tanner schluckte angestrengt, dann nickte er. Da er nicht wusste, wie sehr sein Freund ins Detail gegangen war, beschloss er, sie nicht darauf anzusprechen. Vor langer Zeit hatte er Brad einmal die ganze schreckliche Geschichte um Kats Tod erzählt.

„Sie scheinen sehr zielstrebig zu sein", fuhr Olivia fort und widmete sich wieder dem Pony. „Dass Sie ein erfolgreicher Mann sind, ist offensichtlich. Wenn Sie nicht der Beste auf Ihrem Gebiet wären, hätte Brad Ihnen nicht den Auftrag gegeben. Und Sie leben und denken in Schubladen."

„Ich tue *was*?"

„Sie blenden alles aus, was Sie von einem bestimmten Thema ablenken könnte."

„Zum Beispiel?"

„Ihre Tochter", sagte Olivia. Mut hatte sie, das musste man ihr lassen. „Und dieses arme kleine Pferd. Sie hätten gern einen Hund, da Sie Ginger sehr mögen, aber Sie würden keinen Hund adoptieren, weil Sie dann gebunden wären. Dann könnten Sie nicht alles und jeden hinter sich zurücklassen, um den nächsten großen Job anzunehmen, wenn Ihnen danach ist."

Tanner fühlte sich, als hätte man ihn geohrfeigt. Das Schlimmste daran war, dass alles genau so war, wie sie es sagte. Was aber nicht bedeutete, dass er es nicht abstreiten konnte.

„Ich *liebe* Sophie", sagte er mürrisch.

Wieder sah sie ihm in die Augen. „Davon bin ich überzeugt. Und doch haben Sie keine Schwierigkeiten damit, alles auszublenden, was Ihre Tochter angeht, nicht wahr?"

„Das ist nicht wahr", widersprach er. In Wahrheit tat er exakt das, was Olivia ihm vorhielt, aber dass ihm das nichts ausmachte, das lag meilenweit von der Wahrheit entfernt. Jeder Abschied von Sophie fiel ihm schwerer als ihr. Er war derjenige, der sich immer zusammenreißen und der stark sein musste.

Olivia zuckte beiläufig mit den Schultern, tätschelte das Pony liebevoll am Hals und legte die Bürste weg. „Ich komme morgen wieder", sagte sie zu dem Tier. „Denk bis dahin an schöne Dinge, und wenn du dich zu einsam fühlst, dann red mit Shiloh."

Tanner versuchte sich krampfhaft daran zu erinnern, ob er ihr gegenüber den Namen des Wallachs erwähnt hatte. Er war sich ziemlich sicher, dass während ihrer ersten stürmischen Begegnung davon keine Rede gewesen war. „Woher wissen Sie …?"

„Er hat es mir gesagt", antwortete sie, kam auf ihn zu und stellte sich wie am Vortag vor ihn, um darauf zu warten, dass er ihr aus dem Weg ging.

„Wollen Sie mir tatsächlich weismachen, dass ich ein sprechendes Pferd in der Art von Mr Ed in meiner Scheune habe?", fragte er und machte ihr Platz.

Sie ging zu Shilohs Box und streichelte ihm über die Nase, woraufhin er sie sanft anstieß und leise wieherte. „Sie würden es nicht verstehen", sagte sie zu ihm in einem so herablassend überzeugten Tonfall, dass Tanner in diesem Moment nichts lieber wollte, als ihr das Gegenteil zu beweisen.

„Weil ich in Schubladen denke?", zog er sie auf.

„Kann man so sagen", gab sie unbekümmert zurück. Sie wandte sich von Shiloh ab, schnippte mit den Fingern, damit der Hund zu ihr kam, und ging dann in Richtung Scheunentor weg. „Wir sehen uns dann morgen, falls Sie hier sind, wenn ich vorbeikomme, um nach Butterpie zu schauen."

Völlig verwirrt stand Tanner da und sah mit an, wie sie für Ginger eine Rampe am Heck des Suburban herauszog. Nachdem die Hündin eingestiegen war, ging Olivia um den Wagen herum, ließ den Motor an und fuhr ab, wobei sie zum Abschied noch fröhlich auf die Hupe drückte.

In der folgenden Nacht träumte er von Kat.

Sie lebte wieder, sie stand an der Tür zu Butterpies Box und sah dem Pony zu, wie es Heu fraß. Kat, die große schlanke Kat mit ihren langen dunklen Haaren. Sie drehte sich zu ihm um und lächelte ihn an.

Er hasste diese Träume, weil sie Träume waren, aber nicht die Realität. Zugleich konnte er sich aber auch nicht dazu durchringen, aus diesen Träumen aufzuwachen und Kat dort zurückzulassen. Es waren immer wieder andere Schauplätze – ihr erstes Haus, ihr Quartier in der amerikanischen Siedlung in der Wüstenlandschaft in irgendeinem fernen Land, manchmal sogar in Supermärkten oder an Tankstellen. Dann stand er an der Zapfsäule und betankte den gerade aktuellen Wagen, und sobald er den Kopf hob, entdeckte er Kat, die ihrerseits den Tank ihrer alten Rostlaube füllte.

Er stand nicht weit von ihr entfernt, doch sobald er sich kurz mit ihr unterhalten hatte, was sich im besten Fall auf wenige Minuten beschränkte, wurde ihm bewusst, dass sie sich jeden Moment in Luft auflösen würde. Es war so, als würde er sie noch einmal verlieren.

Sie lächelte ihn an, aber ihre Augen hatten einen betrübten Ausdruck angenommen. „Hallo, Tanner", sagte sie mit sanfter Stimme.

Er konnte nichts sagen, sich nicht bewegen. Irgendwie wusste er, dieser Besuch von Kat in seinen Träumen war anders als alle vorangegangenen. In ihrem weißen Baumwollkleid strahlte sie wie die Sommersonne, als sie zu ihm kam und sich vor ihn stellte. Sie berührte seinen Arm und blickte ihm in die Augen.

„Es wird Zeit, dass ich gehe", erklärte sie.

Nein.

Das Wort baute sich in ihm zu einem gellenden Schrei aus, aber er schaffte es nicht, den Mund aufzumachen und es hinauszulassen.

Und dann war Kat verschwunden.

4. KAPITEL

Als Olivia am Donnerstagmorgen aufwachte, kam es ihr so vor, als hätte sie überhaupt nicht geschlafen. Ginger hatte die kalte, feuchte Schnauze gegen ihren Nacken gedrückt, der Wecker schnarrte unerbittlich. Sie hob den Kopf weit genug, um den Wecker zu sehen, dann schlug sie mit der flachen Hand auf die Schlummertaste und raunte: „Klappe halten!"

Eiskristalle hatten sich auf der Fensterscheibe gebildet und das Glas milchig werden lassen, was die Sonne aber nicht daran hinderte, in ihr Zimmer zu scheinen und den Beginn eines neuen Tages anzukündigen, ob es Olivia nun gefiel oder nicht.

Thanksgiving, ging es Olivia durch den Kopf. Der offizielle Beginn der Adventszeit.

Sie stöhnte auf und zog sich die Decken über den Kopf, aber Ginger gab ein ungeduldiges leises Winseln von sich.

„Ich weiß", erwiderte Olivia, die unter zwei Quilts und einem Flanelllaken lag, das sich so wunderbar weich an ihren Körper schmiegte, dass sie diesen gemütlichen Ort einfach nicht verlassen wollte. Sie wünschte, sie könnte einfach liegen bleiben, bis alles vorüber war. „Ich weiß, ich weiß, du musst raus."

Ginger antwortete darauf mit einem noch beharrlicheren Winseln.

Noch ganz schläfrig schlug Olivia die Decken zur Seite und setzte sich hin. Sie trug einen grauen Jogginganzug und dicke Wollsocken – nicht gerade ein schillerndes Outfit aber warm und bequem.

Nachdem sie die Snooze-Funktion des Weckers deaktiviert hatte, damit der nicht in fünf Minuten wieder zu nerven begann, stand sie auf und schleppte sich durch den Flur in die kleine Küche auf der rückwärtigen Seite des Hauses. Auf dem Weg drehte sie den Thermostat ein paar Grad höher. Als Nächstes tastete sie verschlafen nach dem Schalter der Kaffeemaschine, um die Kanne Kaffee aufzubrühen, die sie gestern Abend vorbereitet hatte. An der Tür angekommen, schob sie ihre Füße in ein altes, hässliches Paar Gummistiefel und schlüpfte in die schwere, rot-schwarz karierte Wolljacke, die Big John bei der Arbeit getragen hatte.

Die Jacke roch noch schwach nach seinem billigen Aftershave und nach Pfeifentabak. Die Hintertür klemmte, als Olivia sie zu öffnen versuchte. Während sie am Türknauf zerrte, stieß sie einen leisen Fluch aus. In dem Augenblick, in dem der Türspalt breit genug war, um sich hindurchzwängen zu können, schoss Ginger wie ein Blitz nach draußen. Dabei stieß sie ohne Rücksicht auf Verluste die Fliegengittertür auf und hechtete über die überdachte Veranda nach draußen.

„Ginger!", rief Olivia erschrocken, dann warf sie der Kaffeemaschine einen schmachtenden Blick zu. Die dampfte zwar und gluckste vor sich hin, doch es würde noch mindestens zehn Minuten dauern, ehe genügend Kaffee durchgelaufen war, um Olivias Lebensgeister zu wecken. Sie musste unbedingt eine neue Kaffeemaschine kaufen – Position 72 auf ihrer langen Liste der Dinge, die noch zu erledigen waren. Der Timer war schon vor Wochen endgültig ausgefallen, und der Griff an der Kanne saß auch bedenklich locker.

Und wo zum Teufel wollte der Hund eigentlich hin? Ginger rannte sonst nie.

Olivia schüttelte den Kopf, um den restlichen Schlaf zu verscheuchen, dann stapfte sie auf die Veranda und ging die Stufen runter, wobei sie darauf achtete, nicht auf dem Eis auszurutschen und auf ihrem Steißbein oder in der Schneeverwehung neben dem Gehweg zu landen.

„Ginger!", rief sie wieder, während der Hund bereits die halbe Auffahrt zurückgelegt hatte und sich unter dem Zaun hindurchzwängte, der zwischen ihrem und Tanners Grundstück verlief. Dann fegte er weiter über das verschneite Feld.

Mit vorsichtigen Schritten näherte sie sich dem Zaun und stellte sich auf die untere Querlatte. Mit einer Hand schirmte sie ihre Augen gegen die grelle Sonne ab. Wem jagte Ginger nur hinterher? Kojoten? Wölfen? So oder so würde sie sich auf einen Kampf einlassen, den eine alternde Hündin unmöglich gewinnen konnte.

Eben wollte Olivia über den Zaun klettern, um Ginger hinterherzulaufen, da sah sie in einiger Entfernung einen vertrauten Palomino, der von einem aufrecht in seinem Sattel sitzenden Mann geritten wurde.

Tanner.

Das Pferd trottete gemächlich durch die weiße Landschaft, Ginger hüpfte neben dem großen Tier herum und wirbelte bei jedem Satz Schnee auf. Wenn man sie so betrachtete, konnte man meinen, man hätte einen jungen Hund aus irgendeiner Hundefutterwerbung vor sich.

Olivia seufzte einerseits vor Erleichterung, weil Ginger sich offensichtlich nicht mit Wölfen oder Koyoten anlegen wollte, andererseits aber aus Frust, da Tanner eindeutig auf dem Weg zu ihr war.

Sie sah an sich hinunter auf ihre zerknitterte Jogginghose, die zwar sauber, an den Knien aber durchgescheuert war. Zudem zierte ihr Oberteil ein großer heller Fleck, wo es einmal Bekanntschaft mit Chlorbleiche gemacht hatte. Mit einer Hand hielt sie Big Johns Jacke zu, mit der anderen fuhr sie durch ihr zerzaustes Haar.

Tanners Grinsen war so weiß wie der Schnee ringsum, als er sich dem Zaun näherte. Auch wenn er gute Laune ausstrahlte, wirkte er irgendwie blass, und seine Augen hatten einen sonderbar leeren Ausdruck, so als würde ihm irgendetwas sehr zu schaffen machen.

„Guten Morgen, Ma'am", rief er und tippte an seine Hutkrempe. „Ich dachte mir, ich schau mal bei Ihnen vorbei und sage ‚Howdy'."

„Das ist ja richtig cowboymäßig von Ihnen", erwiderte sie und lachte etwas zögerlich.

Ginger war von der unerwarteten körperlichen Anstrengung mitgenommen und schnappte japsend nach Luft.

„Was ist denn nur in dich gefahren?", schimpfte Olivia die Hündin aus. „Mach so was nie wieder!"

Die Hündin zwängte sich abermals unter dem Zaun durch und trollte sich in Richtung Haus. Als Olivia sich wieder zu Tanner umdrehte, fiel ihr auf, dass er sie von Kopf bis Fuß musterte.

Wichtigtuer, dachte sie.

„Es wäre ein Zeichen guter Nachbarschaft, wenn Sie einem armen umherziehenden Cowboy einen Becher mit dampfendem Kaffee anbieten würden", sagte er.

Ihr entging nicht, dass er auf seinem Pferd saß, als wären er und das Tier zusammengewachsen. Das sprach für ihn, denn auch wenn er sich wie ein Dandy kleidete, war er damit vertraut, in einem Sattel zu sitzen. „Stets zu Diensten, Mister", scherzte Olivia und ging auf sein Spielchen ein. „Es sei denn, Sie bestehen darauf, weiterhin wie ein Cowboy aus einem dieser B-Western zu reden. Dann bekommen Sie Ihren Kaffee frühestens, wenn er eiskalt ist."

Lachend ritt er ein paar Meter weiter bis zu dem windschiefen Gatter, beugte sich zur Seite, um den Riegel zu öffnen. Sein Blick fiel auf den baufälligen Schuppen und die separate Garage, dann saß er ab und ging neben Olivia her zum Haus. Shilohs Zügel hielt er locker in der Hand.

„Wenn ich das so sehe, dann haben Sie eigentlich gar kein Recht, sich über den Zustand meiner Scheune aufzuregen", meinte er, wobei sie sah, dass seine Augen ironisch funkelten, auch wenn er nach wie vor so wirkte, als würde etwas Gewichtiges auf ihm lasten.

Für Olivia war das Gehen mühselig, da ihre Beine kürzer waren und die Gummistiefel nicht die richtige Größe hatten, weshalb sie bei jedem Schritt rutschten. Außerdem lag der Schnee so hoch, dass sie bis weit über die Knöchel darin einsank.

„Ich wohne nur zur Miete hier", verteidigte sie sich. „Der Eigentümer lebt in einem anderen Bundesstaat, und am liebsten möchte er für Reparaturen keinen Cent ausgeben. Und abgesehen davon droht er mir schon seit Jahren damit, das Grundstück zu verkaufen."

„Oh", erwiderte Tanner und nickte verstehend. „Sind Sie denn nur auf der Durchreise in Stone Creek, Doc? Ich hatte den Eindruck, Sie gehören zu den Leuten, die ihr Leben lang hierbleiben. Oder irre ich mich da?"

„Vom College und vom Medizinstudium abgesehen", antwortete sie, „habe ich mein ganzes Leben hier verbracht." Sie betrachtete das jämmerliche Ranchhaus. „Natürlich nicht genau hier …"

„Hey", warf Tanner ein. „Das war nicht ernst gemeint."

Sie nickte, während sie vor ihm her zur Hintertür ging. Es war ihr peinlich, von ihm dabei erwischt worden zu sein, dass ihr wichtig sein könnte, was er über sie dachte.

Tanner machte mit einem lockeren Knoten Shilohs Zügel am Geländer der kurzen Verandatreppe fest. In der Küche stellte Olivia der reumütigen Ginger einen Fressnapf hin, dann holte sie zwei Becher aus dem Schrank.

Die Kaffeemaschine durchlief gerade den spuckenden Endspurt, der Kaffee würde jeden Moment fertig sein.

„Wenn Sie mich kurz entschuldigen würden", sagte sie, nachdem sie zwei Becher eingeschenkt hatte. Sie zog sich ins Schlafzimmer zurück, schloss die Tür hinter sich, stellte ihren Kaffeebecher ab und zog hastig ihre beste Jeans und den blauen Pullover an, den Ashley ihr zu Weihnachten gestrickt hatte. Damit aber nicht genug, denn sie huschte auch noch ins angrenzende kleine Badezimmer, um sich das Gesicht zu waschen, die Zähne zu putzen und sich zu kämmen.

Als sie in die Küche zurückkehrte, hatte sich Tanner bereits an den Esstisch gesetzt. Er saß da, als wäre das schon seit Jahren sein Stammplatz. Ginger hatte den Kopf auf seinen Oberschenkel gelegt, während er ihren Rücken streichelte. In seinen müden Augen blitzte etwas auf, als er Olivia hereinkommen sah. Vielleicht war es ein amüsierter Ausdruck, vielleicht aber auch ein anerkennender, womöglich steckte aber auch etwas viel Komplizierteres dahinter.

Olivia verspürte im ganzen Körper ein seltsam angenehmes Kribbeln.

„Thanksgiving", sagte sie spontan und in einem Tonfall, als wäre es ein einziger langer Seufzer.

„Klingt so, als wären Sie nicht besonders dankbar", stellte Tanner fest.

„O doch, das bin ich", versicherte sie ihm und trank einen Schluck Kaffee.

„Ich auch", meinte er. „Jedenfalls größtenteils."

Sie biss sich auf die Unterlippe und sah zur Wanduhr über der Spüle. Es war noch früh, erst in zwei Stunden musste sie in der Klinik sein. Damit fiel schon mal die Ausrede flach, dass sie zur Arbeit musste.

„Größtenteils?", wiederholte sie fragend, blieb aber weiter auf Abstand zu ihm.

„Na ja, es gibt ein paar Dinge in meinem Leben, die ich ändern würde", erklärte Tanner. „Wenn es mir möglich wäre."

Daraufhin kam sie etwas näher, da ihr Interesse unwillkürlich geweckt worden war. Allerdings befand sich immer noch der Tisch zwischen ihnen, und das sollte auch so bleiben. „Und was würden Sie ändern?"

Er seufzte leise, gleichzeitig legte sich ein düsterer Ausdruck über seine Augen. „Ich hätte zum Beispiel mein Unternehmen nicht so groß werden lassen." Dabei verzog er das Gesicht, als hätte er körperliche Schmerzen. „Ich wäre nicht ins internationale Geschäft eingestiegen. Und Sie?"

„Ich hätte mehr Zeit mit meinem Großvater verbracht", antwortete sie, nachdem sie eine Weile über seine Frage nachgedacht hatte. „Ich glaube, ich habe immer gedacht, er würde für alle Zeit da sein."

„War das seine Jacke, die Sie vorhin getragen haben?"

„Wie kommen Sie darauf?"

„Meine Großmutter hatte genau die gleiche. Ich schätze, damals hat man die bei jedem Kolonialwarenhändler in Amerika kaufen können."

71

Olivia entspannte sich ein wenig. „Wie geht es Butterpie?"

Als er leise aufstöhnte, sah sie ihm forschend in die Augen. „Sie isst nicht."

„Das habe ich befürchtet", murmelte Olivia nachdenklich.

„Ich dachte auch immer, meine Großmutter würde ewig leben", gestand Tanner plötzlich.

Einen Moment lang hatte Olivia den Faden verloren, weil er so schnell von einem Thema zum anderen gesprungen war. „Dann lebt sie nicht mehr?", fragte sie schließlich nach.

Er schüttelte den Kopf. „Sie starb an ihrem achtundsiebzigsten Geburtstag, als sie den Gemüsegarten wässerte. Exakt so, wie sie es immer gewollt hatte – schnell und während sie mit etwas beschäftigt war, das ihr Spaß machte. Und Ihr Großvater?"

„Herzinfarkt", sagte sie und rieb mit den Handflächen über die Jeans. Wieso fühlten sich ihre Hände auf einmal so klamm an?

Tanner schwieg eine Zeit lang, aber sie empfand es als ein einvernehmliches Schweigen. Dann trank er auf einmal seinen Kaffee aus und stand auf. „Ich schätze, ich sollte Sie besser nicht noch länger aufhalten", meinte er und durchquerte mit dem leeren Becher die Küche, um ihn ins Spülbecken zu stellen.

Gingers bewundernde Blicke folgten ihm auf Schritt und Tritt.

„Bevor ich in die Stadt fahre, würde ich gern noch mal nach Butterpie sehen, wenn Sie nichts dagegen haben", sagte Olivia.

Daraufhin verzog Tanner den Mund zu einem schiefen Grinsen. „Würden Sie etwa *nicht* nach dem Pony sehen, wenn ich etwas dagegen hätte?"

„Wo denken Sie hin?", gab sie lächelnd zurück.

Unwillkürlich musste Tanner lachen. „Ich muss noch ein paar Dinge in der Stadt erledigen. Unter anderem muss ich Wein für das Thanksgiving-Essen kaufen. Falls ich Sie also nicht in der Scheune antreffe, sehen wir uns spätestens heute Abend bei Brad und Meg."

Das war ja klar gewesen, dass ihr Bruder und ihre Schwägerin Tanner zum Essen einladen würden. Er war ein Freund von

Brad, und er kannte hier sonst niemanden. Dennoch fühlte sich Olivia regelrecht überfahren. Feiertage waren schon kompliziert genug, da mussten nicht noch Leute dazugeholt werden, die praktisch Fremde waren. Noch dazu *gut aussehende* Fremde.

„Dann bis später", sagte sie und hoffte, dass ihr Lächeln nicht aufgesetzt gewirkt hatte.

Er nickte und verließ die Küche durch die Hoftür, die er leise hinter sich zuzog. Vom Fenster aus beobachtete Olivia, wie er aufsaß und davonritt.

Erst als er außer Sichtweite war, drehte sie sich um und sah Ginger an. „Was hast du dir dabei gedacht, einfach so wegzulaufen? Du weißt, du bist kein junger Hüpfer mehr."

„*Es hat mich einfach überkommen, das ist alles*", antwortete die Hündin, ohne den Kopf von den vor sich ausgestreckten Pfoten zu heben. Ihre Augen hatten einen schmachtenden Ausdruck. „*Willst du in dem Aufzug zum Thanksgiving-Essen erscheinen?*"

Olivia sah an sich herab und betrachtete ihre Jeans und den Pullover. „Was stimmt damit nicht?"

„*Meine Güte, was sind wir gereizt. Ich habe ja nur eine Frage gestellt.*"

„Die Jeans ist noch so gut wie neu, und den Pullover hat Ashley für mich gestrickt. An mir gibt es nichts auszusetzen."

„*Wie du meinst.*"

„Was sollte ich denn tragen, wenn es nach dir ginge, große Meisterin in allen Modefragen?"

„*Der Pullover ist gut*", erklärte Ginger. „*Aber ich würde die Jeans gegen einen Rock eintauschen. Du besitzt doch einen Rock, oder?*"

„Ja, ich besitze einen Rock, aber vor dem Abendessen muss ich mich um meine Patienten kümmern, und deshalb werde ich das jetzt gegen meine Arbeitskleidung eintauschen."

Ginger seufzte auf eine Art, mit der sie die Sinnlosigkeit ihrer Bemühungen betonte. „*Eine Paris Hilton wird aus dir nie werden.*" Dann fielen ihr die Augen zu und sie schlief fest ein.

Daraufhin kehrte Olivia ins Schlafzimmer zurück, zog ihre übliche Kleidung an, die für den Einsatz auf Weiden und in Scheunen besser geeignet war. Dann suchte sie ihren beigefarbenen Rock aus Wildlederimitat heraus, rollte ihn wie ein Handtuch zusammen und steckte ihn in eine kleine Reisetasche, kniehohe Stiefel und der blaue Pullover folgten als Nächstes, zusammen mit der einzigen Strumpfhose, die sie besaß. Sie hatte Laufmaschen, aber der Rock war lang genug, um über die Stiefel zu reichen, sodass niemand etwas davon bemerken konnte.

Als sie wieder in die Küche kam, streckte Ginger sich gerade genüsslich.

„Du begleitest mich heute, nicht wahr?", fragte Olivia.

Ginger sah die Reisetasche und seufzte erneut. „*Solange es nur bis nach nebenan geht, ja*", antwortete sie. „*Ich glaube, Butterpie könnte ein wenig Gesellschaft gut vertragen.*"

„Und was ist mit Thanksgiving?"

„*Bring mir was mit, wenn du zurückkommst*", erwiderte die Hündin.

Olivia verspürte eine sonderbare Enttäuschung, dass Ginger den Feiertag nicht mit ihr verbringen wollte. Sie ging nach draußen, um die Wagenfenster des Suburban von Schnee und Eis zu befreien. Nachdem sie die Rampe herausgezogen hatte, kehrte sie zurück ins Haus, um die Hündin zu holen. „Mit dir ist doch alles in Ordnung, oder?", fragte sie, als Ginger gemächlich die Rampe hinaufging.

„*Ich bin es nicht gewohnt, durch Schnee zu laufen, der mir bis zur Brust reicht. Das ist alles.*"

Noch immer besorgt, verstaute Olivia die Rampe und stieg ein. Ginger hatte sich auf Rodneys Decke zusammengerollt und die Augen zugemacht.

Als sie bei Tanner ankamen, stand sein Truck in der Auffahrt zum Haus, aber er selbst kam nicht nach draußen. Olivia ihrerseits sah auch keine Veranlassung, bei ihm anzuklopfen, sondern setzte wieder die Rampe an, damit Ginger aus dem Wagen aussteigen konnte. Dann gingen sie zur Scheune.

Shiloh war zurück in seiner Box, wo er sich über eine Portion frisches Heu hermachte.

Olivia begrüßte ihn kurz, dann öffnete sie die Tür zu Butterpies Box, um Ginger hineinzulassen. Butterpie stand da und ließ den Kopf hängen, reagierte jedoch mit Interesse, als sie die Hündin sah.

„Du musst was essen", sagte Olivia zu dem Pony, doch das schüttelte den Kopf, als wollte es seine Weigerung damit unterstreichen.

Ginger ließ sich in einer Ecke der geräumigen Box auf einem Berg aus frischen Sägespänen nieder, dann seufzte sie von Herzen kommend. *„Erledige du das, was du dir vorgenommen hast"*, forderte sie Olivia auf. *„Wenn du weg bist, werde ich sie schon dazu bringen, dass sie was isst."*

Es gefiel Olivia gar nicht, Ginger und das Pony einfach so zurückzulassen. Sie stieß auf eine alte Schale, füllte sie mit Wasser und brachte sie in die Box, um sie nahe der Tür abzustellen. „Das ist irgendwie seltsam", sagte sie zu der Hündin. „Was soll Tanner denken, wenn er dich in Butterpies Box entdeckt?"

„Dass du verrückt bist", antwortete Ginger. *„Aber das ist ja für ihn nichts Neues."*

„Sehr witzig", gab Olivia zurück, ohne eine Miene zu verziehen. „Bist du dir wirklich sicher, dass du hierbleiben willst? Ich könnte vorbeikommen und dich abholen, bevor ich zur Stone Creek Ranch rausfahre."

Als Antwort darauf kniff Ginger die Augen fest zu und begann laut zu schnarchen. Olivia wusste, es wäre sinnlos, weiter mit ihr reden zu wollen. Sie hörte jetzt einfach nicht mehr zu. Also untersuchte Olivia das Pony noch einmal gründlich, dann machte sie sich auf den Weg.

Tanner kaufte eine halbe Kiste vom besten Wein, den er auftreiben konnte. In Stone Creek gab es nur einen einzigen Supermarkt, und die Spirituosenhandlung hatte geschlossen. Als er in der Schlange vor der Kasse stand, dachte er daran, dass er besser gelogen und Brad gesagt hätte, er habe bereits Pläne für Thanksgiving.

Er würde sich wie ein Außenseiter vorkommen, der einen ganzen Nachmittag und den Abend dazu mit einer Familie verbrachte, die nicht seine war. Aber vermutlich war das immer noch besser, als im einzigen richtigen Restaurant der Stadt allein an einem Tisch zu sitzen und daran zu denken, wie er Thanksgiving früher gefeiert hatte, nämlich mit Kat und Sophie.

Kat.

„Ist der gut?", fragte die Kassiererin.

Tanner war so in Gedanken versunken, dass er zunächst gar nicht wusste, wovon die Frau redete, bis sie auf den Wein zeigte. Sie war sehr jung und sehr hübsch, und es schien sie nicht zu stören, an Thanksgiving zu arbeiten, während der Rest des Landes damit beschäftigt war, unzählige Truthähne zu verspeisen.

„Ich weiß nicht", antwortete er mit einiger Verzögerung auf ihre Frage. Früher war er mal ein richtiger Weinkenner gewesen, aber seit er nicht mehr trank, war ihm das Gespür für einen guten Wein irgendwie abhandengekommen. „Ich richte mich nur nach dem Etikett und dem Preis."

Die Frau nickte, als hätte er eine brauchbare Antwort gegeben, dann wünschte sie ihm ein schönes Thanksgiving. Er wünschte ihr das Gleiche, dann nahm er die Weinkiste, in der die Flaschen klirrend gegeneinanderschlugen, und verließ den Supermarkt.

Gerade als er die Kiste Wein auf den Beifahrersitz stellte, kehrte die Erinnerung an den Traum zurück und traf ihn mit voller Wucht.

Kat stand da im Gang in seiner Scheune, sie trug das weiße Sommerkleid und sagte ihm, sie werde nicht zurückkommen.

Es half nichts, wenn er sich vor Augen hielt, dass es doch nur ein Traum gewesen war. Er hatte sich an diese nächtlichen Besuche geklammert, immerhin war er von ihnen durch manche schwierige Phase gebracht worden. Kat war diejenige gewesen, die ihn gewarnt hatte, er solle auf seinen Alkoholkonsum achten. Und sie hatte ihm auch geraten, diesen Auftrag in Stone Creek anzunehmen und das Projekt selbst zu überwachen, anstatt es an einen seiner Mitarbeiter zu delegieren.

Und Kat hatte darauf beharrt, dass die Zeitungen sich irrten. Sie war nicht das Ziel eines Anschlags gewesen, sondern zwischen zwei Fronten geraten, deren Kontrahenten weder sie noch Sophie im Visier hatten.

So wie vor ein paar Nächten hatte sie sich dann vor seinen Augen wieder in Luft aufgelöst, was für ihn sogar im Traum so schmerzhaft war, dass er darüber aufgewacht war. Der Traum wollte ihn aber auch im Wachzustand nicht in Ruhe lassen, und so hatte er letzte Nacht nicht mehr einschlafen können. Eine Weile war er durch das dunkle, leere Haus getigert, bis er es nicht mehr aushielt, in die Scheune ging, Shiloh sattelte und einen nächtlichen Ausritt mit ihm unternahm.

Eine Zeit lang hatte er versucht, zu Pferd dem zu entkommen, was er empfand – kein Gefühl von Verlust oder Trauer, sondern das Gefühl, etwas loszulassen und selbst befreit zu werden.

Er hatte Kat mehr als sein eigenes Leben geliebt. Wieso sollte ihr Tod ihm dann anstatt Trauer solche Empfindungen bereiten?

Seine Schuldgefühle waren nahezu erdrückend. Solange er um sie getrauert hatte, war sie ihm irgendwie näher erschienen. Jetzt lag das Schlimmste hinter ihm, und irgendeine grundlegende Veränderung war eingetreten. Eine Veränderung, die ihm den Boden unter den Füßen wegzog, während er vergeblich versuchte, sein Gleichgewicht wiederzufinden.

Stundenlang war er mit Shiloh unterwegs gewesen, bis es bereits hell wurde. Er überquerte soeben das Feld zwischen seiner und Olivias Ranch, als auf einmal ihr Hund wie ein Blitz durch den hohen Schnee auf Ross und Reiter zugeschossen kam. Eigentlich hatte Tanner heimkehren wollen, um Shiloh für die nächtliche Störung mit einer zusätzlichen Portion Futter zu belohnen, dann zu duschen und sich noch für ein paar Stunden ins Bett zu legen – wäre da nicht Ginger gewesen … und der Anblick von Olivia, wie sie am Zaun stand und nach dem Hund rief.

Sie trug eine Jogginghose, alberne Gummistiefel und eine alte

Herrenjacke – und trotzdem sah sie darin verdammt sexy aus. Er holte bei ihr eine Einladung zu einer Tasse Kaffee heraus, obwohl man bei genauer Betrachtung sagen musste, dass er sich einfach selbst eingeladen hatte. Während er in ihrem Haus war, konnte er die ganze Zeit über nur daran denken, mit Olivia ins Bett zu gehen.

Natürlich hätte er ein solches Ansinnen nicht zur Sprache gebracht. Erstens war es für so etwas noch viel zu früh, und zweitens hätte sie ohnehin nach dem erstbesten schweren Gegenstand gegriffen, um ihn außer Gefecht zu setzen. Dennoch war der Gedanke verlockend gewesen. Es war das erste Mal seit Kats Tod, dass ihn der Gedanke an eine Frau in Versuchung geführt hatte.

Nachdem er vom Einkaufen zurück war, ließ er den Wein im Wagen und ging zur Scheune. Shiloh schlief im Stehen, wie Pferde das nun mal machten. Als er dann aber über die halbhohe Tür einen Blick in Butterpies Box warf, verschlug es ihm vor Rührung die Sprache. Das Pony hatte sich auf den Sägespänen hingelegt, und Olivias Hund lag an das Tier geschmiegt, als würde er Wache halten.

„Ich glaub's ja nicht", murmelte Tanner. Er war auf dem Land aufgewachsen, daher wusste er, dass Pferde sich mit Kühen, Katzen, Hunden und sogar mit kleinen Ziegen anfreunden konnten, aber so etwas wie dieses Bild hier hatte er noch nie zu Gesicht bekommen.

Wahrscheinlich hätte er Ginger nach Hause bringen sollen, da Olivia bestimmt schon nach ihrer Hündin suchte, aber er konnte sich einfach nicht dazu durchringen, die beiden zu trennen.

„Wie sieht's aus? Hast du Hunger, Mädchen?", fragte er Ginger und dachte darüber nach, wie schön es wäre, einen Hund zu haben. Das Problem war nur, dass er zu oft umzog, von einem Projekt zum nächsten, von einem Land ins andere. Wenn er schon nicht in der Lage war, seine eigene Tochter großzuziehen, wie wollte er sich dann angemessen um einen Hund kümmern?

Ginger gab einen tiefen, kehligen Laut von sich und sah ihn mit ihren großen Augen auf diese herzerweichende Weise an.

Er kehrte ins Haus zurück und holte ein Stück Fleisch und eine Schale mit frischem Wasser, dann platzierte er beides so, dass die Hündin es mühelos erreichen konnte.

Sie trank hastig vom Wasser und knabberte ein wenig am Fleisch herum, während Tanner sie sanft streichelte. Erst gestern hatte er noch miterlebt, wie Ginger mit einem Satz in Olivias Suburban gesprungen war. Also steckte trotz der grauen Haare rund um ihre Schnauze noch immer genug Pep in ihr, doch es war unmöglich, dass sie die Boxentür hätte überspringen können. Das hieß, Olivia musste sie hier zurückgelassen haben, damit sie auf das Pony aufpasste.

Als sein Blick auf eine alte Getreideschale fiel, die umgestülpt auf dem Boden lag, fand er seine Vermutung bestätigt. Olivia musste in der Scheune nach etwas Geeignetem gesucht haben und war dabei auf diese Schale gestoßen. Sie hatte sie mit Wasser gefüllt, aber irgendwann, nachdem sie längst gegangen war, war vermutlich Butterpie auf den Rand getreten, sodass sie umgekippt war und das Wasser sich auf dem Boden verteilt hatte. Dieses Szenario spielte sich noch vor seinem geistigen Auge ab, als auf einmal sein Handy klingelte.

Sophie.

„Dieses angebliche Paradies ist völliger Mist", sagte sie ohne Vorrede, als er sich meldete. „Es ist kalt, Mary Susan Parker niest mir ständig ins Gesicht, und wir dürfen uns nicht mal was aus der Minibar in unserer Hotelsuite nehmen! Ms Wiggins hat uns einfach die Schlüssel abgenommen!"

Tanner musste lachen. „Hallo, ich wünsche dir auch ein schönes Thanksgiving, Sweetheart." Er war so froh, ihre Stimme zu hören, dass ihm Tränen in die Augen stiegen.

„Wir wollen ja keinen Schnaps oder so was trinken", redete Sophie weiter. „Aber wir können uns nicht mal ein Wasser oder einen Schokoriegel rausnehmen!"

„Das ist ja schrecklich", bemitleidete Tanner sie, woraufhin Sophie am anderen Ende der Leitung verärgert schwieg. Schließlich fuhr er fort, um die Unterhaltung wieder in Gang zu bringen:

„Butterpie hat eine neue Freundin, eine Hündin namens Ginger." In gewisser Weise fehlte seine Tochter ihm noch mehr, wenn er mit ihr telefonierte, trotzdem wollte er so lange wie möglich mit ihr reden.

„Echt?" Diesmal war Sophies Interesse geweckt worden. „Ist das dein Hund?"

Sophies Wortwahl entging ihm nicht. Sie hatte „dein Hund" gesagt, nicht „unser Hund". „Nein, Ginger lebt nebenan, sie ist nur zu Besuch hier."

„Ich fühle mich einsam, Dad", erklärte Sophie und klang mit einem Mal viel jünger als die Zwölfjährige, die sie eigentlich war. Sie musste fast ins Telefon brüllen, um eine Blaskapelle zu übertönen, die im Hintergrund *Santa Claus is coming to Town* spielte. „Bist du auch so einsam?"

„Ja", gestand er ihr. „Aber es gibt Schlimmeres, als sich einsam zu fühlen, Soph."

„Im Augenblick kann ich mir nichts vorstellen, was schlimmer sein sollte. Wirst du den ganzen Tag über allein sein?"

Tanner ging in die Hocke, um Ginger hinter den Ohren zu kraulen. „Nein, ein Freund hat mich zum Abendessen eingeladen."

Sophie seufzte unüberhörbar erleichtert. „Gut. Ich dachte schon, du stellst ein Fertigessen aus der Kühltruhe in die Mikrowelle oder so und siehst dir im Fernsehen ein Footballspiel an. Das wäre nämlich armselig."

„Ich werde mich hüten, armselig zu sein", erwiderte Tanner. Seine Kehle war mit einem Mal wie zugeschnürt und er klang heiser. „Alles, nur nicht das."

„Was für ein Freund ist das, zu dem du zum Abendessen hingehst?", wollte sie wissen.

„Niemand, den du kennst."

„Ein Freund? Oder eine *Freundin*?" War das etwa Hoffnung, die in ihrer Stimme mitschwang? „Hast du eine Frau kennengelernt, Dad?"

Verdammt, das war tatsächlich Hoffnung. Seine Tochter

träumte vermutlich davon, dass er eines Tages wieder heiratete, damit sie das Internat für immer verlassen konnte und sie alle wie eine ganz normale Familie leben würden – mit einem Hund und zwei Autos, die jede Nacht in der Doppelgarage parkten.

Nur würde es niemals dazu kommen.

Ginger warf ihm einen bewundernden und zugleich mitfühlenden Blick zu, als er sich die Augen rieb. Nach der schlaflosen Nacht fühlte er sich todmüde, und die Erschöpfung holte ihn nun unausweichlich ein – zumindest war es das, was er sich einredete.

„Nein", antwortete er. „Ich habe keine Frau kennengelernt, Soph." Olivias Gesicht zog an seinem geistigen Auge vorüber. „Natürlich habe ich hier auch eine Frau kennengelernt, aber es ist nicht das, was du meinst."

„Aber du triffst dich mit ihr!", rief sie hoffnungsvoll.

„Nein", widersprach er. Nur weil er dieser Frau eine Tasse Kaffee abgeschwatzt hatte und heute Abend mit ihr am gleichen Tisch sitzen würde, traf er sich nicht mit ihr in dem Sinn, den Sophie meinte. „Nein, wir sind nur … was soll ich sagen? … befreundet."

„Oh." Die eine Silbe genügte, um Sophies Enttäuschung erkennen zu lassen. „Das ist doch alles Mist!"

„Ja, das hast du schon gesagt", entgegnete er mit sanfter Stimme. Er wollte seine Tochter irgendwie besänftigen, hatte aber keine Ahnung, wie er das anstellen sollte. „Vielleicht liegt es ja an deiner Einstellung. Immerhin haben wir heute Thanksgiving, warum versuchst du's nicht mal mit ein bisschen Dankbarkeit?"

Er hörte, wie sie auflegte. Im ersten Moment war er drauf und dran, sofort zurückzurufen, doch dann entschied er sich dagegen. Er würde es später versuchen, wenn sie sich wieder beruhigt hatte und ihre Situation mit anderen Augen betrachten konnte. Sie sollte sich eigentlich glücklich schätzen, konnte sie doch den Feiertag in New York verbringen und die berühmte Parade aus erster Hand miterleben. Und zudem war sie noch zusammen mit ihren Mitschülern in einem Nobelhotel untergebracht.

„Frauen", sagte er kopfschüttelnd zu Ginger.

Sie reagierte mit einem Schnauben und legte den Kopf auf seinen Arm.

Eine Zeit lang blieb er noch bei Butterpie und Ginger in der Scheune, dann machte er sich auf den Weg ins Haus, duschte und rasierte sich, um sich dann noch für eine Weile schlafen zu legen.

Diesmal wurde er in seinen Träumen nicht von Kat heimgesucht.

Olivia hatte auf dem Weg zur Stone Creek Ranch noch einen Zwischenstopp bei Tanners Scheune eingelegt, um nach Butterpie zu sehen und Ginger vielleicht dazu bewegen zu können, sie doch zu begleiten. Die Hündin war jedoch standhaft geblieben.

An der Ranch angekommen, sah sie zunächst nach Rodney, der sich in seiner Box wohlzufühlen schien. Dann zog sie sich mit ihrer kleinen Reisetasche in das beengte Badezimmer hinter der Sattelkammer zurück, um in aller Eile zu duschen. Nachdem sie sich abgetrocknet hatte, zwängte sie sich in diese verdammte Strumpfhose, zog Rock und Pullover an, dann stieg sie in ihre Stiefel. Zum Abschluss trug sie sogar noch etwas Mascara und Lipgloss auf.

Es sollte schließlich niemand sagen, dass sie wie eine Tierärztin zum Essen mit der ganzen Familie erschienen war.

Dass Tanner Quinn ebenfalls anwesend sein würde, hatte dabei rein *gar nichts* damit zu tun, dass sie sich für den feierlichen Anlass hübsch machte.

Als sie die Stufen zur vorderen Veranda hinaufging, wurde eine Erinnerung an Big John aus ihrer Zeit an der Highschool wach, wie er dort oben gestanden und darauf gewartet hatte, dass sie von ihrem Date mit Jesse McKettrick nach Hause kam. Nach dem Tanz waren sie alle gemeinsam zur Triple M gefahren, um dort am See noch fast bis zum Morgengrauen zu feiern.

Big John war vor Wut außer sich gewesen, seine Miene hatte wie versteinert gewirkt, und er hatte mit bedrohlich leiser Stimme gesprochen.

Jesse hatte gehörigen Ärger bekommen, weil er Big Johns Enkelin die ganze Nacht über nicht nach Hause gebracht hatte. Olivia selbst war von ihm zu einem Monat Stubenarrest verdonnert worden.

Mit einem traurigen Lächeln auf den Lippen erinnerte sie sich daran, wie sauer sie damals gewesen war und wie sie ihrem wütenden Großvater unter Tränen beteuert hatte, dass zwischen ihnen nichts gelaufen war. Was der Wahrheit entsprach, wenn man das bisschen Rumgeknutsche nicht dazuzählte.

Heute dagegen würde sie alles dafür geben, den temperamentvollen alten Mann noch einmal zu erleben, selbst wenn er mit erhobenem Zeigefinger vor ihr gestanden und ihr erklärt hätte, dass zu seiner Zeit junge Damen noch wussten, wie man sich anständig benahm.

O Gott, wie sehr er ihr doch fehlte. Und seine Wutausbrüche. Nein, *vor allem* seine Wutausbrüche, weil sie bewiesen, wie sehr ihm ihr Wohlergehen am Herzen lag.

In dem Moment ging die Tür auf und Brad kam nach draußen. Der Papptruthahn flatterte im Wind.

„Ashley wird mich umbringen", sagte sie zu ihrem Bruder. „Ich habe vergessen, die Salate zu kaufen."

„Wir haben so viel Essen", erwiderte er lachend, „da wird ihr das gar nicht auffallen. Und jetzt komm endlich rein, bevor wir beide hier draußen noch erfrieren."

Olivia zögerte und musste schlucken. Ihr entging nicht, dass Brads Gesicht einen ernsten Zug annahm.

„Stimmt was nicht?", fragte er und kam die Treppe herunter.

„Ashley sucht nach Mom", sagte sie. Eigentlich hatte sie das Thema gar nicht anschneiden wollen, es war ihr einfach so herausgerutscht.

„Wie bitte?"

„Ich vermute, sie wird es beim Abendessen bekannt geben", redete sie weiter. „Sehe nur ich das so, oder ist das wirklich eine dumme Idee von ihr?"

„Es ist sogar eine sehr dumme Idee", antwortete Brad.

„Du weißt doch irgendwas über Mom, nicht wahr? Irgendwas, was du uns allen verschweigst." Es war nur ein Schuss ins Blaue gewesen, aber der entpuppte sich als Volltreffer. Das verriet ihr die finstere Miene ihres Bruders.

„Ich weiß genug", sagte er.

„Ich hätte es nicht ansprechen sollen. Aber ich musste gerade an Big John denken, und dann kam mir Mom in den Sinn, und dabei fiel mir ein, was Ashley mir gesagt hatte …"

„Ist schon gut", erwiderte Brad und versuchte sie aufmunternd anzulächeln. „Vielleicht fängt sie ja heute nicht davon an."

Olivia bezweifelte, dass dieser Kelch an ihnen vorübergehen würde. Immerhin war Ashley eine echte O'Ballivan, und wenn sie sich etwas in den Kopf gesetzt hatte, gab sie keine Ruhe mehr, bis ihr Ziel erreicht war. „Ich könnte mit ihr reden …"

Brad schüttelte den Kopf und zog sie mit sich ins Haus. Drinnen war es zu warm, zu überlaufen und zu laut, dennoch war Olivia entschlossen, das Beste aus der Situation zu machen – der Familie zuliebe und auch sich selbst zuliebe.

Big John hätte nichts Geringeres von ihr erwartet.

Sie machte sich auf die Suche nach Mac, den sie in seinem Laufstall entdeckte. Sie hob den Jungen heraus und nahm ihn in ihre Arme. „Hier riecht's ja richtig gut, Großer", sagte sie zu ihm. Im Kamin brannte ein Feuer, und Meg hatte hier und da Duftkerzen aufgestellt. Außerdem verbreiteten sich aus der Küche kommend köstliche Aromen im ganzen Haus.

Aus dem Augenwinkel entdeckte sie Tanner Quinn, der in der Nähe von Brads Stutzflügel herumstand, eine Flasche Wasser in der Hand hielt und sich alle Mühe gab, den Eindruck zu erwecken, Spaß zu haben.

Als sie sein Unbehagen bemerkte, vergaß Olivia darüber völlig, dass es ihr ganz genauso ging. Mit Mac im Arm ging sie rüber zu Tanner.

Ein Handy begann in dem Moment zu klingeln, als sie ihn ansprechen wollte – es war die Titelmelodie aus dem Weihnachtsfilm *Der Grinch* –, und sofort griff Tanner in seine Jackentasche.

Nachdem er das Telefon aufgeklappt und sich gemeldet hatte, sah Olivia, wie er mit einem Mal kreidebleich wurde. Die Wasserflasche rutschte ihm aus den Fingern, er bekam sie nur mit Mühe zu fassen, ehe sie auf dem Boden aufschlagen konnte.

„Was ist los?", fragte Olivia beunruhigt.

Mac, der gerade eben noch rundum glücklich und zufrieden gewesen war, legte plötzlich den Kopf in den Nacken und begann aus Leibeskräften zu schreien.

„Meine Tochter", sagte Tanner, der wie erstarrt dastand. „Sie ist verschwunden."

*S*eit Kats Tod hatte Tanner in Furcht vor diesem Anruf gelebt: der Mitteilung, Sophie sei spurlos verschwunden oder ihr sei etwas Schlimmes zugestoßen. Und jetzt, da dieser Fall eingetreten war, stand er wie angewurzelt da und versuchte sich dem unsinnigen Impuls zu widersetzen, in alle Richtungen gleichzeitig zu rennen.

Olivia gab das Baby ihrem Bruder, der gleich zu ihnen hinübergekommen war, und berührte Tanner am Arm. „Was heißt, sie ist verschwunden?"

Ehe er antworten konnte, klingelte sein Handy erneut. Ohne einen Blick auf das Display zu werfen, nahm er den Anruf an. „Sophie?"

„Jack McCall", meldete sich sein alter Freund. „Wir haben Sophie gefunden, Buddy. Sie ist wohlauf, bloß ein bisschen sauer. Oder besser gesagt: verdammt sauer."

Die Erleichterung erfasste Tanner wie eine Flutwelle, die ihn umreißen wollte. Tatsächlich hatte er Schwierigkeiten, sich auf den Beinen zu halten. „Geht es ihr wirklich gut?" Jack war für ihn da gewesen, als Kat getötet worden war, und falls es jetzt noch eine unerfreuliche Nachricht zu ergänzen gab, würde er vermutlich versuchen, sie ein wenig abzumildern.

Olivia stand da und sah ihn abwartend an, ihre Hand lag noch immer auf seinem Arm, ihre Finger drückten ganz leicht zu.

„Es geht ihr bestens", versicherte Jack ihm. „Wie gesagt, sie freut sich nur nicht darüber, dass wir sie geschnappt haben."

„Und wo war sie?" Tanner hatte Mühe, einen klaren Gedanken zu fassen und ihn auch auszusprechen, während ihm tausend Schreckensszenarien durch den Kopf gingen.

„Grand Central. Sie hat sich aus der Gruppe abgesetzt, als die auf dem Rückweg von der Parade in der Menschenmenge feststeckte. Zum Glück hat einer von meinen Leuten sie sofort wiederentdeckt und ist ihr bis zum Bahnhof gefolgt. Sie wollte eine Fahrkarte in Richtung Westen kaufen."

Sophie hatte versucht, nach Hause zu kommen.

Brad zog den Klavierhocker nach hinten, damit Tanner sich setzen konnte, der seinem Freund einen dankbaren Blick zuwarf.

„Die große Frage lautet", redete Jack weiter, „was fangen wir jetzt mit ihr an? Sie hat geschworen, sie wird wieder weglaufen, wenn wir sie zur Schule zurückbringen, und das glaube ich ihr auch. Deine Kleine meint es ernst, Tanner."

Er atmete seufzend aus. Ihm war übel und schwindlig, weil er an all die Dinge denken musste, die Sophie zustoßen konnten. Und er war sehr froh, als sich Olivia zu ihm auf den länglichen Hocker setzte und ihre Schulter seine berührte. „Kannst du sie herbringen?", fragte er. „Nach Stone Creek?"

„Ich kann sie bis nach Phoenix bringen", erwiderte Jack. „Da können meine Leute sie übernehmen und den Rest der Strecke mit dem Helikopter zurücklegen. Der Jet muss um sechs Uhr Ortszeit in L.A. sein, weil die Regierung ihn für einen dringenden Einsatz an der mexikanischen Grenze benötigt. Darum kann ich die Maschine nicht einfach abziehen."

Tanner warf einen Seitenblick zu Olivia, die seine Hand nahm und festhielt. „Ich weiß das zu schätzen, Jack", sprach er mit heiserer Stimme in sein Handy. „Schick Sophie zu mir nach Hause."

Als sie das hörte, musste Olivia lächeln. Brad stieß einen leisen Seufzer aus, grinste beruhigt und widmete sich dann wieder seiner Aufgabe, den Gastgeber für das Thanksgiving-Essen der ganzen Familie zu mimen. Die Gäste scharten sich bereits um das Buffet, auf dem die Speisen angerichtet waren.

„Alles klar, Kumpel", gab Jack zurück. „Vielleicht schaue ich auf dem Rückweg von Señoritaville bei euch vorbei. Reservier irgendwo ein Zimmer für mich, geht das? Ich könnte ein paar Monate Ruhe und Erholung gut gebrauchen."

Noch vor ein paar Minuten hätte Tanner sich nicht träumen lassen, je wieder lachen zu können, aber jetzt war er dazu tatsächlich in der Lage. „Das wäre schön, wenn du dich hier blicken lassen könntest", sagte er. „Ich werde mich umhören, wo ich dich einquartieren kann."

„Adios, Amigo", gab Jack zurück und legte auf.

„Ist mit Sophie alles in Ordnung?", erkundigte sich Olivia behutsam.

„Ja, aber das wird sich ändern, wenn ich sie in die Finger bekomme."

„Sie bleiben hier", sagte sie und stand auf, um nach nebenan ins Esszimmer zu gehen. Ein paar Minuten später kehrte sie mit zwei Tellern zurück. „Sie müssen was essen", erklärte sie.

So verbrachten sie beide das Thanksgiving-Essen, indem sie gemeinsam auf Brad O'Ballivans Klavierhocker saßen und das ganze menschenleere und damit ruhige Wohnzimmer für sich hatten. Überrascht stellte Tanner fest, dass er nicht bloß Appetit hatte, sondern regelrecht ausgehungert war.

„Und? Fühlen Sie sich jetzt besser?", fragte sie, als er aufgegessen hatte.

„Das ja", erwiderte er. „Aber ich glaube, ich bin nicht in der Laune, den Rest des Tages mit Small Talk zu verbringen."

„Kann ich mir vorstellen. Mir geht's nicht anders", gestand sie ihm, während sie nach wie vor nur in ihrem Essen stocherte.

„Gibt es nicht irgendwo eine kranke Kuh?", wollte Tanner wissen und brachte dabei ein schwaches Lächeln zustande. Die Sache mit Sophie war für ihn ein solcher Schock gewesen, dass er sich auch jetzt noch immer nicht ganz beruhigt hatte. „Das wäre doch sicher eine gute Ausrede, um von hier verschwinden zu können."

„Heute haben sich alle Kühe vorgenommen, kerngesund zu sein", erklärte sie.

„Zu schade", scherzte er.

Zwar lachte sie über seine Bemerkung, aber ihre Augen spiegelten keine Belustigung wider. Tanner fragte sich, wieso der Feiertag bei ihr solches Unbehagen auslöste. Andererseits kannte er sie noch nicht gut genug, um deswegen nachzuhaken. Er wusste jedenfalls, warum er Feiertage nicht mochte: Der Verlust von Ehefrau und Großmutter stand in einem zu krassen Kontrast zu all der Fröhlichkeit, die dann herrschte. Vielleicht hatte Olivia ja einen ganz ähnlichen Grund.

„Ich *bin* allerdings um Butterpie besorgt", sagte sie, als sei sie froh, doch noch einen Vorwand gefunden zu haben. „Was halten Sie davon, wenn wir einen von den hundert Kürbiskuchen stibitzen, die sich auf dem Küchentresen stapeln, und uns auf den Weg zu Ihrer Scheune machen?"

Vielleicht lag es daran, dass die Anspannung von ihm abgefallen war. Vielleicht hing es auch damit zusammen, dass Olivia so gut aussah und so verdammt gut roch – fast so gut wie an diesem Morgen am Zaun zu ihrem Grundstück und wenig später bei ihr in der Küche. So oder so war die Scheune nicht der Ort, an den er sich mit ihr davonstehlen wollte.

„Einverstanden", sagte er. „Aber wenn Sie beim Kuchendiebstahl ertappt werden, werde ich leugnen, dass ich mit Ihnen irgendwas zu tun habe."

Wieder lachte sie auf diese melodische und absolut feminine Art, die in seinem Kopf widerhallte und sich in seinem Herzen festsetzte. „Einverstanden."

Sie nahm die Teller an sich und ging in die Küche.

Tanner entdeckte Brad, wie der im großen Esszimmer neben dem Sideboard stand und den Verkehr zwischen dem Buffet und dem langen Esstisch lenkte, an dem Besteckklappern die angeregte Unterhaltung untermalte.

„Alles wieder okay?" Brad musterte aufmerksam Tanners Gesicht.

„Ich hatte es ein wenig mit der Angst zu tun bekommen", räumte Tanner ein und fuhr sich mit einer Hand durchs Haar. Er kannte etliche berühmte Leute, doch keiner von ihnen war so bodenständig wie Brad O'Ballivan. Dieser Mann besaß von allem mehr als genug, und trotzdem führte er ein vergleichsweise schlichtes Leben. „Auf jeden Fall möchte ich im Moment lieber allein sein."

Brad machte eine verstehende Geste, dann entdeckte er Olivia, die mit einem Kuchen und einer kleinen Frischhaltedose aus der Küche kam. Am Tisch blieb sie stehen und unterhielt sich kurz mit Meg. Sein Blick kehrte zu Tanner zurück. „Allein sein also?", fragte er argwöhnisch.

„Es ist nicht so, wie du denkst", antwortete Tanner, dem mit einem Mal ein wenig heiß zumute wurde.

Brad zog eine Augenbraue hoch und betrachtete ihn nachdenklich. „Du bist ein guter Freund, aber vergiss nicht, dass ich meine Schwester liebe, okay?"

Tanner nickte und fand Brad in diesem Moment sogar noch sympathischer. So wie ein richtiger Cowboy war er um das Wohl der Frauen in seiner Familie besorgt. „Ich werd's nicht vergessen."

Er und Olivia verließen die Stone Creek Ranch zur gleichen Zeit, er in seinem zu sauberen roten Truck, sie in ihrem ramponierten alten Suburban. Die Fahrt zur Starcross dauerte gut eine Viertelstunde. Kaum dort eingetroffen, war Olivia sofort aus ihrem Wagen ausgestiegen und auf dem Weg zur Scheune, während er noch den Pick-up parkte.

Butterpie war aufgestanden, und Ginger streckte sich gerade genüsslich, als Tanner Olivia vor der Boxentür eingeholt hatte. Sie öffnete den Plastikbehälter, der reichlich Reste vom Truthahn enthielt.

„Erzählen Sie Butterpie, dass Sophie nach Hause kommt", bat er, obwohl er überhaupt nicht die Absicht gehabt hatte, etwas Derartiges zu sagen.

Olivia lächelte ihn an. Sie hatte die Box betreten und Ginger etwas von dem kalten Truthahn gegeben. „Schon geschehen", antwortete sie. „Darum ist Butterpie auch auf den Füßen. Es würde ihr guttun, sich ein wenig die Beine zu vertreten. Wir sollten sie eine Zeit lang im Pferch laufen lassen."

Er nickte zustimmend, holte ein Halfter, schob es ihr über den Kopf und führte sie nach draußen zum Pferch, wo er sie wieder freiließ.

Olivia und Ginger stellten sich zu ihm und sahen zu, wie das Pony sich umschaute, als sei es erstaunt darüber, im letzten Schein der Nachmittagssonne nach draußen gekommen zu sein und vor sich eine Wiese zu haben, auf der eine bis zu diesem Moment unberührte Schneedecke lag.

Ginger bellte ein paarmal, als wollte sie Butterpie anfeuern. Tanner schüttelte den Kopf. Wenn Pferde eines nicht machten, dann war es, sich von Hunden anfeuern zu lassen.

Dann aber musste er daran denken, wie sich die Hündin früher an diesem Tag in der Box zum Pony gelegt hatte. Vielleicht ließen sich Pferde ja doch von Hunden anfeuern.

Butterpie stand eine Weile einfach nur da, dann auf einmal begann sie mit der Schnauze im Schnee zu wühlen, um an das Gras darunter zu gelangen.

Ob sich die Laune des kleinen Pferds gebessert hatte, wusste er nicht. Auf jeden Fall aber galt das für ihn selbst. Butterpie hatte seit der Ankunft auf der Starcross Ranch nichts gegessen, und nun auf einmal begann sie zu grasen. Er ging zurück in den Stall und kam mit einem Ballen Heu wieder, den er über den Zaun warf.

Eine Weile schob Butterpie den Ballen mit der Nase hin und her, dann begann sie daran zu knabbern.

Nachdem Olivia das Pony eine Zeit lang beobachtet hatte, wandte sie sich zu Tanner um und bemerkte, dass einiges von dem Heuballen an seinem besten Anzug haften geblieben war. „Vielleicht sind Sie ja doch ein richtiger Cowboy", meinte sie. Diese schlichten Worte erfreuten ihn zu seinem eigenen Erstaunen fast so sehr wie die Tatsache, dass er wusste, dass Sophie bei seinem besten Freund Jack McCall gut aufgehoben war.

„Danke", erwiderte er, stützte sich auf den Zaun und beobachtete Butterpie beim Essen.

Als das Pony schließlich zum Gatter kam und offenbar in die warme Scheune zurückkehren wollte, führte Tanner das Tier in seine Box, während Ginger und Olivia den beiden folgten und im Gang warteten.

„Und was ist nun mit Sophie geschehen?", fragte sie, als Tanner aus der Box kam.

„Das erzähle ich Ihnen bei Kaffee und Kuchen", sagte er und hielt gebannt den Atem an, als er auf ihre Antwort wartete. Wenn Olivia jetzt beschloss, nach Hause zu fahren oder sich um ihre Patienten zu kümmern, dann würde er schwer enttäuscht sein.

„Hier war es früher wunderbar", erklärte Olivia Minuten später, als sie in seiner Küche saß. Der Kaffee lief noch durch die Maschine, auf dem Tisch vor ihnen stand der mitgebrachte Kuchen.

Tanner wünschte, er hätte sich die Zeit genommen, den alten Kalender abzunehmen und die Löcher in der Wand zuzuspachteln, die davon zeugten, dass dort etliche vorausgegangene Jahrgänge gehangen hatten. Er hätte auch den Boden erneuern sollen, die Armaturen, die Schränke und und und ... Ihm wurde bewusst, dass das Haus eigentlich noch immer unbewohnt wirkte, obwohl er hier eingezogen war.

Was sagte das wohl über ihn aus?

„Ich bringe es wieder in Schuss", entgegnete er. „Und wenn ich weiterziehe, verkaufe ich es." So machte er es jedes Mal. Er kaufte ein Haus, blieb emotional auf Distanz dazu, er renovierte es und verkaufte es weiter, sobald er es nicht mehr benötigte. Regelmäßig machte er dabei Gewinn.

Ihm fiel auf, dass etwas in Olivias Augen aufblitzte. Sie bemerkte, dass es ihm aufgefallen war, und wandte den Blick zur Seite, obwohl es dafür bereits zu spät war.

„Kannten Sie den Vorbesitzer gut?", fragte er, um sie wieder zum Reden zu bringen. Der Klang ihrer Stimme hatte etwas Besänftigendes, und genau das brauchte er im Augenblick.

„Ja, natürlich", gab sie zurück und schob das Schälchen Schlagsahne über die Tischplatte, das sie zusammen mit dem Kuchen und den Truthahnresten für Ginger mitgenommen hatte. „Clarence war einer von Big Johns besten Freunden. Irgendwann in den Neunzigern verlor er seine Frau und damit auch das Interesse an der Starcross Ranch." Sie machte eine Pause und seufzte leise, dabei zog sie die Augenbrauen zusammen, sodass sich die Haut dazwischen in Falten legte. „Er verkaufte seine Tiere, eine Kuh nach der anderen und ein Pferd nach dem anderen. Er hörte einfach mit allem auf." Wieder eine Pause. „Ich vermute, es liegt am Namen."

„An welchem Namen?"

„Dem Namen der Ranch", machte sie ihm klar. „Starcross. Das klingt irgendwie ... traurig, als stünde sie unter einem schlechten Stern."

Tanner musste unwillkürlich flüchtig grinsen. „Welchen Namen würden Sie denn bevorzugen, Doc?" Der Kaffee war fertig, Tanner stand auf und holte zwei Tassen, goss das heiße Getränk ein und stellte sie auf den Tisch.

Sie dachte über seine Frage so intensiv nach, als stünde ein neuer Name tatsächlich zur Diskussion. „Irgendwas ... na ja ... Fröhlicheres", sagte sie, während ihm auffiel, dass sie für den Kuchen auch noch Teller und Gabeln benötigten, woraufhin er zum Schrank ging und eine neue Suche begann. „Etwas Positiveres, Heiteres. Vielleicht so was wie The Lucky Horseshoe oder The Diamond Spur. In dieser Richtung."

Zwar hatte Tanner nicht die Absicht, der Ranch einen neuen Namen zu geben, immerhin würde er im Höchstfall ein Jahr hierbleiben. Warum sollte er sich also dann diese Mühe machen? Doch es gefiel ihm, Olivia reden zu hören und dabei zu beobachten, wie sich ihr Gesichtsausdruck veränderte. Das war faszinierend.

So wie das Gesicht selbst.

Und wie der Körper, der zu diesem Gesicht gehörte.

Tanner rutschte auf seinem Platz unbehaglich hin und her.

„Halten Sie diese Namen nicht für ein bisschen hochtrabend?", wollte er wissen, während er den Kuchen anschnitt.

„Vielleicht ein bisschen kitschig", räumte sie sanft lächelnd ein. „Aber nicht hochtrabend."

Er stellte ihr einen Teller mit einem Stück Kuchen darauf hin, dann bediente er sich selbst.

Amüsiert und sonderbar interessiert beobachtete er, wie sie die Schlagsahne aus dem Plastikbecher löffelte und auf dem Kuchen verteilte. Es sah so aus, als sei ihr Hals rot angelaufen, möglicherweise, weil es ihr nicht behagte, so angestarrt zu werden.

Für einen Moment wandte er seinen Blick ab, aber dann musste er wieder in ihre Richtung schauen. Wie es schien, konnte er einfach nicht anders.

„Sie haben die erstbeste Gelegenheit genutzt, um der Thanksgiving-Feier bei Ihrem Bruder zu entkommen", sagte er behutsam. „Wieso, Doc?"

„Wieso nennen Sie mich plötzlich dauernd ,Doc'?" Sie war also tatsächlich nervös. Vielleicht merkte sie Tanner ja an, dass er sie küssen wollte, bis ihr schwindlig wurde, um sie dann nach oben in sein Bett mitzunehmen.

„Aber Sie sind doch ein Doc."

„Ja, aber ich habe auch noch einen Namen."

„Einen sehr schönen sogar."

Sie grinste, die Anspannung ließ ein wenig nach, was ein gutes Zeichen sein mochte, doch nicht sein *musste*. „Das war aber jetzt sehr dick aufgetragen", meinte sie amüsiert. „Drunter tun Sie's wohl nicht, wie?"

Er lachte und schob den Kuchenteller von sich weg.

„Ich sollte jetzt besser gehen", sagte sie, schien aber von ihren Worten selbst nicht überzeugt zu sein.

Halleluja, dachte Tanner, als sie sich nicht rührte. Zumindest fühlte sie sich in Versuchung geführt.

„Du könntest auch bleiben", schlug er wie beiläufig vor.

Sie biss sich auf die Unterlippe. „Bilde ich mir das nur ein", fragte sie ihn geradeheraus, „oder knistert dieser Raum vor sexueller Spannung?"

„Nein, das bildest du dir nicht ein."

„Wir haben uns noch nicht mal geküsst."

„Das lässt sich jederzeit nachholen", meinte er.

„Und wir kennen uns erst seit ein paar Tagen", wandte sie ein.

„Wir sind beide erwachsen, Olivia."

„Ich … ich kann doch nicht einfach mit dir ins Bett gehen, nur weil ich …"

„Nur weil du es willst?"

Trotz flammte in ihren Augen auf, und sie setzte sich etwas aufrechter hin. „Wer sagt, dass ich es will?"

„Willst du es nicht?"

„Doch", erwiderte sie nach einer langen Pause und ergänzte hastig: „Aber das heißt nicht, dass ich es auch tun werde."

„Natürlich heißt es das nicht", bestätigte er.

„Von Zeit zu Zeit sollten die Menschen sich selbst gegenüber auch mal etwas verweigern", erklärte sie und suchte offenbar nach irgendeinem moralischen Strohhalm, an den sie sich klammern konnte. „Die heutige Gesellschaft ist viel zu sehr auf eine schnelle Befriedigung ihrer Bedürfnisse ausgerichtet."

„Ich kann dir versprechen", sagte Tanner und sah sie eindringlich an, „dass es keine schnelle Befriedigung sein wird."

Ihr Gesicht lief rot an, und er nahm wahr, wie ihre Halsschlagader schneller zu pulsieren begann.

„Wann hast du das letzte Mal mit einem Mann geschlafen?", fragte er, da sie beharrlich schwieg. Immerhin war sie bislang aber auch nicht aufgesprungen und aus dem Haus gerannt.

Tanner hatte allen Grund, sich Hoffnungen zu machen.

„Das ist eine ziemlich persönliche Frage", erwiderte sie und klang mit einem Mal ein wenig beleidigt. Sie ging sogar so weit, dass sie den Blick von Tanner abwandte und ihre Hündin anschaute, die auf dem Läufer vor dem Herd lag und den Schlaf der Gerechten schlief.

„Ich sag's dir, wenn du es mir sagst."

„Es ist eine Weile her", räumte sie vage ein. „Aber ist dir schon mal in den Sinn gekommen, dass ich vielleicht gar nicht wissen will, mit wem du wann das letzte Mal Sex gehabt hast?"

„Eine Weile? Heißt das so viel wie zwischen einem halben und einem Jahr? Oder noch nie?"

„Ich bin keine Jungfrau mehr, falls du das wissen willst."

„Gut", sagte er.

„Ich breche jetzt auf", verkündete sie, blieb allerdings sitzen. Sie rief auch nicht den Hund zu sich, und sie legte nicht die Gabel weg, auch wenn sie nichts mehr von ihrem Kuchen gegessen hatte.

„Das steht dir frei."

„Ich weiß."

„Wir könnten aber auch nach oben gehen."

Sie schluckte angestrengt, ihre wunderschönen Augen weiteten sich ein wenig.

Verdammt, sie dachte tatsächlich darüber nach.

Sie überlegte, sich gehen zu lassen und etwas absolut Unvernünftiges zu tun. Bei Tanner regte sich eine Erektion, und er war froh, dass der Tisch ihr die Sicht darauf versperrte.

„Ohne irgendwelche Verpflichtungen?", fragte sie.

„Ohne Verpflichtungen", versicherte er ihr, auch wenn es ihm zu seiner eigenen Verwunderung nicht so ganz leichtfiel, das zu sagen. Allerdings hatte er jetzt keine Zeit, um sich über die möglichen Gründe dafür Gedanken zu machen.

Er war schließlich ein Mann, der an einem Tisch saß mit einer der reizendsten und zugleich unergründlichsten Frauen, der er je begegnet war.

„Ich vermute, wir werden uns so lange den Kopf darüber zerbrechen, bis wir es endlich getan haben."

Verdammt, diese Frau steckte ja voller Überraschungen. Er hatte damit gerechnet, dass sie einen Weg fand, wie sie sich mit Argumenten *gegen* Sex mit ihm aus der Affäre ziehen konnte, aber nicht, dass sie Argumente *dafür* suchte.

„Vermutlich ja", sagte Tanner ernst.

„Wir sollten dieses Problem aus der Welt schaffen."

„Das finde ich auch", stimmte er ihr zu, weil er das Gespräch nicht ins Stocken geraten lassen wollte. Er überlegte, wann der richtige Zeitpunkt gekommen war, um den entscheidenden Schritt zu unternehmen. In seinem Hinterkopf schwirrte unterdessen die Frage umher, was zum Teufel er hier eigentlich tat.

Dann stand er auf.

Olivia erhob sich ebenfalls ... und bemerkte vermutlich seine Erektion.

Würde sie doch noch die Flucht antreten?

Tanner wartete.

Sie wartete.

„Darf ich dich küssen?", fragte er schließlich. „Danach könnten wir überlegen, was wir machen."

„Gute Idee", stimmte sie ihm zu. Ihr Puls raste immer noch, ihr Atem ging flach und hastig, sodass er wieder beobachten konnte, wie sich bei jedem Atemzug ihre Brüste unter dem blauen Pullover hoben und senkten.

Sie rührte sich nicht von der Stelle, also trat Tanner näher, legte die Hände an ihr Gesicht und küsste sie zunächst sanft auf den Mund, dann wurde er fordernder und ließ einen Zungenkuss folgen.

Was dachte sie sich nur dabei? überlegte Olivia irritiert, während sie sich gleichzeitig auf Zehenspitzen stellte, um von Tanner inniger geküsst zu werden. Zugegeben, der letzte Sex war schon eine Weile her, zehn Monate, um genau zu sein, weil sie da zum letzten Mal mit einem Mann ausgegangen war. Aber es war nicht so, dass sie unter hormonellem Notstand litt.

Das hier ... das war so, als würde man versehentlich einem Tornado zu nahe kommen und von dem Sog erfasst werden. Während sie so in Tanner Quinns schäbiger Küche stand, fühlte sie sich hilflos und allmächtig zugleich. Hilflos, weil ihr noch vor dem Verlassen der Stone Creek Ranch klar gewesen war, dass es passieren würde. Allmächtiger, da sie selbst es verdammt noch mal auch wollte.

Sie wollte heißen, verschwitzten Sex, und sie wusste, so etwas konnte Tanner ihr bieten.

Sie küssten sich, bis sie weiche Knie bekam und sich an Tanner lehnte.

Der nahm sie daraufhin in seine Arme. „Bist du dir wirklich ganz sicher, Doc?"

„Ja, ganz sicher", beteuerte sie und nickte nachdrücklich.

Ginger hob kurz den Kopf, sah sie beide flüchtig an und schlief dann weiter.

Tanners Zimmer war geräumig und relativ sauber, auch wenn er das Bett wahrscheinlich seit dem Tag, an dem er eingezogen war, nicht mehr gemacht hatte. Ein kleiner Teil ihres Verstandes registrierte diese Dinge, aber der urwüchsige, animalische Teil ihres Gehirns wollte nur, dass sie sich ihre Sachen vom Leib riss.

Langsam, fast bedächtig streifte Tanner ihr die Kleidung ab. Er hauchte Küsse auf ihre nackte Schulter und wanderte mit den Lippen hinunter zu ihrem Brustansatz. Als er abwechselnd seine Zunge um ihre Brustwarzen kreisen ließ, blieb Olivia beinahe die Luft weg. Sie wollte mehr davon und reckte sich ihm voller Verlangen entgegen.

Er unterbrach nur gerade lange genug, damit er sich seines Jacketts entledigen und die Fliege zur Seite werfen konnte, während sich Olivia um die Hemdknöpfe und um den Reißverschluss seiner Hose kümmerte.

Endlich standen sie sich nackt gegenüber.

Wieder küsste Tanner sie, dirigierte sie zur Bettkante, wo er vor ihr auf die Knie ging, um mit dem Mund über ihren Bauch und ihre Oberschenkel zu gleiten. „Zu dumm, dass wir die Schlagsahne in der Küche gelassen haben", murmelte er mit tiefer, erregter Stimme.

„O Gott", keuchte Olivia, weil sie wusste, was er vorhatte, und weil sie sich danach mehr sehnte als nach allem anderen.

Er tauchte mit der Zunge in die feinen Locken zwischen ihren Schenkeln ein, spielte mit ihr erst zögerlich, dann begierig. Dabei stieß er ein leises Stöhnen aus, wollte sie wissen lassen, dass es ihm ebenso wahnsinnige Lust bereitete wie ihr. Allerdings bekam sie davon kaum etwas mit, da ihr Herz zu laut pochte und zudem die Sprungfedern bei jeder ihrer Bewegungen knarrten, sobald sie sich ihm entgegendrückte.

Um sie noch intensiver zu verwöhnen, schob er die Hände

unter ihren Po und hob sie an, ließ seine Zunge tiefer in sie vordringen. Der erste Orgasmus überfiel sie nach wenigen Augenblicken und hielt so lange an, dass Olivia sich fühlte, als sei ein kochender Geysir in ihr ausgebrochen.

Erst als sie glaubte, diese süße Qual keine Sekunde länger mehr aushalten zu können, zog Tanner sich zurück. Selbst während sie von einer Welle kleinerer, abebbender Höhepunkte weitergetragen wurde, staunte sie darüber, wie geschickt dieser Mann doch war.

Schließlich beruhigte sich ihr rasender Herzschlag und ein langer, schmachtender Seufzer entrang sich ihrer Kehle. Wie aus weiter Ferne hörte sie, dass die Nachttischschublade geöffnet und wieder geschlossen wurde.

„Bist du dir immer noch sicher?", fragte Tanner.

Sie nickte und stöhnte dabei leise. „Mehr als sicher", bestätigte sie atemlos.

Er drehte sie so, dass sie sich aufs Bett legen konnte, und griff nach einem Kissen für ihren Kopf, wobei er sie zärtlich küsste. Olivia schlang die Arme um seinen Nacken, damit sie ihn an sich pressen und seinen Kuss leidenschaftlich erwidern konnte.

Was nun folgte, war für ihn bestimmt, überlegte sie selbstlos. Sie hatte mehr als nur einen Orgasmus erlebt, und nun war der Moment da, um etwas zurückzugeben. Tanner sollte die Befriedigung genießen, die er sich verdient hatte.

Und *wie* er sich die verdient hatte!

Das Problem mit ihrem Vorsatz war jedoch, dass sie sofort wieder auf das Äußerste erregt war, sobald er in sie eindrang. Jede Faser ihres Körpers verzehrte sich vor Verlangen nach mehr von dieser grenzenlosen Lust. Aber sie konnte nicht so schnell ein weiteres Mal kommen, das war schlicht unmöglich.

Nein, es war nicht unmöglich, denn ihre Erregung begann sich mit jeder seiner Bewegungen schon wieder zu steigern.

Den nächsten Orgasmus erreichten sie gleichzeitig, ebenso den darauf folgenden.

Nach einer Weile fielen sie beide in einen tiefen, traumlosen Schlaf.

Sowie Olivia aufwachte, stellte sie fest, dass das Zimmer in Dunkelheit getaucht war. Ein sonderbares, immer lauter werdendes Surren durchdrang das Dach des alten Hauses. Tanner war nirgends zu entdecken. Mit einem Satz war sie aus dem Bett und schnappte sich ihre Sachen, um sich anzuziehen, ausgenommen die Strumpfhose, die inzwischen im Abfalleimer gelandet war. Was war das nur für ein Höllenlärm? fragte sie sich, während sie die Treppe hinabeilte. Ginger empfing sie aufgeregt bellend in der Küche, hielt aber kurz inne, damit sie ihr einen wissenden Blick zuwerfen konnte.

„Ach, sei ruhig", sagte Olivia und lief weiter zum Fenster.

Tanner stand auf dem Hof, er war in einen grellen Lichtkegel getaucht und schaute rauf zum Himmel. Sekunden später landete ein Stück weit neben ihm ein Helikopter.

Olivia rieb sich die Augen, weil sie nicht glauben wollte, was sie sah. Als sie wieder nach draußen blickte, war der Helikopter noch immer dort. Er hob sich schwarz und unheilvoll von der verschneiten Landschaft ab. Der Propeller wurde langsamer, und dann stieg ein junges Mädchen aus der Maschine aus, ging ein paar Schritte und blieb wie angewurzelt stehen. Tanner lief der Kleinen entgegen, beugte sich über sie und legte einen Arm um ihre Schultern, um sie zum Haus zu bringen.

Als der Helikopter wieder abhob, drehte sich Tanner um und winkte dem Piloten zu.

Sophie war eingetroffen. Und sie hatte einen Auftritt hingelegt, der sich kaum noch überbieten ließ.

„Sehe ich so aus, als hätte ich eben Sex gehabt?", fragte sie Ginger nervös.

„Woher soll ich wissen, wie du aussiehst, wenn du gerade Sex gehabt hast?", gab die Hündin zurück. „Falls du's vergessen hast, ich bin ein Hund."

„Bevor du anfängst zu schimpfen", meinte Sophie und schaute Tanner dabei mit Kats Augen an, „kann ich wenigstens Butterpie Hallo sagen?"

Tanner stand da und vergrub die Hände in den Taschen seiner Lederjacke. Einerseits wünschte er, er wäre davon überzeugt, dass es etwas half, Kinder übers Knie zu legen. Andererseits war er viel zu froh darüber, dass es ihr gut ging und dass sie bei ihm war. „Zur Scheune geht's da lang", sagte er, auch wenn das ziemlich offensichtlich war, dann ging er los.

Ein Schauer lief über Sophies Rücken, als sie hinter ihm herlief. „Wir könnten ja auch das mit dem Schimpfen ganz bleiben lassen", schlug sie nach Luft schnappend vor, „und vergessen das, was war."

„Davon träumst du", erwiderte Tanner.

„Ich stecke in Schwierigkeiten, wie?"

„Was dachtest du denn?" Er versuchte, mürrisch zu klingen, doch er war eigentlich viel zu erleichtert darüber, dass sie gesund und munter war.

Er hätte Olivia wecken sollen, als Jacks Pilot bei ihm angerufen hatte. Er hätte sie vorwarnen sollen, dass Sophie auf dem Weg hierher war. Allerdings musste der Lärm des landenden Helikopters sie sowieso aus dem Schlaf gerissen haben.

„Ich glaube", verkündete Sophie mit kindlicher Überzeugung, „ich freue mich wirklich, hier bei dir zu sein. Wenn du mit mir schimpfen willst, dann kann ich damit leben."

Tanner verkniff sich ein Lachen, weil dies der verkehrte Moment war, um nachsichtig zu sein. „Man hätte dich entführen können", hielt er dagegen. „Wenn ich mir vorstelle, was dir alles hätte zustoßen können ..."

„*Hätte können*", unterbrach sie ihn altklug. „Genau das ist es doch, Dad. Mir *ist* aber nichts passiert. Außer dass einer von Onkel Jacks Leuten mich am Grand Central geschnappt hat. Das war der einzige aufregende Moment, und der war auch noch total peinlich."

Nachdem sie das gesagt hatte, lief Sophie los und stürmte in die Scheune, wobei sie wieder und wieder Butterpies Namen rief. Als er die Beleuchtung in der Scheune einschaltete, hatte sie bereits die Box erreicht und die Tür geöffnet, um dem Pony um den Hals zu fallen.

Butterpie wieherte, was nach purer Freude klang.

In dem Moment tauchte Olivia neben Tanner auf. „Wir machen uns auf den Heimweg, Ginger und ich", sagte sie leise und lächelte ihn an.

„Warte", erwiderte er. „Ich will dich Sophie vorstellen."

„Das ist jetzt der Augenblick für dich und Sophie", erklärte sie und stellte sich auf Zehenspitzen, um ihm einen Kuss auf die Wange zu geben. „Vielleicht morgen."

Es war ein einfacher, gewöhnlicher Kuss, nichts von der Art, was sie beide oben in seinem Schlafzimmer ausgetauscht hatten. Dennoch kam es Tanner so vor, als würde ein Stromschlag durch seinen Körper jagen.

„Vielleicht hast du ja Lust, ihr zu erklären, was ich um diese Uhrzeit hier zu suchen habe", machte sie ihm klar, während sie den Mund zu einem ironischen Lächeln verzog. „Ich für meinen Teil ziehe es vor zu gehen."

Widerwillig nickte Tanner.

Ginger und Olivia verließen die Scheune, ohne dass Sophie von ihrer Anwesenheit überhaupt etwas mitbekommen hatte.

Zu Hause angekommen, duschte Olivia, dann zog sie einen abgewetzten Chenille-Bademantel an und hörte ihren Anrufbeantworter ab, falls es irgendwo einen Notfall gab. Die Mailbox ihres Handys hatte sie bereits überprüft, aber man konnte nie wissen, ob nicht doch jemand die andere Nummer gewählt hatte.

Die einzige Nachricht stammte von Ashley. „*Wo* warst du?", wollte ihre jüngere Schwester wissen. „Heute war *Thanksgiving*!"

Seufzend wartete Olivia, bis Ashley Dampf abgelassen hatte, dann wählte sie deren Nummer.

„Mountain View Bed & Breakfast", meldete sich ihre Schwester unüberhörbar gereizt. Der Tonfall verriet, dass sie wusste, wer anrief.

„Gibt's noch freie Zimmer?", fragte Olivia in der Hoffnung, die Stimmung etwas zu heben.

Aber darauf sprang Ashley nicht an, sondern wiederholte fast wörtlich, was sie auf den Anrufbeantworter gesprochen hatte. Sie schloss mit der erneuten Frage: „Wo warst du?"

„Es gab einen Notfall", antwortete sie. Was hätte sie sonst sagen sollen? *Ich war mit Tanner Quinn im Bett und habe mich bestens vergnügt, danke der Nachfrage.*

„Was für ein Notfall?", hakte Ashley prompt nach.

Olivia seufzte leise. „Das möchtest du lieber nicht wissen." Genau genommen stimmte das ja auch, denn ihre Schwester würde sich ganz bestimmt nicht im Detail anhören, was Tanner mit ihr angestellt hatte.

„Schon wieder eine Kuh mit Blinddarmproblemen?", fragte Ashley mit einem Anflug von Sarkasmus, unter den sich aber Ungewissheit mischte.

„Eine geheime Operation", antwortete sie, da sie in diesem Moment an den schwarzen Helikopter denken musste. Wenn die Verschwörungstheoretiker aus der Gegend die Landung der Maschine mitbekommen hatten, würde sie das für längere Zeit beschäftigen.

„Tatsächlich? Eine geheime Operation?"

Olivia hatte nicht vor, über das zu reden, was zwischen Tanner und ihr vorgefallen war, also würde es geheim bleiben, und deshalb konnte sie das reinen Gewissens bejahen.

„Oh, und ich dachte schon, du wärst mit diesem Bauunternehmer ins Bett gegangen, den Brad für den Bau des Tierheims angeheuert hat", sagte Ashley immer noch aufgebracht.

Olivia musste sich ein Kichern verkneifen, stattdessen fragte sie fast schon ein bisschen vorwurfsvoll: „Ashley O'Ballivan, wie kommst du denn auf diesen Gedanken?"

„Weil ich gesehen habe, wie ihr beide abgefahren seid", erklärte Ashley. „Ich wollte Brad und Melissa davon erzählen, dass ich beschlossen habe, nach Mom zu suchen", beklagte sie sich. „Aber das konnte ich nicht machen, weil du nicht mit dabei warst."

Olivia wurde ernst. „Ein ziemlich heikles Thema, wenn Brad und Meg das Haus voller Gäste haben, oder findest du nicht?"

Ihre Schwester schwieg.

„Ash?", fragte sie. „Bist du noch da?"

„Ja."

„Und warum sagst du dann nichts mehr?"

Wieder folgte eine Pause, die sich lange genug hinzog, um bei Olivia Besorgnis zu wecken. Dann schließlich ließ Ashley die Bombe platzen: „Ich glaube, ich habe sie schon gefunden."

*W*as dein Haus braucht", erklärte Sophie, als sie sich am nächsten Morgen in der Küche umsah, „ist eine Frau, die was von Inneneinrichtung versteht. Oder vielleicht eins von diesen Spitzenteams, die im Fernsehen Häuser einrichten."

Tanner, der noch gar nicht ganz wach war, stand am Tresen und schenkte sich einen dringend benötigten Kaffee ein. Nach Sophies aufregendem Abenteuer und nach dem Sex mit Olivia fühlte er sich desorientiert, so als wäre er nicht mehr im Gleichschritt mit seiner normalen Welt. „So was siehst du dir im Fernsehen an?", fragte er, nachdem er einen Schluck Kaffee getrunken hatte.

„Das macht doch jeder", gab sie zurück. „Ich überlege, ob ich Häuser auf Vordermann bringen soll, wenn ich groß bin." Mit dem langen, glänzenden Haar und den ausdrucksvollen Augen sah sie aus wie ihre Mutter. Im Moment war in diesen Augen eine Mischung aus Zurückhaltung, überschäumender Freude und gesundem Menschenverstand zu sehen.

„Glaub mir", sagte Tanner und wählte seine Worte mit Bedacht, da er sich auf unsicherem Terrain bewegte. Dass sie eigentlich gar nicht über den Kauf und Verkauf von Immobilien redeten, war ihm klar. „Häuser auf Vordermann zu bringen ist wesentlich schwieriger als das, was die einem in dreißig Minuten in einer Fernsehsendung zeigen."

„Du musst das ja wissen", gab sie zurück und musterte wieder die jämmerlich aussehende Küche. „Aber du wirst das Haus hier auch renovieren und dann mit Gewinn verkaufen, so wie du das mit allen anderen auch gemacht hast."

Er zog einen Stuhl nach hinten und ließ sich mehr oder weniger darauf fallen. „Setz dich, Soph", murmelte er. „Es gibt Wichtigeres zu besprechen als deine Lieblingssendungen im Fernsehen."

Mit viel Pathos durchquerte Sophie das Zimmer und setzte

sich ihm gegenüber an den Tisch. Den Schlafanzug, den sie momentan trug, hatte sie vor dem Verlassen des Hotels in ihrem Rucksack versteckt, was ein eindeutiger Beweis dafür war, dass sie von langer Hand – wahrscheinlich schon in Briarwood – geplant hatte, sich in New York von der Gruppe abzusetzen. Jetzt gab sie sich ganz cool und gelassen.

Tanner dachte an Ms Wiggins' Pläne, Sophie in den Schauspielkurs der Schule aufzunehmen. Dabei musste er sich zwingen, nicht entsetzt das Gesicht zu verziehen. Seine Schwester Tessa war als Kind ins Showbusiness geraten, als sie mit acht Jahren für irgendeinen Katalog in Dallas modelte. Es folgten Werbespots, diverse Gastrollen und schließlich ein fester Part in einer erfolgreichen Fernsehserie. So wie Tanner das sah, hatte sie den falschen Weg eingeschlagen. Ihm kam es immer so vor, als ob die wundervolle, kluge und hübsche Tessa mit einundzwanzig Jahren auf dem Höhepunkt angelangt war und sich seitdem auf einer langen, beständigen Talfahrt befand.

„Du bist sauer, weil ich weggelaufen bin", sagte Sophie, die kerzengerade am Tisch saß wie eine Angeklagte im Zeugenstand. Sie schien zu glauben, dass eine gute Haltung genügte, um den Richter zu ihren Gunsten entscheiden zu lassen. Auf jeden Fall spielte sie ihm immer noch etwas vor.

„Ich bin sogar stinksauer", bekräftigte er. „Was du gemacht hast, war dumm und gefährlich. Du musst nicht glauben, dass ich dir das einfach so durchgehen lasse, nur weil ich so froh darüber bin, dich wiederzusehen."

Ihr schmales Gesicht hellte sich auf. „Bist du denn froh, mich zu sehen, Dad?"

„Aber natürlich, Sophie. Ich bin dein Vater. Du fehlst mir schrecklich, wenn du nicht bei mir bist."

Sie seufzte und hörte auf zu schauspielern. Zumindest fuhr sie die Show ein wenig runter. „Meistens komme ich mir vor wie eine von diesen Pappfiguren", sagte sie.

Tanner sah sie verständnislos an. „Ich glaube, ich kann dir nicht folgen."

„Du weißt schon, diese großen Aufsteller in den Videotheken. Johnny Depp als Captain Jack oder Kevin Costner als Wyatt Earp oder so."

Er nickte, kam aber immer noch nicht mit. Sophie war keine zweidimensionale Figur, sondern ein dreidimensionales Wesen aus Fleisch und Blut. Wusste sie das nicht?

„Ich komme mir vor, als ob du mich wie so eine Pappfigur siehst", redete sie nachdenklich weiter. „Wenn ich da bin, ist das ganz toll. Wenn nicht, dann stellst du mich einfach in den Schrank, wo ich vollstaube, bis du mich mal wieder rausholst."

Sein Herz verkrampfte sich, seine Kehle war wie zugeschnürt. „Soph …"

„Ich weiß, dass du nicht wirklich so denkst, Dad", unterbrach ihn seine Tochter, um ihn an ihrer kindlich-weiblichen Weisheit teilhaben zu lassen. „Ich will damit nur sagen, dass es sich für mich so *anfühlt*."

„Und ich sage, ich will nicht, dass du so empfindest, Soph. Niemals soll das der Fall sein. Aber ich versuche alles zu tun, damit du in Sicherheit bist."

„Ich wär lieber glücklich."

Noch ein Schlag ins Gesicht. Tanner stand auf und schüttete den restlichen Kaffee ins Spülbecken, nur um sich dann eine neue Tasse einzuschenken. Aus dem Augenwinkel beobachtete er seine Tochter und fragte sich, ob alle Zwölfjährigen so kompliziert waren wie sie.

„Du wirst es verstehen, wenn du älter bist", entgegnete er vorsichtig.

„Ich verstehe das *jetzt* auch schon", beharrte Sophie und machte dabei eine völlig ernste, überzeugende Miene. „Du bist der mutigste Mensch, den ich kenne, weil du mit Onkel Jack beim Militär zu den Special Forces gehört hast, aber du hast auch Angst. Dass mir etwas passiert wegen dem, was Mom passiert ist."

„Du kannst dich unmöglich so gut daran erinnern."

Fast schon herablassend sagte sie: „Ich war *sieben*, Dad, keine zwei." Sie verstummte kurz, Schmerz verfinsterte ihre Augen. „Es war schrecklich. Ich habe immer gedacht, das kann nicht wahr sein, meine Mom kann nicht tot sein, aber es war so."

Tanner stellte sich zu seiner Tochter und legte eine Hand leicht auf ihren Kopf. Er brachte keinen Ton heraus, da seine Kehle wie zugeschnürt war.

Sie drehte sich auf ihrem Stuhl zur Seite, um ihn ansehen zu können. „Es ist so, Dad. Den Menschen stoßen schlimme Sachen zu. Menschen wie du und ich und Mom. Du musst viel weinen, und du fühlst dich richtig mies, weil es so wehtut und weil du nichts dagegen tun kannst. Aber dann musst du nach vorne sehen und das Ganze hinter dir lassen. Mom würde nicht wollen, dass wir getrennt voneinander leben. Ich weiß das ganz sicher."

Er dachte an den letzten Traum, in dem ihm Kat erschienen war. Wieder verspürte er dieses Gefühl von Frieden anstelle der erwarteten Trauer. Und er erinnerte sich daran, wie er sich am Tag zuvor in seinem Bett Olivia hingegeben hatte. Sein schlechtes Gewissen regte sich und versetzte ihm einen Nadelstich mitten ins Herz.

„Deine Mutter", gab er entschieden zurück, „würde das wollen, was für dich am besten ist. Und das ist nun mal eine erstklassige Ausbildung in einer Schule, in der dir nichts passieren kann."

„Hör schon auf, Dad", schnaubte Sophie. „Mir kann überall was passieren, auch in Briarwood."

Bedauerlicherweise stimmte das, doch die Wahrscheinlichkeit war in einer von ihm selbst entworfenen Einrichtung viel geringer. Diese Schule glich einer Festung. Oder doch eher einem Gefängnis, wie Sophie mehr als einmal beteuert hatte?

„Du gehst zurück nach Briarwood, Kleines", sagte er.

Sophie setzte eine bestürzte Miene auf. „Ich könnte dir hier eine große Hilfe sein."

Der verzweifelte Unterton in ihrer Stimme schmerzte ihn, aber er durfte sich nicht erweichen lassen. Das Risiko war einfach viel zu groß.

„Kann ich nicht wenigstens bis Neujahr bleiben?", bettelte sie.

„Okay", seufzte Tanner. „Bis Neujahr. Aber dann *musst* du zurück."

„Was ist mit Butterpie?", fragte sie gleich darauf. Sie versuchte immer, jeden Vorteil für sich herauszuholen, auch wenn der noch so klein ausfiel. „Gib's zu, ohne mich ist es ihr nicht gut gegangen."

„Sie kann dich begleiten", erklärte er und entschied die Sache in dem Moment, in dem er diese Worte sprach. „Es wird sowieso Zeit, dass Briarwood einen Stall bekommt. Ms Wiggins spielt schon das ganze letzte Jahr auf Spenden an."

„Das ist wahrscheinlich besser als ein Tritt in den Hintern", meinte sie nachdenklich, während Tanner sich fragte, von wem sie bloß solche Sprüche aufschnappte.

Unwillkürlich musste er lachen. „Das ist das Beste, was ich dir anbieten kann, Kleines. Schlag ein, oder lass es bleiben."

„Ich schlage ein", entschied sie, da sie nicht so dumm war, auf ein solches Angebot zu verzichten. „Aber das heißt nicht, dass ich in der Zwischenzeit nicht mehr versuche, dich umzustimmen."

Tanner öffnete die Kühlschranktür und suchte nach etwas, das sich für ein einfaches Frühstück eignete. Hätte er gestern nicht den Nachmittag mit Olivia im Bett verbracht, wäre er wohl auf die Idee gekommen, zum Supermarkt zu fahren und für Kinder geeignetes Essen zu kaufen – auch wenn er absolut keine Ahnung hatte, was für ein Essen das sein sollte.

„Das kannst du versuchen, solange du willst, aber mein Entschluss steht fest. Und jetzt geh und zieh dich an, während ich mich um ein Omelett kümmere."

„Jawohl, Sir!", zog Sophie ihn auf und salutierte ganz passabel. Dann rannte sie die hintere Treppe nach oben, vermutlich um in ihrem Rucksack nach Kleidung zu suchen, war er doch das einzige Gepäckstück, mit dem sie hier eingetroffen war. Tanner schlug ein paar Eier auf, und während er in der Schüssel rührte, tippte er auf dem schnurlosen Telefon Tessas Nummer ein.

Seine Schwester meldete sich nach dem dritten Klingeln, sie klang ein wenig niedergeschlagen, aber nicht völlig mutlos. „Hallo, Tanner." Ganz gleich, wie sie sich auch fühlen mochte, Tessa versuchte immer, sich von ihrer freundlichen Seite zu zeigen und einfach weiterzumachen. Diese Eigenschaft hatten sie beide gemeinsam, sie war ein direktes Erbe ihrer Großmutter Lottie Quinn, die sich von nichts und niemandem hatte unterkriegen lassen.

„Hey", entgegnete er und verrührte die Eier weiter mit der Gabel, da er seine Küchenutensilien nicht nach Stone Creek hatte schicken lassen, weshalb ihm nun auch ein Schneebesen fehlte. Er würde so oder so zum Einkaufen müssen, da sie etwas zu essen brauchten. Auf dem Weg konnte er dann auch einen Schneebesen und andere Haushaltsartikel mitbringen – und alles, was Sophie so brauchte.

Er musste einkaufen gehen, und das am hektischsten Tag des Jahres, den der Einzelhandel kannte.

Dieser Gedanke gefiel ihm gar nicht.

„Wie geht's Sophie?", fragte Tessa so unvermittelt, dass Tanner einen Moment lang überlegte, ob sie wohl irgendwie von dem Fluchtversuch erfahren hatte. Dann aber wurde ihm klar, dass Tessa so sehr um das Mädchen besorgt war wie er selbst. Sie war gegen Briarwood, und sie nannte ihn gern den „abwesenden Vater", was ihm jedes Mal einen Stich versetzte, wenn er es hörte. Aber sie war nur in Sorge um Sophies Wohl.

„Sie bleibt über Weihnachten hier", antwortete er, als hätte er das von langer Hand geplant. Sie brauchten auch noch einen Tannenbaum und eine Lichterkette, ging es ihm durch den Kopf, und auch noch allen Krimskrams, den man an die Zweige hängte. Jetzt, nachdem Hurrikan Sophie eingetroffen war, geriet mit einem Mal alles aus den Fugen. „Warum kommst du nicht zu uns?"

„Keiner da, der auf die Pferde aufpassen kann", erwiderte sie.

„Alles okay?", erkundigte er sich. Er wusste genau, das war nicht der Fall, aber ihm war auch klar, dass er nichts für sie tun konnte, solange sie ihm nicht sagte, dass sie seine Hilfe benötigte. Es gab mit Sicherheit genügend Leute, die sich um Tessas geliebte Pferde hätten kümmern können, immerhin waren die meisten ihrer Freunde und Bekannten so wie sie selbst Pferdenarren. Das Problem war, dass sie nicht gern andere um Hilfe bat.

Auch das hatten sie beide von Lottie Quinn geerbt.

„Sich scheiden zu lassen ist zu keiner Jahreszeit eine tolle Sache", sagte sie schließlich. „Und kurz vor den Feiertagen ist es umso schlimmer. Egal, wo ich hingehe, überall wünscht man mir fröhliche Weihnachten oder irgendwas anderes, das genauso deprimierend ist."

Tanner machte den Gasherd an, stellte die Pfanne auf die Flamme und gab einen Stich Butter hinein, während er an das erste Weihnachten nach Kats Tod denken musste. Er hatte Sophie bei Tessa einquartiert, sich ein Hotelzimmer genommen und sich mit Bourbon fast ins Koma gesoffen.

Das war einer von diesen Momenten, die er lieber aus seinem Gedächtnis gestrichen hätte.

Als er danach wieder nüchtern war, hatte er dem Alkohol abgeschworen und sich bis heute daran gehalten.

„Weißt du was, Tess", sagte er mit belegter Stimme. „Es gibt Firmen, die auf Pferdetransporte spezialisiert sind. Beauftrage doch eine von denen, damit sie deine Heufresser zu mir bringen. Ich habe hier einen Pferdestall."

Ja, genau. Diese windschiefe Bude, die einem über dem Kopf zusammenfällt, dachte er. Andererseits gehörte ihm ein Bauunternehmen. Er konnte die für Montag eingeplante Crew früher antreten lassen und den Leuten Überstunden bezahlen, damit die Scheune eher fertiggestellt wurde. „Ich habe hier ein großes Haus und jede Menge Platz. Außerdem meint Sophie, es müsste sich eine Frau um die Inneneinrichtung kümmern."

Tess schwieg eine Weile. „Mitleid mit deiner kleinen Schwester, wie?"

„Ein bisschen", gestand Tanner ihr. „Du machst gerade eine schwere Zeit durch, und das gefällt mir nicht. Vielleicht würde es dir guttun, mal eine Zeit lang woanders zu sein. Außerdem kann ich hier wirklich Hilfe gebrauchen."

Daraufhin begann sie zu lachen, und auch wenn das mehr wie ein Echo ihres alten, vertrauten Lachens klang, war das immer noch besser als der resignierte Tonfall, den er aus ihrer Stimme herausgehört hatte. „Dann hast du mit Sophie also immer noch alle Hände voll zu tun."

„Sophie", erwiderte er, „ist ein Taifun, dem eine Flutwelle folgt, dicht gefolgt von …"

„Du hast noch niemanden kennengelernt?"

Tanner würde darauf nicht eingehen, jedenfalls vorläufig nicht. Zugegeben, er war mit einer sehr hübschen Tierärztin im Bett gewesen, aber sie waren sich beide einig gewesen, dass das eine völlig unverbindliche Sache zwischen ihnen sein sollte. „Man weiß nie, was passiert", antwortete er zu ausweichend.

Es folgte wieder eine Pause, und er konnte sich gut vorstellen, wie Tessa dasaß, den Hörer festhielt und intensiv überlegte. „Ich kann es mir im Moment wirklich nicht leisten, auf Reisen zu gehen, Tanner. Schon gar nicht mit sechs Pferden."

Die Eier begannen in der Pfanne zu brutzeln. Da er vergessen hatte, gehackte Zwiebeln dazuzugeben – hatte er überhaupt auch nur *eine einzige* Zwiebel im Haus? –, beschloss er kurzerhand, aus dem Omelett Rührei zu machen. „Ich kann von meinem Laptop aus Geld überweisen", schlug er vor. „Und das werde ich auch machen, Tess, ob du nun nach Arizona kommen willst oder nicht."

„Es fällt mir schwer, hier zu sein", gestand sie ihm mit tonloser Stimme, was ihm verriet, dass sie umzuschwenken begann. „Dieser Kampf raubt mir meine Kräfte. Die Anwälte fallen über mich her, und ich bin mir mittlerweile gar nicht mehr so sicher, ob ich das Haus überhaupt noch haben will." Wieder folgte Schweigen. Tanner wusste, dass Tess in diesem Moment mit ihrem unbezwingbaren Stolz haderte. „Und ich könnte die Pferde tatsächlich mitbringen?"

„Natürlich. Ich werde alles regeln."

„Das würde ich lieber selbst machen", sagte sie. Er konnte ihr anhören, dass sie versuchte, ihre Tränen zurückzuhalten. Wenn dieses Telefonat beendet war, würde sie ihnen freien Lauf lassen – in dem großen Farmhaus in Kentucky, in dem sie ganz allein lebte und in dem sie sich längst nicht mehr zu Hause fühlte. „Danke, Tanner. Was Brüder angeht, bist du gar nicht so übel."

„Danke", erwiderte er mit einem verhaltenen Lachen. Er überlegte ihr anzubieten, sich mit einem von Jack McCalls Jets nach Westen fliegen zu lassen, aber damit hätte er wohl den Bogen überspannt. Tessa war eine sehr selbstbewusste, eigenständige Frau, und sie könnte sich doch noch entschließen, nicht nach Stone Creek zu kommen, wenn sie nicht wenigstens ein paar Entscheidungen selbst treffen durfte.

In diesem Moment kam Sophie zurück in die Küche. Sie trug die Jeans vom Vortag, dazu modische Stiefel mit Kunstfellbesatz und einen dicken Pullover. Ihr Gesicht glänzte, so hatte sie es geschrubbt. Die Haare hatte sie nach hinten gekämmt und zum Pferdeschwanz gebunden.

„Ich gebe dich kurz weiter an Hurrikan Sophie, okay?", sagte er, um seiner Schwester die Gelegenheit zu geben, sich wieder in den Griff zu bekommen. „Hier brennt nämlich sonst das Rührei an."

„Tante Tessa?", krähte Sophie ins Telefon. „Ich bin in Dads neuem Haus. Es ist total irre, auch wenn es eigentlich eine Bruchbude ist. In meinem Zimmer pellt sich die Tapete von den Wänden, und die Decke hängt durch …"

Tanner verdrehte die Augen, dann machte er sich daran, das Frühstück zu retten.

„Und ich muss echt einkaufen gehen", fuhr sie fort, nachdem sie Tessa ein paar Sekunden lang zugehört hatte – oder besser gesagt: nachdem sie darauf gewartet hatte, dass ihre Tante für einen Augenblick den Mund hielt, damit sie selbst wieder weiterreden konnte. „Aber erst mal will ich auf Butterpie reiten. Dad sagt, ich darf sie zur Schule mitnehmen, wenn ich zurückmuss …"

Er ließ sie reden und konzentrierte sich darauf, Brotscheiben in den Toaster zu stecken und im Geiste eine Einkaufsliste zusammenzustellen.

„Wann wirst du hier sein?", wollte Sophie begeistert wissen.

Tanner horchte wieder hin, da er vergessen hatte, Tessa genau diese Frage zu stellen.

„Du wirst hier sein, wenn du hier bist", wiederholte seine Tochter einen Moment später und lächelte erfreut. „Aber vor Weihnachten, oder?" Als sie Tanners Blick bemerkte, nickte sie ihm zu. „Sag uns Bescheid … ich hab dich auch lieb … ja, das sag ich ihm … bis dann."

Er verteilte das beinahe schon wieder kalt gewordene Rührei auf zwei Teller. „Keine geschätzte Ankunftszeit von Tante Tessa?", fragte er, stellte die Teller auf den Tisch und ging zurück zum Tresen, um seinen Laptop hochzufahren. Gleich nach dem Frühstück würde er das geschröpfte Bankkonto seiner Schwester wieder auffüllen.

„Sie sagt, sie hat dich lieb." Sophies Augen funkelten vor freudiger Erwartung. „Sie sagt, sie muss noch ein paar Sachen erledigen, bevor sie nach Arizona kommen kann, aber sie wird auf jeden Fall vor Weihnachten hier sein."

Tanner setzte sich zu ihr und begann zu essen, doch sein Kopf war mit so vielen Dingen gleichzeitig beschäftigt, dass er von den Eiern und dem Toast kaum etwas schmeckte. Das war vermutlich auch besser so, schließlich war er nicht der beste Koch in diesem oder irgendeinem anderen Sonnensystem. Andererseits war er aber auch nicht der schlechteste.

„Weißt du, was ich mir zu Weihnachten wünsche?", fragte Sophie eine halbe Stunde später, als sie im altmodischen Spülbecken die Teller abspülte. Tanner saß am Tisch und arbeitete an seinem Laptop. „Und sag jetzt nicht ‚Deine beiden Schneidezähne', weil das nämlich ein echt doofer Witz wäre."

Er grinste sie an. „Okay, dann werde ich mir diese Antwort eben verkneifen", gab er mit gespielter Resignation zurück. „Was wünschst du dir zu Weihnachten?"

„Ich wünsche mir, dass du und ich und Tante Tessa alle zusammen hier leben", sagte sie. „So wie eine Familie. Eine Tante ist zwar nicht das Gleiche wie eine Mom, aber wir drei gehören zusammen. Das könnte doch funktionieren."

Tanners Finger erstarrten mitten in der Bewegung. „Schatz", antwortete er ruhig. „Tante Tessa ist noch jung, sie wird irgendwann wieder heiraten und dann eine eigene Familie haben – so wie du, wenn du erwachsen bist."

„Ich will aber jetzt eine Familie haben", beharrte Sophie stur. „Ich hab schon lange genug gewartet." Mit diesen Worten wandte sie sich wieder ab, spülte weiter ab und stand mit angespannten Schultern da.

Tanner kniff sekundenlang die Augen zu, dann zwang er sich dazu, sich auf die Aufgabe zu konzentrieren, die im Moment wichtig war: die Überweisung auf Tessas Konto.

Über den Schlamassel, in dem er sich befand, konnte er später immer noch nachdenken.

Olivia wäre auf dem Weg in die Stadt eigentlich an der Starcross Ranch vorbeigefahren, hätte Ginger nicht darauf bestanden, dass sie anhalten und nach Butterpie sehen sollten. An diesem Morgen stand Olivia gar nicht so sehr der Sinn danach, Tanner Quinn zu begegnen.

Aus dem wollüstigen Flittchen von gestern war über Nacht das verlegene Heimchen geworden.

Außerdem gingen ihr noch andere Dinge durch den Kopf, vor allem Ashleys Bemerkung am Telefon gestern Abend, dass sie glaubte, sie habe ihre Mutter gefunden. Ganz gleich, was Olivia auch gefragt hatte, ihre Schwester war nicht bereit gewesen, mehr darüber verlauten zu lassen.

Olivia hatte am Morgen bereits in der Klinik angerufen und erfahren, dass der Terminplan nicht überquoll, da ein anderer Tierarzt Rufbereitschaft hatte. Normalerweise hätte sie darauf mit Erleichterung reagiert, weil ihr das Zeit verschaffte, um Einkäufe zu erledigen, zum Friseur zu gehen, die Wäsche zu erledigen. Aber sie musste nach Rodney sehen, und Butterpie war auch noch nicht aus dem Gröbsten heraus.

Zwar war Sophie jetzt zu Hause, worüber sich das Pony sehr freuen würde, doch das konnte nur so lange währen, wie Tanner seiner Tochter erlaubte, bei ihm zu bleiben. Möglicherweise schmiedete er bereits Pläne, um das arme Mädchen mit dem schwarzen Helikopter ins Internat zurückfliegen zu lassen.

Das brachte sie zurück zu den Überlegungen rund um ihre Mutter.

Hatte Ashley tatsächlich Delia O'Ballivan ausfindig gemacht? Die wahre Delia O'Ballivan? Keine Betrügerin, die darauf hoffte, von Brads Ruhm und Vermögen zu profitieren?

Olivia sah diese Sache mit gemischten Gefühlen. Sie hatte oft von einem Wiedersehen mit ihrer Mutter geträumt, so wie Ashley und Melissa ... und so wie auch Brad, zumindest als er noch jünger gewesen war. Sie waren alle tief betroffen gewesen, als Delia sie verlassen hatte – vor allem als dann wenig später auch noch ihr Vater gestorben war.

Wäre sie nicht mit ihrem Wagen unterwegs gewesen, dann hätte Olivia jetzt die Augen zugekniffen, um die Erinnerung zu verdrängen. Sie war dabei gewesen, sie war mit ihrem Vater hinter einem ausgebüxten Rind hergeritten, als der Blitz einschlug und ihren Vater mitsamt seinem Pferd auf der Stelle tötete. Sie war von ihrem panischen Pferd gesprungen und zu ihrem Dad gerannt, sie hatte sich neben ihm in den Staub gekniet, während ein warmer Regen auf das Land niederprasselte. Sie hatte geschrien und geschrien, bis ihre Kehle schmerzte, als auf einmal Big John in seinem alten Truck auf das Feld gefahren kam.

Lange Zeit war sie davon überzeugt gewesen, dass ihre Schreie bis zum Haus vorgedrungen sein mussten, das fast eine Meile von der Unglücksstelle entfernt gelegen hatte. Erst Wochen nach der Beerdigung, als die Benommenheit allmählich nachließ, war ihr bewusst geworden, dass Big John auf der Landstraße unterwegs gewesen war und den Blitz vom Himmel herabzucken gesehen hatte. Er war Zeuge geworden, wie sein Sohn getötet wurde, kam zu ihnen hinübergerannt und war im strömenden Regen neben Olivia auf die Knie gefallen, um seinen erwachsenen Jungen in seinen starken Armen zu wiegen.

Nein, hatte Big John immer wieder geflüstert, während Regentropfen und Tränen über sein faltiges Gesicht liefen. *Nein!*

Noch jetzt, so viele Jahre später, konnte Olivia ihre eigenen Schreie hören, und auch jetzt rissen sie ihr Herz in Stücke.

Tränen liefen ihr übers Gesicht.

Ginger, die auf dem Beifahrersitz des Suburban saß, beugte sich zur Seite, um Olivias Schulter anzustupsen.

Sie schniefte, streckte ihren Rücken und wischte sich die Tränen mit den Handrücken ab. Der Tod ihres Vaters war Thema in den Lokal- und Regionalnachrichten gewesen, und eine Zeit lang hatte sie gehofft, ihre Mutter würde im Fernsehen oder in der Zeitung etwas davon mitbekommen, würde einsehen, wie sehr ihre Familie sie brauchte, und nach Hause zurückkehren.

Aber Delia war nicht heimgekehrt. Entweder hatte sie vom Schicksal ihres Exmannes, mit dem sie vier gemeinsame Kinder hatte, nichts mitgekriegt, oder sie war tot, oder aber es kümmerte sie einfach nicht. Sich eine Heimkehr ihrer Mutter vorzustellen war eine Sache – eine ganz andere war es zu wissen, dass es tatsächlich dazu kommen könnte.

Sie atmete tief ein und blies den Atem energisch wieder aus.

Vielleicht wollte Delia – sofern sie überhaupt Delia war – ja auch jetzt nicht nach Hause zurückkehren. Für die stets optimistische Ashley würde das ein schwerer Schlag sein. Sie lebte in einer Art vollkommener Welt, in der jeder mit jedem gut auskam und in der es keinen Neid und keinen Hass gab.

Der Schnee hatte zwar begonnen zu schmelzen, aber der Boden war noch immer steinhart gefroren, sodass der Suburban über die Zufahrt zu Tanners Ranch holperte und rutschte. Sie hielt an und stellte den Motor ab, wollte aber nur ein paar Minuten bleiben. Als sie die Tür öffnete und ausstieg, sprang Ginger hinter ihr nach draußen, ohne auf die Rampe zu warten.

Die Scheune war zu ihrem Erstaunen verlassen. Die Boxen von

Shiloh und Butterpie standen offen und waren leer. Offenbar waren Tanner und Sophie ausgeritten, was Olivia eigentlich mit Erleichterung zur Kenntnis hätte nehmen sollen, blieb ihr doch so eine längere Schonfrist, bis sie ihm gegenübertreten musste. Doch das war nicht das, was sie empfand. Aus irgendeinem Grund, den sie jetzt lieber nicht tiefer untersuchen wollte, so nervös wie sie war, hatte sie sich darauf gefreut, Tanner wiederzusehen.

Sie verließ die Scheune, suchte die Felder ab und entdeckte die beiden Reiter als kleine Silhouetten in weiter Ferne. Nach kurzem Zögern rief sie Ginger zu sich und ging zu ihrem Wagen. Dort angekommen, wollte sie ihre Hündin in den Suburban springen lassen, doch da fiel ihr auf, dass Ginger ihr gar nicht gefolgt war.

„Kommst du?", rief sie der Hündin zu. Ihre Stimme zitterte leicht.

„*Ich bleibe noch eine Weile hier*", antwortete Ginger, ohne sich zu ihr umzudrehen. Sie schaute in die Richtung, in der Sophie und Tanner zu Pferd unterwegs waren.

Olivia hatte Mühe zu schlucken, da ihre Kehle wie zugeschnürt war. „Aber lauf ihnen nicht hinterher, okay? Warte auf der Veranda."

Weder kam von Ginger eine Antwort noch drehte sie sich zu Olivia um. Aber wenigstens jagte sie auch nicht über das verschneite Feld, wie sie es zuletzt gemacht hatte. Wenn sie ihre Hündin nicht zwingen wollte, zu ihr in den Wagen zu steigen, konnte sie im Grunde nur allein losfahren.

Ihr nächster Halt war die Stone Creek Ranch. So wie zuvor bei der Starcross mied sie das Haus und ging zielstrebig zur Scheune. Mit etwas Glück konnte sie Brad aus dem Weg gehen und sie musste nicht mit ihm über ihre Sorgen reden, was Ashleys Suche nach ihrer Mutter betraf.

Doch das Glück war nicht auf ihrer Seite. Brad O'Ballivan, der weltbekannte, mit etlichen Grammys ausgezeichnete Country-Sänger, mistete den Stall aus, während ihm das Rentier wie ein treuer Hund auf Schritt und Tritt folgte. Als er Olivias Ankunft bemerkte, lehnte er sich an die Mistgabel und grinste sie schief an, doch in seinen Augen spiegelte sich Sorge.

„Wie ich sehe, fühlt sich Rodney hier wohl", stellte sie fest. Ihre Stimme klang so belegt, dass Olivia das Gefühl hatte, die Worte müssten ihr im Hals stecken bleiben.

Brad versuchte ein erneutes Grinsen, das ihm aber nicht gelang. „Das werden traurige Weihnachten, wenn der Weihnachtsmann vorher hier vorbeikommt und den kleinen Kerl abholt", gestand er ihr. „Er ist mir ans Herz gewachsen."

Olivia brachte ihrerseits ein Lächeln zustande, das jedoch nicht von langer Dauer war. „Warum die betrübte Miene, Cowboy?"

„Das wollte ich dich auch gerade fragen, nur ohne den ‚Cowboy'-Zusatz."

„Ashley glaubt, sie hat Mom ausfindig gemacht", sagte sie ohne weitere Vorrede.

Brad nickte bedrückt und lehnte die Mistgabel gegen die Wand. Er hockte sich hin und streichelte Rodney eine Weile, ehe er ihn in seine Box führte und die Tür zumachte.

„Ich schätze, jetzt ist der Moment gekommen, um darüber zu reden", sagte er. „Nimm dir einen Heuballen und setz dich."

Olivia nahm Platz, es fühlte sich aber mehr an wie ein Versinken im Bodenlosen. Halme piksten sie durch den Jeansstoff hindurch in die Oberschenkel. Wie Big John immer gesagt hatte, war mit einem Mal die Wäschestärke aus ihren Knien gewichen. „Wo sind Meg und Mac?", wollte sie wissen.

„Mac ist bei Grandma McKettrick, und Meg ist mit Sierra und einigen anderen zum Einkaufen gefahren."

Sie nickte und legte die Hände verschränkt in den Schoß. „Brad, sprich mit mir. Sag mir, was du über Mom weißt, denn *irgendetwas* weißt du, das sehe ich dir an."

„Sie lebt", entgegnete er.

Mit einer Mischung aus Erstaunen und Wut sah sie ihn an. „Und du dachtest, diese kleine Nebensächlichkeit würde keinen von uns interessieren?"

„Sie ist eine Trinkerin, Livie", erklärte Brad, der ihrem aufgebrachten Blick standhielt. Dabei sah er so elend aus, wie sie sich fühlte. „Ich habe versucht, ihr zu helfen, aber sie will sich nicht helfen lassen. Wenn sie anruft, schicke ich ihr immer noch einen Scheck, auch wenn ich weiß, ich sollte das nicht machen."

Olivia hatte das Gefühl, dass sich die Scheune um sie herum drehte. Sie musste sich vorbeugen und den Kopf nach unten halten, während sie sich zwang, ruhig und gleichmäßig durchzuatmen.

Brad legte eine Hand auf ihre Schulter, aber sie schüttelte sie ab. *„ Lass das!"*

„Liv, unsere Mutter ist niemand, den du gern näher kennenlernen möchtest", redete er leise weiter. „Das hier würde nicht so ablaufen wie in einem von diesen kitschigen Filmen, in denen sich die Leute zusammensetzen, sich aussprechen und zu der Erkenntnis gelangen, dass alles nur ein großes, tragisches Missverständnis gewesen ist. Mom ist weggegangen, weil sie nicht verheiratet sein wollte – und weil sie erst recht nicht vier Kinder aufziehen wollte. Und es gibt keinen Hinweis darauf, dass sich an dieser Einstellung etwas geändert hat ... außer zum Schlechten."

Langsam hob Olivia den Kopf. Die Scheune drehte sich nicht mehr um ihre eigene Achse, so wie es der Globus in Big Johns Arbeitszimmer gemacht hatte. Was war eigentlich aus diesem Globus geworden?

„Was für ein Mensch ist sie?"

„Das sagte ich ja schon, Liv. Sie ist eine Trinkerin."

„Sie muss mehr sein als das. Der schlimmste Trinker ist immer noch mehr als nur ein Trinker ..."

Brad seufzte und setzte sich ihr gegenüber hin. Der Ausdruck in seinen Augen versetzte Olivia einen Stich ins Herz. „Sie ist hübsch, auf die Weise, wie eine verblühte Rose immer noch hübsch ist. Sie ist viel zu dünn, weil sie kaum was isst. Ihre Haare sind immer noch blond, aber sie glänzen nicht mehr und hängen strähnig herab. Sie wirkt ... verhärmt, Olivia."

„Wie lange bist du schon in Kontakt mit ihr?"

„Ich bin überhaupt nicht in Kontakt mit ihr", widersprach er leise, aber dennoch schroff. „Vor ein paar Jahren hat sie meinen Manager angerufen und ihm gesagt, sie sei meine Mutter. Phil hat mir davon erzählt, darauf habe ich mich mit ihr getroffen. Sie hat nicht nach Dad oder Big John gefragt, auch nach keinem von euch. Sie wollte nur …" Er hielt inne und sah zur Seite, sein Kopf war leicht vornübergebeugt.

„Sie wollte abkassieren, weil sie die Mutter von Brad O'Ballivan ist?", fragte Olivia.

„Ja, etwas in der Art", bestätigte er und schaute ihr in die Augen, auch wenn ihn das große Mühe kostete. „Sie bedeutet Ärger, Liv. Und sie will auch nicht nach Stone Creek zurückkehren, nicht mal, wenn sie auf meine Kosten in Saus und Braus leben könnte. Sie will schlichtweg weder mit dieser Stadt noch mit einem von uns etwas zu tun haben."

„Aber wieso?"

„Verdammt, Liv. Glaubst du vielleicht, ich weiß darauf eher eine Antwort als du? Mir ist klar, dass es für dich und die Zwillinge noch schwieriger gewesen ist. Mädchen brauchen nun mal eine Mutter. Aber es gab genügend Gelegenheiten, da hätte ich auch eine Mutter gebraucht."

Olivia streckte ihre Hand aus und legte sie leicht auf Brads Arm. Er hatte es wirklich schwer gehabt, vor allem nach dem Tod ihres Vaters. Er und Big John waren ständig aneinandergeraten, in erster Linie, weil sie sich so ähnlich waren – stark, starrsinnig und stolz bis zum Äußersten. Und nachdem Brad in Richtung Nashville abgehauen war, hatten die beiden sich auch noch dauerhaft zerstritten.

Sicher, Brad war in all den Jahren ein paarmal zu Besuch nach Hause gekommen, aber er war auch immer wieder von hier weggegangen, auch wenn Big John noch so sehr dagegen protestierte. Dann hatte Big John einen Herzinfarkt bekommen, und es war zu spät gewesen, um noch irgendetwas wiedergutzumachen.

„Denkst du gerade an Big John?", fragte er.

Es war unheimlich, wie er manchmal in der Lage schien, ihre Gedanken zu lesen.

„Ja", sagte sie. „Er hatte eine noch schlechtere Meinung von Delia als du. Vermutlich wäre er mit seiner Schrotflinte bewaffnet nach draußen gestürmt, wenn sie sich in Stone Creek hätte blicken lassen."

„Vor die Haustür? Er hätte sich draußen an die Einfahrt zur Ranch gestellt, um sie gar nicht erst in die Nähe kommen zu lassen." Brad schüttelte flüchtig den Kopf. „Liv, was sollen wir mit Ashley machen? Ich glaube, Melissa ist ausgeglichen genug, um damit klarzukommen. Aber auf Ashley wartet ein schwerer Schock."

„Gibt es noch irgendetwas, das du mir nicht gesagt hast?"

Brad hob seine rechte Hand, als wollte er einen Eid leisten. „Ich habe dir die ganze hässliche Wahrheit erzählt, so weit sie mir selbst bekannt ist."

„Ich werde mit Ashley reden", entschied sie.

„Dann viel Glück."

Olivia wollte aufstehen und gehen, aber Brad hielt sie zurück, indem er eine Hand auf ihre Schulter legte.

„Augenblick", murmelte er. „Eine Sache musst du doch noch wissen." Ein wenig beunruhigt sah sie ihn an, wie er tief durchatmete und einen widerwilligen Seufzer ausstieß. „Es geht um Tanner Quinn."

Unwillkürlich versteifte sie sich. Brad konnte unmöglich wissen, was sich zwischen ihr und Tanner abgespielt hatte. So scharfsinnig konnte ihr Bruder nun wirklich nicht sein. „Was ist mit ihm?"

„Er ist ein anständiger Kerl, Liv", sagte Brad zu ihr. „Aber …"

„Aber … was?"

„Hat er dir von seiner Frau erzählt? Wie sie gestorben ist?"

Sie schüttelte den Kopf und fragte sich, ob er ihr gleich sagen würde, dass sie unter mysteriösen Umständen ums Leben gekommen war – so wie es in den Thrillern im Fernsehen üblich war, in denen sich die Heldin unwissentlich in einen mutmaßlichen Serienmörder verliebte.

„Ihr Name war Katherine", fuhr Brad fort. „Er nannte sie Kat. Er hatte den Zuschlag für ein Bauprojekt in einem Land erhalten, in dem Amerikaner nicht gerade mit offenen Armen empfangen werden. Es war ein gefährlicher Auftrag, aber er sollte ihm einige Millionen einbringen, also übernahm er ihn. Eines Tages waren Tanner und Kat auf einem der dort üblichen Marktplätze unterwegs. Tanner blieb an einem Stand stehen, um sich irgendwas anzusehen. Entweder hatte Kat das nicht bemerkt, oder sie hatte einfach weitergehen wollen. Als sie an der Straße zum Markt ankam, nahm jemand den Platz mit einer automatischen Waffe unter Beschuss." Brad hielt kurz inne, er schaute so entsetzt drein, als wäre er selbst dabei gewesen. „Ich weiß nicht, von wie vielen Kugeln Kat getroffen wurde, auf jeden Fall starb sie in Tanners Armen dort auf dem Fußweg."

Olivia legte eine Hand vor den Mund und kniff die Augen zu.

„Ja, ich weiß", sagte er. „Es ist schon schlimm, sich das nur vorzustellen. Ein paar Jahre nach diesem Vorfall bin ich ihm begegnet." Wieder unterbrach er sich und seufzte leise. „Warum ich dir das sage … nun, es ist so, ich habe Tanner seitdem mit vielen Frauen zusammen gesehen, Liv. Er kann oder will sich nicht binden, weder an eine andere Frau noch an seine Tochter. An jedem Ort bleibt er nur so lange wie unbedingt nötig. Es ist so, als ob er glaubt, dass irgendjemand ihn im Visier hat."

Sie wusste, Brad erzählte ihr kein Märchen. Sie brauchte nur an Sophie und daran zu denken, zu welchen Methoden diese greifen musste, damit sie über die Feiertage bei ihrem Vater sein konnte.

„Und warum warnst du mich?", wollte sie wissen.

Brad beugte sich vor und stupste sie kurz mit der Stirn an. „Weil ich die Zeichen erkenne, wenn ich sie sehe, kleine Schwester", antwortete er. „Ich erkenne die Zeichen."

7. KAPITEL

Nachdem sie die Stone Creek Ranch verlassen hatte, lastete die Unterhaltung mit Brad schwer wie Blei auf Geist und Herz. Olivia fuhr kurz in die Tierklinik in der Stadt, um nachzufragen, ob sie gebraucht wurde. Das war nicht der Fall, was schon etwas Deprimierendes an sich hatte. Als Bereitschaftsärztin für die laufenden vierundzwanzig Stunden konnte sie jederzeit an jeden beliebigen Ort innerhalb der County gerufen werden, doch heute herrschte völlige Ruhe.

Also machte sie sich auf den Weg zu Ashley in der Absicht, das Thema Mom ein für alle Mal aus der Welt zu schaffen. Doch als sie dort eintraf, stand der albern aussehende gelbe Wagen nicht wie um diese Zeit üblich in der Auffahrt. Stattdessen wimmelte es im verschneiten Vorgarten von College-Schülern, für die die Ferien angefangen hatten. Sie dekorierten jeden Busch, jedes Fenster und jedes andere halbwegs geeignete Fleckchen mit Lichterketten.

Der Anblick erinnerte sie an Snoopys weihnachtlich erleuchtete Hundehütte im Peanuts-Weihnachtsfilm, den sie seit ihrem dritten Lebensjahr niemals versäumt hatte. Das besserte ihre Laune ein wenig, und als sie weiterfuhr, winkte sie den jungen Leuten zu.

Sie überlegte, für einen Haarschnitt bei ihrem Friseur vorbeizuschauen, als sie durch den Schneematsch auf der Hauptstraße von Stone Creek entlangfuhr. Alle Straßenlampen waren geschmückt und jedes Schaufenster festlich dekoriert. Überall blinkten Lichter in den obligatorischen Farben Rot und Grün.

Der Weihnachtsbaumverkäufer – dieses Jahr war es angeblich ein neuer Händler – hatte seinen Stand auf dem Supermarktparkplatz eingerichtet. In der Nähe hielt ein fülliger Weihnachtsmann in einem eleganten Schlitten mit glänzenden Messingkufen Hof; acht lebensgroße Plastik-Rentiere waren mit entsprechendem Geschirr mitsamt Glöckchen vor den Schlitten gespannt.

Erst als Olivia auf den Parkplatz einbog, bemerkte sie Tanners roten Truck. Er hätte ihr eigentlich sofort auffallen müssen, war dieser Wagen doch der einzige blitzsaubere auf dem ganzen Platz. Sie stoppte und legte den Rückwärtsgang ein, doch es war bereits zu spät.

Tanner, der in Jeans und schwarzer Lederjacke großartig aussah, hatte sie bereits entdeckt und winkte ihr zu. Seine Tochter, die in der Nacht per Helikopter eingeflogen worden war, stand neben ihm und schlug die in dicken Fäustlingen steckenden Hände aneinander, während sie einen großen, ausladenden Tannenbaum begutachtete.

Über ihre eigene Zurückhaltung verärgert, fuhr Olivia weiter, rangierte ihren Wagen in eine der wenigen noch verbliebenen Lücken und stellte den Motor ab.

„Hey", begrüßte Tanner sie, als sie auf ihn zuging und sich mit Mühe zu einem Lächeln durchrang.

Sophie war ein hübsches Kind, ein Weihnachtsengel in Straßenkleidung. Wahrscheinlich war sie ihrer Mutter wie aus dem Gesicht geschnitten, jener Frau, die so tragisch in Tanners Armen gestorben war. Die Frau, die er zu sehr liebte, um sie vergessen zu können, wenn es stimmte, was Brad sagte. Als sie beide sich gestern geliebt hatten, hatte Tanner sich da vorgestellt, dass Olivia Katherine war?

Sie lief rot an und verstärkte rasch ihr Lächeln.

„Olivia O'Ballivan", sagte er leise und betrachtete dabei aufmerksam und sogar ein wenig nachdenklich ihr Gesicht. „Darf ich dir meine Tochter Sophie vorstellen?"

Sophie drehte sich um und hielt ihr lächelnd eine Hand hin. „Hallo", sagte sie. „Dad sagt, Sie sind Tierärztin und haben sich um Butterpie gekümmert. Vielen Dank."

Diese Worte berührten einen fernen und üblicherweise völlig unzugänglichen Winkel in Olivias Herz. „Gern geschehen", antwortete sie gut gelaunt. „Es war mir ein Vergnügen."

„Wie finden Sie den Baum?", fragte Sophie gleich darauf und zeigte auf die riesige, angenehm duftende Blautanne, mit der sie sich schon befasst hatte, als Olivia auf den Parkplatz gefahren war.

Olivia schaute nur kurz zu Tanner, dann sagte sie: „Er ist ...
sehr schön."

„Ho! Ho! Ho!", tönte der Weihnachtsmanndarsteller ungefragt. Offenbar hatte der Typ noch nichts davon mitbekommen,
dass dieser Gruß mittlerweile als frauenfeindlich galt, weil er
gleichlautend war mit der umgangssprachlichen Bezeichnung
für Prostituierte.

„Können Sie sich vorstellen, dass der Chef von diesem Stand
Kris Kringle heißt?", sagte Sophie an Olivia gewandt, als versuche die Kleine ihr das Gefühl zu geben, zu ihrer kleinen Gruppe
zu gehören. Als könnten sie den Baum nicht kaufen, solange sie
nicht ihr Einverständnis erklärt hatte.

Tanner stieß Sophie sanft mit dem Ellbogen an. „Das ist nur
ein Pseudonym, Kleine", raunte er ihr zu, was bei ihm wirkte
wie eine ziemlich gelungene Imitation eines Gangsters aus den
Dreißigerjahren.

„Echt?", gab Sophie ironisch zurück, die ihren Vater dabei
mit unverhohlener Bewunderung anhimmelte. „Und ich dachte
schon, das da ist *wirklich* der Weihnachtsmann."

„Jetzt hol schon Mr Kringle, damit wir das hier hinter uns
bringen können", sagte er zu ihr.

War ihm eigentlich klar, wie sehr Sophie ihn liebte? Und wie
sehr sie ihn brauchte?

Sophie lief los, um den Verkäufer zu suchen.

„Das dürfte wohl bedeuten, dass Sophie über Weihnachten
hier sein wird", äußerte sich Olivia.

„Bis Neujahr", erwiderte Tanner. „Dann geht's gerade-
wegs zurück nach Connecticut. Butterpie wird sie begleiten, er
kommt dann in einem Stall in der Nähe von Briarwood unter,
bis die Schule ihren eigenen Stall hat. Du musst dir also keine
Gedanken mehr machen, Butterpie könnte wieder Depressionen bekommen."

Olivias Kehle schnürte sich zu. Alle Gefühle lagen momentan bei ihr dicht unter der Oberfläche, vermutlich wegen der
Feiertage und wegen der Situation rund um ihre Mutter. Wie es

schien, war alles Gute für Olivia immer nur von kurzer Dauer. „Butterpie wird mir fehlen", brachte sie heraus und schob ihre kalten Finger in die Taschen der alten Daunenweste. Es war albern, Vergleiche zwischen ihren eigenen und Sophies Problemen anzustellen, aber sie konnte einfach nicht anders.

„Mir wird Sophie fehlen", sagte Tanner.

Am liebsten hätte Olivia mit den Fäusten auf seine Brust getrommelt und ihn angeschrien: *Sie braucht dich! Begreifst du nicht, dass sie außer dir niemanden hat?* Solche Gedanken waren der deutliche Beweis dafür, dass sie sich in Therapie begeben sollte.

Das alles ging sie gar nichts an, also gab sie vor, sich für einen kleinen Weihnachtsbaum in einem Blumentopf zu interessieren, der Charlie Brown bestimmt gefallen hätte. Spontan beschloss sie, diesen Baum zu kaufen, ihn auf den Namen Charlie Brown zu taufen und ihn zu Hause zu schmücken und mit einer Lichterkette zu versehen.

Es war ein Gnadenakt.

„Olivia ...", begann Tanner. Sein Tonfall kündigte ein ernstes Thema an, doch weiter kam er nicht, da in diesem Moment Sophie mit dem Mann namens Kris Kringle bei ihnen auftauchte.

Olivia wollte ihren Augen kaum trauen. Der Mann trug gewöhnliche Kleidung – eine gesteppte Winterhose, ein dickes Flanellhemd, dazu eine blaue Daunenweste und eine wärmende Kappe mit Ohrenklappen. Aber er hatte einen weißen Vollbart und ziemlich blaue, strahlende Augen, dazu gerötete Pausbacken und volle, freundlich lächelnde Lippen.

„Eine wirklich gute Wahl", meinte er mit Blick auf den kläglichen kleinen Baum, den wahrscheinlich niemand sonst kaufen wollte. Allein die Vorstellung, dass er am Weihnachtsabend ganz allein und vergessen auf dem Parkplatz zurückgelassen werden könnte, hielt Olivia davon ab, es sich noch einmal anders zu überlegen. „Ich könnte Ihnen noch ein paar Zweige dazugeben und mit Draht festmachen, damit er etwas voller aussieht."

Sie schüttelte den Kopf und kramte in ihrer Tasche nach ein

paar Scheinen, wobei sie darauf achtete, dass sie nicht Tanner ansah ... und sich fragte, warum sie genau das für nötig hielt. „Er gefällt mir so, wie er ist. Wie viel?"

Kringle nannte seinen Preis, Olivia drückte ihm die Scheine in die Hand. Sie kam sich irgendwie albern vor, dass sie sich so schützend vor einen schiefen Baum stellte, zumal sie nicht mal irgendwelchen Baumschmuck besaß. Aber sie würde Charlie Brown trotzdem mitnehmen und das Beste aus der Sache machen.

„Dad hat mir erzählt, dass Sie ein echtes Rentier gefunden haben", sagte Sophie zu Olivia, gerade als sie sich ihren Baum schnappen und hastig den Rückzug antreten wollte.

Die Bemerkung ließ Kris Kringle aufhorchen, wie Olivia aus dem Augenwinkel beobachten konnte. Der Mann spitzte sichtlich die Ohren und konzentrierte sich ganz auf die Unterhaltung. Wenn er glaubte, er könne das arme kleine Rentier benutzen, um Kundschaft anzulocken, dann sollte er sich das lieber noch mal überlegen.

Und dann sagte er auch noch: „Mir fehlt zufällig ein Rentier."

Olivia glaubte ihm natürlich kein Wort, was daran lag, dass sie ihm gar nicht erst glauben *wollte*. Die Alarmglocken schrillten in ihrem Kopf, während sie etwas steif fragte: „Ach, tatsächlich?"

Tanner und Sophie verfolgten aufmerksam, was sich zwischen Olivia und dem Mann abspielte. „Und bei welcher Gelegenheit haben Sie dieses Rentier ... verlegt, Mr ...?"

„Kringle", beharrte der alte Mann amüsiert. „Wir hatten einen Auftritt bei einer Geburtstagsparty, und da ist es einfach davonspaziert."

„Verstehe. Und haben Sie auch nach ihm gesucht?"

„O ja", antwortete Kringle, der wie ein fröhlicher Elf aussah. „Wir konnten keine Spur von ihm finden, obwohl wir überall nach ihm gesucht haben. Geht es Rodney gut?"

Olivia bekam den Mund nicht mehr zu. Kringle musste der rechtmäßige Besitzer des Rentiers sein, wenn er dessen Namen kannte. So etwas *konnte* kein Zufall sein. „Es ... es geht ihm gut", sagte sie.

Der Mann lächelte sie warmherzig an. „Die sieben anderen waren sehr in Sorge um ihn, und ich auch, obwohl ich persönlich ja das Gefühl hatte, dass Rodney in irgendeiner Mission unterwegs gewesen ist."

Sie musste schlucken. Die ganze Zeit über war sie darauf aus gewesen, Rodneys Besitzer zu finden, damit er nach Hause zurückkehren konnte. Warum fühlte sie sich dann nun so enttäuscht?

„Die sieben anderen was?", warf Tanner mit einem leicht ironischen Unterton ein.

„Die sieben anderen Rentiere natürlich", antwortete Kringle fröhlich, nachdem er Sophie einen verschwörerischen Blick zugeworfen hatte. „Aber wenn Rodney gut untergebracht ist, brauchen wir uns keine Sorgen um ihn zu machen. Jedenfalls nicht bis Heiligabend. Dann müssen wir ihn natürlich zurückhaben."

Olivia fragte sich, ob der Mann eigentlich noch dicker auftragen konnte. Er wusste genau, wie er bei jeder Bemerkung Weihnachten ins Spiel bringen musste.

„Ich dachte, die Rentiere vom Weihnachtsmann heißen Prancer und Dancer und so weiter", wandte Sophie ein, als würde sie das todernst meinen.

Tanner holte seine Brieftasche hervor, um den großen Baum zu bezahlen.

„Das tun sie ja auch", erwiderte Kringle genauso ernst. „Aber sie werden auch älter, und Rentier Donner hat inzwischen leichte Arthritis. Darum habe ich Rodney in die erste Garde aufrücken lassen, da er vor allem beim Fliegen sehr vielversprechend ist. Bislang hat er nur ein paar Probeläufe mitgemacht, aber für Heiligabend ist er im Flugplan für die gesamte westliche Region eingetragen."

Tanner und Olivia warfen sich vielsagende Blicke zu.

„Sie brauchen Rodney also nicht vor Heiligabend zurück?", vergewisserte sich Olivia. Wenn ihm das Tier gehörte, dann änderte daran auch die Tatsache nichts, dass er offensichtlich ein bisschen verrückt war. Sie zog eine Visitenkarte aus ihrer Weste und notierte Brads Privatnummer auf der Rückseite, nachdem Tanner ihr einen Stift gegeben hatte. „Er ist auf der Stone Creek Ranch untergebracht", erklärte sie, als sie Kringle die Karte gab.

„Ich werde ihn abholen, sobald ich hier am 24. Feierabend gemacht habe", meinte Kringle und tippte sich dabei mit einem Finger an die Nase, während seine Augen wieder funkelten. Hätte er einen Schornstein zur Hand gehabt, wäre er vermutlich demonstrativ hineingestiegen. Er sah sich die Visitenkarte an, nickte und steckte sie ein. „Vermutlich gegen sechs Uhr", ergänzte er. „Bis dahin dürften sich auch noch die letzten Nachzügler auf den Weg gemacht haben."

„Genau", murmelte Olivia, die sich mit einem Mal fragte, ob es womöglich ein Fehler gewesen war, ihm zu sagen, wo er Rodney finden konnte.

„Komm, ich lade den Baum für dich ein", sagte Tanner und packte Charlie Brown an seinem dürren, krummen Stamm, bevor Olivia ihn zu fassen bekam. Braune Nadeln regneten auf den Asphalt.

Sophie ging neben Tanner und Olivia her, während Kringle mit der großen Tanne zu Tanners Pick-up folgte. Die Zweige des Baums raschelten und verbreiteten den intensiven Geruch nach frischem Harz.

Ein paar dicke Schneeflocken rieselten vom Himmel, und auf einmal kam sich Olivia vor wie eine Figur in einer festlichen Schneekugel. Mann, Frau und Kind mit Tannenbaum. Irgendwie war das albern.

„Komm schon, mein Baum wiegt noch keine zwei Kilo", machte sie Tanner klar, dann fügte sie hinzu: „Solltest du nicht eigentlich mit dem neuen Tierheim beschäftigt sein?"

„Dafür wiegt der Topf mit der Erde bestimmt zwanzig Kilo", gab er grinsend zurück und hielt den Baum so, dass sie nicht an ihn herankommen konnte. „Und an einem Feiertagswochenende wird nicht allzu viel gearbeitet", ließ er sie wissen, um dann zu kontern: „Solltest du nicht eigentlich damit beschäftigt sein, irgendwelchen Kälbern auf die Welt zu helfen?"

„Kühe bringen zu dieser Jahreszeit üblicherweise keinen Nachwuchs zur Welt", klärte sie ihn auf. „Das ist mehr was fürs Frühjahr."

„Genau, Dad!", warf Sophie ein und verdrehte die Augen. „Oh, Mann!"

Lachend stimmte Olivia ihr zu, während sie den Wagen aufschloss, damit Charlie Brown verstaut werden konnte. „*Oh, Mann!*"

„Wie wär's, wenn du heute Abend zum Essen zu Sophie und mir kommst?", fragte Tanner und stellte sich so hin, dass er ihr den Weg versperrte, als sie die Tür schließen wollte.

„Wir wohnen in einer Bruchbude", ergänzte Sophie fast philosophisch. „Aber es ist unser Zuhause."

Ein Stich ging Olivia durchs Herz, als sie den letzten Satz hörte. Das Haus, in dem sie zur Miete lebte, konnte eindeutig nicht als Zuhause bezeichnet werden. Zwar war ihre Vergangenheit eng mit der Stone Creek Ranch verbunden, aber die gehörte jetzt Brad, Meg und Mac, und das sollte auch so sein. „Na ja …"

„Oh, bitte", bat Sophie sie mit einem unerwartet ernsten Tonfall.

Tanner wartete grinsend ab. Die Kleine war schlicht unwiderstehlich, und das wusste niemand so gut wie er.

„Also gut", sagte Olivia. Sie tat das nur für Sophie, aber ganz sicher nicht, weil sie mehr von Tanner Quinn wollte.

„Um sechs?", fragte er.

„Sechs Uhr", bestätigte sie und sah wieder zu Kris Kringle, der dem Weihnachtsmanndarsteller erklärte, wie er die Zügel seines Schlittens halten musste. In diesem Moment beschloss sie, Wyatt Terp anzurufen, den Marshal drüben in Indian Rock, dem Verwaltungssitz der County. Er sollte diesen Kerl einmal durch seinen Computer laufen lassen, nur um sicherzugehen, dass er kein Vorstrafenregister besaß oder dass die Leute in den weißen Kitteln nicht schon länger nach ihm suchten.

Tanner und Sophie verabschiedeten sich und fuhren ab, während Olivia in ihrem Suburban saß und einen Moment wartete, um den Mut zu sammeln, den sie für dieses Telefonat benötigte. Das Einzige, was sie ihm geben konnte, war der Name Kris Kringle, und allein das würde an einem ansonsten monotonen Tag auf der Polizeiwache für viel Erheiterung sorgen.

„Soll das heißen, es gibt *tatsächlich* einen Kris Kringle?", fragte sie ungläubig, als Wyatt zehn Minuten später zurückrief, während sie mit dem Handy am Ohr auf den Parkplatz vor dem Baumarkt fuhr. Hier wollte sie eine Lichterkette und Lametta für Charlie Brown kaufen.

„Du würdest dich wundern, wenn du wüsstest, wie viele Leute so heißen", meinte Wyatt amüsiert.

„Und? Liegt irgendwas gegen ihn vor? Bist du dir sicher, dass er der Richtige ist?"

„Kristopher Kringle, steht hier. Hat eine Gärtnerei für Weihnachtsbäume in der Nähe von Flagstaff. Nur ein Verkehrsverstoß. Vor zwei Jahren im Winter wurde er erwischt, als er in einem Pferdeschlitten auf dem Freeway unterwegs war."

Olivia ließ den Suburban ausrollen und stellte den Motor ab, während ihr Blick auf die verwitterte Werbetafel an der seitlichen Mauer des Baumarkts fiel. In ausgebleichter Schrift stand dort geschrieben: „Rauchen Sie Zigaretten von Caliber. Die tun Ihnen gut!"

„Kein Fall von … beispielsweise Tierquälerei?"

„Nichts", erwiderte Wyatt. Im Hintergrund hörte Olivia Gelächter. Entweder hatten die Cops ihre Weihnachtsfeier vorgezogen, oder der Marshal war auf die Idee gekommen, den Lautsprecher einzuschalten. „Dein Weihnachtsmann hat eine weiße Weste, Doc."

Olivia seufzte leise. Natürlich war sie erleichtert darüber, dass Kringle weder ein entflohener Verrückter noch ein Krimineller war, aber irgendwie hatte sie doch gehofft, dass Rodneys Besitzer nicht gefunden würde – was natürlich völlig absurd war.

Nachdem sie Charlie Brown versprochen hatte, so schnell

wie möglich zurückzukommen, stieg sie aus und ging in das Geschäft, um Baumschmuck zu kaufen. Sie entschied sich für zwei altmodische Lichterketten, glänzende Kugeln in Rot, Gold und Silber, außerdem für ein Päckchen Lametta.

Ho, ho, ho, dachte sie, als sie die Einkäufe gleich neben Charlie in ihrem Wagen verstaute. Jetzt kann Weihnachten kommen.

Obwohl es noch tausend Dinge zu erledigen gab, bestand Sophie darauf, dass ihr Vater an der Stone Creek Middle School anhielt, als sie dort vorbeifuhren. Auf einem Schild vor dem kleinen Backsteingebäude stand geschrieben: „An Thanksgiving geschlossen. Wir sehen uns am Montag wieder."

Mürrisch dachte Tanner darüber nach, dass diese ganze Stadt unerbittlich Fröhlichkeit ausstrahlte. Und was hatte es mit diesem Spinner namens Kris Kringle auf sich? Was sollte das heißen, dass er zu Hause sieben Rentiere hatte, die alle darauf warteten, sich an Heiligabend in die Lüfte zu erheben?

Sophie legte die Hände an die Scheibe und schaute durch die Tür nach drinnen. Ihr Atem ließ das Glas beschlagen. „Wow", sagte sie. „Der Computerraum in Briarwood ist größer als die ganze Schule!"

„Können wir jetzt weiterfahren, Soph? Wir müssen noch Lichter und Christbaumschmuck kaufen, außerdem für dich was zum Anziehen, ganz zu schweigen davon, dass wir auch noch Lebensmittel brauchen."

Als sie sich umdrehte, verzog sie das Gesicht. „Humbug", sagte sie. „Warum bist du auf einmal so mürrisch?" Sie wackelte mit den Augenbrauen. „Als Olivia bei uns war, warst du viel fröhlicher."

„Der Typ, der die Weihnachtsbäume verkauft …"

„Was ist mit dem?", fragte sie und sprang von einer verschneiten Stufe zur nächsten. „Meinst du, er ist ein Serienmörder, weil er behauptet, dass er der Weihnachtsmann ist?"

„Wo schnappst du bloß immer diese Dinge auf?", wollte er wissen.

„Er hat Wahnvorstellungen, das ist alles", erklärte seine Tochter, die angehende Fachärztin. „Und wahrscheinlich ist er völlig harmlos."

„Wahrscheinlich ja", stimmte Tanner ihr zu. In dem Moment wurde ihm klar, was ihm so zu schaffen machte. Es war Olivia … oder besser gesagt: Olivias Wunsch, das Rentier so lange nicht herauszugeben, bis sie wusste, dass mit „Kris Kringle" alles in Ordnung war. Mehr als es ihm selbst recht sein konnte, war für ihn wichtig, was Olivia wollte oder nicht wollte.

„Gefahren lauern überall", zog Sophie ihn auf und hielt die Fäustlinge so, als seien sie Krallen, mit denen sie sich auf ihn stürzen wollte. „Man kann gar nicht vorsichtig genug sein."

„Jetzt ist aber gut, du kleine Komikerin", gab er zurück und musste unwillkürlich lachen, als sie zu seinem Wagen gingen. „Du weißt nichts über diese Welt. Sonst wärst du beim Schulausflug nicht weggelaufen, um mit dem nächsten Zug nach Westen zu fahren."

„Fängst du jetzt schon wieder damit an?" Sophie legte mit übertriebener Sorgfalt den Sicherheitsgurt an. „Ich bin eine proaktive Person, Dad. Willst du nicht, dass ich *proaktiv* bin?"

Tanner antwortete nicht, weil er wusste, egal, was er sagte, es wäre immer das Verkehrte.

„Dieser Weihnachtsmann sollte nicht *Ho, ho, ho* sagen", ließ Sophie ihn wissen, als sie losfuhren. Zunächst würden sie zur Ranch fahren, um den Baum auszuladen, danach ging es dann weiter nach Flagstaff zu einer Mall. „Das ist politisch nicht korrekt."

„Frag mich doch mal, was ich von politischer Korrektheit halte", forderte er seine Tochter auf.

„Warum soll ich dich fragen, wenn ich die Antwort kenne?", gab Sophie gut gelaunt zurück. „In Briarwood nennen wir den Valentinstag jetzt ,Tag der besonderen Beziehungen'."

„Und was kommt als Nächstes? ,Tag des weiblichen Erziehungsberechtigten' und ,Tag des männlichen Erziehungsberechtigten' für Muttertag und Vatertag?"

Sophie begann zu kichern. Ihre Wangen waren von der Kälte, aber auch vor Begeisterung rot. „Klingt irgendwie albern, findest du nicht?"

„Und wie", bestätigte Tanner. Mittlerweile durfte er nicht mal mehr einer Angestellten seines Unternehmens ein Kompliment wegen ihrer neuen Frisur machen, wenn er nicht riskieren wollte, wegen sexueller Belästigung verklagt zu werden. Wohin sollte das bloß noch führen?

Zu Hause angekommen, lud Tanner den Baum aus und stellte ihn auf die Veranda, damit die Zweige sich senken konnten. In der Zwischenzeit lief Sophie in die Scheune, um nach den Pferden zu sehen. Vom Aussehen her kam sie ganz nach Kat, aber was Pferde anging, musste sie irgendwie Tessas Gene geerbt haben.

„Der Hund ist immer noch da", meldete sie, als sie wieder bei ihm war. „Der gleiche Hund, der heute auf der Veranda gesessen hat, als wir vom Reiten zurückgekommen sind. Sollen wir ihn nach Hause bringen?"

„Ginger lebt nebenan bei Olivia", wiederholte Tanner, was er Sophie schon zuvor gesagt hatte. „Wenn sie nach Hause will, kann sie rüberlaufen."

„Ich hoffe nicht, dass Ginger deprimiert ist, so wie Butterpie es gewesen ist", sagte Sophie besorgt.

Tanner grinste und zog leicht an ihrem Pferdeschwanz. „Sie und Butterpie sind beste Freunde." Dabei musste er daran denken, wie er die Hündin in der Box an das Pony geschmiegt vorgefunden hatte. „Olivia wird sie bestimmt heute nach dem Abendessen mitnehmen."

„Du magst Olivia, oder?", fragte Sophie mit einem listigen Unterton, während sie in den Truck einstieg.

Er setzte sich ans Steuer und ließ den Motor an. Olivia hatte recht. Sein Wagen war einfach viel zu sauber. Auf dem Parkplatz am Supermarkt hatte er sich von allen anderen Fahrzeugen abgehoben, weil er so blitzblank war. Aber der Boden war gefroren, folglich ließ sich nicht so leicht irgendwo Morast finden, durch den er fahren konnte. Er fragte sich, wo die anderen Leute den ganzen Macho-Schlamm herhatten, der ihre Wagen von oben bis unten bedeckte.

„Natürlich mag ich sie", antwortete er. „Sie ist eine gute Freundin."

„Sie ist hübsch."

„Da kann ich dir nur zustimmen, Kleines. Sie ist sehr hübsch."

„Du könntest sie heiraten."

Gerade wollte Tanner wenden, stattdessen aber trat er auf die Bremse. „Fang nicht damit an, Soph. Olivia ist mit dieser Stadt eng verbunden, hier ist ihre Familie, hier hat sie ihre Praxis. Ich werde von Stone Creek aus woanders hinziehen, und außerdem ist keiner von uns beiden an einer ernsthaften und langfristigen Beziehung interessiert."

Sophie seufzte und ließ die Schultern sinken, als hätte jemand das Gewicht der ganzen Welt auf ihnen abgelegt. „Ich wünschte, dieser Kris Kringle wäre wirklich der Weihnachtsmann. Dann könnte ich ihm sagen, dass ich zu Weihnachten eine Mom haben will."

Tanner wusste, welches Spiel sie mit ihm trieb. Trotzdem brannten seine Augen, und seine Kehle war wie zugeschnürt. „Das war gerade ziemlich hinterhältig, Soph. Du versuchst mich zu manipulieren, aber eigentlich solltest du inzwischen wissen, dass ich mir von dir kein schlechtes Gewissen einreden lasse."

Sophie verschränkte die Arme vor der Brust und schmollte. Sie war erst zwölf, aber sie beherrschte bereits das Mienenspiel, in dem Vierzehn- oder Fünfzehnjährige so gut waren. Tessa war darin Weltmeisterin gewesen, aber neben ihm saß ganz offensichtlich die nächste Anwärterin auf diesen Titel. „Wie du meinst."

„Ich weiß, dass du gern eine Mutter hättest, Sophie."

„Du weißt es, aber es kümmert dich nicht."

„Es kümmert mich *sehr wohl*."

Eine Träne lief über Sophies Wange, die aber nicht gespielt war, weil sie den Kopf rasch zur Seite drehte, damit er sie nicht sehen konnte.

„Es kümmert mich wirklich, Sophie", beteuerte er.

Sie nickte nur und schniefte auf eine Weise, die ihm einen Stich versetzte. Vielleicht würde sie eines Tages verstehen, dass er sie nur beschützen wollte. Vielleicht aber auch nicht.

Er wusste nicht, ob er damit zurechtkommen konnte, wenn Letzteres der Fall sein sollte. Was, wenn Sophie irgendwann erwachsen war und ihn dann immer noch hasste?

Aber es ging hier nicht um ihn, sondern um Sophies Sicherheit, ob ihr das nun gefiel oder nicht.

Sie nahmen den Abzweig nach Flagstaff, der sie vollständig um Stone Creek herumführen würde. Sophie war ein weibliches Wesen, und Shopping würde ihre Laune sicher bessern. Falls doch nicht, gab es immer noch den Weihnachtsbaum, der aufgestellt werden musste, und Olivia, die zum Abendessen zu ihnen kommen würde.

Er und Sophie, sie würden das schon irgendwie hinkriegen.

„Die Zeit wird rasend schnell vergehen", beklagte sich Sophie und setzte dem Schweigen ein Ende, wobei sie ihn aber noch immer nicht anschaute. „Ehe ich mich versehen habe, werde ich zurück in Briarwood sein, also wieder ganz am Anfang."

Tanner ließ ein paar Sekunden verstreichen, ehe er antwortete, weil er die Kleine nicht anherrschen wollte. Es konnte nicht leicht sein, in der heutigen Zeit zwölf Jahre alt zu sein, wo es all die Drogen und die Underground-Internetseiten gab – und eine Bewegung, die den Valentinstag umbenennen wollte. Nein, es wäre schwierig mit normalen Eltern und einem Haus, das abbezahlt werden musste. Und Sophie hatte nur noch ein Elternteil.

Und genau genommen hatte sie nicht mal das.

„Es wird alles gut ausgehen, Soph", sagte er, fragte sich aber, ob er davon seine Tochter oder vielleicht doch eher sich selbst überzeugen wollte. Vermutlich sie beide.

„Ich könnte doch mit Tante Tessa auf der Starcross Ranch leben, oder nicht? Und ich könnte zur Stone Creek Middle School gehen, so wie ein ganz normales Mädchen."

Tanner musste sich zwingen, nicht rechts ranzufahren und ihr zu sagen, sie solle endlich damit aufhören. Stattdessen presste er die Lippen zusammen und konzentrierte sich ganz darauf, den Wagen sicher durch die bergige Waldregion rund um Flagstaff zu lenken.

Ihm hätte klar sein müssen, dass so etwas kommen würde. Sophie hatte nicht umsonst an der Schule anhalten wollen, um einen Blick durch die Glastür nach drinnen zu werfen. Aber sie besaß nun mal die Gabe, ihn aus heiterem Himmel mit irgendwelchen Fakten zu konfrontieren.

„Tante Tessa kommt nur über die Feiertage her", sagte er ruhig.

„Sie bringt aber die Pferde mit."

„Okay, aber trotzdem wird sie im Höchstfall ein paar Monate bleiben. Können wir jetzt mal eine Zeit lang aufhören, über dieses Thema zu reden, Soph? Wir drehen uns nämlich nur im Kreis."

Und dann fuhr sie die schweren Geschütze auf. „In Briarwood kann man auch an Drogen kommen, musst du wissen", erklärte sie mit einer Mischung aus Trotz und Kühnheit. „Da können die Sicherheitsmaßnahmen noch so gut sein."

Diesmal fuhr er an den Straßenrand, wo der Wagen ein Stück weit durch den Schneematsch rutschte. „*Wie bitte?*", brachte er heraus.

„Meth", zählte Sophie auf. „Ice. Das ist eine …"

„Ich weiß, was Ice ist", fuhr er ihr über den Mund. „Gott steh mir bei, Sophie, wenn du mich hier veralbern willst …"

„Es ist wahr, Dad."

Er glaubte ihr. Das war das Schlimmste von allem. Sein Magen drehte sich um, und einen Moment lang glaubte er, er müsse sich übergeben.

„Das ist ein allgegenwärtiges Problem", redete Sophie weiter und hörte sich an wie ein altehrwürdiger Nachrichtensprecher, nicht wie ein junges Mädchen.

„Hat dir jemand Drogen angeboten? Hast du irgendwas genommen?" Seine Hand ruhte auf dem Türgriff für den Fall, dass er sich doch noch übergeben musste.

„Ich bin doch nicht bescheuert, Dad", antwortete sie. „Drogen sind was für Loser. Für Leute, die mit ihrer Umwelt nur klarkommen, wenn ihr Gehirn chemisch verändert worden ist."

„Würdest du mir den Gefallen tun, für den Augenblick mal so zu reden, wie es eine Zwölfjährige eigentlich machen sollte?"

„Ich nehme keine Drogen, Dad", erklärte sie ihm mit leiser Stimme.

„Und wie kommen die Drogen in die Schule?"

„Die anderen bringen sie von zu Hause mit. Ich glaube, die meisten von ihnen klauen sie ihren Eltern."

Tanner ließ die Stirn gegen das Lenkrad sinken und atmete wiederholt tief und langsam durch. *Sie klauen sie ihren Eltern.* Im Geiste entwickelte er einen Bauplan für einen Elfenbeinturm für seine Tochter, den er natürlich nicht mal dann aus Elfenbein errichtet hätte, wenn es ihm auf einem legalen Weg angeboten worden wäre.

Sophie berührte ihn sanft am Arm. „Dad, ich will dir nur was klarmachen. Geht's dir gut? Du siehst nämlich so … so grau im Gesicht aus. Du hast doch nicht etwa einen Herzinfarkt oder so was, oder doch?"

„Nein, nichts in der Art, was du meinst", gab Tanner schließlich zurück und setzte sich gerade hin. Er musste sich zusammenreißen. Er war ein Vater, und er sollte sich auch wie einer benehmen.

Als er das Gefühl hatte, nicht länger für seine Tochter, für sich selbst und für andere Verkehrsteilnehmer eine Gefahr darzustellen, fuhr er weiter. Sophie drehte am Radio, bis sie einen Sender fand, der ihr gefiel. Der satte Bass eines Rapsongs ließ das Wageninnere erzittern.

Tanner suchte einen anderen Sender, dann drang Brad O'Ballivans Stimme aus den Lautsprechern. „Have yourself a merry little Christmas", sang er.

Das passte ja. Tessa fühlte sich von diesem Song bereits verfolgt, und nun wurde er auch noch von ihm heimgesucht.

„Ist das der Typ, für den du das Tierheim baust?", wollte Sophie wissen.

Erleichtert darüber, dass sie endlich ein anderes Thema hatten, nickte er. „Ja, genau."

„Seine Stimme klingt nett."

„Das finden viele Leute."

„Auch wenn der Song ziemlich kitschig ist."

„Ich werde ihm ausrichten, dass du das gesagt hast", meinte er lachend.

Danach unterhielten sie sich über alltägliche Dinge, aber nicht über Drogen in Briarwood, nicht über Sophies vergeblichen Wunsch nach einer Mutter und nicht über Kris Kringle, den Rentiermann. Nein, sie redeten über einen neuen Sattel für Butterpie, überlegten, was sie Tessa zu Weihnachten schenken sollten, und sie diskutierten über die Vor- und Nachteile, zum Abendessen eine tiefgekühlte Lasagne in den Ofen zu stellen.

An der Mall angekommen, suchte Tanner einen Parkplatz für seinen Truck, dann zogen sie beide los und kauften zunächst Baumschmuck, Lichterketten und Lametta. In der Filiale eines Markenlabels plünderten sie die Teenagerabteilung und nahmen für Tessa als Geschenk noch einen gelben Cashmere-Pullover mit. Sie aßen zu Mittag, dabei beobachteten sie die anderen Besucher der Mall, die mit Tüten und Taschen bepackt umhereilten.

Auf dem Rückweg aus der Stadt legten sie noch einen Zwischenstopp in einem Geschäft für Westernzubehör ein, wo sie einen Sattel kauften, anschließend hielten sie an einem Supermarkt an. Als sie fertig waren und zur Kasse gingen, hatten sie zwei Einkaufswagen, die bis oben hin vollgestopft waren. Beim Verlassen des Supermarkts wäre Tanner fast über einen Jungen in zerlumpten Jeans, T-Shirt und dünner Jacke gefallen, der vor sich einen großen Karton stehen hatte. Mit schwarzem Marker war „Gute Weihnachtsgeschenke" auf eine Seite geschrieben worden, im Karton befanden sich zwei Welpen.

Tanner ging zügig weiter, aber Sophie blieb mit ihrem Einkaufswagen bei dem Jungen stehen.

„Oh, sind die süß", sagte sie.

„Das sind die letzten zwei", erklärte der Junge, obwohl das offensichtlich war. Seine Sportschuhe wiesen große Löcher auf. Hatte er sich womöglich extra so angezogen, um Mitleid zu erwecken?

„Sophie", rief Tanner warnend.

Aber sie hatte bereits einen der Hunde hochgenommen, ein kleines goldbraunes Etwas, dessen Rasse sich nicht bestimmen ließ. Auf jeden Fall hatte der kleine Hund Schlappohren und große, hoffnungsvoll dreinblickende Augen. Dann sah er das Geschwisterchen, dessen Schwarz-Weiß-Färbung Tanner an einen Hund aus seinem Lesebuch für die erste Schulklasse erinnerte.

„Dad", flüsterte Sophie, die sich zu ihm gestellt und den vollen Einkaufswagen unbewacht zurückgelassen hatte, um ihm die Welpen zeigen zu können. „Guck dir mal den Jungen an. Er braucht bestimmt Geld. Und wer weiß, was mit den armen Kleinen passiert, wenn sie niemand kaufen will!"

Tanner konnte sich nicht dazu durchringen, das Offensichtliche auszusprechen: dass Sophie in ein paar Wochen wieder abreisen würde, um eine neue Schule zu besuchen, da Briarwood wegen der Drogengeschichten für ihn gestorben war. Ihm blieb nichts anderes übrig, als die Hunde zu kaufen und darauf zu hoffen, dass Olivia für sie ein gutes Zuhause fand, wenn die Zeit gekommen war.

Für den Augenblick jedenfalls war es schlicht unmöglich, Sophie diesen Wunsch zu verweigern, obwohl das das einzig Richtige gewesen wäre. Er hatte schon bei zu vielen Dingen Nein gesagt.

Also zahlte Tanner dem Jungen einen lachhaft hohen Betrag für die Welpen, die sich über Sophies Freudenschrei fast zu Tode erschreckten, dann verstauten sie die Lebensmittel und die Hunde im Wagen und fuhren zurück zur Starcross Ranch.

8. KAPITEL

*E*s war Olivia nicht gelungen, Ashley aufzuspüren, obwohl sie überall in der Stadt nach ihr gesucht hatte. Da auch keine Notrufe aus der Tierklinik eingegangen waren, hatte sie beschlossen, sich bei Curly-Q die Haare schneiden zu lassen. Danach war sie zum Supermarkt gefahren, um Lebensmittel und Putzmittel zu kaufen, anschließend hatte sie sich mit Charlie Brown auf den Heimweg gemacht.

Als sie dort eintraf, wartete Ginger bereits auf der hinteren Veranda, an ihrem Fell hingen Schneeklumpen, die sie auf dem Weg über das freie, verschneite Feld zwischen Olivias und Tanners Ranchhaus mitgebracht hatte.

„Wird auch Zeit, dass du nach Hause kommst", begrüßte die Hündin sie und erhob sich von dem Stapel Decken, der für sie auf der Veranda bereitlag.

Vor Kälte zitternd eilte Olivia an ihr vorbei in die Küche, wo sie Charlie Brown auf den Tisch stellte. Die Wurzeln des Baums mussten sich notgedrungen mit der Enge des klobigen Blumentopfs begnügen, in dem er steckte. „Du hast doch selbst darauf bestanden, auf der Starcross Ranch zu bleiben", erwiderte sie, bevor sie wieder nach draußen ging, um ihre Einkäufe aus dem Baumarkt und dem Supermarkt ins Haus zu holen.

Als Olivia alles aus dem Wagen nach drinnen geschafft hatte, war der Schnee von Gingers Fell gefallen und auf dem Boden geschmolzen. Nachdem auch die letzte Tragetasche auf dem Tresen stand, warf sie ein altes Handtuch in den Wäschetrockner, um es anzuwärmen. Dann drehte sie den Thermostat für die eigenwillige Heizung hoch. Sie setzte einen Kaffee auf, dabei fiel ihr ein, dass sie auf ihrem Weg auch eine neue Kaffeemaschine hätte mitbringen sollen.

Während das Wasser durch den Kaffeefilter lief, machte sich Ginger über das frische Trockenfutter in ihrem Fressnapf her. Olivia nahm das angewärmte Handtuch und kniete sich auf den abgewetzten Linoleumboden, um Gingers Fell trocken zu reiben.

„*Gab's keine vernünftigen Weihnachtsbäume mehr?*", wollte Ginger wissen, woraufhin Charlie Browns spärliche Zweige noch ein wenig mehr durchzuhängen schienen.

„Sei nett zu ihm", flüsterte Olivia. „Der Baum hat auch Gefühle."

„*Ich sollte wohl froh sein, dass du dieses Jahr überhaupt an Weihnachtsschmuck denkst*", meinte Ginger und leckte Olivia zum Dank für das warme Handtuch einmal liebevoll übers Gesicht. „*Wo du doch so feiertagsgeschädigt bist.*"

Leise lachend richtete sich Olivia auf. „Ich habe beim Einkaufen diese Rentiergeweihe gesehen, die man Hunden auf den Kopf setzen kann, einschließlich Glöckchen und Beleuchtung. Benimm dich, sonst kauf ich so ein Geweih, setze es dir auf und stelle ein Foto davon ins Internet."

Ginger seufzte leise. Sie hasste Kostüme.

Ein Blick auf die Uhr verriet Olivia, dass ihr noch eine Stunde blieb, ehe sie auf der Starcross Ranch zum Abendessen eintreffen sollte. Nachdem sie geduscht hatte, beschloss sie, den Schrank und alle Schubladen zu durchwühlen, um nach etwas Angemessenem zum Anziehen zu suchen. Schließlich sollte Sophie nicht glauben, sie sei ein Landei.

Die Hündin trottete hinter ihr her, sprang auf das von der letzten Nacht zerwühlte Bett und rollte sich in der Mitte zusammen. Olivia legte frische Unterwäsche raus, ihre zweitbeste Jeans und ein rotes Sweatshirt von vor zwei Jahren, als Ashley davon besessen gewesen war, Textilien aller Art mit eigenen Kunstwerken zu verzieren. In diesem Fall war es ein niedlicher Schneemann mit Leuchtdioden als Augen, allerdings hatte die Batterie schon vor langer Zeit ihren Geist aufgegeben.

Nachdem sie sich abgetrocknet und angezogen hatte, musste Olivia feststellen, dass es in dem zugigen Haus immer noch recht kühl war, obwohl sie die Heizung zu Höchstleistungen angespornt hatte.

„*Ich bleibe hier*", erklärte Ginger, nachdem Olivia ihr von der Einladung zum Essen bei Tanner und seiner Tochter erzählt hatte. *„Die Verstärkung ist eingetroffen."*

„Welche Verstärkung?", fragte sie die Hündin, während sie das Sweatshirt über den Kopf zog.

„Du wirst schon sehen", antwortete Ginger, der bereits die Augen zufielen. *„Nimm deine Arzttasche mit."*

„Ist Butterpie krank?", wollte Olivia besorgt wissen.

„Nein, das hätte ich dir sofort gesagt. Aber du wirst deine Tasche brauchen."

„Okay", gab sie zurück.

Dann hatte Ginger auch schon in einer Alt-Tonlage zu schnarchen begonnen, die eine ganze Oktave umfasste.

Olivia war kein musikalischer Mensch.

Um Punkt sechs Uhr fuhr Olivia vor dem Ranchhaus der Starcross Ranch vor. Durch das Wohnzimmerfenster sah sie bunte Lichter scheinen, was im Dämmerlicht der verschneiten Landschaft besonders festlich wirkte. Auf der Veranda angekommen, stellte sie ihre Arzttasche ab und klopfte.

Sophie öffnete die Tür, ihr junges Gesicht strahlte so hell wie die Weihnachtsbaumbeleuchtung. Der Geruch nach Baumharz und nach irgendetwas Köstlichem, das in der Küche zubereitet wurde, verstärkte die festliche Atmosphäre.

„Sie können sich nicht vorstellen, was wir im Supermarkt bekommen haben!", jubelte Sophie und zog Olivia aufgeregt ins Haus.

Tanner stand in der Tür zum Wohnzimmer, eine Schulter gegen den Rahmen gelehnt. Er trug ein am Hals offenes, kragenloses blaues Polohemd, dazu Jeans, die schon einiges mitgemacht zu haben schienen. „Stimmt genau", bestätigte er, wobei er fast unmerklich die Augen verdrehte.

Aus dem Raum hinter ihm war das leise Winseln eines Welpen zu hören.

„Das ist nicht wahr, oder?", fragte Olivia, die insgeheim völlig begeistert war.

„Wir haben sogar zwei!", rief Sophie in dem Moment, als die beiden Welpen etwas unbeholfen aus dem Wohnzimmer kamen, sich ihren Weg um Tanner herum bahnten und dann vor Olivia stehen blieben, um deren Füße anzukläffen.

Sofort ging sie in die Hocke und streichelte die beiden jungen Hunde. Sie waren also der Grund, wieso Ginger gewollt hatte, dass sie ihre Arzttasche mitnahm. Das hier waren Mischlinge, keine reinrassigen Hunde, die mit allen notwendigen Impfungen versehen vom Züchter kamen. Diese Impfungen mussten unbedingt nachgeholt werden.

„Ich habe sie Snidely und Whiplash getauft", erklärte Sophie. „So heißt der Schurke aus dem Film *Dudley Do-Right*."

„Ich hatte ,Auf' und ,Davon' vorgeschlagen", warf Tanner amüsiert ein, „aber davon wollte meine Tochter nichts wissen."

„Und wer ist wer?", fragte Olivia, ohne auf Tanners Bemerkung einzugehen. Ihr Herz schlug schneller. Bedeuteten die Hunde, dass er bleiben würde, auch wenn der Bau des Tierheims abgeschlossen war?

„Das ist Snidely", sagte Sophie und zeigte auf den Hund mit dem goldfarbenen Fell. Beide Welpen sahen aus wie eine Mischung aus Collie, Schäferhund und Retriever. „Der mit den Punkten ist Whiplash."

„Dann werde ich mir die beiden mal genauer ansehen", schlug Olivia vor. „Meine Arzttasche steht vor der Tür auf der Veranda. Würdest du sie mir bitte herbringen?"

Sophie stürmte sofort los.

„,Auf' und ,Davon'?", fragte Olivia leise und sah Tanner an. Hinter ihm konnte sie die Blautanne ausmachen, die vor dem Fenster und damit vor der Schneelandschaft stand. Ehe er etwas erwidern konnte, war Sophie schon wieder zurück.

„Später", gab er tonlos zurück. Dabei schaute er so ernst drein, dass unwillkürlich etwas von der weihnachtlichen Atmosphäre verloren ging, die Olivia beim Hereinkommen begrüßt hatte.

Olivia untersuchte die Hunde, erklärte sie für gesund und impfte sie. Da die Hunde in einem Karton von ihren Besitzern weggegeben wurden, konnte sie getrost davon ausgehen, dass sich bislang kein Tierarzt dieser Welpen angenommen hatte.

„Tut ihnen das nicht weh?", wollte Sophie wissen, die mit ihren blauen, weit aufgerissenen Augen mitverfolgte, wie Olivia ihnen mit einer sehr dünnen Nadel das Serum in eine Hautfalte im Nacken injizierte. Sie waren jetzt alle im Wohnzimmer versammelt, zwischen dem duftenden Weihnachtsbaum und dem Kamin, in dem ein knisterndes Feuer brannte. Das Sofa diente als Behandlungstisch für die Hunde.

„Nein", antwortete sie ruhig und packte ihre Ausrüstung weg. „Die Impfungen verhindern unter anderem Staupe. Es würde den beiden wehtun, wenn sie diese oder andere Krankheiten bekommen würden. Und sobald diese beiden Mädchen etwas älter sind, müssen sie sterilisiert werden."

Sophie hörte aufmerksam zu und nickte ernst. „Sie machen auf den Fußboden", sagte sie nach einer kurzen Pause. „Aber ich habe Dad versprochen, dass ich alles sauber mache."

„Braves Mädchen", lobte sie sie. „Wenn du alle paar Stunden mit ihnen nach draußen gehst, werden sie begreifen, was sie tun sollen." Ihr Blick wollte zu Tanner wandern, aber sie hielt sich davon ab. *Auf und Davon?* Diese Namensvorschläge verhießen irgendwie nichts Gutes. Hatte er die Hunde nur mitgenommen, damit Sophie für den Moment Ruhe gab? Und wenn sie wieder zur Schule ging, wollte er die Tiere dann einfach weggeben?

Nein, dachte sie. Das ist unmöglich. So kaltherzig kann er nicht sein.

Als Abendessen gab es Lasagne mit Salat. Während sie aßen, redete Sophie fast unentwegt und schaute zwischendurch immer wieder unter den Tisch. Dort tummelten sich die beiden Hunde und spielten miteinander, davon überzeugt, dass sie hier ein dauerhaftes Zuhause gefunden hatten.

Obwohl sie Hunger hatte, bekam Olivia kaum einen Bissen runter. Nach dem Essen zogen sich Sophie und Olivia eine Jacke über und gingen zum Stall, um nach Butterpie und Shiloh zu sehen. Tanner, der auffallend ruhig war, blieb im Haus, um in der Küche aufzuräumen.

„Wir haben einen neuen Sattel für Butterpie gekauft", erzählte Sophie begeistert, als sie die warme Scheune betraten, in der es wunderbar nach Heu roch. „Und Dad lässt alle Boxen reparieren, damit Tante Tessas Pferde es hier gut haben."

„Tante Tessa?", wiederholte Olivia, während sie den neuen Sattel bewunderte. Als sie klein gewesen war, hatte sie einen ganz ähnlichen Sattel gehabt, ein Geschenk von Big John zu ihrem dreizehnten Geburtstag. Wahrscheinlich hatte er ihn gebraucht gekauft und sich das Geld dafür auch noch vom Mund absparen müssen.

Heute, dachte sie betrübt, besaß sie nicht mal mehr ein Pferd.

„Tessa ist Dads Schwester. Sie hat ganz viele Pferde. Sie lässt sich gerade scheiden, darum hat Dad ihr Geld geschickt, damit sie herkommen kann nach Arizona." Sophie schnappte kurz nach Luft und redete gleich darauf weiter. „Vielleicht haben Sie sie mal im Fernsehen gesehen. Sie hat viele Jahre in *California Women* mitgespielt und davor in ganz vielen anderen Serien."

An diese Serie konnte sich Olivia erinnern, auch wenn sie nicht viel Zeit vor dem Fernseher verbrachte. Es war schon eigenartig, dass sie vor allem in der Weihnachtszeit dazu kam, sich etwas anzusehen. Dabei versuchte sie vor allem, die Klassiker wie *Ist das Leben nicht schön?*, *Jede Frau braucht einen Engel* und natürlich *Die Peanuts – Fröhliche Weihnachten* mitzukriegen.

„Ich glaube, ich habe da mal reingeschaut", sagte sie, hatte aber keine Ahnung, wer von den Schauspielerinnen Tessa gewesen sein könnte.

Sophie wurde ein wenig ernster, als sie Butterpies Boxentür aufmachte. „Ich glaube, Dad wird Tante Tessa fragen, ob sie hierbleibt und sich um die Starcross Ranch und die Hunde kümmert, wenn er wegzieht."

„Oh." Olivias Laune sank auf einen Tiefpunkt, aber Sophie zuliebe ließ sie sich davon nichts anmerken.

Butterpie machte einen gesunden Eindruck und aß auch wieder normal.

„Ich hoffe trotzdem, dass er es sich anders überlegt und dass ich dann hierbleiben kann", vertraute die Kleine ihr an. „Mein Unterricht soll nicht unterbrochen werden, da ist Dad der gleichen Meinung wie ich, deshalb besuche ich ab Montag bis zu den Weihnachtsferien die Stone Creek Middle School."

Olivia wusste nicht, was sie dazu sagen sollte. Sie hatte ihre eigenen Ansichten zu Internaten und dazu, Hundebabys zu adoptieren, wenn man sie eigentlich gar nicht behalten wollte, aber dazu würde sie sich Sophie gegenüber nicht äußern. Zufrieden darüber, dass es Butterpie gut ging, betrat sie Shilohs Box, um ihn zu streicheln.

Gerade stieß er sie liebevoll mit dem Kopf an, da klingelte ihr Handy.

Das musste er sein – der Anruf, mit dem Olivia den ganzen Tag gerechnet hatte. Der Anruf, dass irgendwo eine kranke Kuh darauf wartete, von ihr versorgt zu werden.

Doch auf dem Display wurde Melissas Privatnummer bei der Staatsanwaltschaft angezeigt. Wieso war sie um diese Uhrzeit und noch dazu am Wochenende noch im Büro?

„Mel? Was gibt's?"

„Es ist wegen Ashley", antwortete Melissa leise. „Sie hat mich gerade eben aus irgendeinem Kaff in Tennessee angerufen. Offenbar ist sie heute Morgen ganz früh zum Flughafen nach Phoenix gefahren und in eine Maschine gestiegen, ohne einem von uns ein Wort davon zu sagen."

„In Tennessee?", wiederholte Olivia, die für einen Moment völlig verwirrt war. Oder versuchte sie nur zu leugnen, was sie tief in ihrem Inneren längst wusste?

„Ich schätze, Mom lebt da irgendwo", sagte Melissa.

Sophie kam in dem Augenblick aus Butterpies Box, in dem Olivia Shilohs Box verließ. Gleichzeitig verriegelten sie die Boxentüren, damit die Pferde für die Nacht sicher untergebracht waren.

„O mein Gott", murmelte Olivia.

„Sie ist am Boden zerstört", redete Melissa weiter und klang dabei so fassungslos, wie Olivia sich fühlte. „Ich meine das ernst. Es ist ganz schlimm gelaufen – so schlimm, dass Brad bereits einen Jet gechartert hat, um sie abzuholen.".

Sophie fasste Olivias Arm und dirigierte sie zu einem Heuballen, dann zog sie sie nach unten, damit sie sich hinsetzte.

Sie war dem Mädchen für diese Geste zutiefst dankbar, denn ihre Beine fühlten sich so weich wie Gummi an, und sie wusste nicht, wie lange sie noch hätte stehen bleiben können.

„Soll ich meinen Dad holen?", fragte Sophie.

Olivia schüttelte den Kopf, dann kniff sie die Augen zu. „Was ist passiert, Mel? Was hat Ashley am Telefon gesagt?"

„Sie sprach davon, dass sie auf dich und Brad hätte hören sollen. Sie hat so schrecklich geweint, dass ich nicht mal die Hälfte verstanden habe. Wenigstens konnte ich notieren, wo sie sich einquartiert hat. Gleich danach habe ich Brad angerufen."

Ashley. Die unschuldige, wohlmeinende Ashley, die daran glaubte, dass ein Happy End immer möglich war. Und nun war sie mit einer hässlichen Wirklichkeit konfrontiert worden, die kein Happy End haben konnte – und Olivia war meilenweit von ihr weg und konnte ihr nicht beistehen. „Ich werde Brad anrufen und ihm sagen, dass ich mitkommen will", erklärte sie und wollte schon auflegen.

„Hab ich auch versucht", antwortete Melissa hastig. „Er sagt, er will das allein regeln. Bestimmt ist er schon auf dem Weg nach Flagstaff, um in den Flieger zu steigen."

Vor Hilflosigkeit und Wut wollten ihr die Tränen kommen, aber sie kämpfte dagegen an. „Wann hat Ashley angerufen?", erkundigte sie sich, während sie sich zwang, äußerlich Ruhe zu bewahren. Sophie machte sich auch so genug Sorgen um sie, was ihr Gesichtsausdruck deutlich verriet. Olivia durfte nicht vor den Augen des Kindes ganz und gar zusammenbrechen.

„Ungefähr vor einer halben Stunde. Danach habe ich Brad angerufen, und wir haben bis vor zwei Minuten telefoniert. Gleich danach habe ich mich bei dir gemeldet."

„Okay, danke." Olivia fühlte sich wie benommen.

„Geht es dir gut?", fragte Melissa.

„Nein. Dir etwa?"

„Auch nicht. Und das wird so bleiben, bis sie wieder zu Hause in Stone Creek ist, wo sie auch hingehört. Ich weiß, du willst Brad anrufen und dir den Mund fusselig reden, damit er dich nach Tennessee mitnimmt, darum werde ich jetzt Schluss machen."

„Mach Feierabend", sagte Olivia zu ihrer jüngeren Schwester. „Es ist Wochenende, wir haben einen Feiertag, und du solltest heute nicht im Büro sitzen."

Melissas Lachen klang mehr wie ein Schluchzen. Olivia war schon sehr beunruhigt, da musste Melissa erst recht krank vor Sorge um ihre Zwillingsschwester sein. „Das musst *du* gerade sagen", erwiderte sie. „Meinst du, Liv, ich kann zu dir kommen und die Nacht bei dir und Ginger verbringen?"

„Ich werde zu Hause auf dich warten", versprach sie ihr und verabschiedete sich, dann tippte sie sofort die Kurzwahl für Brads Nummer.

„Kommt nicht infrage", meldete er sich, noch bevor sie ein Wort hatte sagen können.

„Wo bist du?"

„Kurz vor Flagstaff. Der Jet wartet schon auf mich. Wenn ich irgendetwas weiß, rufe ich dich an."

Wie ihre Schwester vorhergesagt hatte, wäre es vertane Zeit, Brad zu bitten, auf sie zu warten, damit sie ihn begleiten konnte. Außerdem brauchte Melissa sie, sonst hätte sie nicht darum gebeten, bei ihr zu übernachten.

„Okay", sagte sie nur, beendete das Gespräch und klappte ihr Handy zu.

Sophie stand vor ihr und musterte sie. „Ist was Schlimmes passiert?"

Langsam stand Olivia auf und stellte beruhigt fest, dass sich ihre Beine nicht mehr weich wie Pudding anfühlten. Das war immerhin etwas. „Eine Familienangelegenheit", antwortete sie. „Nichts, worüber du dir Gedanken machen musst. Allerdings muss ich sofort nach Hause fahren."

Nach einem verständnisvollen Nicken fragte die Kleine: „Soll ich dir deine Arzttasche bringen? Ich werde Dad sagen, was passiert ist."

„Danke", erwiderte Olivia und ging zu ihrem Wagen.

Sie sah Sophie ins Haus rennen, aber es war Tanner, der Augenblicke später nach draußen kam und ihre Tasche in der Hand hielt.

„Kann ich irgendwie behilflich sein?", fragte er, während er ihr die Tasche durch das offene Fenster reichte.

Olivia schüttelte stumm den Kopf, da sie ihrer Stimme nicht über den Weg traute.

Zu ihrer Verblüffung beugte sich Tanner auf einmal vor und gab ihr einen zarten, aber elektrisierenden Kuss auf den Mund. Dann ging er zwei Schritte zurück, während sie den Motor anließ und abfuhr.

Tanner stand in der Kälte da und sah mit an, wie die Rückleuchten von Olivias Truck vom dichter werdenden Schneefall verschluckt wurden. Die bunten Lichter des Weihnachtsbaums, die durch das große, teilweise beschlagene Wohnzimmerfenster strahlten, schienen sich über ihn lustig zu machen. Er wusste nicht, welches Problem Olivia so in Sorge versetzt hatte, aber sehr wahrscheinlich konnte er ihr dabei nicht helfen. Wie Sophie außer Atem berichtet hatte, ging es um eine „Familiensache", und er gehörte nun mal nicht zu ihrer Familie.

Er schob die Hände in die Hosentaschen – eine Jacke hatte er in der Eile gar nicht erst angezogen – und dachte aus welchem Grund auch immer an die beiden jungen Hunde. Er konnte unmöglich Olivia darum bitten, für die zwei ein neues Zuhause zu finden, wenn er von hier wegzog. Ob Tessa dann weiter in Stone Creek bleiben würde, um auf Snidely und Whiplash aufzupassen, konnte er jetzt noch nicht sagen.

Er hatte sich bei Sophie *und* bei Olivia in eine Ecke manövriert, aus der er nur sehr schwer wieder herauskommen würde. Allein mit Reden würde es nicht getan sein, dass war ihm jetzt schon klar.

Zurück im Haus sah er, dass Sophie eine alte Decke in einen Karton gelegt hatte, damit die Welpen in einem weichen, flauschigen Bett schlafen konnten.

„Ist jemand gestorben?", fragte sie, als Tanner ins Wohnzimmer kam.

Die Frage traf ihn wie ein Schlag ins Gesicht. Sophie war sieben Jahre alt gewesen, als ihre Mutter erschossen wurde. Ging sie bei jeder Krise davon aus, dass die eine Beerdigung nach sich zog?

„Nein, ich glaube nicht", antwortete er wahrheitsgemäß. Er hätte sie in seine Arme schließen sollen, aber er konnte sich nicht von der Stelle rühren. Stattdessen stand er wie ein Idiot mitten im Wohnzimmer und tat gar nichts.

Sophie musterte den Weihnachtsbaum. „Meinst du, wir können ihn morgen zu Ende dekorieren?", wollte sie wissen. „Im Moment hab ich dazu gar keine Lust mehr."

„Ich auch nicht", stimmte Tanner ihr zu. „Lass uns mit den Hunden noch mal rausgehen, bevor du sie in ihr Bett legst."

Seine Tochter nickte, dann zogen sie sich ihre Jacken an und trugen die Hunde nach draußen, wo sie im immer höher werdenden Schnee gehorsam ihr Geschäft erledigten.

„Ich mag Olivia", erklärte Sophie unvermittelt.

„Ich auch", entgegnete Tanner. *Vielleicht sogar etwas zu sehr.*

„Es war schön, dass sie zum Abendessen bei uns war."

Er nickte nur und legte einen Arm um Sophies Schultern. In ihrer dicken Nylonjacke kam sie ihm noch kleiner und zerbrechlicher vor, als sie es ohnehin war.

„Ich habe ihr meinen neuen Sattel gezeigt."

„Der ist ja auch schön."

Die Welpen waren fertig, Tanner nahmen einen, Sophie hob den anderen hoch, dann kehrten sie zurück zum Haus mit dem halb dekorierten Weihnachtsbaum, der von den Wänden fallenden Tapete und den uralten Rohren.

Dieses Haus auf Vordermann zu bringen, ging es Tanner wehmütig durch den Kopf, würde ihn verdammt viel kosten.

Nachdem Sophie und die Hunde im Obergeschoss in dem Zimmer zu Bett gebracht worden waren, das seine Tochter für sich beansprucht hatte, kehrte Tanner ins Parterre zurück, zog den Stecker der Weihnachtsbaumbeleuchtung aus der Steckdose und ging in die Küche, wo er seinen Laptop hochfuhr. Es gab einige Lieferantenrechnungen auf ihre Richtigkeit zu überprüfen, was ihn glücklicherweise für eine Weile ablenken würde, sodass er sich keine Gedanken darüber machen musste, was in Olivias Familie vorgefallen sein mochte, dass sie so außer sich vor Sorge gewesen war. Natürlich hätte er Brad anrufen und ihn fragen können, aber das würde er nicht machen, weil es ihn nichts anging.

Also goss er sich einen lauwarmen Kaffee ein, zog einen Stuhl heran und setzte sich vor seinen Computer.

Die Rechnungen waren zwar da, aber sie hätten ebenso gut in Sanskrit geschrieben sein können, so sinnlos erschienen ihm die Worte. Er war schlicht nicht in der Lage, sich auf diese Arbeit zu konzentrieren.

Nach einer halben Stunde gab er auf.

Es war noch viel zu früh, um sich schlafen zu legen, deshalb machte er den einzigen Fernseher im ganzen Haus an, ein kleines tragbares Gerät, das im Wohnzimmer stand. Eine Weile schaltete er von einem Kanal auf den nächsten um, bis er eine Wettervorhersage mitbekam.

Schnee, Schnee und noch mehr Schnee.

Seufzend schaltete er weiter, bis er einen Sender fand, auf dem *Alle lieben Raymond* lief. Das war wenigstens eine Familie, die noch gestörter war als seine eigene.

Auf eine irgendwie perverse Weise besserte sich dadurch seine Laune.

Nur zwanzig Minuten, nachdem Olivia zu Hause eingetroffen war, traf Melissa mit einer kleinen Reisetasche bei ihr ein. Ihre blauen Augen waren vom Weinen gerötet.

Von allen O'Ballivan-Geschwistern war Melissa diejenige, die am wenigsten Gefühle zeigte und die sich auch am wenigsten von ihren Emotionen leiten ließ. Aber nun stand sie mitten in Olivias Küche, ließ die Schultern hängen und brachte keinen Ton heraus, da ihre Kehle wie zugeschnürt war.

Olivia ging zu ihr und nahm ihre jüngere Schwester in die Arme. „Ist schon gut", sagte sie leise. „Das wird sich alles wieder einrenken, du wirst schon sehen."

Schniefend löste sich Melissa aus der Umarmung und nickte. „Mein Gott", gab sie zurück und versuchte zu scherzen. „Dieses Haus ist ja wirklich eine Bruchbude!"

„Es erfüllt seinen Zweck, bis ich über dem neuen Tierheim einziehen kann", entgegnete Olivia und zeigte in Richtung Flur. „Das Gästezimmer ist fertig. Bring deine Sachen hin, dann können wir reden."

Melissas Blick blieb an Charlie Brown hängen, der immer noch in seinem unscheinbaren Topf auf dem Küchentisch stand. „Du hast einen Weihnachtsbaum gekauft?", fragte sie erstaunt.

Ungläubig stemmte Olivia die Hände in die Hüften. „Warum ist das eigentlich für jeden so eine große Überraschung?", konterte sie. Erst nachdem sie diese Worte ausgesprochen hatte, wurde ihr bewusst, dass außer *Ginger* niemand den Kauf dieses Weihnachtsbäumchens kommentiert hatte.

Melissa seufzte und schüttelte den Kopf, dann ging sie ins Gästezimmer, dicht gefolgt von Ginger. Als sie kurz darauf in die Küche zurückkam, hatte sie ihren Mantel ausgezogen und schob die Ärmel ihres weißen Sweaters hoch. „Dann wollen wir das arme Ding mal dekorieren."

„Gute Idee", stimmte Olivia ihr zu.

Durch den Topf und die von Wurzeln durchzogene Erde war der Baum schwerer, als sein Erscheinungsbild vermuten ließ. Gemeinsam schafften sie ihn ins Wohnzimmer, wo Olivia eine

Stehlampe zur Seite stellte und einen Tisch vor das Fenster zog, damit Charlie in Augenhöhe stand.

„Das sieht irgendwie … fröhlich aus", erklärte Melissa, was sie aber vermutlich nur aus Höflichkeit machte. Ob ihr Mitleid dabei Olivia oder dem Baum galt, ließ sich nicht sagen.

Olivia holte die Lichterketten und den Schmuck aus den Einkaufstaschen vom Baumarkt. „Vielleicht sollte ich Popcorn oder so was machen."

„Das", zog Melissa sie daraufhin auf, „wäre ein Akt, der unter *Kochen* fällt. Du hast uns aber versprochen, das zu Hause nicht zu versuchen."

„Ach, ich bin froh, dass du hier bist, Mel", erklärte Olivia lachend.

„Ich auch. Wir sollten uns öfter treffen, aber wir beide arbeiten ständig."

„Du arbeitest mehr als ich", konterte Olivia gut gelaunt. „Was du brauchst, ist ein Privatleben, Melissa O'Ballivan."

„Das habe ich bereits, vielen Dank der Nachfrage", gab ihre Schwester zurück, ging zum CD-Player und legte Weihnachtsmusik auf. „Und abgesehen davon: Du, große Schwester, bist ganz bestimmt die Letzte, von der ich mir sagen lasse, dass ich es mit der Arbeit übertreibe und ein Privatleben brauche."

„Triffst du dich mit irgendjemandem?", fragte Olivia, während sie eine Packung mit guten alten Bubble Lights öffnete. Als sie und ihre Geschwister noch klein waren, hatte Big John den Baum jedes Jahr mit solchen Lichterketten geschmückt, bis die auf einmal für feuergefährlich erklärt wurden und er sie in den Müll warf.

„Das letzte Mal hat kein gutes Ende genommen", gestand Melissa. Sie machte die Packungen mit dem Christbaumschmuck auf und war damit beschäftigt, Schlaufen durch die kleinen Ösen zu ziehen. So konzentriert war sie, dass sie Olivia beim Reden nicht in die Augen sah.

„Wie meinst du das?"

„Er war verheiratet", sagte sie. „Ich wusste nichts davon, bis mir seine Frau letzten Sommer ein Foto schickte, das ihn und seine Familie bei einem Ausflug zum Grand Canyon zeigte. Vier Kinder und ein Hund."

„Autsch!" Olivia hätte Melissa am liebsten in die Arme genommen oder ihr zumindest eine Hand auf die Schulter gelegt, doch sie hielt sich zurück. Ihre Schwester wirkte untypisch zerbrechlich, und sie fürchtete, eine solche Geste könnte sie erst recht zusammenbrechen lassen. „Er hat dir wirklich was bedeutet, nicht wahr?"

„Ja, das hat er", bestätigte ihre Schwester. „Aber das ist bei mir ja nichts Neues. Wenn es im Umkreis von hundert Meilen irgendeinen Mistkerl gibt, dann finde ich ihn, fange ihn ein und schenke ihm mein Herz."

„Findest du nicht, du gehst mit dir ein bisschen zu hart ins Gericht?"

Melissa zuckte beiläufig mit den Schultern. „Der Vorletzte wollte durch mich nur an Brad herankommen, um ihm ein Demoband zu geben und Karriere zu machen." Sie hielt inne. „Aber wenigstens hatte *der* keine Kinder."

„Mel, so was kommt vor. Du darfst dir das nicht so sehr zu Herzen nehmen."

„Du hast seine Kinder nicht gesehen. Sommersprossen, Zahnspangen, strahlende Gesichter. Fröhliche Kinder, die keine Ahnung haben, dass ihr Vater ein Mistkerl erster Klasse ist."

Abermals wusste Olivia nicht, was sie dazu sagen sollte, also konzentrierte sie sich ganz darauf, die Lichter an Charlie Browns Zweigen zu befestigen.

Aus dem CD-Player erklang Bing Crosbys Version von *Little Drummer Boy*.

„Eigentlich kann ich dir auch erzählen, dass du das Gesprächsthema Nummer eins in der Familie bist", fuhr Melissa fort und ließ eine gut gelaunte Entschlossenheit erkennen, „weil du dich an Thanksgiving mit Tanner Quinn weggeschlichen hast."

Olivia versteifte sich. „Ich habe mich nicht mit ihm weggeschlichen!"

Wie du meinst, merkte ihr Gewissen ironisch an.

„Hab dich doch nicht so. Er sieht gut aus. Mit ihm hätte ich mich auch davongeschlichen."

„Es war nicht …"

„Es war nicht das, was ich glaube?", zog Melissa sie amüsiert auf. „Natürlich war es das. Liebst du ihn?"

Olivia setzte zum Reden an, verstummte aber gleich wieder. Im Hintergrund sang Bing Crosby unterdessen davon, dass er sich eine weiße Weihnacht wünschte.

Er konnte gern ihre haben.

„Also?", hakte Melissa nach.

„Nein."

„Zu schade", fand Melissa.

Olivia sah auf ihre Armbanduhr und tat so, als hätte sie diese letzte Bemerkung nicht gehört. Inzwischen musste sich Brad auf dem Weg nach Tennessee befinden.

Halt durch, Ashley, dachte sie. Halt durch.

Es war bereits fast Mitternacht, als endlich der lang erwartete Anruf kam. Melissa und Olivia aßen zähe Frühlingsrollen aus dem Gefrierfach, die sie im Ofen aufgewärmt hatten. Beide machten sie einen Satz auf das Telefon in der Küche zu, aber Olivia hatte einen deutlichen Heimvorteil und bekam den Hörer als Erste zu fassen.

„Es geht ihr gut", sagte Brad. „Wir kommen im Lauf des Tages nach Hause."

„Lass mich mit ihr reden", bat Olivia ihn aufgeregt.

„Ich glaube, das wäre jetzt zu viel für sie", erwiderte er.

„Sag ihr, Melissa ist hier bei mir. Wir warten auf sie, bis ihr zurück seid."

Brad versprach, das weiterzugeben, dann legte er auf.

„Dann geht es ihr also gut?", erkundigte sich Melissa verhalten.

Olivia nickte, auch wenn sie nicht so ganz davon überzeugt war, dass es der Wahrheit entsprach. Aber jetzt konnten sie ohnehin nichts anderes tun, als sich schlafen zu legen. Melissa hatte das mehr als nötig, und sie selbst wollte sich auch nur noch ins Bett fallen lassen.

Wenig später lag Olivia in ihrem Bett, Ginger gleich neben ihr, und starrte sorgenvoll an die Decke. Im Gästezimmer ihr gegenüber machte Melissa wahrscheinlich genau das Gleiche.

Von seinem Schlafzimmerfenster im ersten Stock aus konnte Tanner beobachten, wie am anderen Ende des Felds in Olivias Haus die Lichter ausgingen. Ein letztes Mal sah er nach Sophie und den Hunden, ob sie auch alle friedlich schliefen, dann ging er duschen, putzte sich die Zähne, zog den Schlafanzug an und legte sich ins Bett.

Lange Zeit machte der Schlaf einen großen Bogen um ihn, und als er dann endlich doch noch kam, brachte er eindringliche Träume mit sich, die Tanner nicht unbedingt als angenehm bezeichnet hätte.

Er befand sich in einer Art Krankenhausflur, in der Nähe der Schwesternstation. Eine große dunkelhaarige Frau in einem Arztkittel und mit einer Krankenakte in der Hand verließ eines der Zimmer. Sie sah aus wie Kat. Also war sie wieder da. Dann war der letzte Traum doch kein Abschied gewesen.

Er versuchte sie anzusprechen, aber es führte zu nichts. Er blieb genauso stumm wie die Weihnachtsgirlanden und die Grußkarten, die man in aller Eile an den Wänden und an der Theke in der Schwesternstation festgeklebt hatte. Die Wirkung des Ganzen war keineswegs festlich, sondern vielmehr traurig und deprimierend.

Die Frau im Arztkittel warf die Akte auf die Theke und seufzte laut.

Sie hatte dunkle Ringe unter den Augen, und sie war zu dünn. An der Hand trug sie keinen Ehering.

„Schwester?", rief sie.

Eine füllige Frau kam aus einem rückwärtigen Zimmer zu ihr. „Brauchen Sie irgendetwas, Dr. Quinn?"

Dr. Quinn, Ärztin aus Leidenschaft. Es war eine scherzhafte

Bemerkung, die er schon mal machte, wenn er mit Sophie über ihre beruflichen Pläne redete.

Sophie. Das war *Sophie* – wie eine Art Geist der kommenden Weihnacht.

Tanner versuchte aufzuwachen, aber es wollte einfach nicht gelingen. Wegen dieser Bemühungen bekam er nichts davon mit, was Sophie auf die Frage der Schwester erwiderte.

„Ich dachte, Sie wollten Weihnachten dieses Jahr zu Hause verbringen", redete die Krankenschwester weiter. „Ich könnte schwören, ich hätte Ihren Namen auf der Urlaubsliste gesehen."

Nachdenklich betrachtete sie die Liste an der Wand und legte dabei die Stirn in Falten. „Ich habe mit Dr. Severn getauscht", antwortete sie beiläufig. „Er hat Familie."

Es kam Tanner so vor, als würde ihm das Herz aus der Brust gerissen. Du hast *auch* Familie, Sophie, wollte er ihr zurufen, aber er blieb stumm.

„Außerdem ist mein Dad in Übersee, weil er gerade irgendetwas baut", fuhr Sophie fort. „Weihnachten ist für uns nicht so wichtig."

Sophie, flehte er sie stumm an.

Sie hörte ihn nicht, sondern wandte sich von der Theke ab und ging den Korridor entlang, wo sie nach einigen Metern in einem sonderbaren Nebel verschwand.

Außerdem ist mein Dad in Übersee, weil er gerade irgendetwas baut. Weihnachten ist für uns nicht so wichtig.

Sophies Worte hallten in Tanners Kopf nach, als er die Augen aufschlug. Mit dem Unterarm strich er über sein nasses Gesicht, während er allein in der Dunkelheit lag.

So bald würde er nicht wieder einschlafen, das wusste er jetzt schon.

9. KAPITEL

*I*m Verlauf dessen, was vom Wochenende noch übrig geblieben war, begann der Schnee zu schmelzen, sodass Matsch die Straßen säumte. Durch diesen Schneematsch wirkte es nach Olivias Meinung so, als würde sich der Weihnachtsschmuck entlang der Main Street etwas zu sehr ins Zeug legen.

Brad und Ashley kehrten erst am Montagnachmittag nach Stone Creek zurück. Melissa und Olivia warteten zusammen mit Ginger bei Ashley darauf, dass die beiden endlich auftauchten. Anfangs hatten sie überlegt, ob sie die Weihnachtsbeleuchtung an der Fassade und im Vorgarten einschalten sollten, um Ashley auf diese Weise willkommen zu heißen, letztlich jedoch war es ihnen nicht mehr als eine gute Idee vorgekommen.

Dafür hatte Olivia aber Kaffee aufgesetzt, und Melissa war zur Bäckerei gefahren, um Ashleys Lieblingsdonuts zu besorgen.

Als sie Brads Truck vorfahren hörten, schauten sie aus dem Fenster und sahen, wie er Ashley beim Aussteigen half und sie am Arm festhielt, während sie zum Gartentor gingen. Beim Anblick ihrer Schwester wussten Olivia und Melissa, dass Kaffee und Donuts nicht genügen würden.

Ashley wirkte fast erschreckend dünn, doch das mochte auch Einbildung sein. Olivia konnte sich kaum vorstellen, dass ihre Schwester innerhalb von ein paar Tagen so viel abnehmen konnte. Zumindest aber gab es keinen Zweifel an den dunklen Ringen unter ihren Augen, die sogar auf diese Entfernung deutlich zu erkennen waren.

Melissa eilte zur Tür und öffnete sie in dem Moment, in dem Ashley von Brad gestützt die Veranda betrat. Er warf Melissa und gleich danach Olivia einen warnenden Blick zu.

„Ich will nicht darüber reden", sagte Ashley.

„Das musst du auch gar nicht", erwiderte Olivia und streckte ihre Hand nach Ahsley aus. Sie zog den Arm gleich wieder zurück, da ihre Schwester zusammenzuckte und sich an Brad drückte, als fühlte sie sich bedroht. Sie wich den Blicken von Olivia und Melissa aus, aber sie nahm sich die Zeit, Gingers Kopf zu streicheln. „Ich will nur schlafen."

Kaum drinnen, führte Melissa Ashley zur Treppe in den ersten Stock, deren Geländer mit Efeu überwuchert war.

„Das muss aber eine sehr hässliche Szene gewesen sein", sagte Olivia zu Brad, nachdem die Zwillinge nach oben gegangen waren. Ginger war den beiden gefolgt. „Was ist passiert?", fragte Olivia ihren Bruder, als der keine Reaktion zeigte.

„Mir hat sie genauso viel gesagt wie euch gerade eben", antwortete er, aber noch bevor er weiterredete, konnte Olivia seiner Miene ansehen, dass das nicht alles war. „Ein Mitarbeiter am Empfang in Ashleys Hotel hat mir erzählt, dass sie beim Einchecken noch ganz begeistert schien. Dann kam eine Frau ins Hotel, und die beiden haben im Hotelrestaurant zu Mittag gegessen. Diese Frau war natürlich Mom. Sie hat jede Menge Wein getrunken, und dann wurde es sehr schnell unschön. Mom begann zu brüllen, wenn sie sich mit einem Haufen rotznäsiger Kinder hätte umgeben wollen, dann wäre sie in Stone Creek geblieben und da versauert."

Die Worte und das Bild, das sie vermittelten, trafen Olivia wie Ohrfeigen. Das konnte auch nicht durch das Wissen gelindert werden, dass sie etwas in dieser Art von ihrer Mutter erwartet hatte.

„Mein Gott", flüsterte sie. „Die arme Ashley."

„Oh, es kommt noch schlimmer. Mom veranstaltete ein solches Theater, dass die Polizei ins Restaurant gerufen wurde. Dabei kam heraus, dass sie mit dem Alkoholkonsum gegen Bewährungsauflagen verstoßen hat, und jetzt sitzt sie im Gefängnis. Und Ashley ist wütend auf mich, weil ich mich geweigert habe, Moms Kaution zu bezahlen."

Ein heftiger Stich ging durch Olivias Schläfen, der sie überlegen ließ, ob ihr wohl eine Ader im Kopf geplatzt war. Sie kniff die Augen fest zu und gab Brad mit einem Nicken zu verstehen, dass sie ihn gehört hatte.

„Bevor wir uns auf den Rückweg gemacht haben, wollte ich

Ashley dazu bewegen, einen Arzt aufzusuchen, damit er ihr ein Beruhigungsmittel verschreibt, aber sie wollte einfach nur zurück nach Hause." Nach einer kurzen Pause fragte er: „Liv, geht es dir gut?"

„Mir ging's schon besser", antwortete sie und machte die Augen wieder auf. „Im Augenblick bin ich nicht um mich selbst besorgt. Ich hätte wissen sollen, dass Ashley so etwas tun würde … und ich hätte versuchen sollen, sie aufzuhalten …"

„Das ist nicht deine Schuld", sagte er.

Olivia nickte zwar bestätigend, fand aber nicht, dass das sehr überzeugend war.

„Ich muss nach Hause zu Meg und dem Baby", ließ er sie wissen. „Kommt ihr beide mit Ashley klar?"

Wieder reagierte sie mit einem Nicken.

„Und du rufst an, wenn du das Gefühl hast, dass sie einem Nervenzusammenbruch nahe sein könnte?"

Olivia stellte sich auf Zehenspitzen vor ihren Bruder und gab ihm einen Kuss auf seine unrasierte Wange. „Ich melde mich", versprach sie ihm.

Nach einem betrübten Blick in Richtung Treppe wandte Brad sich zum Gehen.

Nachdem sie ihn aus dem Haus gelassen hatte, wollte sie sich nach oben begeben, aber auf halber Strecke kam ihr Melissa entgegen und bedeutete ihr, nichts zu sagen. „Sie ruht sich aus", wisperte sie Olivia zu. Offenbar hatte Ginger beschlossen, Ashley Gesellschaft zu leisten.

„Hat sie noch irgendwas gesagt?", erkundigte sich Olivia.

„Nur, dass es ganz schlimm gewesen sein muss", antwortete Melissa, „und dass sie immer noch nicht darüber reden will."

In diesem Moment begann Olivias Handy zu klingeln. Na großartig. Nach einem völlig ereignislosen Wochenende musste sie ausgerechnet jetzt gerufen werden, wenn ihre Schwester sie brauchte.

„Dr. O'Ballivan", meldete sie sich, da sie auf dem Display die Nummer der Klinik erkannt hatte.

„Bei den Wildes auf der Farm hat ein Pferd Koliken", berichtete ihr Becky, die Telefonistin. „Es sind schwere Koliken. Eigentlich hat Dr. Elliot Rufbereitschaft, aber er hat bereits zu tun ..."

Koliken. Die konnten bei einem Pferd tödlich enden. „Bin schon unterwegs", sagte Olivia.

„Geh ruhig", forderte Melissa sie auf, nachdem sie das Gespräch beendet hatte. „Ich passe schon auf Ashley auf. Und auf Ginger."

Da ihr ohnehin keine Wahl blieb, lief Olivia zu ihrem Suburban und machte sich auf den Weg.

Die nächsten Stunden waren äußerst zermürbend, da sich die junge Sherry Wilde – ihr gehörte das kranke Pferd – die ganze Zeit über am Rand einer Hysterie bewegte. Es gelang Olivia, das Tier zu retten, aber es kostete sie viel Kraft. Anschließend war sie so erschöpft, dass sie nach dem Verlassen der Ranch nur weit genug fuhr, bis sie außer Sichtweite war, dann lenkte sie ihren Suburban an den Straßenrand, hielt an und ließ ihren Tränen freien Lauf.

Plötzlich hörte sie, wie sich von hinten ein Wagen näherte und hinter ihr stehen blieb. Da sie sich auf halber Strecke zwischen Stone Creek und Indian Rock befand, musste es sich um Wyatt Terp oder einen seiner Deputys handeln, der auf Streife unterwegs war und sich davon überzeugen wollte, dass mit ihr alles in Ordnung war. Olivia zog die Nase hoch und hob den Kopf.

Aber es war nicht Wyatts, sondern Tanners Gesicht, das sie durch die Seitenscheibe anschaute. Ihn hatte sie seit dem Abendessen in seinem Haus nicht mehr gesehen.

Mit einer Handbewegung bedeutete er ihr, das Fenster zu öffnen, was sie auch sofort tat.

„Panne?"

Olivia schüttelte den Kopf. Sie sah bestimmt toll aus mit ihren verquollenen Augen und einer so roten Nase, dass sie ohne Weiteres die Rentiere vor Kris Kringles Schlitten hätte anführen können. Sie war eine berufstätige Frau, die mit Druck gut umgehen konnte, daher war es völlig untypisch für sie, so in Tränen aufgelöst zu sein, dass sie nicht weiterfahren konnte.

„Rutsch rüber", sagte er, nachdem er seinen Wagen per Fernbedienung verriegelt hatte. „Ich fahre."

„Mir geht's gut, wirklich …"

Aber er hatte bereits die Tür geöffnet und stand auf dem Trittbrett.

Als Olivia begriff, dass er sich nicht umstimmen lassen würde, kletterte sie etwas umständlich auf den Beifahrersitz.

„Wohin soll's gehen?", fragte er.

„Nach Hause, würde ich sagen." Bevor sie bei den Wildes abgefahren war, hatte sie Melissa angerufen, die ihr aber nur sagen konnte, dass Ashley noch immer nicht reden wollte. Auf Brads Bitte hin hatte der Hausarzt sich zum Bed & Breakfast begeben und Ashley ein leichtes Beruhigungsmittel gegeben. Melissa hatte vor, die Nacht dort im Haus zu verbringen.

„Wenn du darüber reden willst", sagte Tanner, sah in den Rückspiegel und fuhr dann los, „ich bin bereit, dir zuzuhören."

„Das könnte noch eine Weile dauern", erwiderte sie, nachdem sie ein paar Augenblicke benötigt hatte, um sich in den Griff zu bekommen. „Wo ist Sophie?"

Tanner grinste sie an. „Sie ist noch in der Schule geblieben, um beim Schauspielkurs zuzusehen, wie für die Weihnachtsaufführung geprobt wird. Wenn es dir nichts ausmacht, holen wir sie gleich ab."

Es verstand sich von selbst, dass es Olivia nichts ausmachte, trotzdem antwortete sie auf seine Bemerkung.

Sophie stand mit einigen Mitschülern zusammen, als sie vor der Schule anhielten. Erst stutzte sie, als sie den Suburban sah, dann lief sie mit strahlendem Lächeln los.

„Wir sollten zurückfahren, damit du deinen Wagen abholen kannst", gab Olivia zu bedenken, während Sophie auf der Rückbank Platz nahm.

„Ach, vielleicht bekommt er da endlich ein bisschen Dreck ab", meinte Tanner gut gelaunt. Als Olivia darauf nicht mit einem

Lächeln reagierte, ergänzte er: „Ich schicke einen von meinen Leuten hin, damit er den Wagen abholt."

„Können wir Pizza holen?", wollte Sophie wissen.

„Wir müssen Pferde füttern", erwiderte Tanner. „Und Snidely und Whiplash haben auch Hunger. Wenn das alles erledigt ist, können wir meinetwegen Pizza bestellen."

„Unser Baum ist fertig geschmückt", verkündete Sophie an Olivia gewandt. „Du musst vorbeikommen und ihn dir ansehen."

„Das werde ich auch machen."

„Haben Sie sich erkältet?", fragte die Kleine gleich darauf. „Sie hören sich so komisch an."

„Nein, es ist alles in Ordnung", versicherte Olivia ihr gerührt.

Sie hatten Stone Creek bereits gut eine Meile hinter sich gelassen, als sie auf einmal Ginger entdeckten, die am Straßenrand entlangtrottete. Olivia bekam vor Staunen den Mund nicht mehr zu, schließlich war sie der Annahme gewesen, dass ihre Hündin immer noch bei Ashley war.

„Wieso ist Ginger denn ganz allein unterwegs?", fragte Sophie.

„Wenn ich das wüsste", entgegnete Olivia, die vergeblich versuchte, die Beifahrertür zu öffnen, während Tanner ausstieg und die erschöpfte Hündin hochhob, um sie in den Wagen zu hieven und auf ihre Decken zu legen.

„Ich glaube, sie ist nicht verletzt", sagte Tanner, als er wieder hinter dem Steuer saß. „Nur müde und ziemlich wundgelaufen."

Eine Träne lief Olivia über die Wange, die sie nicht schnell genug wegwischen konnte.

„Hey", meinte er mit belegter Stimme. „So schlimm kann es nicht sein."

Olivia antwortete nicht.

Ashley würde sich wieder aufrappeln.

Ginger würde sich auch erholen.

Aber was sie selbst anging, da war sie sich gar nicht so sicher. Ohne etwas davon zu bemerken, hatte sie sich irgendwann in Tanner Quinn verliebt. Wenn das keine trostlose Offenbarung war …

Bei Olivias Haus angekommen, ließ Tanner Sophie bei ihr und Ginger, während er zur Starcross weiterfuhr, um Butterpie und Shiloh zu füttern und um nach den Welpen zu sehen.

Olivia ihrerseits kämpfte mit aller Macht gegen ihre Tränen an. Sie zog die Weste aus, drehte die Heizung hoch und unterzog Ginger einer schnellen, aber gründlichen Untersuchung. Tanners erste Diagnose bewahrheitete sich: Die Hündin war erschöpft, und die Ballen ihrer Pfoten mussten mit Salbe eingerieben werden, doch davon abgesehen war mit ihr alles in Ordnung. „Warum bist du nicht bei Ashley geblieben?", fragte sie. „Ich hätte dich doch abgeholt."

Ginger sah sie nur müde und mit vertrauensvoll dreinschauenden Augen an.

„Kann ich Pizza bestellen?", fragte Sophie, die sich erwartungsvoll ganz in der Nähe des Telefons aufhielt.

Olivia lächelte sie schwach an und nickte. Lenk dich ab, ermahnte sie sich. Tu irgendwas. Sie füllte Gingers Näpfe auf, dann brachte sie das Hundekissen in die Küche. Die Hündin umkreiste zweimal das Kissen, dann ließ sie sich darauf fallen. Sie machte einen abgekämpften, aber rundum glücklichen Eindruck.

Sophie bestellte die Pizza und setzte sich im Schneidersitz vor Ginger auf den Boden, um die schlafende Hündin zu streicheln.

„Ist Ginger weggelaufen?", wollte sie wissen.

Olivia war mit dem Kaffee beschäftigt. Vielleicht war der Weihnachtsmann ja so nett und beschenkte sie dieses Jahr mit einer neuen Kaffeemaschine. War es zu spät, um noch einen Wunschzettel zu schreiben? Kannte jemand seine E-Mail-Adresse, damit sie ihm den Wunschzettel zuschicken konnte?

War sie eigentlich noch ganz bei Verstand?

Wohl nicht, wenn sie sich in Tanner verliebt hatte. Er war für sie genauso wenig der Richtige wie der Kerl, an den Melissa zuletzt geraten war.

„Ich hatte mit ihr meine Schwester in der Stadt besucht", erklärte Olivia und wunderte sich darüber, wie normal sie sich wieder anhörte. „Ginger muss beschlossen haben, sich auf eigene Faust auf den Heimweg zu machen."

„Ich bin auch mal weggelaufen", gestand Sophie ihr.

„Davon habe ich gehört", sagte sie und hörte nun aufmerksamer als zuvor zu, wobei sie das Mädchen aus dem Augenwinkel beobachtete.

„Das war dumm von mir", redete die Kleine weiter.

„Und gefährlich", fügte Olivia hinzu.

„Ich wollte ja nur wieder nach Hause. So wie Ginger."

Wieder war Olivias Kehle wie zugeschnürt. „Wie gefällt dir denn die Stone Creek Middle School?", fragte sie und zwang sich so zum Reden. *Ach ja, ehe ich das vergesse: Ich bin hoffnungslos in deinen Vater verliebt.*

„Im Theater spielen sie in der Woche zwischen Weihnachten und Neujahr das Stück *Unsere kleine Stadt*", erzählte Sophie. „Wenn ich hier leben würde, hätte ich für die Rolle der Emily vorgesprochen."

„*Unsere kleine Stadt* spielen sie jedes Jahr", sagte Olivia. „Das ist Tradition."

„Haben Sie auch mitgespielt, als Sie auf der Schule waren?"

„Nein, ich hätte auf der Bühne Panik bekommen. Darum hab ich an den Kulissen und den Kostümen mitgearbeitet. Aber mein älterer Bruder hat ein Jahr die Hauptrolle gespielt, und meine Schwestern Ashley und Melissa haben später auch mitgemacht, als ihre Stufe an der Reihe war."

„Sie haben Angst, auf der Bühne zu stehen?"

„Ja. Ich habe keine Showbusiness-Gene geerbt. Die sind alle an Brad gegangen. Du kannst übrigens Olivia zu mir sagen und mich duzen."

„Okay", meinte sie lächelnd. „Dad hat ein paar CDs von ihm. Ich mag, wie er singt."

„Ich auch", stimmte Olivia ihr zu.

„Wolltest du schon immer Tierärztin werden?"

Olivia stellte die Kaffeekanne weg und setzte sich so an den Tisch, dass sie Sophie und die schlafende Ginger sehen konnte. „Das wollte ich, seit ich denken kann."

„Ich will mal Ärztin für Leute werden", erklärte die Kleine. „Das war meine Mom auch."

„Du wirst bestimmt eine gute Ärztin sein."

Sophie machte eine sehr ernste Miene, und womöglich hätte sie noch etwas mehr über ihre Mutter erzählt, aber dann fuhr der Suburban vor und eine Wagentür wurde zugeworfen. Also hatte sich Tanner um die Pferde und die Hunde gekümmert, und in Kürze würde sicher auch die Pizza geliefert werden.

Vielleicht bin ich ja auch schon über ihn hinweg, überlegte sie. Vielleicht war ich nur so aufgewühlt, weil ich um das Leben eines Pferdes gekämpft habe.

Er klopfte an und trat ein. Etwas Heu fiel von seiner Kleidung, als er sich schüttelte. „Ist das draußen kalt", sagte er.

Nein, sie war nicht über ihn hinweg.

Ihre Hand zitterte leicht, als sie auf die Kaffeekanne zeigte. „Bedien dich", forderte sie ihn auf, während sie eine völlig unsinnige Freude darüber verspürte, dass er mit Sophie hier bei ihr war.

Während Tanner sich eine Tasse eingoss, stand Sophie auf und schlenderte ins Wohnzimmer. „Hey", rief sie im nächsten Moment. „Dein kleiner Baum sieht richtig gut aus."

„Danke", erwiderte Olivia, während Tanner ihr flüchtiges Lächeln erwiderte.

Ich liebe dich, sagte sie in Gedanken zu ihm. Ist das nicht mal was Verrücktes?

„Warum liegen keine Geschenke unter dem Baum?"

„Soph!", rief Tanner warnend.

Seine Tochter kehrte zur Küchentür zurück. „Bei uns sind ganz viele Arbeiter, die die Scheune reparieren", sagte sie zu Olivia. „Das ist gut, denn Tante Tessas Pferde werden müde sein, wenn sie hier ankommen."

„Sind sie schon hierher unterwegs?", wollte Olivia von Tanner wissen.

Er nickte. „Tessa bringt sie selbst her. Ich wollte eigentlich, dass sie ein Flugzeug nimmt und die Pferde von einem Transportunternehmen herbringen lässt, aber sie ist so starrsinnig, dass ich auch mit dem nächstbesten Felsblock hätte reden können."

„Ich glaube, ich mag sie schon jetzt", meinte Olivia.

Sophie strahlte und nickte zustimmend. „Wenn sie erst mal hier ist, hat sie ihre Trennung ganz schnell vergessen."

„Trennung?" Olivia sah Tanner an.

„Ihre Scheidung. So was läuft nie friedlich ab, aber in ihrem Fall ist sie besonders zermürbend."

„Oh, das tut mir leid." Sie konnte sich noch gut daran erinnern, dass ihr Dad am Boden zerstört war, als Delia sie alle im Stich ließ. Dadurch wusste sie auch, wie sie sich fühlen würde, wenn Tanner Stone Creek für immer verließ.

„Kann ich den Weihnachtsbaum anmachen?", fragte Sophie.

„Kannst du machen", willigte Olivia ein, und sofort eilte die Kleine zurück ins Wohnzimmer.

Tanner und Olivia sahen sich einen Moment lang schweigend an, aber zum Glück setzte der Pizzabote dem Zauber des Augenblicks ein jähes Ende, da er sich hupend dem Haus näherte.

Grinsend ging Tanner zur Tür, aber Olivia huschte an ihm vorbei. „Diesmal sorge ich für das Essen."

Als sie mit der Bestellung ins Haus kam, war sie mit Schneeflocken übersät und wünschte, sie hätte sich genug Zeit gelassen, um eine Jacke überzuziehen. Tanner deckte soeben den Tisch.

Ginger hob verschlafen den Kopf und schnupperte interessiert. Pizza gehörte zu ihren Lieblingsgerichten, aber Olivia achtete immer darauf, dass sie nur ein paar Bissen bekam.

Wie sie alle beim Essen zusammensaßen – das hatte etwas Wunderbares an sich. Tanner, Olivia und Sophie hätten eine Familie sein können, die in der warmen, gemütlichen Küche zusammengekommen war, um zu essen und sich zu unterhalten.

Sophie schob Ginger ein paar Stückchen zu, während Olivia so tat, als würde sie es nicht merken.

Weil Tanners Truck in der Zwischenzeit abgeholt und zur Starcross Ranch gebracht worden war, fuhr Olivia ihren Besuch nach dem Essen nach Hause. Dort wartete sie, bis die beiden nach drinnen gegangen waren, die ihr von der Veranda aus noch zuwinkten. Im nächsten Moment gingen die Lichter am Weihnachtsbaum an, der direkt am Wohnzimmerfenster stand. Das war vermutlich Sophies Werk gewesen.

Da ihr auf dem Rückweg zu ihrem Haus immer noch die Tränen kamen, rief Olivia nochmals bei Ashley an.

„Es geht ihr gut, du Glucke", berichtete Melissa. „Vor einer Weile habe ich sie zu ein wenig Suppe und einer Tasse Tee überreden können. Sie meint, nach einem Schaumbad wird sie wieder ganz sie selbst sein."

Olivia war darüber so erleichtert, dass sie nicht mehr daran dachte zu fragen, ob einem von ihnen Gingers Flucht aufgefallen war. Und genauso wenig ließ sie ein Wort darüber verlauten, dass sie sich verliebt hatte.

„Ich weiß bloß nicht, wo deine Hündin hin ist", erklärte Melissa dann. „Aber es ist ein großes Haus. Irgendwo muss sie ja sein."

„Sie ist zu Hause."

„Wann hast du sie denn abgeholt?"

„Ich habe sie unterwegs aufgelesen."

„O Gott, Livie, das tut mir so leid. Sie muss durch die Hundeklappe in der Tür zur Waschküche entwischt sein …"

„Ginger ist wohlauf", versicherte Olivia ihrer beunruhigten Schwester.

„Gott sei Dank! Aber kannst du mir erklären, warum Ashley eine Hundeklappe in eine Tür einbauen lässt, wenn sie weder einen Hund noch eine Katze hat?"

„Vielleicht will sie sich in nächster Zeit ein Tier anschaffen."

„Ich könnte beim Tierheim vorbeifahren und für sie ein Kätzchen adoptieren", überlegte Melissa.

„Komm ja nicht auf so eine Idee", warnte Olivia sie. „Wenn

man ein Tier adoptiert, geht man eine Verpflichtung ein, und die Entscheidung muss Ashley selbst treffen."

„Schon gut, Dr. Dolittle", zog Melissa sie auf. „Ich hab's verstanden. Du kannst dir deine Predigt vom pflichtbewussten Tierhalter sparen. Ich habe nur laut gedacht."

„Warum adoptierst du nicht einen Hund oder eine Katze?"

„Ich bin allergisch, schon vergessen?", konterte Melissa und begann wie auf ein Stichwort hin zu niesen. Es war seit Tagen das erste Mal, dass Olivia bei ihrer Schwester wieder ein Zeichen für deren Hypochondrie ausmachte.

„Ja, genau", gab Olivia zurück.

Inzwischen schneite es so schlimm, dass sie kaum noch die Fahrbahn erkennen konnte. Lieber Gott, ging es ihr durch den Kopf. Schick mir heute Nacht bitte keine Notfälle.

Sie und Melissa verabschiedeten sich voneinander, dann beendete sie das Telefonat. Ein schönes warmes Schaumbad hörte sich gar nicht so übel an, überlegte sie, als sie aus dem Suburban ausstieg und ihr der kalte Wind entgegenschlug. Vielleicht könnte sie ein paar Kerzen anzünden und nach dem Bad ihren flauschigen Bademantel anziehen, einen heißen Kakao trinken und sich dabei im Fernsehen einen Weihnachtsfilm oder irgendetwas anderes Sentimentales ansehen.

Bei der Gelegenheit konnte sie sich dann auch den verrückten Gedanken ausreden, in einen Mann verliebt zu sein, der sich an nichts und niemanden binden wollte.

Als sie ins Haus kam, gab sie Ginger etwas Futter, aber nachdem sie die Bröckchen geschluckt hatte, stellte sie sich an die Hintertür und sah Olivia abwartend an.

So viel zum Thema heißes Schaumbad.

Olivia ging mit der Hündin nach draußen.

„Ich habe ja nicht vor wegzulaufen", meinte die Hündin.

Durch das Schneegestöber konnte Olivia nur mit Mühe die Lichter der Starcross Ranch ausmachen. Der Anblick hatte einerseits etwas Tröstendes, andererseits kam sie sich in diesem Moment seltsam isoliert vor.

„Ich hätte nicht gedacht, dass du versuchst, von Stone Creek bis nach Hause zu laufen", schimpfte Olivia mit der Hündin. „Ginger, das sind mindestens fünf Meilen."

„Ich hatte es aber so gut wie geschafft, nicht wahr?" Nachdem sie ihr Geschäft verrichtet hatte, kehrte Ginger zum Haus zurück, schüttelte auf der Veranda den Schnee von ihrem Fell und trottete in die Küche.

Olivia folgte ihr nach drinnen und hielt die Arme eng um sich geschlungen, um sich vor der Kälte zu schützen. Sie ließ die Tür hinter sich zufallen und schloss ab.

„Ich nehme jetzt ein Schaumbad", ließ sie die Hündin wissen. „Du darfst mich nur stören, wenn du eine blutende Verletzung hast oder wenn das Haus in Flammen steht."

Ginger nahm eine Ecke ihres Hundebetts ins Maul und zog es mit sich ins Wohnzimmer, wo sie es vor dem Weihnachtsbaum ablegte. Im sanfteren Lichtschein wirkte Charlie Brown fast schon festlich. Fast wie ein richtiger Weihnachtsbaum.

Sie hatte den Stecker der Lichterkette rausgezogen, noch bevor sie Tanner und Sophie nach Hause gefahren hatte. Nun bückte sie sich und drückte den Stecker in die Steckdose, dann wartete sie, bis die farbige Flüssigkeit in den kleinen Glasröhrchen begann, ausgelassen Blasen zu werfen.

Unwillkürlich musste sie an Big John denken, doch an diesem Abend bereitete ihr die Erinnerung an ihren Großvater keinen Schmerz. Stattdessen musste sie sogar lächeln, als sie daran dachte, wie viel Aufhebens er jedes Jahr um Weihnachten gemacht hatte, wie er für Geschenke Geld ausgab, das er wahrscheinlich gar nicht besaß, wie er mit ihnen allen in den Wald fuhr, um dort nach dem richtigen Baum zu suchen, wie er voller Stolz bei jeder Neuaufführung von *Unsere kleine Stadt* im Publikum saß.

Rückblickend war ihr klar, dass er versucht hatte, all die Dinge wiedergutzumachen, die ihnen allen – ihr, Brad, Ashley und Melissa – genommen worden waren. In dem Jahr, in dem Brad mitspielte, hatte Ashley auf dem Heimweg ununterbrochen geweint. Zu Hause hatte Big John sie nach drinnen bis in die Küche getragen und von ihr wissen wollen, was dieser „Springbrunnen" sollte.

„Die ganzen toten Leute, die in den Liegestühlen gesessen haben", antwortete Ashley unter Tränen. „Ist Daddy auch an einem solchen Ort? Wo es so dunkel ist? Sitzt er auch in einem Liegestuhl?"

Big Johns Gesicht war ein Musterbeispiel dafür, wie man seine Gefühle kontrollierte. „Nein, Süße", antwortete er schroff, während Brad, Olivia und Melissa ihre Jacken auszogen. „Unsere kleine Stadt ist nur eine Geschichte. Dein Daddy sitzt nicht in einem Liegestuhl, das kannst du mir glauben. Ich glaube, er ist viel zu sehr mit Reiten beschäftigt. So wie ich das sehe, gibt es da oben im Himmel einige gute Routen, auf denen man mit seinem Pferd unterwegs sein kann."

Ashley sah ihn daraufhin mit großen Augen an, aber sie hörte trotzdem nicht auf zu weinen. „Woher weißt du das, Big John?", wollte sie wissen. „Steht das in der Bibel?"

Brad als typischer Teenager hatte für diese Unterhaltung nur ein abfälliges Schnauben übrig, doch Big John brachte ihn mit einem Blick zum Schweigen. „Nein", wandte er sich dann wieder an Ashley und legte eine Hand auf ihre Schulter. „In der Bibel steht das wahrscheinlich nicht, aber es gibt Dinge, die einfach so sein müssen. Überleg mal: Warum sollte irgendein Cowboy in den Himmel kommen wollen, wenn es da oben keine Pferde gäbe, auf denen er reiten könnte?"

Daraufhin hatte sich Ashleys Miene sichtlich aufgehellt, weil es für ihren kindlichen Verstand ein logisches Argument gewesen war.

Olivia zwinkerte ein paarmal und kehrte ins Hier und Jetzt zurück. „Nun wird's aber wirklich Zeit für das Bad, das ich mir versprochen habe", sagte sie zu Ginger.

„Gegen ein Bad hätte ich auch nichts einzuwenden", fand die Hündin.

Also steckte Olivia zunächst Ginger ins Bad, rubbelte sie anschließend trocken und befreite die Wanne von Hundehaaren, ehe sie für sich Wasser einließ. Als sie dann endlich gebadet hatte, zog sie einen Flanellschlafanzug und ihren liebsten Bademantel an, dann ging sie ins Wohnzimmer.

Ginger hatte den Fernseher angemacht und sah sich *Animal Planet* an.

„Wie hast du das denn geschafft?", fragte Olivia. Manche Dinge waren selbst ihr zu hoch.

„Man muss nur richtig auf die Fernbedienung treten, dann klappt das auch", ließ Ginger sie wissen.

„Lieber Himmel", stöhnte sie und sah zu Charlie Brown.

„Ich hätte nicht gedacht, dass er so gut aussehen könnte", sagte Ginger, die Olivias Blick gefolgt war.

Sie nahm die Fernbedienung und warf einen Blick in die Fernsehzeitung. „Heute Abend sehen wir uns *Jede Frau braucht einen Engel* an", erklärte sie. Ginger hatte nichts dagegen, sie konnte Cary Grant auch gut leiden.

„Und anschließend", schlug die Hündin vor, *„können wir uns darüber unterhalten, wie sehr du in Tanner verliebt bist."*

„Ich will nicht darüber reden", sagte Ashley mindestens zum vierten oder fünften Mal, als Olivia auf dem Weg zur Klinik bei ihr vorbeischaute. Melissa war bereits ins Büro gefahren.

Olivia war noch immer verliebt, aber sie gewöhnte sich allmählich daran.

„Wie du willst", entgegnete sie. Ashley war fast wieder die Alte, zudem erwartete sie im Lauf des Tages die Ankunft von zahlenden Gästen. Deshalb war sie auch damit beschäftigt, Teig auszurollen, um Kuchen zu backen.

Manche Leute tranken, wenn sie sich über etwas aufgeregt hatten, manche rauchten eine Zigarette nach der anderen. Und Ashley begann einen Backmarathon.

„Erzähl mir von deinen Gästen", sagte Olivia und versuchte ein Stück vom Teig zu stibitzen, was ihr einen Klaps auf die Finger einbrachte.

„Die sind für längere Zeit hier untergebracht", erwiderte Ashley und rollte so hastig den Teig aus, dass das Mehl durch die Gegend gewirbelt wurde. Einiges davon landete auf ihren Haaren, der größte Teil verzierte ihre Schürze. „Tanner Quinn rief an, um die Zimmer zu buchen. Er hat gesagt, dass er Zimmer für vier Leute braucht und dass er für diese Leute bürgt, weil sie alle für ihn arbeiten."

Olivia zog eine Braue hoch. „Verstehe", sagte sie und überlegte, ob sie noch einen Versuch wagen sollte, etwas Kuchenteig zu naschen. Gleichzeitig gelang es ihr ziemlich gut, über die Tatsache hinwegzutäuschen, dass allein die Erwähnung von Tanners Namen sie schon unruhig werden ließ.

„Denk gar nicht erst dran", warnte Ashley und klang fast wie vor dem Zwischenfall – aber nur fast. Sie hatte noch immer etwas Gereiztes an sich, aber sie wollte noch nicht über die Begegnung mit ihrer Mutter reden, was Olivia respektieren würde.

Auch wenn die Neugier sie fast umbrachte.

„Nett von ihm", erklärte sie schließlich. „Ich meine Tanner. Er hätte seine Crew auch im Sundowner Motel oder drüben in Indian Rock einquartieren können."

Ashley bearbeitete den Teig mit solchem Kraftaufwand, dass es eine gute Übung für die Oberarmmuskeln sein musste. „Ich weiß nur, sie bezahlen mir dafür gutes Geld, und sie werden bis zum Frühjahr bleiben. Das nenne ich mal frohe Weihnachten. Wenigstens brauche ich für die nächsten Monate keine ‚Darlehen' von Brad, um über die Runden zu kommen."

Olivia entging nicht der vorwurfsvolle Unterton ihrer Schwester. „Ash, das wird sich wieder legen, das verspreche ich dir."

„Ich hätte auf dich hören sollen."

„Das hast du aber nicht, und das ist für mich völlig okay. Du bist eine erwachsene Frau und kannst deine eigenen Entscheidungen treffen."

„Sie ist *schrecklich*, Liv."

„Lass es raus, Ash."

„Weißt du, wieso sie Bewährung hatte? Wegen Ladendiebstahls, und weil sie ungedeckte Schecks ausgestellt hat und weiß der Teufel was sonst noch alles."

„Brad sprach davon, dass du sauer auf ihn warst, weil er die Kaution nicht zahlen wollte."

Ashley legte das Nudelholz zur Seite und machte einen Schritt vom Tresen weg. Mehl rieselte wie fein gesiebter Schnee auf Gingers Kopf. „Das hat er richtig gemacht", sagte sie. „Es war gut, dass er nicht die Kaution gezahlt hat für diese ... diese *Frau*!"

„Ich kann noch bleiben, wenn du willst", bot Olivia ihr an.

Energisch schüttelte Ashley den Kopf. „Nein. Aber es würde mir nichts ausmachen, wenn Ginger mir weiter Gesellschaft leistet."

Olivia sah Ginger an und wusste sofort, die Hündin wollte auch bleiben. „Komm aber ja nicht auf den Gedanken, auf eigene Faust nach Hause zu laufen", warnte sie sie. „Ich hole dich ab, wenn ich fertig bin."

„Um Himmels willen", stöhnte Ashley. So wie Brad und Melissa hatte sie schon immer ganz erhebliche Zweifel an Olivias Dr.-Dolittle-Superkräften gehabt. Nur Big John hatte sie verstanden und ihr gesagt, dass seine Großmutter ebenfalls in der Lage gewesen war, sich mit Tieren zu unterhalten.

„Bis später", sagte Olivia und suchte das Weite, jedoch erst, nachdem sie den Riegel an der Hundeklappe vorgeschoben hatte, um zu verhindern, dass Ginger wieder auf Wanderschaft ging.

Jetzt, da die Bautrupps eingetroffen waren, kam das Projekt Tierheim gut voran, und auch die Scheune auf seiner Ranch machte sichtliche Fortschritte. Tanner war zufrieden.

Oder besser gesagt: Er hätte zufrieden *sein sollen*.

Sophie gefiel die Stone Creek Middle School, sie hatte bereits Freundschaften geschlossen, und sie war sehr gut darin, die Hunde stubenrein zu erziehen. Sie erledigte ihre Aufgaben, ohne erst darauf angesprochen werden zu müssen, wozu auch gehörte, sich jeden Tag mit Butterpie zu beschäftigen.

Als er an diesem Morgen nach der Fütterung der Pferde aus dem Stall zurückkam, kümmerte sie sich bereits um das Frühstück.

„Ich habe deinen Laptop benutzt", gestand sie ihm sofort.

„Versuchst du deswegen, Fleißpunkte zu sammeln?"

Sophie musste lachen. „Nee, Dad, ich musste nach meinen E-Mails sehen. In Briarwood ist die Hölle los."

Es überraschte ihn nicht, das zu hören, schließlich hatte er kurz nach dem Gespräch mit Sophie über Drogen bei Jack McCall und Ms Wiggins angerufen und beiden in unmissverständlichen Worten die Meinung gesagt. Ms Wiggins hatte versprochen, sofort eine gründliche Untersuchung einzuleiten. Jack dagegen hatte als Erstes gefragt, ob Sophie sich das nicht vielleicht nur ausgedacht hatte, damit sie in Stone Creek bleiben konnte.

„Jetzt kann ich *auf keinen Fall* mehr dahin zurück, Dad", sagte sie und wurde wieder ernst. „Jeder weiß, dass ich sie verpfiffen habe, und einen Beliebtheitswettbewerb werde ich da nicht mehr gewinnen können."

Er fuhr ihr durchs Haar. „Mach dir darüber keine Gedanken, du wirst auf eine andere Schule gehen." Er hatte bereits eine gute in Phoenix ausfindig gemacht, die nur wenig mehr als zwei Autostunden entfernt war. Diese Neuigkeit sparte er sich aber als Überraschung für einen späteren Zeitpunkt auf. Er wollte, dass Tessa auch dabei war – und nach Möglichkeit auch Olivia.

Olivia.

Das war ein Geschenk, das er gern noch einmal auspacken würde.

Wenn Tessa hier war und für ihn auf Sophie aufpassen konnte, würde er Olivia O'Ballivan zu einem richtigen Date einladen. Er würde mit ihr vornehm essen gehen, vielleicht in Flagstaff oder in Sedona.

Die Zeit bis dahin musste er irgendwie überstehen – mit viel harter Arbeit als Ablenkung und mit vielen kalten Duschen.

Ein Bauarbeiter ging vorbei und pfiff vergnügt: „Have yourself a merry little Christmas …"

Um ein Haar hätte Tanner den Mann angeschnauzt, damit er aufhörte.

*E*s war schlicht unmöglich, Weihnachten aufzuhalten. Das Fest rollte in voller Fahrt auf Stone Creek zu, und niemand konnte sich ihm in den Weg stellen. Olivia, die gerade Charlie Brown goss, summte eine weihnachtliche Melodie und bereitete sich innerlich darauf vor, sich über verschneite Straßen auf den Weg zu ihrer Praxis zu machen, wo sie ein voller Terminplan erwartete.

Die Woche seit Ashleys Rückkehr aus Tennessee war so hektisch gewesen, dass die Zeit wie im Flug vergangen war. Olivia hatte zweimal mit Sophie und Tanner zu Abend gegessen, einmal bei ihr zu Hause, das andere Mal bei den Quinns.

Außerdem hatte sie sich nicht ausreden können, dass sie Tanner liebte.

Also mussten ihre Gefühle für ihn echt sein.

Die Beleuchtung des großen Tannenbaums in der Stadtmitte würde unter dem Jubel und Beifall der Einwohner von Stone Creek eingeschaltet werden, sobald die Sonne untergegangen war, anschließend veranstaltete die Handelskammer in der Sporthalle der Highschool den alljährlichen Weihnachtsbasar mit Tanz.

In der Küche begann Ginger auf einmal zu bellen.

Olivia stutzte und ging nach nebenan, um nachzusehen. Sie war mit der Hündin bereits Gassi gegangen, und sie hatte auch nicht gehört, dass ein Wagen vorgefahren war. Als sie am Küchenfenster vorbeikam, sah sie einen großen Truck, der mit einem langen, verschmutzten Pferdeanhänger vor der Starcross Ranch vorfuhr.

Tanners Schwester Tessa war endlich eingetroffen, mit Sicherheit zu Sophies großer Freude. Das würde Tanner wohl mit Erleichterung aufnehmen, hatte er doch in der vergangenen Woche mehr als einmal erklärt, er stehe kurz davor, Tessa entgegenzufahren. Obwohl seine Schwester Sophie zufolge jeden Abend angerufen hatte, um einen Etappenbericht abzugeben, war Tanner nervös.

„Er macht sich immer viel Sorgen über alles, was passieren *könnte*", hatte Sophie ihr anvertraut, als sie auf der Starcross Ranch gemeinsam in der Küche Hähnchen gebraten hatten. Als sei sie besorgt darüber, dass Olivia sich durch diese Enthüllung abgeschreckt fühlen könnte, hatte die Kleine hastig angefügt: „Aber er ist richtig *tapfer*. Im Golfkrieg hat er Onkel Jack *zweimal* das Leben gerettet."

„Oh, dann ist er aber auch sehr bescheiden", hatte Olivia daraufhin amüsiert gesagt.

Doch Sophies Gesichtsausdruck war weiterhin sehr ernst geblieben. „Das habe ich von Onkel Jack erfahren, nicht von Dad."

Während Ginger weiter ohrenbetäubend laut bellte, traf Olivia eine Entscheidung. Auf dem Weg in die Stadt würde sie an der Starcross Ranch vorbeifahren und Tessa willkommen heißen. Schließlich war es das, was Nachbarn untereinander machten.

Dass sie darüber hinaus unbedingt einen in Scheidung lebenden, ehemaligen Fernsehstar kennenlernen wollte, war dabei eher nebensächlich. Zumindest vorübergehend war Brad ab jetzt nicht mehr der einzige Prominente in der Stadt.

In gewisser Weise war es allerdings auch eine Störung, wenn sie unangemeldet dort auftauchte, hielt sich Olivia vor Augen, während sie mit Ginger im Wagen über die vereiste Zufahrt schlitternd in Richtung Landstraße fuhr. Sie hatte keine Ahnung, in welcher Verfassung sich Tessa Quinn Ex-Soundso befand, nachdem sie mit gebrochenem Herzen und einem Anhänger voller Pferde einmal quer durchs Land gefahren war.

Aber das war nur ein Grund mehr, eine neue Nachbarin freundlich zu begrüßen, fand Olivia. Tanner war vermutlich längst zur Baustelle in der Stadt gefahren, und Sophie sollte um diese Zeit längst in der Schule sein, wo sie sich insgeheim danach sehnte, nächstes Jahr den Part der Emily in *Unsere kleine Stadt* zu spielen. Stone Creek bekam einfach nicht genug von diesem Theaterstück, was vielleicht daran lag, dass es die Menschen hier daran erinnerte, auch für kleine Dinge dankbar zu sein.

Olivia störte die Vorstellung, dass Tessa womöglich von niemandem in Empfang genommen wurde, der ihr helfen konnte, ihre geliebten Pferde vom Anhänger in die Boxen zu bringen. Da alle Praxistermine für den Vormittag auch von einer Arzthelferin wahrgenommen werden konnten, beschloss Olivia, Tessa jede Hilfe zu geben, die diese benötigte.

Als sie das Ranchhaus erreichte, musste sie allerdings feststellen, dass Tanner ebenso anwesend war wie Sophie. Sie und Tessa lösten sich gerade eben aus einer innigen Umarmung. Tanner zog unterdessen die Rampe aus dem Pferdeanhänger, unterbrach aber und lächelte, sowie er Olivia auf den Hof fahren sah.

Sofort schlug ihr Herz schneller.

Es war nicht zu übersehen, dass Sophie Tessa darüber informierte, wer da soeben eingetroffen war. Olivia stieg aus, ließ aber Ginger auf dem Beifahrersitz sitzen. Tessa musterte die näher kommende Olivia mit einem freundlichen, allerdings reservierten Ausdruck in ihren grauen Augen, ohne die Hände aus den Taschen ihrer Daunenweste zu nehmen.

Unwillkürlich fragte sich Olivia, was Tanner seiner Schwester wohl über die Tierärztin von nebenan erzählt hatte. Hoffentlich gar nichts, überlegte sie. Und damit eigentlich auch alles. Denn von ein paar heimlichen Küssen abgesehen, wenn Sophie nicht in der Nähe war, hatte sich seit Thanksgiving zwischen Olivia und Tanner nichts abgespielt.

Obwohl sie wusste, sie spielte mit dem Feuer, war Olivia mehr als bereit für eine weitere Runde heißen Sex mit dem ersten – und vermutlich auch letzten – Mann, den sie je wirklich geliebt hatte.

Tanner stellte sie einander vor, und Tessa wischte ihre Hand an ihrer grauen Cordhose ab, ehe sie sie Olivia reichte. Dennoch blieb dieser vorsichtige, fast skeptische Ausdruck in ihren Augen, und nachdem sie sich begrüßt hatten, legte sie einen Arm um Sophies Schultern und drückte die Kleine an sich.

„Ich versuche Tessa zu überreden, damit sie sich heute Abend ansieht, wie die Christbaumbeleuchtung eingeschaltet wird, und damit sie anschließend zum Weihnachtsbasar und zum Tanzen mitkommt", erklärte Tanner, während er seine Schwester mit einer Mischung aus Sorge und Erleichterung betrachtete. „Bislang ohne Erfolg."

„Das war eine lange Fahrt", erwiderte Tessa und lächelte flüchtig. „Ich möchte lieber hierbleiben, dann lässt hoffentlich irgendwann das Gefühl nach, ich wäre noch immer auf der Landstraße unterwegs."

„Ich bleibe bei dir", sagte Sophie zu ihrer Tante und klammerte sich so fest an sie, dass Olivia einen für sie völlig untypischen Neid aufkommen spürte. „Wir können Pizza bestellen."

„Du willst doch nicht verpassen, wie die Weihnachtsbaumbeleuchtung eingeschaltet wird", gab Tessa zurück und drückte die Kleine an sich, dann küsste sie sie auf ihr Haar. „Und den Weihnachtsbasar willst du auch nicht versäumen. Das hört sich nach viel Spaß an." Die Frau machte den Eindruck, als hätte ein Blitz sie getroffen und sie versuche immer noch, sich davon zu erholen. Sie erinnerte an Ashleys Erscheinungsbild, als Brad sie aus Tennessee zurück nach Hause gebracht hatte. Ihre Erschöpfung hatte nichts mit der Fahrt über endlose Highways und den Nächten in Motels nahe der Straße zu tun.

Werde ich so aussehen, wenn Tanner von hier weggeht? fragte sich Olivia, obwohl sie die Antwort bereits kannte.

„Dad könnte mich anschließend herfahren", beharrte Sophie. „Oder, Dad?"

Als Tanners Blick zu Olivia wanderte, sah Tessa aufmerksam zwischen den beiden hin und her.

„Hast du Lust auf einen Weihnachtstanz, Doc?", fragte er. Es war eine ganz simple Frage, doch unter der wachsamen Beobachtung von Tessa und Sophie bekam sie eine ganz andere, schwerwiegendere Bedeutung.

„Ich glaube ja", sagte sie ruhig und gelassen, da sie sich verraten hätte, wenn sie wie verrückt auf und ab gesprungen wäre und „Ja! Ja! Ja!" gerufen hätte.

„Man beachte die unbändige Freude", merkte Tanner ironisch an.

„Ich bin mir sicher, dass sie gerade eben Ja gesagt hat", warf

Tessa ein, deren Lächeln mehr als zuvor von Herzen zu kommen schien.

„Hast du denn ein Kleid?", erkundigte sich Sophie mit skeptischer Miene. Wie es schien, befürchtete sie, Olivia könnte in ihrem üblichen Aufzug als Viehdoktor zum Tanz erscheinen.

„Vielleicht kauf ich mir eins", antwortete Olivia amüsiert. Sie kam sich immer noch so vor, als hätte sie einen Teller voll Springbohnen gegessen.

Sie wollte ein Kleid kaufen, das wahrscheinlich nach diesem einen Mal im Schrank landete und verrottete?

Was ich für die Liebe getan habe – so könnte sie beginnen, wenn sie als schrullige alte Jungfer den Kindern ihrer Geschwister ihre Lebensgeschichte erzählen würde. Zumindest den Teil, der frei ab sechs Jahren war.

Sie sah auf ihre Armbanduhr, was eine völlig normale Geste war, und sie brachte sogar ein Lächeln zustande. „Ich sollte mich jetzt besser wieder auf den Weg machen, ich werde in der Klinik erwartet." Ihr war nur zu deutlich bewusst, dass sich Tanner am Rand ihres Gesichtsfelds aufhielt. „Es sei denn, ihr braucht noch jemanden, der euch hilft, die Pferde aus dem Wagen zu holen."

„Ich glaube, das kriegen wir schon hin, Doc", meinte er gut gelaunt. „Aber wenn du mir einen Gefallen tun willst, dann kannst du Sophie zur Schule bringen."

„Wird erledigt", sagte Olivia erfreut.

„Ich dachte, ich nehme heute frei", meldete sich Sophie zu Wort.

„Entweder oder, Kleine", wandte sich Tanner ihr zu. „Du warst fest entschlossen, weiter zur Schule zu gehen, schon vergessen?"

„Geh ruhig", sagte Tessa zu ihrer Nichte. „Ich werde vermutlich sowieso den Rest des Tags verschlafen."

Widerstrebend nickte Sophie, aber in der für Kinder so typischen Weise lächelte sie schon wieder strahlend, als sie ein paar Minuten später in den Suburban einstieg und auf dem Beifahrersitz Platz nahm. Die – zumindest mit Blick auf Sophie – stets rücksichtsvolle Ginger hatte den Sitz bereits geräumt und saß nun auf der Rückbank, wo ihr großer zotteliger Kopf den Blick in den Rückspiegel verdeckte.

„Wo wirst du Charlie Brown einpflanzen, wenn Weihnachten vorbei ist?", wollte Sophie wissen, während sie den Gurt anlegte.

„Darüber habe ich mir noch gar keine Gedanken gemacht", gestand Olivia ihr. „Vielleicht auf einer Rasenfläche im neuen Tierheim in der Stadt. Wenn das fertig ist, werde ich im ersten Stock wohnen."

„Ich wünschte, alle Weihnachtsbäume müsste man im Topf kaufen, damit man sie anschließend irgendwo einpflanzen kann", erklärte die Kleine. „Dann müssten sie nicht sterben."

„Das würde ich mir auch wünschen."

„Meinst du, Bäume haben Gefühle?", fragte sie plötzlich.

Ginger hatte sich weit genug zur Seite bewegt, dass Olivia im Rückspiegel etwas sehen konnte. Sie entdeckte Tanner, wie der das erste Pferd über die Rampe aus dem Anhänger und hinüber zur renovierten Scheune führte.

„Ich weiß nicht", antwortete sie mit einiger Verspätung. „Aber auf jeden Fall sind es Lebewesen, und sie verdienen es, gut behandelt zu werden."

Zum Glück schlug die Unterhaltung daraufhin eine andere Richtung ein, auch wenn das Thema Baum nicht ganz aus Olivias Kopf verschwinden wollte. Von Bäumen kam sie auf Weihnachtsbäume, das brachte sie zu Kris Kringle mit seinem Verkaufsstand auf dem Supermarktparkplatz, und dann war sie bei Rodney angekommen, der es sich in Brads Scheune auf der Stone Creek Ranch gut gehen ließ. Die ganze Zeit über dachte sie nicht an Tanner. Jedenfalls so gut wie gar nicht.

„Tante Tessa ist hübsch, findest du nicht auch?", fragte Sophie auf einmal, während links und rechts am Straßenrand windschiefe Bäume vorbeihuschten.

„Da hast du völlig recht", stimmte Olivia ihr zu und kam sich wegen ihrer Kleidung und ihrer Frisur mit einem Mal fehl am Platz vor. Tessas lockiges Haar, das fast genauso dunkel war wie Tanners, hatte im Wind geflattert und sich um ihre Schultern gelegt. „Aber ich kann mich nicht daran erinnern, sie mal im Fernsehen gesehen zu haben."

„Wir haben dir für Weihnachten die erste Staffel von *California Women* auf DVD besorgt", verriet Sophie. In ihren Augen war ein schelmisches Funkeln zu sehen. „Es soll aber eine Überraschung sein."

Sophie und Tanner hatten ein Weihnachtsgeschenk für sie gekauft? Lieber Himmel, was sollte sie ihnen denn im Gegenzug schenken? Sie hatte bislang ja noch nicht mal was für Mac eingekauft, von Brad, Meg, Ashley und Melissa ganz zu schweigen. Und dann waren da noch die Angestellten und die anderen Tierärzte in der Klinik.

„Ist aber nichts Großes", versicherte Sophie ihr, da sie offenbar Olivias Gesichtsausdruck richtig gedeutet hatte.

Vielleicht Früchtekuchen? überlegte Olivia ratlos. Vielleicht die Sorte, die in einer schönen, farbenfrohen Blechdose angeboten wurde, mit einem Haltbarkeitsdatum jenseits der Apokalypse? Wer ihn nicht essen wollte, konnte ihn immer noch als Türstopper benutzen.

„Warum guckst du so ernst?", wollte Sophie wissen.

„Ich überlege nur was", gab sie zurück, während sie den Stadtrand erreichten. Im Baumarkt gab es diesen Früchtekuchen, sie hatte das Display gesehen, als sie auf der Suche nach dem Baumschmuck für Charlie Brown gewesen war. Aber welcher Trottel würde schon in einem Baumarkt Backwaren kaufen?

Das war ein Job für Super-Ashley, die Frau mit dem Nudelholz in der Hand und mit dem mit Mehl gesprenkelten Haar. Olivia würde sie in der Mittagspause besuchen, um sich zum einen bei ihr ein Kleid für den Tanz auszuleihen, damit sie sich die Peinlichkeit ersparen konnte, später ihren Nichten und Neffen erzählen zu müssen, dass sie das Kleid nur ein einziges Mal getragen hatte. Zum anderen würde sie ihre Schwester überreden, sich etwas Beeindruckendes auszudenken, damit Olivia sich für das Geschenk der Quinns revanchieren konnte.

„Das ist cool", rief Sophie, als Olivia einige Minuten später vor der Stone Creek Middle School anhielt. „Das ist fast so, als hätte ich eine Mom."

Nachdem sie diese Bemerkung regelrecht in den Raum gestellt hatte, verabschiedete sie sich noch rasch von Ginger, dann stieg sie aus und tauchte inmitten der anderen Kinder unter, die sich auf dem Rasen tummelten.

Mit zitternden Fingern hielt Olivia das Lenkrad umschlossen, während sie sich ihren Weg durch das Chaos aus ankommenden und abfahrenden Wagen bahnte.

„Wir haben noch eine halbe Stunde, bevor du in der Klinik sein musst", sagte Ginger und strich mit ihrem buschigen Schwanz an Olivias Gesicht entlang, während sie nach vorn auf den Beifahrersitz zurückkehrte. *„Lass uns zum Weihnachtsbaumstand fahren und mit Kris Kringle reden. Wir müssen wissen, ob mit ihm alles in Ordnung ist, bevor du ihm Rodney zurückgibst."*

„Kommt nicht infrage", entgegnete Olivia entschieden. „Ich muss vor der Sprechstunde noch einen Stapel Papierkram erledigen, außerdem hat das Indian Rock PD Kringle überprüft. Und Rodney geht es gut, schließlich erstatten Meg und Brad jeden Tag Bericht. Nicht zu vergessen, dass wir in den letzten drei Tagen unseren Rentierkumpel zweimal besucht haben."

Offenbar wollte Ginger unbedingt hilfsbereit sein – oder sich einfach nur einmischen. *„Wie geht's deiner Mutter?"*

„Ich will nicht über meine Mutter reden."

„Aha, Verdrängung", hielt Ginger ihr vor. *„Früher oder später wirst du dich mit ihr treffen müssen, allein schon, um das Kapitel abzuschließen."*

„Du musst wirklich damit aufhören, dir diese Pseudo-Therapeuten im Fernsehen anzuschauen, wenn ich nicht zu Hause bin", gab Olivia zurück. „Außerdem ist meine liebe Rabenmutter momentan im Kittchen."

„Ist sie nicht. Brad hat ihr einen Anwalt besorgt und veranlasst, dass sie in eine noble Therapieeinrichtung nach Flagstaff verlegt wird."

Fast hätte Olivia die einzige rote Ampel in Stone Creek über-fahren. „Woher weißt du das?"

„Rodney hat es mir bei unserem letzten Besuch erzählt. Er hat Brad und Meg gehört, wie sie sich in der Scheune unterhalten haben."

„Und dir fällt jetzt erst ein, mir davon zu erzählen?"

„Ich wusste, du würdest das nicht gern hören. Außerdem kommt ja noch dazu, dass du in Tanner verliebt bist."

Olivia griff nach ihrem Handy und drückte die Kurzwahltaste für die Nummer ihres hinterhältigen Bruders, der den harten Kerl spielte und sich weigerte, in Tennessee die Kaution für ihre Mom zu bezahlen. Er hatte keinem von ihnen auch nur ein Wort davon gesagt, dass er Delia nach Arizona bringen wollte. Wenn die Zwillinge davon gewusst hätten, wäre Olivia längst von ihnen darauf angesprochen worden.

„Ist Mom in einer Klinik in Flagstaff?", fragte sie, kaum dass Brad sich gemeldet hatte.

„Woher weißt du das?", fragte er verwundert und zugleich schuldbewusst.

„Das ist unwichtig. Es reicht, dass ich es weiß."

Brad seufzte schwer. „Okay, ja. Mom ist in Flagstaff. Ich wollte es dir und den Zwillingen nach Weihnachten sagen."

„Wieso der plötzliche Sinneswandel?", herrschte Olivia ihn an, weil sie sich über diese Tatsache ärgerte, aber auch darüber, dass Ginger recht hatte. Wenn sie das Kapitel abschließen wollte, musste sie ihre Mutter besuchen. Nach dem zu urteilen, was Ashley bei einem solchen Besuch erlebt hatte, war das ungefähr so angenehm, wie zu einem ausgehungerten Grizzlybären in den Käfig gesperrt zu werden.

„Sie ist unsere Mutter", erklärte Brad nach langem Schweigen. „Ich wollte mich von ihr abwenden, so wie sie es mit uns gemacht hat, aber letztlich konnte ich das nicht."

Olivias Augen brannten, und sie war froh, dass sie auf den Parkplatz der Klinik einbiegen konnte, weil die Tränen ihr fast die Sicht nahmen. „Ich weiß, was du getan hast, ist richtig", sagte sie, während Ginger mitfühlend ihre Schulter anstieß. „Aber ich werde mich erst mal an den Gedanken gewöhnen müssen, dass Mom nach so vielen Jahren auf einmal praktisch um die Ecke lebt."

„Mir geht's nicht anders", erklärte Brad. „Es ist eine langfristige Sache, Liv. Die Prognosen für ihre Genesung sehen nicht gut aus."

Olivia saß reglos in ihrem Wagen, der nun auf ihrem Stammplatz vor der Klinik stand. Das Handy hielt sie so verkrampft fest, dass ihr die Finger wehtaten. „Soll das heißen, sie muss sterben?"

„Wir müssen alle irgendwann sterben", antwortete er. „Was ich sagen will: Der Begriff Therapieeinrichtung ist nur eine hochtrabende Bezeichnung, hinter der sich die beste geschlossene Anstalt verbirgt, die es gibt. Sie könnte hundert Jahre oder älter werden, aber wahrscheinlich wird sie Palm Haven niemals verlassen."

„Heißt das, sie ist verrückt?"

„Das heißt, sie hat sich um ihren Verstand gesoffen und gekokst, Letzteres natürlich nur, wenn sie genug Geld zusammengekratzt hatte. Und das heißt nichts anderes, als dass sie tatsächlich verrückt ist."

„Mein Gott!"

„Sie stellen sie neu auf ihre Medikamente ein, und sie wird jetzt wieder regelmäßig essen. So schnell habe ich nicht vor, sie zu besuchen. Für Mac ist das das erste Weihnachtsfest, und ich habe vor, mir das durch nichts vermiesen zu lassen."

Becky vom Empfang stand am Seiteneingang der Klinik und winkte sie zu sich.

„Ich muss jetzt Schluss machen", sagte Olivia und zeigte Becky mit einem Nicken an, dass sie auf dem Weg war. „Kommst du mit Meg heute Abend in die Stadt, wenn der Baum angemacht wird?"

„Den Baum sehen wir uns auf jeden Fall an, vielleicht gehen wir auch noch zum Basar. Den Tanz lassen wir wahrscheinlich ausfallen. Mac bekommt einen Zahn, darum ist er momentan etwas quengelig."

Olivia musste lachen und zwang ihre Tränen zurück.

So war das Leben. Auf der einen Seite die Tragödie ihrer Mutter, auf der anderen Seite ein Baby, das zum ersten Mal Weihnachten erlebte und einen Zahn bekam.

Und dazu das Problem, sich zum falschen Zeitpunkt in den falschen Mann zu verlieben. Was sollte sie anderes tun, als zu versuchen, das einfach auszusitzen?

Die Sophie aus der Zukunft verfolgte Tanner noch immer, da sie nach wie vor fast jede Nacht in seinen Träumen auftauchte. Es blieb gar nicht aus, dass diese Träume ihm auch am Tag durch den Kopf gingen. Einmal hatte er sie in ihrem teuren, aber spartanisch eingerichteten Apartment gesehen, in dem nur ein kleiner Tannenbaum aus Keramik darauf aufmerksam machte, dass Weihnachten war. An der Wand hatte sie lediglich zwei Gruß-karten aufgehängt. In einem anderen Traum versuchte sie ihn anzurufen, um ihm frohe Weihnachten zu wünschen, aber sie konnte ihn einfach nicht erreichen. Und dann war da noch der Traum, in dem sie am Rand eines Spielplatzes stand und sehn-süchtig die jungen Mütter beobachtete, die mit ihren Kindern auf einem zugefrorenen Weiher Schlittschuh liefen.

War das tatsächlich ein Blick in die Zukunft gewesen, oder machte ihm nur sein schlechtes Gewissen als alleinerziehender Vater zu schaffen?

So oder so hatte er inzwischen begonnen, sich vor den Träu-men der nächsten Nacht zu fürchten.

„Sophie kommt mir glücklich vor", sagte Tessa, die sich an den Küchentisch gesetzt hatte. Jetzt, da sie wohlbehalten auf der Starcross Ranch angekommen war, gab es für Tanner wenigstens eine Sorge weniger. „Und ich mag Olivia. Läuft da irgendwas zwischen euch?"

„Wie kommst du denn auf den Gedanken?", gab er zurück, um auf Zeit zu spielen.

Tessa lächelte ihn über den Rand ihrer Kaffeetasse hinweg an. „Na, vielleicht, weil du gebannt den Atem angehalten hast, als du wissen wolltest, ob sie dich zum Tanz begleitet. Und dann die Art, wie sie einen roten Kopf bekam …"

„Wenn ich mich nicht irre", unterbrach Tanner sie, „dann hat sie geantwortet: ‚Ich glaube ja.'"

„Könnte es sein, dass du doch noch mal auf den Gedanken kommst, sesshaft zu werden, großer Bruder?"

Er zog einen Stuhl zurück und setzte sich zu ihr. „Vor einer Woche und sogar noch gestern hätte ich darauf mit einem nachdrücklichen Nein geantwortet. Aber ich mache mir Sorgen um Sophie."

Tessa zog nur eine Braue hoch und wartete schweigend ab, dass er weiterredete.

„Ich habe seit Kurzem völlig verrückte Träume", vertraute er ihr schließlich an, nachdem er sekundenlang mit sich gerungen hatte, weil er davon überzeugt war, dass sie ihn für gaga erklären würde.

„Verrückte Träume welcher Art?", fragte Tessa behutsam, schob ihre Kaffeetasse zur Seite und stützte die Arme verschränkt auf die Tischplatte.

Er fuhr sich durchs Haar. „Es ist so, als würde ich in die Zukunft reisen", sagte er, wobei er sich bei jedem Wort zwingen musste, es auszusprechen. „Sophie ist Anfang dreißig, sie arbeitet als Ärztin, aber sie ist ganz allein auf der Welt."

„Hmm", meinte Tessa. „Dann werde ich's mal mit Lucy von den Peanuts halten und meine psychiatrische Praxis für eröffnet erklären. Für jeden Ratschlag bekomme ich von dir fünf Cent."

Tanner lachte rau. „Schreib mir eine Rechnung."

„Welche Rolle spielst du in diesen Träumen?"

„Ich bin in irgendeinem anderen Teil der Welt unterwegs, um ein Bauprojekt zu leiten. Gleichzeitig bin ich aber auch bei Sophie und sehe, was sie macht. Wo du bist, weiß ich nicht. Ich will dir keine Angst machen, aber du tauchst in dem Ganzen nicht einmal auf."

„Und weiter?", fragte sie.

„Ich liebe meine Tochter, Tessa", erklärte Tanner. „Ich will nicht, dass sie so endet ... so allein."

Tessas Augen weiteten sich ein wenig, ein Lächeln umspielte ihre Mundwinkel. Sie war immer noch schön, und sie bekam nach wie vor Rollenangebote, die sie aber alle ablehnte, weil sie ihre Pferde nicht allein lassen wollte. „Sophie hat in diesem Internat schrecklich gelitten", sagte sie schließlich. „Als sie letzten Herbst nach den Ferien wieder dorthin zurück sollte, da hat sie mich angefleht, auf der Farm bleiben zu dürfen. Ich wollte ihr diesen Gefallen eigentlich tun, ohne Rücksicht auf deine verdammte Meinung zu dem Thema, aber da ging es zwischen Paul und mir schon kräftig bergab. Sie hatte uns den ganzen Sommer über streiten hören, und ich wusste, es wäre nicht gut für sie gewesen, das noch länger mitmachen zu müssen."

„Und ich dachte, sie wäre in der Schule sicher untergebracht."

„Wieso? War sie das nicht? Was ist passiert, Tanner?"

In groben Zügen berichtete Tanner ihr, was er von Sophie über das Angebot an Meth und Ice in Briarwood gehört hatte. „Es ist zwar nicht so, dass Stone Creek völlig von der Außenwelt abgeschnitten ist", fügte er seufzend hinzu. „Ein Jugendlicher wird auch hier auf dem Land wahrscheinlich an jede Droge herankommen, die er haben will. Aber ich dachte, ich hätte alles im Griff."

„Denk nicht so schlecht von Sophie", erwiderte Tessa mit fester Stimme, dennoch streckte sie den Arm aus, um Tanners Hand zu berühren. „Sie ist viel zu schlau, als dass sie Drogen nehmen würde."

„Ich weiß. Aber ich dachte immer, sie wird glücklich sein, wenn sie erwachsen ist. Ich dachte, sie wird schon verstehen, dass ich nur an ihre Sicherheit gedacht und sie deswegen auf diese Schule geschickt habe ..."

„Und die Träume lassen dich jetzt daran zweifeln?"

Tanner nickte. „Sie kommen mir so ... so *echt* vor, Tess. Ich werde das Gefühl nicht los, dass Sophie nur ihre Arbeit haben wird, weil sie gar nicht weiß, was es heißt, Teil einer Familie zu sein."

„Das sind gewichtige Überlegungen", meinte Tessa. „Liebst du Olivia?"

„Ich weiß nicht, was ich empfinde", musste er einräumen. „Außerdem muss ich ja nicht zwangsläufig heiraten, um Sophie ein Zuhause bieten zu können, nicht wahr? Ich kann den Teil meiner Firma verkaufen, der in Übersee angesiedelt ist, oder ihn einfach zumachen. Ich müsste zwar immer noch reisen, aber wenn du hier bist ..."

„Eine Sekunde", unterbrach sie ihn. „Ich kann dir nicht versprechen, dass ich bleiben werde, Tanner. Und abgesehen davon habe ich nicht vor, auf deine Kosten zu leben, als wäre ich eine bedürftige Verwandte."

„Das musst du gar nicht", widersprach Tanner ihr. „Es ist Geld für dich da, Tess. Kat und ich haben es vor langer Zeit für dich beiseitegelegt."

Tessas Wangen liefen rot an, da ihr Stolz sich zu Wort meldete, wie Tanner es auch erwartet hatte. „Wie bitte?"

„Du hast mich mit deinen Schauspielgagen durchs College gebracht", machte er ihr deutlich. „Du hast dich um Gran gekümmert, als ich beim Militär war und auch danach, als ich meine Firma aufgebaut habe. Es ist sogar dein *gutes Recht*, alle Hilfe anzunehmen, die ich dir geben kann."

Nun wurde sie bleich, kniff die Augen zusammen und zischte ihn an: „Ich kann allein für mich sorgen."

„Ja?", konterte Tanner. „Das freut mich für dich. Weil das nämlich mehr ist als das, wozu ich auf dem College und auch lange Zeit danach in der Lage war. Und es ist mehr als das, was Gran möglich gewesen wäre, wenn sie nur mit ihrer Sozialhilfe und den Einnahmen von ihrem kleinen Gemüsestand hätte auskommen müssen."

„Wie viel, Tanner?"

„Genug." Er stand auf, ging zu einem kleinen Schreibtisch in einer Ecke der Küche und holte einen Ordner aus der Schublade, den er dann vor ihr auf den Tisch knallte.

Tessa schlug den Ordner auf und starrte auf die Zahlen, wobei ihre Augen die vielen Nullen zu erfassen versuchten.

„Der Zauber von Zinseszinsen", meinte Tanner.

„Das Geld sollte für Sophie bestimmt sein", flüsterte sie. „Mein Gott, Tanner, das ist ein Vermögen."

„Sophie hat ihren eigenen Treuhandfonds. Dafür habe ich das Geld angelegt, das aus Kats Lebensversicherung ausgezahlt wurde. Als ich das letzte Mal nachgesehen habe, belief sich die Summe bereits auf den doppelten Betrag."

Tessa musste schlucken und war einen Moment lang sprachlos.

„Du kannst davon etwas abheben, du kannst es aber auch weiter Zinsen ansammeln lassen. Mein Steuerberater hat das von steuerlicher Seite wasserdicht gemacht. Das Konto läuft so lange auf meinen Namen, bis die Scheidung durch ist, damit Paul da nicht rankommt." Tanner verschränkte die Arme und sah seine Schwester an. „Jetzt liegt es an dir, Tess. Du kannst wirklich gut geben, aber wie gut kannst du etwas annehmen?"

Sie blies den Atem aus. „Davon könnte ich Pauls Hälfte an der Pferdefarm auszahlen."

„Du könntest aber auch hier neu anfangen, in einem neuen Zuhause, mit dem du keine unangenehmen Erinnerungen verbindest. Die Zeiten sind schlecht, viele Leute sind daran interessiert, einen Teil von ihrem Land zu verkaufen."

„Ich kann nicht klar denken, Tanner. Das ist … das ist unglaublich! Ich wusste, du bist erfolgreich, aber ich hatte ja keine Ahnung …"

„Ich bin spät dran", sagte er.

Auf dem Weg nach draußen sah er nach den Hunden, die in ihrer Kiste neben dem Herd eng aneinandergeschmiegt lagen und fest schliefen. Sie waren noch so klein und so hilflos, dass sie einfach nur darauf vertrauen konnten, gut behandelt und behütet zu werden.

Als er seine Jacke vom Haken neben der Hintertür nahm, war seine Kehle wie zugeschnürt, da er unwillkürlich eine Parallele zwischen Sophie und den Welpen zog. „Ich bin auf der Baustelle in der Stadt", sagte er schließlich. „Falls du irgendwas brauchst, meine Handynummer hast du ja."

Tessa saß nach wie vor über den Ordner gebeugt da. Ihre Schultern zitterten leicht, daher vermutete Tanner, dass sie weinte. Da sie ihm aber den Rücken zugewandt hatte, konnte er das nicht mit Gewissheit sagen.

„Kommst du allein zurecht?", hakte er nach.

Sie nickte nachdrücklich, drehte sich aber nicht zu ihm um.

Wieder mal ihr verdammter Stolz.

Er nahm die Wagenschlüssel vom Tresen und verließ das Haus. Draußen schlug ihm ein so heftiger Schneefall entgegen, dass er seine Leute wohl ein oder zwei Stunden früher in den Feierabend würde schicken müssen.

Olivia war damit einverstanden gewesen, heute Abend mit ihm zu diesem Tanz zu gehen.

Das war nicht gerade die Art von Date, die ihm vorgeschwebt hatte, aber sie beabsichtigte, ein Kleid zu tragen. Und Tessa würde sich um Sophie kümmern, wenn der Basar vorüber war.

Allmählich entwickelte sich alles hin zu einem halbwegs brauchbaren Weihnachtsfest.

Tanner pfiff leise *Jingle Bells* vor sich hin, als er in seinen Truck einstieg, den Motor anließ und sich auf den Weg in die Stadt machte.

Unterstützt von ein paar sehr groß gewachsenen Elfen in College-Sweatshirts stand Ashley auf einer hohen Leiter und schmückte wie jedes Jahr ihren riesigen Weihnachtsbaum, als Olivia und Ginger gegen Mittag bei ihr eintrafen.

„Ich muss mir bei dir ein Kleid für den Tanz leihen", begann Olivia ohne Vorrede.

„Ja, ich freue mich auch, dich zu sehen", gab Ashley zurück. Zwar sah sie noch immer ein wenig mitgenommen aus, aber sie war offensichtlich von einer festlichen Laune erfasst worden, sonst hätte sie sich nicht so ins Zeug gelegt. Ihr war nicht anzumerken, ob sie etwas davon wusste, dass Delia in Flagstaff auf das Luxuriöseste einquartiert war. „Ich bin größer als du. Egal, was ich dir leihe, es muss umgenäht werden. Dafür habe ich keine Zeit, und du kannst nicht nähen."

„Ich nähe ständig, nach jeder Operation. Ashley, das ist ein Notfall. Kann ich bitte deinen Kleiderschrank plündern? Im Baumarkt werden keine Kleider verkauft, und ich habe keine Zeit, erst noch zum Einkaufen nach Flagstaff zu fahren."

Ashley winkte sie durch in Richtung Treppe. „Bedien dich einfach. Aber lass die Finger von dem blauen Samtkleid mit den kleinen Perlen, das trage ich nämlich."

Olivia zog vielsagend die Augenbrauen hoch, während sich Ginger für ein kurzes Nickerchen auf den Teppich vor dem Kamin legte, in dem ein Feuer loderte. Die Hündin fühlte sich einfach überall zu Hause und konnte dementsprechend überall so schlafen wie zu Hause.

„Hast du ein Date?", fragte Olivia.

„Wenn du mich so fragst, dann lautet die Antwort ja", erwiderte Ashley und platzierte einen einzelnen Streifen Lametta auf einem Zweig. Das würde sie so lange machen, bis das Lametta hundertprozentig richtig hing und der Baum perfekt aussah. „Es ist ein Blind Date, wenn du es genau wissen willst. Irgendein Freund von Tanner Quinn. Er wird sich hier einquartieren. Der Freund natürlich, nicht Tanner."

Olivia blieb am Fuß der Treppe stehen. „Ich hoffe, es läuft gut. Ansonsten könnte das ziemlich peinlich werden, wenn bis zum Frühjahr dein schlechtes Date bei dir wohnt."

„Besten Dank, dass du mich daran erinnerst, Liv. Jetzt bin ich wenigstens noch nervöser."

Olivia eilte die Treppe nach oben. Sie musste immer noch das Thema anschneiden, dass Ashley irgendwas Spektakuläres aus dem Hut zog, das sie Tanner, Sophie und Tessa zu Weihnachten schenken konnte. Ein Eisschloss aus Zucker, überlegte sie.

Wenn das nicht funktionierte, dann vielleicht ein paar ausgefallene Kekse mit farbigem Guss und Zuckerstreuseln.

Aber das Kleid stand für den Augenblick an erster Stelle.

Ashleys Zimmer war schon fast zu ordentlich. Das Bett war gemacht, alle Möbelstücke passten genau zusammen, die geschmackvollen Drucke waren genau richtig an den blassrosa Wänden verteilt. Wohin sie auch sah, alles war mit Spitze oder mit Rüschen verziert oder sogar mit beidem gleichzeitig.

Es war fast unmöglich, sich einen Mann in diesem Zimmer vorzustellen.

Olivia musste seufzen, als sie an ihr eigenes Zimmer dachte, an das unordentliche Bett, das großzügig mit Hundehaaren bedeckt war. Ihre Kleidung lag auf dem Boden verteilt, und die Oberseite ihres Sideboards war schon vor Wochen unter allem möglichen Krempel verschwunden.

Wenn es bis dahin keine Notfälle gab, würde sie eine Stunde früher Feierabend machen und zu Hause ein wenig Ordnung schaffen: Staub saugen und wischen, frische Bettwäsche.

Dann aber konzentrierte sie sich auf die vorrangige Aufgabe. Ashleys Kleiderschrank war zwar vollgestopft, aber es herrschte Ordnung, es war sogar alles nach Farben sortiert. Sie zog eine Hose aus schwarzem Samt heraus – wenn Ashley sie trug, wäre es vermutlich eine 7/8-Hose – und probierte sie an. Wenn sie den Hosenbund umschlug und dazu ihre Stiefel mit den hohen Absätzen trug, würde sie wahrscheinlich nicht mit einem Zeh im Saum hängen bleiben und auf die Nase fallen. Ein Tanktop aus roter Seide und ein silbern glänzendes Schultertuch vervollständigten das Ensemble.

Das war ja ein Kinderspiel, dachte Olivia, verließ das Zimmer und ging mit den Kleidungsstücken über einen Arm gelegt die Treppe runter. Im Parterre angekommen, wollte sie Ashley auf das Eisschloss aus Zucker ansprechen, aber dann blieb sie abrupt stehen.

An der Haustür stand ein Mann, und was für ein Mann! Militärischer Haarschnitt, muskulöser Körper, gerader Rücken und breite Schultern. Er war von Kopf bis Fuß in Schwarz gekleidet, und allein das Funkeln in seinen nussbraunen Augen bei Ashleys Anblick verriet, dass er kein CIA-Agent war, der eine Terroristenzelle ausheben wollte.

Ashley, die den Mann nur anstarrte, schien jeden Moment von der Leiter zu fallen.

Die Luft war wie elektrisiert.

„Jack McCall", rief Ashley verdutzt. „Du verdammter Hurensohn!"

*J*ack McCall grinste und salutierte. „Schön, dich wiederzusehen, Ash", sagte er und bedachte sie mit einem bewundernden Blick. „Steht unsere Verabredung zum Tanz noch?"

Ashley stieg von der Leiter, was in ihrem langen Laura-Ashley-Pullover keine Kleinigkeit war. „Mit dir würde ich nirgendwo hingehen, du Drecksack!", brüllte sie ihn an. „Verschwinde aus meinem Haus."

Vor Verwunderung bekam Olivia den Mund nicht mehr zu. Ashley war die perfekte Wirtin eines Bed & Breakfast, sie brüllte nie einen Gast an – und Mr McCall war eindeutig ein Gast, schließlich hielt er einen Koffer in der Hand –, und erst recht titulierte sie einen Gast niemals als Hurensohn oder als Drecksack.

„Tut mir leid", sagte McCall und schielte ein wenig, um auf den Finger zu schauen, mit dem Ashley vor seinem Gesicht herumfuchtelte. „Der Vertrag ist unterschrieben, und ich werde bis zum Frühjahr hierbleiben, mit ein paar Unterbrechungen natürlich."

Die studentischen Elfen hatten schon vor einer Weile die Flucht ergriffen, aber Olivia und Ginger blieben da und beobachteten fasziniert das Geschehen.

„Sie ist ganz verrückt nach ihm", sagte die Hündin.

„Hör mal, Ash", redete McCall weiter, als wäre nichts geschehen. „Ich weiß, wir hatten dieses kleine Missverständnis wegen der Kellnerin, aber meinst du nicht, wir könnten die Sache vergessen?"

Dieser Mann arbeitete für Tanner? wunderte sich Olivia, während sie versuchte, der Unterhaltung zu folgen. Er sah nicht nach jemandem aus, der für irgendwen arbeitete, ausgenommen vielleicht für den Präsidenten.

Wo und wie hatte Ashley ihn kennengelernt?

Und was hatte es mit dieser Kellnerin auf sich?

„Ich war jung und naiv", warf Ashley ihm an den Kopf und stemmte die Hände in die Hüften.

„Aber sehr schön." Jack McCall seufzte. „Und das bist du immer noch, Ash. Es ist wirklich schön, dich zu sehen."

„Ich wette, das hast du zu der Kellnerin auch gesagt!", fuhr Ashley ihn an.

Olivia fand, dass Jack ein wenig wie eine junge, modernere Ausgabe von Cary Grant aussah. Sie überlegte, wo sie seinen Namen schon mal gehört hatte.

„Sie hat mir nichts bedeutet", erklärte Jack.

Bei diesen Worten verdrehte Olivia unwillkürlich die Augen. Was für ein Charmeur dieser Mann doch war. Aber er und Ashley passten einfach perfekt zueinander, auch wenn Ashley im Moment vor Wut zitterte.

Es wurde Zeit einzuschreiten, bevor das Ganze noch weiter eskalierte.

Olivia eilte zu ihrer Schwester, fasste sie am Arm und schob sie in Richtung Küche, gleichzeitig rief sie über ihre Schulter McCall zu: „Hallo, ich bin Olivia O'Ballivan, Ashleys Schwester. Freut mich, Sie kennenzulernen. Machen Sie es sich irgendwo bequem, während ich meine Schwester zu einem Eisschloss aus Zucker überrede, okay? Vielen Dank!"

„Ein Eisschloss?", wiederholte Ashley ungläubig, als sie in der Küche angelangt waren.

„Ja, mit Türmen und Beleuchtung. Ich bezahle dich gut dafür. Und jetzt verrat mir, wer der Kerl ist, Ash."

Ashley ließ die Schultern sinken und atmete schnaubend aus. „Er ist niemand."

„Ach, komm schon. Ich erkenne Leidenschaft, wenn ich sie sehe."

„Ich kenne ihn vom College", räumte Ashley ein.

„Du hast nie erwähnt, dass du mit der Reinkarnation von Cary Grant ausgegangen bist."

„Er hat mich wegen einer Kellnerin sitzen lassen. Warum sollte ich davon was erzählen? Ich kam mir wie ein Trottel vor."

„Das ist lange her, Ash."

„Musst du nicht irgendwelche Tiere behandeln?"

Ginger schlenderte ins Zimmer und sagte: *„Dann wird es heute Abend ja heiß zugehen."*

„Ruhig", forderte Olivia die Hündin auf.

„Ich werde nicht ruhig sein", widersprach Ashley. „Und was soll dieses Gerede von einem beleuchteten Eisschloss aus Zucker?"

„Ich brauche für die Quinns ein besonderes Weihnachtsgeschenk, und du bist die Einzige, die ich kenne, die …"

„… nichts Besseres zu tun hat?", beendete Ashley den Satz für sie in einem drohenden Tonfall.

„Die das Talent für so was besitzt", sagte Olivia versöhnlich.

„Du bist unmöglich."

Olivia klimperte mit ihren Wimpern. „Aber ich bin deine große Schwester, und du liebst mich. Wenn du ein Haustier hättest, würde ich es kostenlos behandeln. Dein Leben lang."

„Kein Eisschloss aus Zucker", gab Ashley entschieden zurück. „Ich muss noch tausend Dinge erledigen, bevor diese Leute bei mir einchecken." Sie unterbrach sich kurz. „Wenn ich Jack McCall umbringe, würdest du mir dann ein Alibi geben und sagen, dass ich zur Tatzeit bei dir war?"

„Nur wenn ich dafür von dir ein paar Bleche von deinen unglaublichen Weihnachtskeksen bekomme, damit ich die Sophie und Tanner schenken kann."

Trotz ihrer Wut musste Ashley lächeln, aber in ihren Augen war noch immer der alte, tief vergrabene Schmerz zu erkennen. Jack McCall hatte ihr wehgetan, und mit einem Mal erschien er ihr gar nicht mehr so charmant.

„Ich werde dir deine Kekse backen", willigte sie ein. „Weiß der Geier, woher ich mir die Zeit dafür nehmen soll, aber ich werde es machen."

Olivia gab ihr einen Kuss auf die Wange. „Dafür bin ich dir mehr als dankbar. Willst du dich wirklich weigern, McCall ein Zimmer zu vermieten?"

„Es ist Weihnachtszeit", sagte Ashley nachdenklich. „Und wenn ich ihn hier in meinem Haus habe, kann ich mich auf so vielfältige Weise an ihm rächen, dass er mich an Silvester anflehen wird, ihn aus dem Mietvertrag zu entlassen."

Lachend hielt Olivia den Arm hoch, über den sie die Kleidung gelegt hatte. „Danke, Ash. In diesem Outfit werde ich wie Cinderella aussehen."

„Soll ich bleiben und spionieren, oder willst du, dass ich dich zurück in die Klinik begleite?", wollte Ginger wissen, die zwischen Ashley und Olivia hin und her sah.

„Du kommst mit mir mit", sagte Olivia zu der Hündin, als sie zum Wohnzimmer zurückging. Sie hätte die Hintertür nehmen können, durch die die College-Elfen verschwunden sein mussten, aber sie wollte noch einen letzten Blick auf Jack McCall werfen.

„Ich gehe nirgendwo hin", widersprach Ashley, die ihr aus der Küche folgte. „Ich habe noch bestimmt hundert Zweige an diesem Weihnachtsbaum zu schmücken."

„Ich habe mit Ginger geredet", gab Olivia zurück.

„Und darf ich annehmen, dass sie dir geantwortet hat?", fragte ihre Schwester.

„Zweiflerin."

Jack McCall hatte inzwischen seinen Mantel ausgezogen, sein Koffer stand am Fuß der Treppe. Offenbar beabsichtigte er zu bleiben. Der arme Kerl hatte keine Ahnung, wie eine erfinderische Gastwirtin den Aufenthalt zu einem Höllentrip machen konnte, der jeden unerwünschten Gast die Flucht ergreifen ließ.

Zu viel Stärke im Bettzeug.

Zu viel Salz in der Suppe.

Die Möglichkeiten waren nahezu unerschöpflich.

Olivia lächelte, als sie gemeinsam mit Ginger die Verandatreppe hinunter und zu ihrem Wagen ging.

Dicke Schneeflocken fielen aus dichten Wolken, als alle Einwohner von Stone Creek und etliche Besucher aus Indian Rock im winzigen Park der Stadt beisammenstanden und darauf warteten, dass so wie jedes Jahr die Beleuchtung am Weihnachtsbaum das erste Mal angeschaltet wurde.

Sophie stand links neben Olivia, Tanner rechts von ihr.

Brad war dazu verpflichtet worden, durch die Zeremonie zu führen, aber es war ein Auftritt, bei dem er mal nicht singen musste. Er gab bekannt, dass die Sporthalle der Highschool für den Basar und den anschließenden Tanz bereit war, und er wies alle Anwesenden noch einmal darauf hin, dass alle Einnahmen für einen guten Zweck gespendet würden.

Eine riesige Tanne stand da, mit ihren dunklen und aromatisch duftenden Zweigen, durch die sich endlos viele Meter Verlängerungskabel zogen. Die Wurzel war in einen Leinensack gepackt worden, und sobald es zu tauen begann, würde dieser Stone-Creek-Weihnachtsbaum so wie alle anderen vor ihm auch eingepflanzt werden und einen festen Platz in der Stadt erhalten.

„Seid ihr bereit?", rief Brad, den Finger an den Schalter gelegt.

„JA!", johlten die Einwohner ausgelassen wie ein Mann, dann legte Brad den Schalter um. Es schienen Millionen Lichter zu sein, die in diesem Moment den kalten Winterabend erhellten, jedes einzelne von ihnen wirkte wie ein Stern, der an einem der Zweige gefangen war.

Der nachfolgende Applaus hörte sich an wie eine Rinderherde während einer Stampede.

Kaum war Ruhe eingekehrt, ertönte das Geläut von Glöckchen an einem Schlitten.

Tanner lächelte Olivia an und griff nach ihrer Hand. Sie verspürte ein leichtes Kribbeln, allerdings war sie ohnehin ein bisschen nervös, weil der Trick mit der geborgten Hose nicht so ganz funktionierte und sie den Hosenbund wiederholt umschlagen musste, da er immer wieder in seine ursprüngliche Form zurückrutschte.

„Kann das sein?", sagte Brad ins Mikrofon. „Kann es sein, dass sich der Weihnachtsmann tatsächlich hier in Stone Creek aufhält?"

Die kleineren Kinder hielten gebannt den Atem an und verfolgten mit großen Augen erwartungsvoll das Geschehen. Es war jedes Jahr das Gleiche. Der Weihnachtsmann traf auf einem Traktor eines Nutzfahrzeugverleihers ein, aus den montierten Lautsprechern ertönte ein verzerrtes Glöckchengeläut, während ein Mann in einem roten Anzug winkte, Süßigkeiten in die Menge warf und dabei „Ho! Ho! Ho!" rief.

Wie sich aber im nächsten Augenblick zeigte, lief es in diesem Jahr ein wenig anders ab.

Kris Kringle persönlich lenkte den schicken Schlitten vom Parkplatz am Supermarkt, gezogen wurde er von sieben echten Rentieren und einem Esel. Kringle trug den besten Weihnachtsmannanzug, den Olivia je gesehen hatte. Er warf nichts Süßes in die Menge, sondern griff nach einem großen Sack aus grünem Samt, der hinter ihm auf dem Schlitten lag. Und dann begann er, verpackte Geschenke an die Kinder zu verteilen, wobei er darauf achtete, dass kein Kind übergangen wurde.

Sogar Sophie, die mit ihren zwölf Jahren zu alt war, um noch an den Weihnachtsmann zu glauben, erhielt von ihm ein Päckchen, das in rot-weiß gestreiftes Geschenkpapier gewickelt war.

Olivia war sich sicher, dass Brad etwas mit diesen Geschenken zu tun hatte. Die Konjunktur dümpelte vor sich hin, und seit Ende des Sommers herrschte bei vielen Familien in Stone Creek Arbeitslosigkeit. Es würde zu ihrem Bruder passen, auf diese Weise dafür zu sorgen, dass die Kinder dieser Familien etwas geschenkt bekamen, ohne dabei den Stolz ihrer Eltern zu verletzen.

„Wow", sagte Sophie und betrachtete das Päckchen in ihrer Hand. Sie warf Tanner einen Blick von der Seite zu. „Darf ich es aufmachen?"

„Ja, warum nicht?", gab Tanner zurück, der eine verwunderte Miene aufgesetzt hatte. Olivia wusste, dass er an Weihnachten im Seniorenzentrum für die ganze Gemeinde Truthahn mit allen Beilagen auffahren würde, weil Sophie sich verplappert hatte. Aber von dieser Geschenkaktion für jedes Kind schien er nichts zu wissen.

Sophie riss die Verpackung auf und schnappte ungläubig nach Luft, als sie den Inhalt sah: eine Schneekugel mit zwei Pferden darin. Das eine sah aus wie Shiloh, das andere war ein Ebenbild Butterpies.

„Ist das von dir, Dad?", fragte sie, nachdem sie erst mal hatte schlucken müssen.

Tanner musterte noch immer neugierig Kris Kringle, der zu ihm rübersah und ihn anlächelte, ehe er sich wieder den Kindern zuwandte, die den Esel und die sieben Rentiere streicheln wollten.

„Ganz vorsichtig", rief Kringle ihnen gut gelaunt zu. „Sie müssen an Heiligabend noch eine lange Reise unternehmen, und sie sind so viele Leute wie hier nicht gewohnt."

„Können die fliegen?", fragte ein Junge, der aus seinen Sachen längst herausgewachsen war. Er hielt mit beiden Händen ein ungeöffnetes Päckchen fest. Olivia war mit seinen Eltern zur Highschool gegangen, beide waren derzeit arbeitslos, da das Sägewerk im Winter geschlossen blieb. Gerüchte besagten, der Ehemann sei als Bauarbeiter für Tanners Baustelle eingestellt worden, doch das bedeutete natürlich nicht, dass sich die Familie ein üppiges Weihnachtsfest leisten konnte. Es hatten sich zweifellos genug Rechnungen angesammelt, die noch nicht beglichen worden waren.

„Aber natürlich können sie fliegen, Billy Johnson", antwortete Kringle fröhlich.

„O Mann", seufzte Tanner.

Mr Kringle hatte durch seinen Weihnachtsbaumverkauf jeden in der Stadt kennengelernt, überlegte Olivia. Anders ließ sich nicht erklären, dass er Billys Namen kannte.

„Was ist mit dem Esel?", wollte ein kleines Mädchen wissen, dessen Kleidung deutliche Gebrauchsspuren erkennen ließ. Es hielt auch ein Geschenk in den Händen, das noch nicht geöffnet worden war. Olivia kannte die Kleine nicht, daher musste ihre Familie noch relativ neu in der Stadt sein. „In der Geschichte vom Weihnachtsmann kommt kein Esel vor."

„Ich musste improvisieren, Sandra", erklärte Kringle geduldig. „Eines meiner Rentiere", fuhr er fort und richtete seinen Blick zielstrebig auf Olivia, obwohl die mitten in der Menschenmenge stand, dann zwinkerte er ihr zu, „hat ein paar Tage Urlaub genommen."

„Aha", machte das Mädchen.

Brad, der nach dem Einschalten der Beleuchtung die Bühne verlassen hatte, war zu ihnen gekommen. Auf den Schultern trug er Mac, der in seinem dicken Skianzug steckte und fröhlich gluckste, während er auch ein Päckchen mit seinen kleinen Händen umklammert hielt und damit immer wieder Brad auf den Kopf schlug.

„Das mit den Geschenken war eine nette Geste", sagte Olivia leise zu ihrem Bruder.

„Ich hatte mit Fred Stevens gerechnet, der in dem löchrigen alten Weihnachtsmannkostüm der Handelskammer auf dem Traktor vorgefahren kommt", erklärte Brad etwas verwirrt. Sie alle waren selbst noch Kinder gewesen, da hatte der pensionierte Rektor der Highschool bereits diese alljährliche Aufgabe übernommen. „Und was die Geschenke angeht, habe ich keine Ahnung, wo die herkommen."

Außer vielleicht noch Tanner, verfügte in Stone Creek niemand über die finanziellen Mittel, um so viele Geschenke zu kaufen und einpacken zu lassen. Olivia sah ihren Bruder mit zusammengekniffenen Augen an. „Du kannst es ruhig zugeben", raunte sie ihm zu. „Ich weiß, du hast das zusammen mit Meg arrangiert. So wie letztes Jahr, als bei bestimmten Leuten an Heiligabend auf einmal Spielzeug und Fresskörbe auftauchten. Du hast den armen Fred irgendwie ausgebootet und Kringle bezahlt, damit er einspringt."

Brad legte die Stirn in Falten und nahm Mac das Päckchen aus den Händen, damit er es ihm nicht noch länger auf den Kopf hauen konnte. „Nein, das ist nicht wahr. Fred liebt diesen Auftritt, den würde ich ihm weder ausreden noch sonst irgendwie vorenthalten."

„Okay, aber du musst die Geschenke gekauft haben. Ich kenne die Leute vom Stadtrat, von der Handelskammer, von beiden Kirchen *und* von der Loge, und ich weiß, so was kann keiner von denen durchgezogen haben."

„Ich habe keine Ahnung, woher diese Päckchen kommen", beteuerte Brad, während sein Blick zu Kris Kringle wanderte, der im Begriff war, mit seinem Schlitten wieder wegzufahren. „Es sei denn …"

„Jetzt sei nicht albern", sagte Olivia. „Der Mann betreibt einen Weihnachtsbaumstand, und er tritt auf privaten Partys auf. Wyatt hat ihn überprüft, er könnte sich unmöglich eine solche Aktion leisten. Und, mein lieber Bruder, er ist *nicht* der Weihnachtsmann."

Brad fuhr sich durchs Haar und schien nach seiner Frau Ausschau zu halten. „Hör mal, ich gebe ja zu, dass Meg und ich vorhaben, hier und da ein paar Geschenke zu verteilen", erklärte er ganz ernst. „Aber wenn ich mit dieser Sache hier etwas zu tun hätte, würde ich's dir sagen."

Gleich neben ihnen stand Sophie und schüttelte ihre Schneekugel, damit Mac etwas zu gucken hatte. Der Junge beugte sich über Brads Schulter und versuchte nach der Kugel zu fassen.

Olivia drehte sich zu Tanner um. „Dann war das dein Werk."

„Ich wünschte, es wäre so", gab er nachdenklich zurück. „Das Truthahnessen an Weihnachten erschien mir praktischer." Schließlich grinste er breit und legte je einen Arm um Sophie und Olivia. „Kommt, wir sehen uns mal diesen Basar an."

Brad und Tanner tauschten einen flüchtigen Blick aus, dann sagte Olivias Bruder: „Viel Spaß." Sein Tonfall hatte etwas Ironisches und vielleicht auch etwas Warnendes.

„Den werden wir haben", erwiderte Tanner unbeschwert und gab Brad einen Klaps auf den Arm, der sich sofort bei seinem Freund revanchierte.

Männer, dachte Olivia nur.

Auf dem Basar herrschte so wie bei der vorausgegangenen Weihnachtsbaumzeremonie dichtes Gedränge. Die Sporthalle war mit roten und grünen Bändern und riesigen goldenen Weihnachtskugeln dekoriert, rundherum waren Stände aufgebaut, an denen heiße Getränke oder Gebäck verkauft wurden. Die Erwachsenen stellten sich auf einen mitreißenden Bingoabend ein, die Preise hatten die örtlichen Händler gestiftet. Auch für die Kinder hatte man Spiele vorbereitet, von denen besonders der Fischteich beliebt war.

Für einen bescheidenen Einsatz konnten die Kinder eine lange Holzstange mit einer daran befestigten Schnur über eine wacklige Wand aus blauem Krepppapier halten. Sobald an der Schnur gezogen wurde, holten sie ihre Angel ein und fanden ein einfaches Spielzeug daran befestigt.

Sophie langweilte sich schon nach kurzer Zeit, bewahrte aber ihre gute Laune. Immer wieder nahm sie die Schneekugel aus ihrer Tasche, schüttelte sie und sah zu, wie Schneeflocken um Shiloh und Butterpie herumwirbelten.

Tanner kaufte ihr einen Chili-Hotdog und eine Cola und fragte, ob sie nach Hause wollte, was sie prompt bejahte. „Willst du mitfahren?", wandte er sich an Olivia.

„Ich glaube, ich mache eine Runde Bingo mit", antwortete sie. Die Frauen aus ihrer Kirche leiteten das Spiel, und sie hatten ihr vom ersten Moment an zu verstehen gegeben, dass sie unbedingt mitmachen sollte.

„Okay, aber der erste Tanz gehört mir", flüsterte er ihr daraufhin ins Ohr. „Und der letzte auch. Außerdem alle zwischen dem ersten und dem letzten."

Olivia, die sich wieder wie ein Teenager beim Abschlussball fühlte, nickte bestätigend.

„Irgendwie seltsam, dass dieser Typ weiß, wie Butterpie und Shiloh aussehen", überlegte Sophie, während sie auf der Rückfahrt zur Starcross Ranch ihren Hotdog aß. Mittlerweile schneite es so stark, dass Tanner die Scheibenwischer hatte einschalten müssen. „Aber auf eine nette Art seltsam."

„Das muss ein Zufall sein, Soph."

„Gott bewahre", gab sie mürrisch zurück, „dass ich vielleicht an ein winziges Weihnachtswunder glauben könnte."

Er musste an seine Träume denken, in denen er Sophie als einsame junge Frau gesehen hatte, die zu viel arbeitete und die nur für ihre Arztpraxis lebte. Ein eisiger Schauer lief ihm über den Rücken, obwohl die Heizung seines Trucks auf Hochtouren lief.

„Glaub daran, Sophie", erklärte er leise. „Tu es, glaub daran."

„Wie?" Er spürte ihren neugierigen Blick.

„Vielleicht habe ich ein paar Dinge zu ernst genommen."

„Ach, wirklich?", gab Sophie ironisch zurück, aber in ihren Worten schwang auch ein Funken Hoffnung mit, der Tanner einen Stich ins Herz versetzte.

„Ich habe überlegt ... wie würde es dir gefallen, auf eine Schule in Phoenix zu gehen? Da gibt es auch Reitkurse, und die Sicherheitsvorkehrungen sind erstklassig. Ich wollte das eigentlich erst nach Weihnachten ansprechen, aber ..."

„Ich würde lieber die Stone Creek Middle School besuchen."

Hatte er von ihr eine andere Antwort erwartet? Es ging schließlich immer noch um ein Internat, auch wenn sie ihr Pferd dorthin mitnehmen konnte. „Das weiß ich, Sophie. Aber ich reise viel ..."

„Tante Tessa ist ja auch noch hier, also bin ich nicht allein, wenn du weg bist." Sie musterte ihn aufmerksam. „Wovor hast du solche Angst, Dad?"

„Dass dir was zustößt", brachte er seufzend heraus. „Deine Mom ..."

„Dad, wir sind hier in Stone Creek. Hier gibt es keine Terroristen. Hier ist keiner so sauer, dass er uns erschießen will, nur weil dir unsere Regierung gesagt hat, dass du da eine Brücke bauen sollst, wo die einheimischen Bombenbastler keine Brücke haben wollen."

Tanner legte die Hände fester um das Lenkrad. Ihm war nicht klar gewesen, dass Sophie so viel wusste. Waren ihr etwa auch die in Abständen eingehenden Morddrohungen bekannt? Die

Drohungen, die ihn dazu veranlasst hatten, Jack McCalls Leute anzuheuern, damit sie Briarwood bewachten? Er hatte sogar ein Team auf Sophie angesetzt, um auf sie aufzupassen, wenn sie den Sommer bei Tessa verbracht hatte.

„Ich fühle mich hier sicher, Dad", redete sie leise weiter. „Ich möchte, dass du dich auch sicher fühlst. Aber das tust du nicht, weil sonst Onkel Jack nicht in der Stadt wäre."

„Woher weißt du, dass Jack hier ist? Er ist erst heute angekommen."

„Ich habe ihn auf dem Basar gesehen. Er war mit einer hübschen blonden Frau da, die ihn gar nicht zu mögen schien", antwortete Sophie. „Ich bin wirklich gut darin, Onkel Jack in einer Menschenmenge zu entdecken, auch wenn er meint, ich sehe ihn nicht."

„Er ist in einer persönlichen Angelegenheit hier", sagte Tanner. „Er soll dich nicht beschatten."

„Was für eine persönliche Angelegenheit?"

„Woher soll ich das wissen? Jack erzählt mir nicht alles, er hat auch noch ein Privatleben." Ein „Privatleben"? Der Mann überwand jedes Hindernis auf feindlichem Gebiet, er rettete Entführungsopfer, und Gott allein wusste, was er sonst noch alles tat. Tanner wusste nicht viel darüber, welche Dienste Jack neben denen anbot, die er – gegen sehr hohe Honorare – für Sophie erfüllte. Aber er wollte auch nicht mehr darüber wissen, weil er so beruhigter schlafen konnte. Abgesehen davon hätte Jack ihm ohnehin nichts verraten, dafür pflegte er seine vielen Geheimnisse viel zu gründlich.

Er hätte sich im Moment viel glücklicher fühlen können, wären da nicht diese Träume über Dr. Sophie Quinn als Geist der kommenden Weihnacht gewesen – und der Gedanke daran, Stone Creek zu verlassen und Olivia vermutlich nie wiederzusehen.

„Soph", sagte er, als er in die Zufahrt zur Starcross Ranch einbog und der Wagen ein wenig ins Rutschen geriet. „Wenn du erwachsen bist, wirst du mich dann dafür hassen, dass ich dich aufs Internat geschickt habe?"

„Ich könnte dich niemals hassen, Dad." Sie sprach diese Worte mit solch sanfter Gelassenheit, dass Tanners Kehle sich wie zugeschnürt anfühlte. „Ich weiß, dass du tust, was du kannst."

Ein leiser Seufzer kam über seine Lippen. „Ich dachte, du würdest dich auf Phoenix freuen. Das ist nur zwei Autostunden von hier entfernt, weißt du?"

„Was habe ich davon, wenn du in irgendeinem Land bist, in dem die Leute deinen Kopf aufspießen wollen, nur weil du da irgendwas baust?"

Es war schon gut, dass sie sich auf der Zufahrt zur Starcross Ranch befanden. So abgelenkt, wie er durch diese Unterhaltung war, hätte er den Truck noch in den Graben gefahren. „Denkst du, das wird passieren?"

„Ich mache mir darüber die ganze Zeit Sorgen. Ich bin auch nur ein Mensch, weißt du?"

„Du bist viel zu klug, um ein Mensch zu sein. Du bist ein Alien von einem Planeten, dessen Bewohner alle maßlos intelligent sind."

Zwar lachte sie darüber, aber allzu amüsiert klang das nicht. „Wenn du irgendwo im Ausland bist, sehe ich mir immer CNN an", verriet sie ihm. „Manchmal stoßen Bauunternehmern wirklich schlimme Dinge zu, wenn sie im Ausland arbeiten."

Tanner fuhr bis dicht ans Haus heran. Er wollte schnellstens zu Olivia zurück, trotzdem würde er eine solche Unterhaltung mit seiner Tochter nicht einfach mittendrin abbrechen. „Und wenn ich dir verspreche, nie wieder im Ausland zu arbeiten, Soph? Wirklich niemals wieder?"

Der Ausdruck ungläubiger Hoffnung auf Sophies Gesicht brach ihm fast das Herz. „Würdest du das tun?"

„Das würde ich tun, Kleine."

Nachdem sie ihren Gurt gelöst hatte, machte sie einen Satz über die Mittelkonsole hinweg, schlang die Arme um seinen Hals und drückte sich ganz fest an ihn. Dort, wo ihre Wangen seine Haut berührten, konnte er ihre Tränen spüren.

„Darf ich Tante Tessa davon erzählen?", fragte sie schniefend.

„Ja", brachte er heiser heraus und hielt sie fest, während er sich wünschte, sie könnte immer zwölf sein und bei ihm und Tessa auf der Starcross Ranch leben, damit sie niemals aus Einsamkeit und Ehrgeiz achtzehn Stunden am Tag arbeitete, weil sie zu einer Beziehung unfähig war.

Wenn Sophies Leben sich in diese Richtung entwickeln würde, wäre das allein seine Schuld. Er war mit schlechtem Beispiel vorangegangen.

„Ich hab dich lieb, Soph", sagte er.

Sie gab ihm einen Schmatzer auf die Wange und löste sich von ihm. „Ich hab dich auch lieb, Dad", entgegnete sie und wandte sich ab, um aus dem Truck auszusteigen.

Er brachte sie ins Haus, während er dazwischen hin und her gerissen war, bei seiner Tochter zu bleiben oder zu Olivia zurückzukehren.

Tessa hatte die Weihnachtsbaumbeleuchtung angemacht, sie lag zusammen mit den eng an sie geschmiegten Welpen auf der Couch und schaute sich im Fernsehen einen Weihnachtsfilm an.

„Dad wird nie wieder im Ausland arbeiten!", verkündete Sophie lauthals, als sie ins Wohnzimmer stürmte.

„Tatsächlich?", fragte Tessa lächelnd, während sie Tanner eingehend musterte. War das Skepsis, die er in ihren Augen ausmachen konnte?

„Dad fährt jetzt wieder in die Stadt, um mit Olivia zu tanzen", redete Sophie ausgelassen weiter. „Willst du einen heißen Kakao haben, Tante Tessa? Ich weiß, wie man den macht."

„Gute Idee", sagte sie.

Nach einer schnellen Verabschiedung von Tanner verschwand sie in der Küche.

„Ich hoffe, du hältst dein Wort", sagte Tessa, als Sophie außer Hörweite war.

„Warum sollte ich das nicht tun?"

„Weil so viel Geld sehr verlockend ist. Denk mal an das ganze Adrenalin, das dabei ausgeschüttet wird."

„Ich kann einer Versuchung widerstehen."

Tessa grinste ihn an. „Außer diese Versuchung heißt Olivia O'Ballivan, würde ich sagen. Jetzt mach dich schon auf den Weg und tanz mit ihr die ganze Nacht durch. Ich werde auf Sophie aufpassen, und falls uns auf einmal ausländische Extremisten belagern sollten, werde ich dich ganz bestimmt anrufen."

Damit brachte sie Tanner zum Lachen. Mit einem Mal ließ etwas tief in ihm los, etwas, das sich festgeklammert hatte, seit Kat auf einer Tausende von Meilen entfernten Straße in seinen Armen gestorben war. „Ich war wohl wirklich ein bisschen paranoid, oder?", fragte er.

„Ein bisschen?", zog sie ihn auf.

„Ich muss los", sagte er. „An einem der Bingotische wartet eine Lady auf mich."

„Dann bis morgen", gab sie wie selbstverständlich zurück.

Er verkniff sich eine Erwiderung darauf und winkte ihr zum Abschied zu. „Bis später, Soph", rief er dann in Richtung Küche, verließ das Haus und lief zu seinem Truck.

„Ich muss unbedingt diese Hose loswerden, sonst werde ich noch verrückt", vertraute Olivia ihm mehrere Stunden später an, nachdem sie zur Weihnachtsmusik des Logenorchesters Löcher in ihre Schuhsohlen getanzt hatten.

„Davon werde ich dich ganz sicher nicht abhalten", meinte er lachend, dann legte er den Kopf in den Nacken und sah nach oben. „Sag mal, sind das Mistelzweige?"

„Nein", widersprach Olivia ihm. „Das sind drei rote Weihnachtsbaumkugeln, die an einem grünen Band hängen."

„Hast du eigentlich gar keine Fantasie?"

„Oh, Fantasie habe ich jede Menge. Deshalb kann ich mir auch so gut vorstellen, wie ich etwas Bequemeres als die Kleidung meiner Schwester trage", sagte sie. „Mir gefällt das ja gar nicht, doch ich werde wirklich mal einkaufen müssen."

„Eine Frau, die nicht gern einkaufen geht", kommentierte Tanner fasziniert. „Würdest du mich heiraten, Olivia O'Ballivan?"

Es war als witzige Bemerkung gemeint, das wusste Olivia so gut wie er, dennoch legte sich mit einem Mal eine sonderbare Stille über sie. Sie schien ein wenig vor ihm zurückzuweichen, auch wenn er sie eng an sich gedrückt hielt, während sie sich zur Musik bewegten.

„Lass uns von hier verschwinden", schlug er schließlich vor. Seine Wortwahl war nicht gerade dazu angetan, die Stimmung zu verbessern, wie ihm gleich darauf bewusst wurde. Aber zumindest war es ehrlich gemeint.

Sie nickte, und er konnte sehen, wie ihre Halsschlagader heftiger pulsierte.

Der Schneefall hatte nicht nachgelassen, er schien sogar noch heftiger geworden zu sein, sodass Tanner gezwungen war, sich bei der Rückfahrt noch mehr auf die Straße zu konzentrieren.

„Aber mal ernsthaft", nahm er nach einer Weile das Thema wieder auf, das sie auf der Tanzfläche so abrupt beendet hatten. „Hast du vor, irgendwann mal zu heiraten? So mit Kinderkriegen und allem Drum und Dran?"

Olivia biss sich auf die Unterlippe. „Ja, vielleicht irgendwann mal", antwortete sie schließlich.

„Und welcher Typ Mann müsste er sein?"

Sie lächelte, bis sie merkte, dass seine Frage völlig ernst gemeint war. „Na ja, er muss tierlieb sein, und er muss damit klarkommen, dass ich als Tierärztin zu den unmöglichsten Zeiten zu Notfällen gerufen werde. Und wenn er kochen könnte, wäre das ein netter Bonus, weil ich kochtechnisch etwas unterentwickelt bin." Sie hielt inne und schaute ihn an. „Und der Sex mit ihm müsste sehr, sehr gut sein."

Wieder musste er lachen. „Veranstaltest du Vorsprechtermine?"

„Ja, tue ich", erwiderte sie. „Zum Beispiel findet heute Abend einer statt."

Tanner wurde es mit einem Mal so heiß, dass er fürchtete, die Windschutzscheibe müsste von innen beschlagen, wodurch die Sicht noch schlechter würde. Nachdem sie bei Olivia zu Hause eingetroffen waren, wurden sie an der Tür von Ginger begrüßt, die nach draußen gelassen werden wollte.

Er muss tierlieb sein ...

Tanner ging mit Ginger nach draußen und leistete ihr in der eisigen Kälte Gesellschaft, bis sie ihr Geschäft erledigt hatte.

Olivia erwartete ihn bereits, als er ins Haus zurückkam. „Hast du Hunger?", fragte sie.

Wenn er kochen könnte, wäre das ein netter Bonus ...

Wollte sie ihn auf die Probe stellen?

„Ich könnte ein Omelett machen", schlug er vor.

Sie kam zu ihm und schlang die Arme um seinen Nacken. „Später", flüsterte sie.

Und der Sex mit ihm müsste sehr, sehr gut sein ...

Nach fünf Minuten stürmischen Küssens half er ihr aus ihrer Hose. Und aus allem anderen, was sie am Körper trug.

12. KAPITEL

*E*r hatte sich tatsächlich verliebt, schoss es Tanner durch den Kopf, während er im ersten Licht der Morgendämmerung die Decke anstarrte. Olivia lag nackt und zart in seinen Armen, schlief fest und schmiegte sich noch etwas näher an ihn.

Er liebte sie.

Wann war das geschehen? Bei ihrer ersten Begegnung in seiner Scheune?

An Thanksgiving, als er mit ihr zusammen die Art von Sex erlebt hatte, von dem er nie geglaubt hatte, ihn je wieder zu erleben? Oder gestern Abend beim Tanzen?

Aber war das überhaupt wichtig?

Es war ohnehin nicht mehr rückgängig zu machen. Es war geschehen, und das war es dann.

Er drehte sich, damit er einen Blick zum Nachttisch werfen konnte, wo der Wecker stand. Fast acht Uhr. Sophie saß um diese Zeit bereits im Schulbus und würde nur zu gut wissen, dass ihr guter, alter Dad letzte Nacht nicht nach Hause gekommen war.

Was hatte Tessa ihr erzählt?

Leise sagte er Olivias Namen.

Sie seufzte und kuschelte sich nur noch enger an ihn.

„Doc", sagte er etwas nachdrücklicher. „Es ist Morgen."

Im nächsten Moment saß sie aufrecht neben ihm, sah auf die Uhr und sprang aus dem Bett. Sowie ihr klar wurde, dass sie splitternackt dastand, zog sie hastig einen rosafarbenen Bademantel an, dessen Farbe nicht besser zu ihren Wangen hätte passen können. „Was machst du hier?", wollte sie wissen.

„Du weißt genau, was ich hier mache", erwiderte er und blieb weiter in dem gemütlichen warmen Bett liegen.

„Das war letzte Nacht", hielt sie dagegen und fuhr sich durchs Haar.

„Sollte ich mich etwa vor Sonnenaufgang aus dem Haus schleichen? Falls ja, hast du mir nichts davon gesagt."

Das Rot ihrer Wangen wurde noch intensiver. „Was soll denn Sophie denken?"

„Wahrscheinlich betet sie gerade, dass wir beide heiraten werden, damit sie wieder eine Mom hat. Sie will in Stone Creek aufwachsen."

Zu seiner Überraschung stiegen ihr Tränen in die Augen.

„Hey", sagte er, schlug die Decke zur Seite und ging zu ihr, auch wenn ihm noch so kalt war. „Was ist denn los, Doc?", fragte er und nahm sie in seine Arme.

„Ich liebe dich", schluchzte sie, während sie ihr Gesicht gegen seine nackte Schulter presste. „Das ist los."

Er drückte sie weit genug von sich, um ihr in die Augen zu sehen. „Das ist okay."

„Was?"

„Ich liebe dich auch", antwortete er. „Mir ist kalt. Würde es dir was ausmachen, deinen Bademantel mit mir zu teilen?"

Olivia begann zu lachen und öffnete den Bademantel, um den Stoff so weit wie möglich um seinen Körper zu legen. Ihr Gesicht fühlte sich an seiner Brust nass an. „Das ist alles so schnell gegangen", sagte sie und schaute ihn wieder an. „Bist du dir sicher? Hat das nicht nur mit … mit dem Sex zu tun?"

„Der Sex war Weltklasse", ließ er sie wissen und hauchte einen Kuss auf ihr Haar. „Aber es ist mehr als nur das. Die Art, wie du versucht hast, Butterpie aufzumuntern. Dieses seltsame Rentier, das du gerettet hast, und die Tatsache, dass du seinen Besitzer überprüft hast. Dein alter Suburban, die Jacke deines Großvaters, der bemitleidenswerte kleine Weihnachtsbaum."

„Und was jetzt?"

„Noch mal Sex?"

Sie knuffte seinen Oberarm, grinste dabei aber glücklich. Sein Hintern begann zu frieren, weil der Bademantel nicht genug Stoff für sie beide bot. „Das meine ich nicht. Ich rede von morgen, von nächster Woche, von nächstem Monat …"

„Wir gehen zusammen aus, und wir schlafen miteinander,

wenn sich die Gelegenheit dazu bietet." Er legte seine Finger unter ihr Kinn und hob ihren Kopf leicht an. „Wir benennen die Ranch um und renovieren das Haus."

„Wir benennen die Ranch um?"

„Du hast mir mal gesagt, dass Starcross kein fröhlicher Name ist. Wie willst du die Ranch nennen, Doc?"

Sie rieb sich an ihm. „Wie wäre es mit Star*fire* Ranch?"

„Gefällt mir", erklärte er und wollte sie küssen, um sie zurück zum Bett zu dirigieren. Sie waren beide spät dran, dann sollten sie ruhig das Beste daraus machen.

„Warte." Sie stoppte ihn und schaute ihn mit ihren riesigen blauen Augen an, in denen er hätte ertrinken können – was er nicht als Unglück empfunden hätte. „Was ist mit Sophie? Darf sie in Stone Creek bleiben?"

„Sie bleibt hier", willigte er nach einem schweren Seufzer ein.

„Wir passen schon auf sie auf", versicherte sie ihm. „Wir beide gemeinsam."

Er nickte.

Dann kehrten sie ins Bett zurück, doch es dauerte eine Weile, bis sie sich ein weiteres Mal liebten.

Tanner erzählte ihr von Kat, wie sie gestorben war, dass er sich dafür die Schuld gab und seitdem Angst um Sophie hatte.

Im Gegenzug berichtete Olivia ihm von ihrer Mutter, wie sie die Familie verlassen hatte. Wie ihr Vater gestorben war und wie ihr Großvater danach versucht hatte, diese Rolle nach Kräften zu übernehmen. Und wie es für sie war, wenn die Tiere sich mit ihr unterhielten.

Erst als die intimsten, persönlichsten Dinge ausgesprochen waren, liebten sie sich erneut.

Am Morgen des Heiligabends stand Olivia in einem Krankenhausflur und spähte durch ein kleines Fenster auf den Hauptgrund, weshalb sie lange vor ihrer Begegnung mit Tanner Quinn Angst vor dem Heiraten gehabt hatte.

Tanner wartete unten in der Lobby. Sie musste das hier allein bewältigen, dennoch war es ein angenehmes Gefühl, zu wissen, dass er in der Nähe war.

Olivia schloss sekundenlang die Augen und ließ ihre Stirn gegen das Glas sinken.

Eine rastlose und todunglückliche Delia hatte an einem wunderschönen Sommertag ihren Ehemann und die vier gemeinsamen Kinder verlassen, indem sie in den nächsten Bus gestiegen und weggefahren war.

Olivias größte Angst, die sie schon so lange erfolgreich verdrängt hatte, wie sie denken konnte, war die, dass bei ihr dieser gleiche herzlose Zug unter der Oberfläche schlummern könnte. Dass er plötzlich zum Vorschein kommen und sie dazu bringen würde, die Menschen und Tiere zu verlassen, die sie liebten und die ihr vertrauten.

Sie wusste, das war ein völlig verrückter Gedanke, schließlich war sie ausgewogen, treu, fürsorglich und ehrlich.

Allerdings hatte Delia bis zu ihrem Verschwinden den gleichen Eindruck gemacht. Sie hatte Ashley und Melissa Gutenachtgeschichten vorgelesen und ihnen beim Beten zugehört, sie hatte mit ihnen Verstecken gespielt, wenn sie im Garten hinter dem Haus die Wäsche zum Trocknen aufhängte. Und sie hatte Olivia erlaubt, klaren Nagellack aufzutragen, auch wenn ihr Dad dagegen protestiert hatte. Sie war mit allen vier Kindern nachmittags ins Kino gegangen, manchmal sogar mitten in der Woche, und hatte ihnen die große Portion Popcorn spendiert. So gut wie jeden Abend hatte sie Brad bei den Hausaufgaben geholfen.

Und dann war sie weggegangen.

Ohne jede Vorwarnung war sie einfach verschwunden.

Warum?

Olivia öffnete die Augen.

Die Frau, die sie durch das Fenster sehen konnte, schien nicht in der Lage zu sein, auf diese oder irgendeine andere Frage eine vernünftige Antwort zu geben. Den Ärzten zufolge hatte sie sich völlig in sich selbst zurückgezogen, und womöglich würde sie von dort niemals wieder zurückkehren.

Die Ärzte erklärten ihr, dass so etwas bei Menschen vorkam, die über lange Zeiträume Alkohol und Drogen konsumiert hatten.

Olivia atmete tief durch, dann drückte sie die Tür auf und betrat den Raum. Jeder hatte in seinem Leben irgendeinen Drachen, den es zu besiegen galt. Hier wartete ihr Drache auf sie.

Delia wirkte viel zu schmächtig und zu schwach, um so viel Ärger und Leid verursachen zu können. Sie saß zusammengekauert in einem Sessel neben einem Tisch, auf dem ein nur mit Papiergirlanden verzierter Weihnachtsbaum stand. Sie sah Olivia nur flüchtig an, dann wandte sie den Blick auch schon wieder ab.

Langsam ging Olivia auf sie zu und berührte ihre schmale Schulter, woraufhin die Frau zurückzuckte. Zwar sagte sie kein Wort, doch der Ausdruck in ihren Augen verriet nur zu deutlich die Botschaft: *Lass mich in Ruhe.*

„Ich bin es, Mom", sagte sie behutsam. „Olivia."

Delia starrte sie nur an und schien mit dem Namen nichts anfangen zu können.

Olivia hockte sich neben dem Sessel hin. „Vermutlich werde ich nie erfahren, warum du uns verlassen hast", sprach sie leise. „Aber vielleicht ist das jetzt auch nicht mehr so wichtig. Aus uns allen ist was geworden."

Die mit leerem Blick dreinschauenden Augen ihrer Mutter waren von einem blassen Blau, das an eine verschossene Jeans oder an einen zaghaften Frühlingshimmel erinnerte. Langsam, fast unmerklich nickte sie.

Tränen brannten in Olivias Augen. „Ich bin verliebt, Mom. Sein Name ist Tanner. Tanner Quinn, er hat eine zwölfjährige Tochter. Sie heißt Sophie. Ich … ich möchte für Sophie eine gute Stiefmutter sein, und ich schätze, aus irgendeinem Grund musste ich dich besuchen, um zu erkennen, dass ich das sein kann. Dass ich tatsächlich eine Ehefrau und Mutter sein kann …"

Delia sagte nichts. Sie weinte nicht, sie nahm ihre Tochter nicht in die Arme, sie bat nicht um eine zweite Chance. Kurz gesagt: Es gab kein Wunder. Und doch hatte Olivia das Gefühl, dass sich ein Wunder ereignet hatte.

„Jedenfalls habe ich vor, dich so oft zu besuchen, wie ich kann." Sie richtete sich auf und öffnete ihre Handtasche, dann holte sie ein kleines Päckchen heraus. Es war eine Blumenzwiebel in einem vorbereiteten Topf, die garantiert blühen würde, sogar im tiefsten Winter. Eigentlich hatte sie Parfüm mitbringen wollen, weil sie sich daran erinnern konnte, dass Delia immer so wunderbar duftete – aber das stand auf der Liste der verbotenen Mitbringsel, weil es Alkohol enthielt. „Frohe Weihnachten, Mom."

Ich bin nicht du.

Sie legte Delia das Päckchen in den Schoß, küsste sie auf die Stirn und ging nach draußen.

Im Erdgeschoss wurde sie von Tanner in Empfang genommen, der sie umarmte und ihr einen Kuss auf die Schläfe gab. „Alles in Ordnung, Doc?"

„Mehr als nur in Ordnung", antwortete sie lächelnd. „Oh, sogar viel, viel mehr als nur in Ordnung."

Genau um sechs Uhr schloss Kris Kringle offiziell seinen Weihnachtsbaumstand. Er hatte jeden seiner Bäume verkaufen können, sodass nur Nadeln und ein paar Zweige übrig blieben. Die Plastikrentiere und der Teilzeit-Weihnachtsmann waren längst weg, nur der Schlitten stand noch dort.

Er drehte den Kopf nach rechts und links und betrachtete die menschenleere Straße.

Die Leute waren um diese Zeit in ihren wohlig warmen Häusern oder in der Kirche, wie es sich für Heiligabend gehörte. Als er sich sicher war, dass niemand ihn beobachtete, pfiff er leise, woraufhin die Rentiere zu ihm kamen und ihren Platz vor dem Schlitten einnahmen. Während sie darauf warteten, dass ihnen das Geschirr angelegt wurde, fragte er sich, wo Rodney war.

Hinter ihm auf dem Asphalt war auf einmal das leise Trappeln kleiner Hufe zu hören. Er drehte sich um und sah Rodney, der aus Dunkelheit und Schneegestöber zum Vorschein kam, bereit für seinen ersten Flug. Der Esel war als Notlösung ein guter Ersatz gewesen, aber er würde ihm ab jetzt keine Dienste mehr leisten können – schließlich wusste jeder, dass Esel nicht fliegen konnten.

„Bereit?", fragte er, beugte sich vor und streichelte Rodney über den silbrigen Rücken, dann legte er ihm mit jahrelanger Übung sein Geschirr an und griff nach den Zügeln. Sie würden zu Hause einen Zwischenstopp einlegen müssen, damit er sich reisefertig anziehen und natürlich den ersten Beutel mit Geschenken mitnehmen konnte.

Als Erstes würde er bei Olivia O'Ballivans Haus anhalten. Sie war so nett zu diesem kleinen, krummen und schiefen Baum gewesen, aber er wusste jetzt schon, dass der Baum auf dem Gelände des neuen Tierheims wachsen und gedeihen würde, und nächstes Jahr um diese Zeit würde sie ihn mit einer wunderbaren Lichterkette schmücken können.

O ja, bei ihr wollte er das erste Geschenk abliefern.

Diese Frau hatte eine neue Kaffeemaschine nötig.

Heiligabend. Die Luft war klar und kalt, und sie versprach neuen Schnee. Olivia fühlte sich wie ein anderer Mensch, während sie zusah, wie Tanner mit seinem durchaus passabel mit Morast bespritzten Truck näher kam. Für den Abend waren sie alle – sie und Tanner, Tessa und Sophie – auf die Stone Creek Ranch eingeladen worden, und Olivia wusste, es würde wieder so sein wie früher, als Big John noch gelebt hatte. Er hatte immer die halbe Nachbarschaft eingeladen, damit er mit allen feiern konnte.

Ihr Herz machte einen Satz, als sie Minuten später hörte, wie Tanner die hintere Veranda betrat und anklopfte.

Sie öffnete die Tür und sah ihn mit leuchtenden Augen an.

Er betrachtete angetan ihren roten Samtrock und den passenden Pullover, aber in Jeans, weißem Hemd und schwarzer Lederjacke sah er selbst auch blendend aus.

„Olivia O'Ballivan", sagte er und grinste sie an. „Du warst *einkaufen.*"

„Allerdings", bestätigte sie gut gelaunt. „Der große Karton voller Geschenke, an dem du gerade eben vorbeigegangen bist, ist ein weiterer Beweis dafür. Wie wär's, wenn du den für mich in deinen Wagen einlädst, Cowboy?"

Tanner bückte sich, um Ginger zu streicheln, die sich vor Freude über seine Ankunft kaum beruhigen konnte. „Das mache ich doch gerne, Ma'am", erwiderte er, während er noch immer Olivias weihnachtliches Outfit bewunderte. „Tessa ist mit Sophie in ihrem Wagen vorgefahren", erklärte er die Abwesenheit der beiden. „Ich habe ihnen gesagt, dass wir in ein paar Minuten folgen."

Er richtete sich auf, und Ginger kehrte zu ihrem Kissen zurück, um sich wieder hinzulegen. „Kommt sie nicht mit?", erkundigte er sich und deutete auf die Hündin.

„Sie behauptet, dass sie noch Besuch erwartet", antwortete Olivia, was Tanner zu einem schiefen Grinsen veranlasste.

„Also dann", sagte er, rührte sich aber nicht von der Stelle.

„Also dann was?", fragte Olivia, während sie ihre gute Jacke anzog.

„Ich habe da etwas für dich", begann er und machte mit einem Mal einen ungewohnt schüchternen Eindruck. „Aber ich weiß nicht, ob es dafür vielleicht noch zu früh ist."

Olivias Herz schlug schneller. Abwartend stand sie da und schaute ihn an. Sie wagte es kaum zu atmen.

Nein, das konnte nicht sein. Sie hatten sich gerade erst zu ihrer Liebe füreinander bekannt …

Schließlich gab sich Tanner einen Ruck, seufzte entschlossen und kam zu ihr, um die Hände auf ihre Schultern zu legen, damit sie sich an den Küchentisch setzte. Dann kniete er sich vor ihr hin, was ihr das Gefühl gab, in einen romantischen Film oder einen Liebesroman geraten zu sein.

„Olivia O'Ballivan, würdest du meine Frau werden?", fragte er. „Wenn du bereit dazu bist und die Zeit gekommen ist?"

„*Sag schon Ja*", meldete sich Ginger von ihrem Kissen zu Wort.

Als ob Olivia sich dazu erst noch auffordern lassen musste! „Ja", sagte sie leise und mit Gewissheit in ihrem Tonfall. „Wenn wir *beide* bereit sind, und wenn wir *beide* der Meinung sind, dass die Zeit gekommen ist."

Erfreut und offenbar auch erleichtert – hatte er tatsächlich geglaubt, sie könnte Nein sagen? – griff Tanner in seine Jackentasche und brachte eine kleine, mit weißem Samt bezogene Schachtel zum Vorschein. Er öffnete sie und zeigte Olivia einen Verlobungsring, dessen Stein so funkelte wie ein eingefangener Stern.

„Ich liebe dich", sagte Tanner. „Aber wenn du den Ring nicht sofort tragen willst, dann habe ich dafür volles Verständnis."

Da sie kein Wort herausbrachte, streckte sie einfach nur die linke Hand aus. Freudentränen nahmen ihr die Sicht, und verschwommen betrachtet wirkte der in den Ring eingelassene Diamant noch größer und strahlender.

Tanner schob ihn behutsam über ihren Finger, der Ring passte wie exakt für sie geschaffen.

Olivia lachte und schniefte gleichzeitig. „Und ich habe für dich bloß einen Bademantel!", brachte sie glucksend heraus.

Auch Tanner musste lachen, richtete sich auf und zog Olivia hoch, um sie in die Arme zu nehmen und ihre Verlobung mit einem langen, zärtlichen Kuss zu besiegeln.

„Wir sollten uns jetzt besser auf den Weg machen", erklärte er widerwillig, als er den Kuss unterbrach.

Olivia nickte.

Tanner brachte den Karton mit den Geschenken zum Truck, während Olivia Charlie Browns Lichterkette ausschaltete. „Und du willst wirklich nicht mitkommen?", fragte sie Ginger.

„*Ich will einfach nur einen langen, ausgedehnten Winterschlaf halten*", erwiderte die Hündin, die die Schnauze auf die ausgestreckten Vorderpfoten gelegt hatte und Olivia mit leuchtenden braunen Augen ansah. „*Wunder dich nicht, wenn du feststellst, dass Rodney spurlos verschwunden ist. Es ist Heiligabend, und er hat viel zu tun.* "

„Er wird mir fehlen", sagte sie und griff nach ihrer Handtasche, aber Ginger war schon fest eingeschlafen und träumte vermutlich von irgendwelchen Leckereien.

Die Stone Creek Ranch war hell erleuchtet, als Olivia und Tanner dort eintrafen, und auf dem Hof standen Personenwagen und Trucks dicht an dicht geparkt.

„Ich muss noch schnell was in der Scheune erledigen", sagte Olivia, als er den Wagen in eine der letzten noch verbliebenen Lücken rangierte. „Wir sehen uns drinnen, okay?"

Lächelnd beugte Tanner sich über die Mittelkonsole und gab Olivia einen Kuss. „Wir sehen uns drinnen."

Rodneys Box war tatsächlich verlassen, was bei Olivia einen Stich durchs Herz verursachte. Eine Zeit lang stand sie da und dachte über Wunder im Allgemeinen und über Weihnachtswunder im Besonderen nach. Es überraschte sie nicht, dass Brad auf einmal zu ihr kam.

„Als ich herkam, um die Pferde zu füttern", erklärte er, „da war Rodney auf einmal verschwunden. Ich dachte mir, er hat es irgendwie aus seiner Box geschafft und ist weggelaufen, aber im Schnee konnte ich nirgends Spuren entdecken. Es ist so, als hätte er sich in Luft aufgelöst."

Olivia wischte ein paar Tränen weg. „Wir haben Heiligabend", wiederholte sie Gingers Worte. „Und er hat viel zu tun." Sie drehte sich zu ihrem Bruder um. „Es geht ihm gut, Brad. Das kannst du mir glauben."

Brad lachte leise und legte einen Arm um ihre Schultern. „Wenn du das sagst, Doc, dann werde ich dir das auch glauben. Trotzdem wird mir der kleine Kerl fehlen."

„Mir auch", stimmte Olivia ihm zu.

Er nahm ihre Hand und betrachtete den Ring an ihrem Finger. „Das ist ja ein ordentlicher Klunker", meinte er ernst. „Bist du dir sicher, Liv?"

„Sehr sicher."

„Dann bin ich beruhigt." Er beugte sich vor und küsste sie auf die Stirn.

Gemeinsam gingen sie ins Haus, wo sie von Musik und fröhlichem Gelächter empfangen wurden. Der große Weihnachtsbaum war hell erleuchtet. Olivia entdeckte Ashley und Melissa sofort, und sie sah, dass auch einige von Megs Verwandten, den McKettricks, gekommen waren.

Sophie kam zu Olivia gelaufen. „Stell dir vor, ich darf in Stone Creek bleiben!", verriet sie ihr mit strahlender Miene. „Dad hat es mir eben gesagt!"

Olivia drückte das Mädchen an sich. „Das sind wundervolle Neuigkeiten, Sophie", sagte sie.

„Ich habe überlegt, dass ich vielleicht Tierärztin werden möchte, so wie du", erklärte Sophie ganz ernst.

„Du hast noch viel Zeit, bevor du dich entscheiden musst", erwiderte Olivia leise. Sie wusste jetzt, sie wollte ihr Leben nicht nur mit Tanner, sondern auch mit Sophie an ihrer Seite verbringen. Natürlich würde sie niemals Kat ersetzen können, und das wollte sie auch gar nicht. Aber sie würde die beste Stiefmutter sein, die sie Sophie bieten konnte.

„Dad hat mir gesagt, dass er dir einen Heiratsantrag machen will", fügte Sophie hinzu und griff nach Olivias Hand. Als sie den Verlobungsring sah, begann sie zu lächeln. „Er wollte wissen, ob ich damit einverstanden bin. Ich hab Ja gesagt." Ein schelmisches Lächeln umspielte die Lippen des Mädchens. „Und du auch, wie ich sehen kann."

„Ich habe keine Ahnung, wie man eine gute Stiefmutter ist, Sophie", erwiderte Olivia und spürte, wie ihre Augen brannten. „Kannst du Geduld mit mir haben, bis ich den Dreh raushabe?"

„Ich bin fast ein Teenager", hielt Sophie dagegen. „Ich schätze, du wirst mit mir auch Geduld haben müssen."

„Das werde ich hinkriegen", versicherte sie ihr.

Sophies Blick wanderte zu Tessa, die ganz allein dastand, ein Glas Punsch trank und das hektische Treiben um sich herum mit einiger Skepsis mitverfolgte. Sie wirkte wie eine Nichtschwimmerin, die den Mut aufzubringen versuchte, den Sprung ins Wasser zu wagen. „Aber ich mache mir Sorgen um Tante Tessa", gab sie zu. „Die Sache mit der Scheidung macht ihr mehr zu schaffen, als sie sich anmerken lässt."

„Diese vielen Menschen können aber auch ein wenig beängstigend sein", gab Olivia zu bedenken. „Komm, helfen wir ihr, sich mit ein paar von ihren Nachbarn bekannt zu machen."

Sophie nickte erleichtert, dann hakte sie sich bei Olivia unter und ging mit ihr zu Tessa.

„Du kommst doch morgen zu mir, oder?", fragte Ashley einige Zeit später hoffnungsvoll, nachdem sie alle gegessen und einen ganzen Berg Geschenke ausgepackt hatten und sich für die beiden Schwestern ein Moment ergab, sich ungestört zu unterhalten.

„Ja, natürlich", versicherte Olivia ihr. Sie war froh darüber, dass Ashley wieder ganz die Alte zu sein schien. „Bist du Jack McCall schon losgeworden?"

Ashleys blaue Augen blitzten auf wie Saphire. „Das ist bei diesem Mann leider unmöglich", knurrte sie und deutete in Richtung Weihnachtsbaum, wo Jack sich mit Keegan McKettrick unterhielt. Als hätte er sie gehört, hob er seinen Punschbecher und prostete ihr lächelnd zu. „Aber es macht mir Spaß, es zu versuchen."

Olivia lachte und entgegnete: „Vielleicht solltest du dir nicht *zu viel* Mühe geben", meinte sie.

Wenig später hatten die Aufregungen des Weihnachtsfests den kleinen Mac so erschöpft, dass er die Augen nicht mehr offen halten konnte. Die Gäste machten sich nach und nach auf den Heimweg, und von allen Seiten war zu hören, wie man sich frohe Weihnachten wünschte.

Als Olivia zusammen mit Tanner aufbrach, stellte sie erfreut fest, dass es wieder leicht zu schneien begonnen hatte.

„Ich hatte ganz vergessen, dir zu gratulieren, dass dein Truck jetzt so richtig schmutzig ist", scherzte sie.

„Ja, es ist mir endlich gelungen, eine morastige Pfütze zu finden", gab er gut gelaunt zurück.

Es fühlte sich gut an, mit Tanner zu lachen.

Auf der Veranda hinter Olivias Haus trennten sie sich dann nur widerstrebend. Sie würde morgen zu Ashley fahren, während Tanner Weihnachten mit Tessa und Sophie auf der Starfire Ranch verbringen wollte.

Er küsste sie leidenschaftlich, wünschte ihr leise frohe Weihnachten und machte sich dann auf den Weg.

Olivia ging ins Haus, gleich hinter der Tür zur Küche wartete Ginger auf sie.

„Und? Hat sich dein Besuch blicken lassen?", wollte Olivia wissen, während die Hündin an ihr vorbei kurz nach draußen verschwand.

„Du wirst schon sehen", antwortete Ginger, als sie auf die Veranda zurückkehrte und mit Olivia ins Haus ging.

Verwundert schaute Olivia sich um. Alles war so, wie sie es früher am Abend verlassen hatte, und doch ... irgendetwas war anders. Nur ... was?

Ginger wartete geduldig ab, bis Olivia endlich fündig wurde. Auf dem Tresen stand eine brandneue Kaffeemaschine, geschmückt mit einer großen roten Schleife.

Von Tanner konnte sie nicht sein, überlegte sie verdutzt.

Von Tessa und Sophie vielleicht? Aber das war auch nicht möglich, denn beide waren bereits auf der Stone Creek Ranch, als Tanner mit ihr dort eingetroffen war.

„Ginger, wer ...?"

Von Ginger kam keine Antwort, sie drehte sich nur um und trottete ins Wohnzimmer.

Olivia folgte ihr grübelnd. Brad? Ashley oder Melissa?

Nein, von Brad und Meg hatte sie ein elegantes Goldarmband geschenkt bekommen, und die Zwillinge hatten den ganzen Tag in einem exotischen Spa in Flagstaff verbracht.

Im Wohnzimmer war es dunkel, und Heiligabend war fast vorüber. Olivia beschloss, die Weihnachtsbaumbeleuchtung anzumachen und einfach eine Weile zusammen mit Ginger dazusitzen und all die wunderschönen Augenblicke dieses Tages Revue passieren zu lassen, um für jeden von ihnen einen Platz in ihrem Herzen zu finden: Tanner, wie er mitten in ihrer schlichten Küche kniend um ihre Hand angehalten hatte; Sophie, die begeistert davon war, in Stone Creek bleiben zu dürfen. Sie würde jeden Tag mit Butterpie ausreiten können, und sie lernte schon jetzt Emilys Text für *Unsere kleine Stadt*, um für das Vorsprechen im nächsten Herbst bereit zu sein.

Und dann war da noch Ashley, der erst vor Kurzem das Herz gebrochen worden war und die jetzt schon wieder alle Hände voll zu tun hatte, einem ihrer Gäste das Leben zur Hölle zu machen.

Ja, Olivia genoss diese Momente und noch viele andere mehr.

Sie beugte sich vor, um Charlie Browns Lichterkette einzustecken, als sie auf einmal die Karte bemerkte, die zwischen den Zweigen steckte. Mit zitternden Fingern zog sie sie heraus und öffnete den Umschlag. Die Karte darin zeigte den Weihnachtsmann mit seinen Rentieren, wie sie hoch über verschneiten Dächern hinwegflogen. Die Handschrift war sehr altmodisch und ihr völlig fremd.

Frohe Weihnachten, Olivia.
Denk an uns, wenn du an einem kalten Wintermorgen einen Kaffee trinkst.
Vielen Dank für deine Herzlichkeit
Kris Kringle und Rodney

„Das kann nicht sein", sagte sie und sah Ginger an.

„*Kann es doch*", erwiderte die Hündin. „*Ich hatte dir doch erzählt, dass ich noch Besuch erwarte.*"

In diesem Moment hörte sie irgendwo über ihrem Haus das helle Läuten von kleinen Glöckchen.

„Die Schürze steht dir richtig gut, Cowboy", sagte Olivia, als sie sich zu Tanner, Tessa und Sophie gesellte, die sich hinter der Theke in der Cafeteria der Stone Creek High School versammelt hatten. Es war fast zwei Uhr und damit Zeit für das Gemeinde-Weihnachtsessen. Vor den Türen hatte sich bereits eine große Menschenmenge eingefunden. „Ihr seid hier bloß hoffnungslos unterbesetzt."

Tanners blaue Augen leuchteten auf, als sich Olivia neben ihn stellte und ihre Schürze umband. Tessa und Sophie sahen sich zufrieden an, sagten aber nichts.

Ein teurer Caterer aus Flagstaff hatte alles dekoriert und das Essen geliefert – Truthahn, Hohe Rippe und Schinken, dazu alle nur denkbaren Beilagen und Salate sowie Dessert in verschiedenen Variationen –, und seine Leute würden anschließend auch alles aufräumen und sauber machen.

Von Sophie wusste Olivia allerdings, dass Tanner darauf bestanden hatte, mehr zu tun, als nur die Rechnung zu bezahlen.

Eine Tür an der Seite des Saals ging auf, Brad und Meg kamen herein, gefolgt von Ashley und Melissa. Alle krempelten sie die Ärmel hoch, um ihren Beitrag zu leisten und mitzuhelfen. Vor allem Meg war besonders gut gelaunt, nachdem Carly zumindest per Telefon an den Feierlichkeiten teilgenommen hatte. Sie würde kurz nach Neujahr nach Stone Creek zurückkehren und freute sich schon darauf, Sophie zu zeigen, wo in der Kleinstadt „was abging".

Da Olivia den Morgen bei Ashley verbracht hatte, war ihr klar gewesen, dass die ganze Truppe herkommen würde.

Tanner schluckte sichtlich gerührt. „Ich hätte nicht gedacht … ich meine, heute ist Weihnachten und …"

Olivia stieß ihn mit dem Ellbogen an. „So sind nun mal die Leute auf dem Land, Tanner", sagte sie. „Sie helfen sich gegenseitig. Erst recht, wenn es um die eigene Familie geht."

„Soll ich die Leute reinlassen, bevor sie uns noch die Türen einrennen?", rief Brad amüsiert. Es schien ihn nicht zu stören, dass er in dem leuchtend roten Pullover ein wenig albern aussah, den Ashley für ihn gestrickt und ihm zu Weihnachten geschenkt hatte. Auf der Vorderseite hatte sie einen Weihnachtsmann mit Cowboyhut und Gitarre eingestickt.

Tanner nickte, nachdem er nochmals angestrengt geschluckt hatte. „Lass sie rein", sagte er, dann wandte er sich an Olivia, Tessa und Sophie. „Seid ihr bereit?"

Sie hielten ihre Kellen hoch, und Sophie trug zudem eine Kochmütze, die mit batteriebetriebenen Lichtern versehen war. „Wir sind bereit!", riefen die drei wichtigsten Frauen in Tanner Quinns Leben im Chor.

Brad schloss auf, dann strömten sie in den Saal – die vom Glück im Stich Gelassenen, die Alten und die Einsamen. Die Kinder trugen ihre feinste Sonntagskleidung und sahen sich schüchtern um. Einige von ihnen hatten Spielzeug mitgebracht, das Brad und Meg in einer Blitzaktion in der vergangenen Nacht auf der einen oder anderen Veranda abgelegt hatten. Andere trugen neue Jacken oder Hosen, während die etwas älteren Jugendlichen sich im Takt der Musik aus ihren MP3-Playern bewegten.

Ashley, Melissa und Meg begleiteten die älteren Männer und Frauen zu den Tischen, nahmen die Bestellungen auf und brachten ihnen das Essen, während alle anderen sich anstellten – stolze, hart arbeitende Männer, die sich unter anderen Umständen geschämt hätten, eine kostenlose Mahlzeit anzunehmen, wäre nicht die ganze Stadt zu diesem Essen eingeladen worden; erschöpft aussehende Frauen, die eine Enttäuschung zu viel erlebt hatten, die aber immer noch hofften, dass die Dinge sich zum Besseren wenden würden; Teenager, die sich alle Mühe gaben, cool auszusehen.

Während sie einen Teller nach dem anderen ausgab, spürte Olivia, wie sich ihre Kehle zuschnürte, wenn sie daran dachte, wie viel ihr diese Menschen bedeuteten und wie sehr sie Tanner Quinn liebte. Immerhin war dieses Essen seine Idee gewesen, und er hatte ein Vermögen ausgegeben, um diese Idee in die Tat umzusetzen.

Besonders gerührt war sie dann aber, als der Bürgermeister und ein Dutzend der wohlhabenderen Familien der Stadt auftauchten. Auf sie wartete zu Hause ein eigenes Festmahl, und unter ihren Weihnachtsbäumen stapelten sich die Geschenke.

Aber sie waren hergekommen, um zu zeigen, dass dies keine Veranstaltung für die Bedürftigen war, sondern für jeden Bürger der Stadt.

Als auch noch der letzte Nachzügler eine Portion erhalten hatte, als Teller in Folie gewickelt worden waren, um sie an Bettlägerige zu liefern, und als die Catering-Mitarbeiter die mehr als üppigen Reste in ihren Van geladen hatten, um sie zum örtlichen Pflegeheim zu bringen, da blieben die Einwohner von Stone Creek noch lange Zeit sitzen, unterhielten sich, lachten und tauschten Anekdoten aus.

Das ist Weihnachten, dachte Olivia, als sie diese Menschen beobachtete und die wiedererwachte Hoffnung in ihren Augen entdeckte.

Und dann griff Brad unweigerlich zur Gitarre, die ihm von irgendwem gereicht worden war. Er setzte sich auf eine Tischkante, stimmte das Instrument und räusperte sich.

Gebanntes Schweigen machte sich im Saal breit.

„Ich mache das hier nicht allein", sagte Brad grinsend, während sein Blick über die Menge schweifte. All diese Leute waren seine Freunde und in gewisser Weise auch seine Familie. Für Olivia war es ein Zeichen von Selbstbewusstsein und Stolz, dass er sich in diesem Pullover der Öffentlichkeit präsentierte. Er wusste, wie viel Arbeit Ashley in ihr Geschenk investiert hatte, und weil er seine kleine Schwester liebte, störte ihn das amüsierte Getuschel nicht, das aus der Menge bis zu ihm vordrang. Hier und da war leises Lachen zu hören, was nach Olivias Meinung zum Teil mit seiner Äußerung, zum Teil mit dem Pullover zu tun haben musste.

Er spielte ein paar Noten, dann begann er zu singen.

„Sti-hille Nacht, heilige Nacht ..."

Nach und nach stimmten alle mit ein, Alte und Junge, zittrige Stimmen und beeindruckende Tenöre, bis ganz Stone Creek das Weihnachtslied sang.

Olivia sah Tanner in die Augen, und etwas sprang zwischen ihnen über, etwas unendlich Kostbares.

„Tauge ich was?", fragte er, als das Lied zu Ende war.

„Als was?"

„Als richtiger Cowboy", sagte er mit breitem Grinsen auf den Lippen.

Sie stellte sich auf die Zehenspitzen und gab ihm einen Kuss. „Ja", sagte sie ihm glücklich. „Du bist ein richtiger Cowboy, Tanner Quinn."

„Weil mein Truck mit Morast überzogen ist?"

„Nein", antwortete sie lachend und legte eine Hand gespreizt auf seine Brust. „Weil du so ein großes, gutes Herz hast."

Er sah nach oben und verzog missmutig das Gesicht. „Kein Mistelzweig", murmelte er.

Daraufhin schob Olivia ihre Arme um seinen Hals und küsste ihn mitten in der Cafeteria der Stone Creek High School voller Leidenschaft, während die halbe Stadt ihr dabei zuschaute. „Wer braucht schon Mistelzweige?"

– ENDE –

Linda Lael Miller

Schicksalstage – Liebesnächte

Roman

Aus dem Amerikanischen von
Tatjána Lénárt-Seidnitzer

MIRA®

1. KAPITEL

Ashley O'Ballivan ließ die letzte Lichterkette in den Karton mit dem Weihnachtsschmuck fallen. Sie musste sich zurückhalten, um ihn nicht mit einem kräftigen Tritt in die Ecke der Dachkammer zu befördern, anstatt ihn ordentlich auf die anderen Kisten und Kartons zu stapeln.

Für sie waren die Feiertage alles andere als fröhlich verlaufen – im Gegensatz zu ihrem Bruder Brad und ihrer Schwester Olivia, die beide glücklich verheiratet waren. Sogar ihre arbeitssüchtige Zwillingsschwester Melissa hatte den Silvesterabend mit einem Date verbracht.

Ashley dagegen hatte ganz allein vor ihrem tragbaren Fernseher gesessen und um Mitternacht den Countdown am Times Square verfolgt.

Wie lahm ist das denn?

Es war nicht nur lahm, sondern geradezu jämmerlich. Sie war noch nicht einmal dreißig und schon auf dem besten Weg, alt zu werden.

Mit einem Seufzen wandte sie sich von ihrem weihnachtlichen Sammelsurium ab – sie ging in ihrem *Mountain View Bed and Breakfast* bei jedem Feiertag aufs Ganze, was die Dekoration anging.

Als sie die Dachbodenleiter hinunterstieg, ertönte vor der Garage eine vertraute Hupe, die zweifellos zu Olivias uraltem Geländewagen gehörte.

Mit gemischten Gefühlen verstaute Ashley die steile Leiter in der Dachluke. Sie liebte ihre ältere Schwester, doch seit dem Begräbnis ihrer Mutter vor einigen Monaten war ihre Beziehung angespannt.

Weder Brad noch Olivia oder Melissa hatten auch nur eine einzige Träne um Delia O'Ballivan vergossen – nicht beim Gottesdienst in der Kirche, nicht während der anschließenden Zeremonie auf dem Friedhof. Okay, Delia hatte nicht dem Idealbild einer mustergültigen Mutter entsprochen, sondern die Familie vor langer Zeit verlassen und sich allmählich selbst zerstört – durch eine ganze Serie falscher Entscheidungen.

Trotzdem hat sie uns zur Welt gebracht. Zählt das denn gar nicht?

Ein Klopfen erklang an der Hintertür; Olivias rundliches Gesicht war durch die Glasscheibe zu sehen.

„Es ist offen!"

Mit strahlender Miene stieß sie die Tür auf und trat schwerfällig ein. Die Geburt ihres ersten gemeinsamen Kindes mit Tanner Quinn, ihrem Ehemann und ihrer großen Liebe, stand unmittelbar bevor. Ihren Ausmaßen nach zu urteilen, bekam sie Vierlinge oder einen Sumo-Ringer.

„Du weißt doch, dass du nicht anklopfen musst", bemerkte Ashley distanziert.

Olivia öffnete den alten Mantel ihres Großvaters Big John, der ihr momentan perfekt passte, und enthüllte ein weißes Kätzchen mit einem blauen und einem grünen Auge. Sie bückte sich unbeholfen und setzte das Kätzchen auf den makellos sauberen Küchenfußboden, wo es mitleiderregend miaute und sich dann auf der Jagd nach seinem buschigen Schwanz blitzschnell um die eigene Achse drehte.

„O nein!"

„Das ist Mrs Wiggins", erklärte Olivia, ihres Zeichens Tierärztin – und zwar die beste in Stone Creek. Jedes streunende Tier im Land, ob nun Hund, Katze oder Vogel, schien irgendwann zu ihr zu finden. Zu Weihnachten im Vorjahr hatte sich ein Rentier namens Rodney vertrauensvoll an sie geschmiegt.

Olivias kobaltblaue Augen funkelten unter den dunklen glatten Ponyfransen, doch einen skeptischen Ausdruck konnte sie nicht verbergen. Offenbar bekümmerte und beschämte auch sie das schwierige schwesterliche Verhältnis. Sie hatten sich schließlich immer sehr nahegestanden.

Ashley ging zur Spüle und setzte Wasser auf. *Manche Dinge ändern sich nie.* Sie tranken immer Tee zusammen, wenn sie sich trafen, was in letzter Zeit immer seltener vorkam. *Kein Wunder. Schließlich hat sie ein erfülltes Privatleben.* „Ich nehme an, sie hat dir bereits ihre Lebensgeschichte erzählt", sagte Ashley spitz und deutete mit dem Kopf zu der Katze.

Olivia schmunzelte vage und kämpfte sich aus dem alten Mantel, an dem wie immer einige Strohhalme hingen. Obwohl sie und Tanner gut situiert waren, kleidete sie sich nach wie vor wie eine Landtierärztin. „Da gibt es nicht viel zu erzählen." Sie zuckte gelassen die Schultern, als wäre telepathischer Gedankenaustausch mit allen schuppigen, gefiederten und pelzigen Kreaturen etwas ganz Gewöhnliches. „Sie ist erst vierzehn Wochen alt und hat noch nicht sehr viel erlebt."

„Ich will keine Katze", teilte Ashley ihr unumwunden mit.

Olivia sank auf einen Stuhl am Tisch. Sie trug wie gewöhnlich Gummistiefel, die nicht besonders sauber aussahen. „Du glaubst nur, dass du Mrs Wiggins nicht willst. Sie braucht dich, und ob es dir bewusst ist oder nicht, du brauchst sie."

Ashley drehte sich zum Wasserkessel um und versuchte, das niedliche Fellknäuel zu ignorieren, das mitten in der Küche seinem Schwanz nachjagte. Sie war verärgert, aber auch beunruhigt. „Solltest du überhaupt noch unterwegs sein? Du bist hochschwanger!"

„Bei Schwangerschaft geht es nicht um das Gewicht. Entweder man ist es oder nicht."

„Du bist jedenfalls blass", stellte Ashley besorgt fest. Sie hatte schon zu viele geliebte Menschen verloren – beide Eltern und ihren Großvater Big John. Sie konnte den Gedanken nicht ertragen, dass einem ihrer Geschwister etwas zustoßen könnte, egal welche Differenzen gerade zwischen ihnen bestehen mochten.

„Gieß einfach den Tee auf. Mir geht es blendend."

Obwohl sie nicht die Gabe ihrer Schwester besaß, mit Tieren zu sprechen, war sie intuitiv veranlagt. Nun verriet ihr ein Prickeln, dass etwas Unerwartetes geschehen würde. Sie nahm am Tisch Platz und fragte argwöhnisch: „Stimmt etwas nicht?"

„Komisch, dass du das fragst." Obwohl ein kleines Lächeln um Olivias Lippen spielte, wirkten ihre Augen ernst. „Ich bin gekommen, um dich dasselbe zu fragen. Obwohl ich die Antwort ja bereits kenne."

Sosehr Ashley die Unstimmigkeiten hasste, die zwischen ihr und ihren Geschwistern herrschten, neigte sie dazu, das Thema zu meiden. Sie sprang vom Stuhl auf, ging zu der antiken Anrichte und holte zwei zarte Porzellantassen aus dem Glasschrank.

„Ash?"

„Ich bin in letzter Zeit nur ein bisschen traurig. Das ist alles." *Weil ich meine Mutter nie kennenlernen werde. Weil Weihnachten ein Desaster war.*

Die Festtage hatten sich als Flop erwiesen. Schon seit Thanksgiving war kein einziger Gast in ihrem viktorianischen Bed and Breakfast abgestiegen. Dadurch war sie zwei Raten im Rückstand mit den Zahlungen an Brad, der ihr vor einigen Jahren ein Privatdarlehen für den Kauf der Frühstückspension gewährt hatte. Nicht, dass er wegen der Rückzahlung Druck auf sie ausübte. Er hatte ihr das Geld bedingungslos überlassen, aber sie bestand darauf, ihm jeden Cent zurückzuzahlen.

Darüber hinaus hatte sie seit sechs Monaten kein Wort von Jack McCall gehört. In einer schwülen Sommernacht hatte er seine Sachen gepackt und war sang- und klanglos verschwunden, während sie den letzten Liebesrausch ausgeschlafen hatte. Hätte er sie nicht wecken und ihr den Grund für den plötzlichen Aufbruch erklären können? *Oder wenigstens eine Nachricht hinterlassen? Oder vielleicht mal zum Telefon greifen und ein Lebenszeichen geben?*

„Es ist wegen Mom", vermutete Olivia. „Du trauerst um die Frau, die sie nie war, und das ist okay. Aber es könnte dir helfen, mit uns über deine Gefühle zu reden."

Ashley wirbelte so aufgebracht auf dem Absatz ihrer Sportschuhe herum, dass die Gummisohlen auf dem frisch gebohnerten Fußboden quietschten. Dann fiel ihr ein, dass Aufregungen bei Hochschwangeren vermieden werden sollten, und sie schluckte ihre Wut und Verzweiflung hinunter. „Lass uns nicht wieder davon anfangen."

Das Kätzchen krabbelte an ihrer Jeans hinauf. Spontan bückte sie sich und hob es hoch. Mit zuckenden Öhrchen, die sie am Kinn kitzelten, kuschelte es sich in ihre Halsbeuge und schnurrte wie von Batterien angetrieben.

„Du bist ziemlich sauer auf uns, oder? Ich meine, auf Brad, Melissa und mich."

„Nein", behauptete Ashley nachdrücklich. Eigentlich wollte sie das Kätzchen absetzen, doch sie brachte es nicht über sich. Irgendwie schaffte es das federleichte Wesen, dass sie sich auf einmal geborgen fühlte.

„Komm schon, sei ehrlich!" Olivia lächelte ein wenig wehmütig. „Wenn ich nicht im neunten Monat wäre, würdest du mir an die Kehle springen."

Ashley zögerte, denn sie wollte nicht in Selbstmitleid verfallen. Mit dem Kätzchen auf der Schulter setzte sie sich wieder auf den Stuhl. „Ach, es ist nur, dass einfach gar nichts klappt. Das Geschäft. Jack. Der verdammte Computer, den du mir aufgeschwatzt hast."

„Das ist aber nicht alles. Mach mir nichts vor. Du weißt doch, dass ich sonst keine Ruhe gebe."

Der Kessel dampfte und stieß ein schrilles Pfeifen aus. Mrs Wiggins erschrak und sprang mit einem kläglichen Miauen zu Boden.

Olivia stand auf und nahm den Kessel vom Herd. „Bleib sitzen. Ich mache den Tee."

„Das lässt du schön bleiben."

„Ich bin bloß schwanger, nicht behindert. Also sprich mit mir."

Ashley seufzte. „Es muss furchtbar sein, so zu sterben wie Mom."

„Delia war nicht bei Verstand. Sie hat nicht gelitten."

„Sie ist gestorben, und niemand hat sich darum geschert."

Olivia trat zu Ashley und legte ihr eine Hand auf die Schulter. „Du warst noch sehr klein, als sie weggegangen ist. Du kannst dich nicht erinnern, wie sie war."

„Ich erinnere mich, dass ich jeden Abend gebetet habe, dass sie wiederkommt."

„Wir wollten alle, dass sie nach Hause kommt. Zumindest am Anfang. Aber die Wahrheit ist nun mal, dass sie es nicht getan hat. Nicht mal, als Dad bei dem Gewitter gestorben ist. Nach einer Weile sind wir sehr gut ohne sie zurechtgekommen."

„*Du* vielleicht. Ich nicht. Jetzt ist sie für immer fort. Ich werde nie erfahren, wie sie wirklich war."

„Sie war …"

„Sag es nicht!"

Die unsichtbare Mauer baute sich erneut zwischen ihnen auf und änderte schlagartig die Atmosphäre.

Olivia wich zurück. „Sie hat getrunken. Sie hat Drogen genommen. Sie war nie bei klarem Verstand. Wenn du dich anders an sie erinnern willst, ist es dein Recht. Aber erwarte nicht von mir, dass ich die Geschichte umschreibe."

Mit einem Handrücken wischte Ashley sich Tränen von den Wangen. „In Ordnung", sagte sie steif.

„Es bedrückt mich, dass wir uns nicht mehr so gut verstehen wie früher. Es ist, als würden wir auf verschiedenen Seiten einer tiefen Kluft stehen." Olivia hantierte einen Moment am Schrank und kehrte mit einer dampfenden Kanne Tee und zwei Tassen zurück. „Brad und Melissa belastet es auch. Wir sind schließlich eine Familie. Können wir uns nicht einfach darauf einigen, dass wir verschiedener Meinung sind, was Mom angeht?"

„Ich werde es versuchen."

„Warum hast du mir nicht gesagt, dass du Probleme mit dem Computer hast?"

Ashley war unendlich dankbar für den Themenwechsel, auch wenn sie sich gleichzeitig ärgerte. Sie verabscheute diesen neumodischen Apparat genau wie alles andere, was mit Elektronik zusammenhing. Das Ding wollte einfach nicht funktionieren, obwohl sie das Handbuch Wort für Wort befolgt hatte. Sie war ein altmodischer Typ und in mancherlei Hinsicht so viktorianisch wie ihr Haus. Sie besaß nicht einmal ein Handy, sondern nur ein Festnetztelefon.

„Carly und Sophie sind Computerfreaks. Sie richten dir liebend gern eine Website ein und zeigen dir, wie du im Internet surfen kannst."

Brad und seine Frau Meg, geborene McKettrick, hatten gleich nach ihrer Hochzeit Megs Halbschwester Carly adoptiert, die ihren dreijährigen Stiefbruder Mac vergötterte und sich auf Anhieb mit Sophie, Tanners vierzehnjähriger Tochter aus erster Ehe, angefreundet hatte.

„Das wäre nett. Aber du weißt ja, dass ich mit technischen Geräten auf Kriegsfuß stehe."

„Ich weiß auch, dass du nicht dumm bist." Olivia schenkte Tee für beide ein.

Das Kätzchen hüpfte Ashley unverhofft auf den Schoß, erschreckte sie und brachte sie zum Lachen. Wie lange war es her, seit sie das letzte Mal richtig gelacht hatte? Auf jeden Fall zu lange, nach Olivias Gesichtsausdruck zu urteilen.

„Geht es dir wirklich gut?"

„Mir geht es blendend. Ich bin mit dem Mann meiner Träume verheiratet. Ich habe in Sophie eine reizende Stieftochter, einen Stall voller Pferde und eine gut gehende Tierarztpraxis." Sie runzelte die Stirn. „Da wir gerade von Männern reden …"

„Lieber nicht."

„Hast du immer noch nichts von Jack gehört?"

„Nein. Und das kann mir nur recht sein."

„Das nehme ich dir nicht ab. Ich könnte Tanner bitten, ihn anzurufen und …"

„Nein!"

„Schon gut. Du hast recht. Das wäre hinterlistig, und Tanner würde bestimmt nicht mitspielen."

Ashley streichelte das Kätzchen, obwohl sie eigentlich nicht vorhatte, es ins Herz zu schließen. „Jack und ich hatten eine Affäre. Sie ist offensichtlich vorüber. Ende der Geschichte."

„Vielleicht brauchst du Urlaub. Und einen neuen Mann in deinem Leben. Du könntest so eine Kreuzfahrt für Singles machen."

„Oh, wie verlockend! Ich würde Männer kennenlernen, die doppelt so alt sind wie ich, dicke Goldketten und schlechte Toupets tragen. Oder Schlimmeres."

„Was könnte denn noch schlimmer sein?"

„Kunsthaar aus der Spraydose."

Olivia lachte.

„Außerdem will ich hier sein, wenn dein Baby kommt."

„Aber du solltest mehr ausgehen."

„Wohin denn? Zum Bingo im Gemeindesaal? Oder soll ich mich der Bowling-Seniorenmannschaft anschließen? Falls es dir noch nicht aufgefallen sein sollte: In Stone Creek geht nicht gerade die Post ab."

„Da hast du allerdings recht." Olivia seufzte resigniert und sah auf die Uhr. „Ich treffe mich in zwanzig Minuten mit Tanner in der Klinik. Keine Panik, es ist nur eine Vorsorgeuntersuchung. Wollen wir beide danach zusammen essen?"

„Ich kann leider nicht. Ich muss einige Besorgungen erledigen." Das Kätzchen kletterte an Ashleys Hemd hinauf und kuschelte sich wieder in ihre Halsbeuge. „Du willst dieses Tier doch nicht wirklich bei mir abladen, oder?"

Lächelnd stand Olivia auf und trug ihre Tasse zur Spüle. „Gib Mrs Wiggins eine Chance. Wenn sie heute in einer Woche dein Herz noch nicht erobert hat, suche ich ihr ein anderes Zuhause." Sie nahm Big Johns schäbigen Mantel von der Hakenleiste neben der Hintertür, schlüpfte hinein und nahm ihre Tasche vom Küchenschrank. „Soll ich Sophie und Carly bitten, nach der Schule vorbeizukommen und nach deinem Computer zu sehen?"

„Warum nicht?"

„Abgemacht", sagte Olivia, und damit verschwand sie zur Tür hinaus.

Ashley hielt sich das Kätzchen vor das Gesicht. „Du bleibst nicht hier."

„Miau", antwortete Mrs Wiggins kläglich.

„Na gut. Aber wenn ich auch nur einen einzigen Ziehfaden in meinen neuen Seidenbezügen entdecke …"

Der Helikopter neigte sich schwindelerregend zur Seite. Von einem Fieberschub geschüttelt, klammerte Jack McCall sich möglichst unauffällig an die Sitzkante.

Vince Griffin merkte es dennoch und verkündete: „Du gehörst ins Krankenhaus, nicht in irgendeine Pension am Ende der Welt."

Seine Stimme klang blechern durch die Kopfhörer. Er war für Jack mehr als nur ein Pilot, der seit vielen Jahren in Jacks Security-Firma angestellt war. Er war vor allem ein guter Freund.

Jack hatte keine Ahnung, was ihm eigentlich fehlte. Er wusste nur, dass es nicht ansteckend war. Die Seuchenschutzbehörde hatte ihn lange genug in Quarantäne gesteckt, um das eindeutig abzuklären. Doch es lag immer noch keine genaue Diagnose vor, und somit gab es kein Heilmittel außer viel Ruhe. „Ich mag keine Krankenhäuser. Da sind so viele kranke Leute."

Vince grinste. „Was zieht dich denn ausgerechnet nach Stone Creek in Arizona? Da gibt's doch so ziemlich gar nichts."

Ashley O'Ballivan ist in Stone Creek, und sie ist etwas ganz Besonderes. Doch Jack hatte weder genug Kraft noch Lust, das zu erklären. Nachdem er sie vor sechs Monaten wegen eines Notrufs Hals über Kopf verlassen hatte, erwartete er nicht, willkommen zu sein. Aber wie er sie kannte, war sie so großzügig, ihn trotz allem aufzunehmen.

Ich muss unbedingt zu ihr. Dann wird alles wieder gut. Mit diesem Gedanken im Kopf schloss er die Augen und ließ sich vom nächsten Fieberschub übermannen.

Er wusste nicht, wie viel Zeit vergangen war, als er durch einen heftigen Ruck wieder zu sich kam und feststellte, dass der Hubschrauber gelandet war. Verschwommen sah er einen Krankenwagen auf dem Rollfeld stehen. Anscheinend war die

Dämmerung hereingebrochen, aber er war sich nicht sicher. Seit das Gift in seinem Körper wütete, konnte er seinen Wahrnehmungen nicht mehr trauen.

Tage wurden Nächte. Oben war plötzlich unten.

Laut Diagnose der Ärzte war ein Gehirntumor ausgeschlossen. Jack hatte trotzdem das Gefühl, dass irgendetwas sein Gehirn auffraß.

„So, da wären wir", sagte Vince.

„Ist es dunkel, oder werde ich blind?"

„Es ist dunkel."

„Gott sei Dank." Jacks Kleidung – wie üblich schwarze Jeans und schwarzer Rollkragenpullover – fühlte sich feucht auf seiner Haut an. Er begann, mit den Zähnen zu klappern.

Zwei Männer luden eine Trage aus dem Krankenwagen und warteten unschlüssig darauf, dass der Rotor zum Stillstand kam, damit sie sich dem Hubschrauber nähern konnten.

Vince öffnete seinen Sicherheitsgurt. „Na toll! Die beiden Gestalten sehen aus wie Zivis, nicht wie echte Rettungssanitäter. Die Seuchenschutzbehörde hatte dich aus gutem Grund im *Walter Reed* untergebracht. Kannst du mir sagen, warum das nicht gut genug für dich war?"

Es gab nichts gegen das berühmte Militärkrankenhaus einzuwenden, aber er stand nicht im Dienst der US-Regierung, zumindest nicht offiziell. Es ging ihm einfach gegen den Strich, ein Bett zu belegen, das womöglich für einen verwundeten Soldaten gebraucht wurde, und in einem gewöhnlichen Spital hätte er eine allzu leichte Beute für seinen Widersacher abgegeben.

Vince begrub die Hoffnung, eine Antwort zu bekommen. Kopfschüttelnd öffnete er die Tür und sprang zu Boden.

Jack nahm den Kopfhörer ab und fragte sich, ob er aus eigener Kraft stehen konnte. Nachdem er eine Weile erfolglos mit der Schnalle des Sicherheitsgurts hantiert hatte, entschied er, es lieber nicht darauf ankommen zu lassen.

Im nächsten Moment wurde die Tür auf seiner Seite aufgerissen. Sein alter Freund Tanner Quinn erschien und öffnete den

Gurt. „Du siehst aus wie eine wandelnde Leiche", bemerkte er in munterem Ton, doch seine Augen blieben ernst.

„Seit wann bist du denn Sanitäter?"

Tanner stützte ihn mit der Schulter und half ihm aus dem Hubschrauber. „In einem Nest wie Stone Creek muss jeder mit anpacken."

„Ach so."

Vince sah, dass Jacks Knie nachgaben, lief zu ihm und stützte ihn auf der anderen Seite. „Gibt es in diesem Kuhdorf überhaupt ein Krankenhaus?", fragte er gereizt.

„In Indian Rock gibt es eine gute kleine Klinik, und zum Bezirkskrankenhaus in Flagstaff ist es auch nicht weit", erwiderte Tanner gelassen. „Du bist in guten Händen, Jack. Meine Frau ist die beste Tierärztin im Staat."

Vince murrte einen Fluch vor sich hin.

Jack grinste und stolperte zwischen den beiden Männern herum, die ihn zu der Trage bugsierten. Er wurde von dem zweiten Sanitäter festgeschnallt, was einige böse Erinnerungen heraufbeschwor, und mit vereinten Kräften in den Krankenwagen gehievt. „Ich bin übrigens nicht ansteckend", erklärte er, als Tanner zu ihm ins Heck stieg und sich auf einen Klappsitz neben der Trage hockte.

„Das habe ich schon gehört. Hast du Schmerzen?"

„Nein. Aber womöglich kotze ich dir auf die schicken Cowboystiefel."

„Du merkst ja auch alles. Alle Achtung, in deinem Zustand." Schmunzelnd hob Tanner einen Fuß und zog das Hosenbein hoch, um die Stickerei auf dem Schaft zu zeigen. „Mein Schwager Brad hat sie mir geschenkt. Er hat sie früher auf der Bühne getragen, als er auf seinen Konzerttourneen reihenweise Herzen gebrochen hat. Er hat bei jedem Auftritt Tee aus einer Whiskyflasche gesoffen, um für einen harten Typen gehalten zu werden."

Jack musterte seinen engsten und vertrautesten Freund und fragte sich, ob es klug gewesen war, nach Stone Creek zurückzukehren.

Seit die seltsame Krankheit ausgebrochen war – eine Woche nach der Rückholung eines siebenjährigen Mädchens von ihrem drogenabhängigen und kriminellen Vater –, konnte er an nichts anderes als an Ashley denken. Sofern er überhaupt fähig war, einen klaren Gedanken zu fassen.

Jetzt, in einem der ersten lichten Momente, seit er sich am Vortag selbst aus dem Krankenhaus entlassen hatte, wurde ihm bewusst, dass er womöglich einen großen Fehler machte. Nicht, dass er Ashley überhaupt aufsuchte; das und mehr war er ihr schuldig. Aber er brachte sie womöglich in Gefahr, und dazu Tanner und dessen Tochter und schwangere Frau.

Leise sagte er: „Ich hätte nicht herkommen sollen."

Ungehalten biss Tanner die Zähne zusammen und schüttelte den Kopf über die Bemerkung. Seit er verheiratet war und seine Konstruktionsfirma verkauft hatte, um sich in Arizona als Rancher zu versuchen, war er ein wenig weicher geworden, aber er war noch immer ein Raubein.

„Falsch. Du hättest nicht weggehen dürfen. Du gehörst hierher, Kumpel. Hättest du vor sechs Monaten genug Verstand besessen, um das zu begreifen, anstatt Ashley im Stich zu lassen, würdest du jetzt nicht in diesem Schlamassel stecken."

Ashley. Der Name war Jack in diesen sechs Monaten tausendfach in den Sinn gekommen. Ihn jetzt von jemand anderem laut ausgesprochen zu hören, verschlug ihm die Sprache.

„Ich hatte schon das Gefühl, es würde bald etwas passieren", sagte Ashley zu dem Kätzchen, während sie es von der Gardine im Wohnzimmer pflückte und beobachtete, wie ein Krankenwagen direkt vor ihrem Haus anhielt.

Ohne sich einen Mantel zu holen, trat sie hinaus auf die Veranda. Ihr Herz pochte. Einen Moment fühlte sie sich wie erstarrt, nicht vor Kälte, sondern von einer seltsamen Vorahnung gelähmt. Dann stieg sie vorsichtig die eisigen Stufen hinunter und eilte über den Gehweg und durch das Tor. „Was …", setzte sie an, doch der Rest der Frage blieb unausgesprochen.

Tanner war aus der Ambulanz gestiegen und blickte sie mit einem höchst seltsamen Gesichtsausdruck an. „Ich habe eine Überraschung für dich."

Jeff Baxter, der zweite ehrenamtliche Sanitäter, kam vom Fahrersitz nach hinten und baute sich vielsagend vor der offenen Hecktür auf. Er sah aus, als sei er auf eine gewaltige Explosion vorbereitet.

Ungeduldig zwängte Ashley sich zwischen die beiden Männer und spähte in den Krankenwagen.

Jack McCall saß aufrecht auf der Trage und grinste betreten. Sein schwarzes Haar, bei ihrer letzten Begegnung militärisch kurz geschnitten, war nun länger und ein wenig zottelig. Seine Augen glühten fiebrig. Mit gerunzelter Stirn fragte er: „Wessen Hemd ist das?"

Vor lauter Verblüffung verstand sie die Frage nicht sofort. Mehrere Sekunden verstrichen, bis sie an sich hinuntersah. „Deins."

„Gut", sagte er erleichtert.

Sie überwand den Schrecken, der ihr bei Jacks Anblick in die Glieder gefahren war, und erkundigte sich: „Was machst du denn hier?"

Er rutschte näher zur Tür und fiel beinahe aus den Krankenwagen, sodass Tanner und Jeff ihn festhalten mussten. „Ich checke ein. Du bist doch immer noch im Geschäft, oder?"

Der Mann hat Nerven! „Du gehörst in ein Krankenhaus, nicht in ein Bed and Breakfast."

„Ich brauche einen Ort, um mich für eine Weile bedeckt zu halten." Sein markantes Gesicht nahm einen verletzlichen Ausdruck an. „Ich bin bereit, das Doppelte zu zahlen. Bist du dabei?"

Ihre Gedanken überschlugen sich. Ihn nach ihrer misslichen Vorgeschichte unter ihrem Dach zu haben, gefiel ihr gar nicht. Aber sie konnte es sich nicht leisten, einen zahlenden Gast abzuweisen. Und nicht nur wegen ihrer Schulden bei Brad. Die Rechnungen begannen sich zu stapeln. „Nur, wenn du verdreifachst."

Jack blinzelte verblüfft, doch dann schmunzelte er. „Okay. Das Dreifache. Obwohl eindeutig Nebensaison ist."

Jeff und Tanner schleppten ihn ins Haus.

Ashley stand noch einige Augenblicke auf dem verschneiten Bürgersteig.

Zuerst die Katze und jetzt Jack.

Offensichtlich war es ihr an diesem Tag vorherbestimmt, von Streunern heimgesucht zu werden.

2. KAPITEL

W as ist mit ihm passiert?", flüsterte Ashley auf dem Flur vor dem besten Zimmer im ganzen Haus. Es war eine kleine Suite am entgegengesetzten Ende ihrer eigenen Räume. Dort hatten die Sanitäter den Patienten in voller Montur bis auf die Stiefel auf das Bett gelegt.

Mittlerweile war Jeff hinunter ins Arbeitszimmer gegangen, um zu telefonieren, und Jack war im Handumdrehen in einen tiefen Schlaf gefallen – oder ins Koma.

Tanner wirkte grimmig. Er schien nicht zu bemerken, dass Mrs Wiggins an seinem rechten Hosenbein hinaufkletterte und dabei die winzigen Krallen in den Jeansstoff grub. Ihre eiserne Entschlossenheit hätte unter anderen Umständen komisch gewirkt.

„Wenn ich das wüsste! Er hat mich heute Nachmittag angerufen, gerade als Livie und ich nach der Untersuchung aus der Klinik gekommen sind. Er hat nur gesagt, dass er ein bisschen angeschlagen ist, und wollte wissen, ob ich ihn am Flughafen abholen und hierherbringen kann." Er hielt inne, nahm das Kätzchen in eine Hand, hielt es sich vor das Gesicht und spähte erstaunt in die verschiedenfarbigen Augen, bevor er es vorsichtig auf den Fußboden setzte. Dann richtete er sich auf und fügte hinzu: „Ich habe ihm angeboten, bei mir zu Hause zu wohnen, aber er hat darauf bestanden, zu dir zu fahren."

„Du hättest mich anrufen sollen", schalt Ashley ihn schroff, jedoch immer noch mit leiser Stimme, „um mich wenigstens vorzuwarnen."

„Hör doch mal deinen Anrufbeantworter ab", erwiderte er ungehalten. „Ich habe mindestens vier Nachrichten hinterlassen."

„Oh, ich war einkaufen", verteidigte sie sich. „Ich musste Katzenstreu und Futter kaufen, weil *deine Frau* entschieden hat, dass ich eine Katze brauche."

Er schmunzelte bei dem Gedanken an Olivia, und sein Blick

wurde sanft. „Wenn du ein Handy hättest wie heutzutage jeder normale Mensch, wärst du auf dem neuesten Stand der Dinge. Du hättest sogar Zeit gehabt, eine Willkommenstorte für Jack zu backen."

„Als ob er mir willkommen wäre!", sagte sie und machte ein finsteres Gesicht. „Was hat der Arzt gesagt? Wegen Olivia, meine ich."

Er seufzte. „Sie ist zwei Wochen überfällig. Dr. Pentland will morgen früh die Wehen einleiten."

„Und das verrätst du mir erst jetzt?"

„Wie gesagt, besorg dir ein Handy."

Bevor ihr eine passende Entgegnung einfiel, flog die Haustür auf, und eine Mädchenstimme rief besorgt: „Hallo! Ashley? Was ist passiert?"

Ashley trat an die Treppenbrüstung und sah Sophie mit blassem Gesicht in der Lobby stehen. Die sechzehnjährige Carly, blond und blauäugig wie ihre Schwester Meg, tauchte dahinter auf.

„Wieso steht da ein Krankenwagen vor dem Haus?", fragte Sophie sichtlich beunruhigt.

Tanner ging zu ihr hinunter und versicherte: „Es ist alles in Ordnung."

„Und wieso steht da ein Krankenwagen, wenn keiner krank ist?"

„Ich habe nicht gesagt, dass niemand krank ist." Er legte ihr die Hände auf die Schultern. „Jack ist zurück."

„Onkel Jack ist krank?" Ihre Stimme überschlug sich vor Aufregung. „Was hat er denn?"

„Den Symptomen nach zu urteilen, tippe ich auf eine Vergiftung."

„Ich will zu ihm!"

Er hielt sie fest. „Nicht jetzt, Süße." Seine Stimme klang entschieden und zärtlich zugleich. „Er schläft."

Carly wandte sich an Ashley. „Wir wollten eigentlich schon früher kommen, aber Mr Gilvine hat die ganze Theater-AG dazu verdonnert, nach der Schule den zweiten Akt vom neuen Stück zu proben. Sollen wir den Computer jetzt aufbauen?"

„Lieber ein andermal. Ihr seid sicher erschöpft vom Unterricht und der Probe. Wie wäre es mit Abendessen?"

„Mr Gilvine hat Pizza für die ganze Besetzung bestellt. Ich platze fast." Sie legte sich eine Hand auf den flachen Bauch und blies die Wangen auf. „Ich habe aber schon zu Hause angerufen und Bescheid gesagt, dass ich später komme. Brad will uns abholen, wenn wir mit dem Computer fertig sind."

„Das kann warten."

„Ich setze dich zu Hause ab", bot Tanner an. „Mein Truck steht zwar bei der Feuerwache, aber Jeff kann uns hinfahren."

Wie auf Stichwort kam Jeff aus dem Arbeitszimmer. Während er sein Handy einsteckte, verkündete er bedrückt: „Ich hab gewaltigen Ärger mit Lucy, weil ich vergessen habe, ihr zu sagen, dass es später wird. Sie hat Soufflé gemacht und es ist zusammengefallen."

„Du Armer", murmelte Tanner mitfühlend und schob die Mädchen zur Tür.

„Können wir echt im Krankenwagen mitfahren?", fragte Sophie voller Vorfreude.

„Ja."

„Super!", rief Carly.

„Tanner? Ruf mich an, wenn es etwas Neues gibt", verlangte Ashley mit einem dicken Kloß in der Kehle vor lauter Sorge um ihre Schwester und das ungeborene Kind.

Er nickte, und im nächsten Moment waren alle fort.

Sie blickte zur Zimmerdecke und dachte daran, dass Jack McCall da oben in einem Gästezimmer lag, unter einem halben Dutzend Bettdecken. Wie krank war er wirklich? Wollte er etwas essen, und wenn ja, was?

Nach reiflicher Überlegung entschied sie sich für Hühnersuppe, denn die galt schließlich als Allheilmittel.

Außer gegen ein gebrochenes Herz.

Jack McCall erwachte, als sich ihm etwas Pelziges auf das Gesicht setzte. Zum Glück fühlte er sich zu schwach, um eine Hand zu heben und um sich zu schlagen. Sonst hätte er das Vieh impulsiv durch den Raum geschleudert.

Es dauerte einen Moment, bis er registrierte, dass er nicht mehr in einem südamerikanischen Gefängnis saß und Ratten abwehren musste, bis sein Verstand das Wesen als Kätzchen identifizierte.

Es starrte ihm direkt ins Gesicht, mit einem blauen und einem grünen Auge, und dabei schnurrte es so laut, als säße ein Motor in der flaumigen schmalen Brust.

Er blinzelte verwirrt und dachte sich, dass es sich um einen Mutanten handeln musste. „Ein weiteres Opfer der Gentechnik."

„Miau", entgegnete das Kätzchen entrüstet.

Die Tür öffnete sich, und Ashley trat mit einem Tablett ein. Was immer sich darauf befand, roch himmlisch. Oder war es der Duft ihrer Haut und ihrer fantastischen Haare?

„Mrs Wiggins, runter!", befahl sie.

„Mrs?" Jack versuchte, sich aufzurichten, doch es gelang ihm nicht. Das war ein Glück für die Katze, die sich gerade in seinen Haaren einzunisten versuchte. „Ist sie nicht noch ein bisschen zu jung, um verheiratet zu sein?"

„Sehr witzig!"

Er seufzte schwer. Anscheinend war noch lange nicht alles vergessen und vergeben.

Mrs Wiggins stieg über seine rechte Wange nach unten und rollte sich auf seiner Brust zusammen. Er hätte schwören können, dass er eine gewisse warme Energie durch das Wesen fließen spürte, als wäre es eine Verbindung zwischen dem Diesseits und einer besseren Welt.

Blödsinn! Drehst du jetzt total durch?

„Hast du Hunger?", erkundigte Ashley sich so sachlich, als wäre er ein gewöhnlicher Pensionsgast.

Ein Knurren in der Magengrube sagte ihm, dass er hungrig

war – zum ersten Mal, seit ihn die mysteriöse Krankheit befallen hatte. „Ich denke schon", murmelte er matt, denn ihr Anblick schwächte ihn noch mehr. Sogar in Jeans und seinem alten Flanellhemd sah sie wie eine Göttin aus, auch wenn ihr helles Haar, das sie normalerweise zu einem festen Zopf geflochten trug, zerzaust war.

Sie näherte sich dem Bett – zögerlich, wie es schien und was ihn nicht wunderte nach der Akrobatik, die sie kurz vor seinem Verschwinden in ihrem Schlafzimmer vollführt hatten.

Ashley stellte das Tablett auf den Nachttisch und fragte in formellem Ton: „Kannst du allein essen?"

„Ja", behauptete er, doch vermutlich war er gar nicht dazu fähig. Eine Weile zuvor hatte er sich ins angrenzende Badezimmer und wieder zurück ins Bett geschleppt, und von dieser Anstrengung war er nun total erschöpft.

Skeptisch neigte sie den Kopf zur Seite. Ein Lächeln huschte über ihr Gesicht, aber sofort wurde sie wieder ernst. „Deine Augen weiten sich ein bisschen, wenn du lügst."

Er konnte nur hoffen, dass gewisse Angehörige verschiedener Drogen- und Waffenkartelle das nicht merkten. „Oh."

Sie zog einen zierlichen Stuhl heran und ließ sich darauf nieder. Mit einem kleinen Seufzen nahm sie einen Löffel vom Tablett und tauchte ihn in eine leuchtend blaue Schüssel. „Mund auf."

Jack widerstand flüchtig und presste die Lippen zusammen. Schließlich besaß er noch immer einen gewissen Stolz. Doch sein Magen verriet ihn mit einem langen lauten Knurren und veranlasste ihn, die Aufforderung zu befolgen.

Die aromatische Substanz erwies sich als Hühnersuppe mit Wildreis und gemischtem Gemüse. Sie schmeckte so gut, dass er am liebsten die Schüssel mit beiden Händen umfasst und mit wenigen Schlucken geleert hätte.

„Langsam", mahnte Ashley. Ihr Blick war etwas sanfter geworden, doch ihr Körper blieb starr. „Es ist noch Suppe da, unten auf dem Herd."

Wie das Kätzchen schien die Bouillon eine Art Heilkraft zu

besitzen. Jack glaubte zu spüren, dass sich seine Lebensgeister wieder regten.

Kaum hatte er aufgegessen, übermannte ihn wieder der Schlaf. Doch diesmal fühlte er sich dabei anders als bisher. Er hatte nicht mehr den Drang, sich dagegen aufzulehnen. Vielmehr regte sich nun der Impuls, sich der Dunkelheit hinzugeben.

Etwas Weiches berührte seine Wange. Ashleys Fingerspitzen? Oder das Mutantenkätzchen?

„Jack?"

Mit Mühe schlug er die Augen auf.

Tränen schimmerten in Ashleys Augen. „Wirst du sterben?"

Er dachte einen Moment darüber nach. Es fiel ihm nicht leicht, weil das Fieber seinen Verstand vernebelte. Die Prognose der Ärzte im Militärkrankenhaus war nicht gerade rosig. Sie hatten eingestehen müssen, dass ihnen der Giftstoff gänzlich unbekannt war. Deshalb hatten sie ihn zu weiteren Studien in irgendein geheimes Forschungszentrum der Regierung verfrachten wollen.

Das war einer der Gründe, aus denen er geflohen war. Er hatte einige Freunde überredet, ihn aus dem Krankenhaus zu holen und auf Schleichwegen in verschiedenen Flugzeugen und Helikoptern kreuz und quer durch das ganze Land zu transportieren.

Nun suchte er Ashleys Hand und drückte sie. „Nicht, wenn ich es verhindern kann", flüsterte er, bevor er vor Erschöpfung die Augen schloss.

Das Gespräch ging Ashley immer wieder durch den Kopf, während sie am Bett saß und Jack im Schlaf beobachtete, bis es so dunkel im Raum geworden war, dass sie nur noch schwache Konturen erkennen konnte.

Nur mit Mühe widerstand sie dem Drang, die Nachttischlampe einzuschalten, um noch eine Weile die Gesichtszüge zu betrachten, die sie so gut kannte: die nussbraunen Augen, die ausgeprägten Wangenknochen, das markante Kinn. Sie stand auf, ließ das Tablett stehen und schlich zur Tür – ganz langsam, aus Angst, über Mrs Wiggins zu stolpern, die ihr um die Beine tollte.

Auf dem Flur machte sie leise die Tür zu, hob das Kätzchen mit einer Hand hoch und ließ den Tränen freien Lauf. Stumme Schluchzer schüttelten sie, und Mrs Wiggins kuschelte sich unter ihr Kinn, als wolle das kleine Wesen sie trösten.

Schwebte er wirklich in Lebensgefahr?

Wenn er in den letzten Zügen läge, hätte Tanner bestimmt nicht eingewilligt, ihn zu mir zu bringen.

Andererseits war Jack ein Sturschädel. Er setzte seinen Kopf immer durch. Womöglich hatte er darauf bestanden, dass ihm sein letzter Wille erfüllt wurde.

Aber er will nicht in Stone Creek leben. Warum sollte er hier sterben wollen?

Sie schniefte und wischte sich mit einem Handrücken über die Wangen. Auf das Geländer gestützt, ging sie die Treppe hinunter.

Das Telefon klingelte.

Olivia?

Ashley rannte zu dem kleinen Pult, das ihr als Rezeption diente, wenn auch nicht in letzter Zeit. Hastig griff sie zum Hörer. „Hallo?" Vage fragte sie sich, wann sie aufgehört hatte, sich geschäftsmäßig korrekt mit *Mountain View Bed and Breakfast* zu melden.

„Ich habe gehört, dass du einen unerwarteten Pensionsgast hast", eröffnete Brad in bedächtigem Ton das Telefonat.

Sie freute sich sehr, die Stimme ihres großen Bruders zu hören. Das war verwunderlich, da sie einander seit dem Begräbnis ihrer Mutter nicht viel zu sagen wussten. „Stimmt."

„Carly hat erzählt, dass es ihm gar nicht gut geht und er in einem Krankenwagen gekommen ist."

„Stimmt auch, und ich bin nicht sicher, ob er überhaupt hier sein sollte. Es steht schlecht um ihn. Ich bin keine Krankenschwester und ich …", sie hielt inne und schluckte, „… habe Angst."

„Ich kann in einer Viertelstunde bei dir sein."

Wieder brannten Tränen in ihren Augen. „Das wäre schön."

„Koch eine große Kanne Kaffee, kleine Schwester. Ich bin schon unterwegs."

Brad hielt Wort und traf ein, noch bevor der Kaffee durchgelaufen war. In verwaschener Jeans, abgewetzten Stiefeln und Flanellhemd mit Denimjacke sah er wie ein gewöhnlicher Rancher aus, nicht wie ein berühmter Countrysänger und gelegentlicher Filmstar.

Sie konnte sich nicht erinnern, wann sie ihn zum letzten Mal umarmt hatte, doch nun lief sie spontan zu ihm, und er schloss sie in die Arme und küsste ihr Haar.

„Olivia …", begann sie, doch dann versagte ihre Stimme.

„Keine Angst. Morgen früh werden die Wehen eingeleitet. Mit Livie und dem Baby ist so weit alles in Ordnung."

Sie legte den Kopf in den Nacken und sah ihm ins Gesicht. Sein dunkelblondes Haar war zerzaust, sein Kinn von Bartstoppeln übersät. „Wie geht es den anderen?"

Er legte ihr die Hände auf die Schultern und hielt sie ein Stück von sich ab. „Das müsstest du nicht fragen, wenn du hin und wieder auf die Ranch kämest. Mac vermisst dich, genau wie Meg und ich."

Ashley versuchte zu sprechen, doch ihre Kehle war wie zugeschnürt, und sie brachte kein einziges Wort heraus.

„Und wo steckt dein Lover? Er kann von Glück sagen, dass er flachliegt. Sonst würde ich ihm das Licht ausknipsen für das, was er dir angetan hat."

Der Ausdruck *Lover* ließ sie zusammenzucken. „Zwischen uns ist es aus."

„Gut." Brad ließ die Hände sinken. „Welches Zimmer?"

Sie sagte es ihm, und er ging hinauf, nachdem er sich die Jacke ausgezogen hatte.

Während seiner Abwesenheit hielt sie sich beschäftigt, indem sie Kaffeebecher aus dem Schrank holte, Mrs Wiggins' Fressnapf füllte, das Radio einschaltete und wieder abstellte.

Das Kätzchen knabberte das Trockenfutter, kletterte dann in

das neu gekaufte Körbchen in der Ecke neben dem Herd, drehte sich ein paarmal im Kreis, bearbeitete mit den Pfoten das Polster und ließ sich schließlich fallen.

Mehrere Minuten verstrichen, bis Schritte auf der Treppe ertönten. Ashley schenkte Kaffee für Brad ein. Sie selbst trank Kräutertee. *Als ob auch nur ein Funken Hoffnung besteht, dass ich in dieser Nacht ein Auge zukriege, indem ich Koffein vermeide!*

Gedankenverloren trat Brad ein und griff nach seinem Becher. Er nahm einen Schluck.

„Nun?"

„Ich bin kein Doktor. Mit Sicherheit kann ich dir nur sagen, dass er atmet."

„Das ist ja äußerst hilfreich", bemerkte sie ironisch.

Er verzog das Gesicht zu seinem berühmten charmanten Grinsen, und das tröstete sie ein wenig. Nachdem er ihr aufmunternd auf die Schulter geklopft hatte, drehte er einen Stuhl mit der Lehne zum Tisch, setzte sich rittlings darauf und stellte den Becher auf den Tisch.

„Warum setzen Männer sich bloß so gern auf diese Art hin?", fragte sie sich laut.

„Weil es lässig und männlich wirkt."

Sie trug ihren Tee zum Tisch und setzte sich ebenfalls. „Sag mir, was ich tun soll."

„Wegen McCall? Das ist deine Entscheidung. Wenn du ihn loswerden willst, kann ich ihn im Handumdrehen nach Flagstaff fliegen lassen."

Das war keine leere Angeberei. Obwohl Brad sich vor Jahren aus der Countrymusic-Szene verabschiedet hatte, was Konzerttourneen betraf, schrieb er immer noch Songs und spielte sie ein. Dazu verdiente er reichlich Tantiemen. Außerdem war Meg eine McKettrick und somit selbst eine Multimillionärin. Ein Anruf von einem der beiden hätte genügt, und im Nu wäre ein Jet vor den Toren der Stadt gelandet, voll ausgerüstet und besetzt mit Ärzten und Krankenschwestern.

Ashley presste die Lippen zusammen. Der Himmel mochte wissen, warum, aber Jack wollte bei ihr bleiben und hatte große Anstrengungen auf sich genommen, um zu ihr zu gelangen. So unvernünftig es angesichts seines Gesundheitszustands auch sein mochte, sie konnte ihn nicht hinauswerfen. „Ich weiß nicht recht", erwiderte sie kläglich. Früher hatte sie ihn zweifellos geliebt. Doch jetzt war er ein neuer, ein anderer Mensch. Der wahre Jack, vermutete sie. Es war eine schmerzliche Erkenntnis, dass sie ihr Herz an eine Illusion verschenkt hatte.

„Schon gut, Ashley."

Sie schüttelte den Kopf und begann erneut zu weinen. „Nichts ist gut."

„Aber wir können dafür sorgen, dass es gut wird. Wir müssen nur reden."

Sie trocknete sich die Augen mit einem Ärmel von Jacks altem Hemd. Es erschien ihr paradox, angesichts der zahlreichen Klamotten in ihrem Schrank, dass ihre Wahl an diesem Morgen ausgerechnet auf dieses Kleidungsstück gefallen war. Hatte sie etwa geahnt, dass er zurückkommen würde?

Brad wartete auf eine Antwort und blickte sie unverwandt an.

Sie schluckte schwer und flüsterte: „Unsere Mutter ist gestorben, und du, Olivia und Melissa habt alle erleichtert gewirkt."

Er biss die Zähne zusammen. Dann atmete er tief durch und strich sich durch das Haar. „Ich war wohl wirklich erleichtert", gestand er. „Es heißt, dass sie nicht gelitten hat, aber ich habe mich oft gefragt …", er räusperte sich, „… ob sie nicht doch Schmerzen oder Kummer hatte und nur nicht um Hilfe bitten konnte."

Ihr Herz pochte. „Du hast sie nicht gehasst?"

„Sie war meine Mutter. Natürlich habe ich sie nicht gehasst."

„Es hätte alles ganz anders sein können."

„War es aber nicht. Darum geht es. Delia ist fort, diesmal endgültig. Du musst loslassen."

„Was ist, wenn ich das nicht kann?"

„Es bleibt dir nichts anderes übrig, Knöpfchen."

Knöpfchen. Ihr Großvater hatte Ashley und auch Melissa mit diesem Kosenamen bedacht. Wie die meisten Zwillinge waren sie es gewohnt, sich vieles zu teilen. „Vermisst du Big John auch so sehr wie ich?"

„Ja", sagte Brad unumwunden. Sekundenlang starrte er in seinen Kaffeebecher, bevor er ihrem Blick begegnete. „Aber er ist nun mal fort. Und ich muss mich etwa drei Mal am Tag wieder daran erinnern und von Neuem loslassen."

Sie konnte nicht länger still sitzen. Deshalb sprang sie auf, holte die Kaffeekanne und füllte seinen Becher auf. Sie blieb neben ihm stehen und fragte leise: „Und bei Mom ist dir das Loslassen sofort gelungen?"

Er nickte. „Es ist lange, lange her, aber ich erinnere mich ganz deutlich daran: Es war an dem Abend, als mein Basketballteam in der Highschool um die Staatsmeisterschaft gespielt hat. Ich war sicher, dass sie auf der Tribüne sitzen und uns anfeuern würde. Doch natürlich war sie nicht da, und da habe ich begriffen, dass sie niemals zurückkehrt."

Ihr wurde das Herz schwer. Warum war ihr nie in den Sinn gekommen, dass auch er gelitten hatte, obwohl er ihr großer starker Bruder war?

„Big John ist geblieben", fuhr Brad fort, „in guten und in schlechten Zeiten. Selbst nachdem er seinen einzigen Sohn begraben musste, hat er weitergemacht. Mom dagegen hat den Abendbus aus der Stadt genommen und sich danach nicht ein einziges Mal die Mühe gemacht, anzurufen oder auch nur eine Postkarte zu schicken. Ich habe meine Trauerarbeit lange vor ihrem Tod geleistet."

Ashley konnte nur stumm nicken.

Auch er schwieg lange Zeit, in Gedanken versunken, und nippte gelegentlich an seinem Kaffee. Dann sagte er: „Als es hart auf hart kam, habe ich praktisch dasselbe getan wie Mom. Ich habe einen Bus genommen und Big John allein mit der Ranch und euch Kindern gelassen. Also steht es mir nicht zu, andere zu verurteilen. Das Fazit: Die Menschen ändern sich nicht, sie werden immer wieder Fehler machen. Du musst dich entscheiden, ob du das akzeptieren oder dich ohne einen Blick zurück abwenden willst."

Sie brachte ein zittriges Lächeln zustande. „Es tut mir leid, dass ich mit den Hypothekenraten in Verzug bin."

Er verdrehte die Augen. „Als ob mich das jucken würde!" Er trank seinen Kaffee aus und erhob sich. „Warum lässt du mich die Pension nicht einfach auf dich überschreiben?"

„Würdest du das zulassen, wenn die Situation umgekehrt wäre?"

„Nein, aber …"

„Aber was?"

Er grinste und rollte verlegen die Schultern.

„Aber du bist ein Mann? Wolltest du das sagen?"

„Nun, ja."

„Du kriegst das Geld, sobald ich Jacks Abrechnung fertig habe." Sie begleitete ihn zur Hintertür. „Danke, dass du in die Stadt gekommen bist. Ich fühle mich wie eine Idiotin, weil ich in Panik geraten bin."

„Ich bin schließlich dein großer Bruder", entgegnete er schroff, während er in seine Jacke schlüpfte. „Dafür bin ich da."

„Fährst du morgen ins Krankenhaus, wenn Livie …"

Brad zog sie sanft am Zopf, wie er es früher immer getan hatte. „Nein. Wir bleiben zu Hause beim Telefon. Sie schwört, dass es eine normale Prozedur ist, und sie will nicht, dass wir – ich zitiere wörtlich: *ein Theater daraus machen, als wäre es eine Herztransplantation*."

„Typisch Olivia." Ashley stellte sich auf Zehenspitzen und küsste ihn auf die Wange. „Noch mal danke. Ruf an, sobald du etwas Neues weißt."

Er zog noch einmal an ihrem Zopf, wandte sich ab und verließ das Haus.

Sie blickte ihm nach und fühlte sich schrecklich allein.

Mühsam richtete Jack sich auf und streckte sich nach dem Schalter der Nachttischlampe. Allein diese kleine Anstrengung ließ ihn in kalten Schweiß ausbrechen, doch gleichzeitig spürte er, dass seine Kräfte zurückkehrten.

Er blickte sich im Zimmer um, registrierte die Blümchentapete, den blassrosa Teppichboden, die kunstvollen Verzierungen am Kamin und die beiden mädchenhaft zierlichen Stühle daneben. Dicke Schneeflocken tanzten vor den beiden Erkerfenstern, die mit bunt gepolsterten Sitzbänken ausgestattet waren.

Welch ein Unterschied zum Walter-Reed-Militärkrankenhaus!

Noch größer war der Gegensatz zum Dschungel, wo er sich fast drei Monate lang versteckt gehalten und auf die Chance gewartet hatte, sich die kleine Rachel Stockard zu schnappen, um sie aus dem Land zu schaffen und zu ihrer verzweifelten Mutter zurückzubringen.

Das FBI hatte ihn gut bezahlt für den gefährlichen Einsatz, aber es war vor allem die Mutter-Tochter-Wiedervereinigung, die ihm Genugtuung bereitete und selbst lange Zeit danach noch zu Herzen ging.

Im Geist beobachtete er noch einmal, wie Rachel in den Raum zu ihrer Mutter Ardith geführt wurde, wie sie sich unter Tränen in die Arme fielen und sich zitternd aneinanderklammerten. Dann hob Ardith den Blick, sah Jack durch die Glasscheibe und formte mit den Lippen ein Dankeschön. Er nickte erschöpft, von der Krankheit bereits schwer gezeichnet.

Nun schloss er die Augen und kehrte in Gedanken noch weiter zurück, zu seinem langwierigen Aufenthalt in Südamerika …

Erst nach umfangreichen Recherchen war er auf den kleinen isolierten Landsitz gestoßen, auf dem Rachel seit ihrer Entführung aus dem Haus ihrer Großeltern mütterlicherseits in Phoenix festgehalten wurde – seit fast einem Jahr.

Nachdem er das Kind endlich lokalisiert hatte, konnte er über eine Woche keinen Schritt unternehmen. Er musste observieren und auf einen günstigen Augenblick warten. Der kam, als ihr krimineller Vater mit seinem Gefolge einen Konvoi aus Jeeps mit Drogen und Feuerwaffen belud und über die Dschungelstraße davonraste – vermutlich zu einem Rendezvous mit einem Boot, das in einer verborgenen Bucht vertäut lag.

Jack brachte schnell in Erfahrung, dass nur die Köchin mittleren Alters, von der nicht viel Widerstand zu befürchten war, und ein einziger Wächter zwischen ihm und Rachel standen. Er hielt sich im Verborgenen, bis es dunkel wurde, und kletterte dann auf den Balkon vor dem Kinderzimmer.

Mit einem Finger an den Lippen schlich er zur Terrassentür hinein, doch Rachel rief mit hoffnungsvoll leuchtenden Augen: „Bringst du mich nach Hause zu meiner Mommy?"

Ihre schrille Stimme hallte durch den Raum, der Wächter stürmte aus dem Flur herein und schrie etwas auf Spanisch.

Es kam zu einem Handgemenge, der Aufseher ging zu Boden und Jack spürte einen Einstich in der Seite. Doch er machte sich keine großen Gedanken darüber, denn er hörte Motorengeräusche von sich nähernden Fahrzeugen.

Er klemmte sich Rachel unter den Arm, kletterte von dem Balkon an der Felswand hinunter zu Boden und rannte in den Dschungel.

Erst nach der Wiedervereinigung von Mutter und Tochter in Atlanta war Jack plötzlich zusammengebrochen und in einen Fieberwahn gesunken.

Als Nächstes erinnerte er sich, dass er in einem Krankenhauszimmer aufgewacht war, an ein halbes Dutzend Apparate angeschlossen und von FBI-Agenten mit grimmigen Gesichtern umringt, die es kaum erwarten konnten, ihn zu verhören.

3. KAPITEL

Ashley rechnete nicht damit, in dieser Nacht Schlaf zu finden. Zu viele Dinge gingen ihr durch den Kopf. Die bevorstehende Geburt von Olivias Baby, die Unstimmigkeiten mit ihren Geschwistern wegen ihrer Mutter und nicht zuletzt Jack McCall, der ihr inzwischen wieder wohlgeordnetes Leben erneut völlig auf den Kopf stellte.

Daher überraschte es sie, dass sie von Sonnenschein und dem Klingeln des Telefons auf dem Nachttisch geweckt wurde.

Sie tastete nach dem Hörer, warf dabei Mrs Wiggins beinahe zu Boden und murmelte mit rauer Stimme: „Hallo?"

Olivias Lachen klang erschöpft, aber herzerwärmend. „Habe ich dich geweckt?"

„Ja." Mit klopfendem Herzen stützte Ashley sich auf einen Ellbogen. „Hast du … Ist alles in Ordnung? Was …"

„Du bist wieder Tante geworden. Zweifach."

„Wie bitte? Du hast *Zwillinge* gekriegt?"

„Beides Jungen. Es geht ihnen prächtig, und mir auch", verkündete Olivia stolz.

„Oh, Livie, das ist wundervoll!"

„Tanner ist ziemlich aus dem Häuschen. Er hat vorher erst eine Geburt miterlebt, und Sophie ist schließlich nicht im Doppelpack gekommen."

„Das kann ich mir denken. Hast du Melissa und Brad schon Bescheid gegeben?"

„Nein. Ich hoffe, dass du das übernimmst. Ich bin total erschöpft von der Geburt und könnte ein Nickerchen gebrauchen, bevor die Besuchszeit anfängt."

Im Überschwang der Gefühle wollte Ashley sich die erstbeste Kleidung überstreifen, ins Auto springen und ins Krankenhaus fahren, ungeachtet der Besuchszeiten. Sie wollte ihre Zwillingsneffen willkommen heißen und sich selbst davon überzeugen, dass es ihrer großen Schwester gut ging.

Im nächsten Moment fiel ihr Jack ein. Sie konnte ihren kranken Gast nicht allein im Haus lassen. Das bedeutete, dass sie erst jemanden auftreiben musste, der sich um ihn kümmerte. „Du bist doch in Flagstaff, oder?"

„Nein. Bis dahin haben wir es nicht geschafft. Die Wehen haben um halb vier heute Morgen eingesetzt. Ich bin in der Klinik in Indian Rock. Dank der McKettricks ist sie mit Brutkästen und allem anderen ausgestattet, was Neugeborene so brauchen könnten."

„Wieso in Indian Rock?", fragte Ashley verwirrt. Die Stadt lag vierzig Meilen von Stone Creek entfernt und somit kaum näher als Flagstaff, jedoch in entgegengesetzter Richtung.

„Das erkläre ich dir später. Momentan bin ich völlig erledigt. Rufst du Brad und Melissa an?"

„Sofort. Nur noch eine Frage: Haben die beiden schon Namen?"

„Noch nicht endgültig. Wahrscheinlich nennen wir den einen John Mitchell, nach Big John und Dad, und den anderen Sam. Wir wussten zwar, dass es Zwillinge werden, aber wir hatten uns noch nicht entschieden."

In jeder Generation der Familie O'Ballivan gab es mindestens einen Sam, bis zurück zum Gründer der *Stone Creek Ranch.* Ashley hatte immer geplant, ihren eigenen Sohn Sam zu nennen. *Nicht, dass ich in Gefahr bin, jemals Kinder zu bekommen,* dachte sie nun und spürte einen kleinen Stich, obwohl sie sich riesig für Olivia und Tanner freute. „Meinen Glückwunsch, Livie. Und gib dem aufgeregten Vater ein Küsschen von mir."

„Wird gemacht."

Widerstrebend beendete sie das Gespräch. Nachdem sie mehrmals tief durchgeatmet und einige überwiegend glückliche Tränen vergossen hatte, fasste sie sich wieder und löste ihr Versprechen ein.

Brad meldete sich mit hellwacher Stimme. Obwohl die Sonne erst vor Kurzem aufgegangen war, hatte er vermutlich schon sämtliche Hunde, Pferde und Rinder auf der Ranch gefüttert und seiner Familie Frühstück gemacht. „Das ist ja großartig!", rief er, sobald er erfuhr, dass die Geburt ohne Komplikationen verlaufen war und es Mutter und Kindern gut ging. „Aber was machen sie in Indian Rock?"

„Olivia hat gesagt, dass sie es später erklärt."

Als Nächstes rief Ashley ihre Zwillingsschwester an.

Melissa war Anwältin und ein Genie im Umgang mit Geld. Sie lebte am anderen Ende der Stadt in einem geräumigen Zwei-familienhaus, das ihr allein gehörte. Sie vermietete eine Hälfte und konnte mit den Einnahmen die Hypothek bestreiten, ohne ihr Einkommen angreifen zu müssen.

Ein Mann meldete sich.

Die Stimme war Ashley unbekannt. Daher reagierte sie ein bisschen alarmiert, denn Krimiserien im Fernsehen waren ihre geheime Leidenschaft. „Ist da 555-2593?"

„Ich glaube schon. Moment bitte."

Gleich darauf meldete sich Melissa und fragte atemlos: „Oli-via?"

„Nein. Deine andere Schwester. Livie hat mich gebeten, dich anzurufen. Die Babys sind heute Morgen gekommen."

„*Babys*? Mehrzahl?"

„Zwillinge."

„Aber niemand hat mir etwas davon gesagt!", rief Melissa entgeistert. Sie war ein Kontrollfreak und mochte keine Über-raschungen, nicht einmal gute.

„Hast du etwa vergessen, dass Zwillingsgeburten in der Fa-milie liegen?", fragte Ashley lachend. „Ich soll dir von Olivia ausrichten, dass alles in Ordnung ist und sie ein bisschen schla-fen will, bevor die ersten Besucher auftauchen."

„Jungen? Mädchen? Von jedem eins?"

„Beides Jungen. Die Namen stehen noch nicht endgültig fest. Aber wer ist der Mann, der vorhin am Telefon war?"

„Später."

„Sag mir nur, dass alles in Ordnung ist. Dass nicht irgendein Fremder dich zwingt, so zu tun …"

„Herrje, hör auf! Ich bin nicht gefesselt und geknebelt in einem Schrank eingesperrt. Du hast mal wieder zu viele Krimis gesehen."

Der Sicherheit halber verlangte Ashley: „Sag das Codewort."

„Du bist ja paranoid!"

Nach einer Serie von Kindesentführungen in ihrer Kindheit hatte Big John ihnen geholfen, ein geheimes Wort auszusuchen, und ihnen eingeschärft, es niemals einem Außenstehenden zu verraten.

Sie hatten sich einen Spaß daraus gemacht, codiert zu sprechen. Im Alter zwischen drei und sieben hatten sie sich untereinander mit einer Geheimsprache aus an sich gewöhnlichen Wörtern verständigt und damit die ganze Familie auf die Palme gebracht.

Hätte Melissa zum Beispiel behauptet: *Ich habe heute den ganzen Nachmittag genäht,* hätte Ashley die Nationalgarde verständigt. Im umgekehrten Fall lautete die entsprechende Parole: *Ich habe heute Morgen drei Krähen auf dem Briefkasten gesehen.*

„Nun mach schon! Dann lasse ich dich auch in Ruhe."

„Butterblume!", rief Melissa gereizt. „Bist du jetzt zufrieden?"

„Leidest du an PMS?"

„Hoffentlich", murmelte sie und legte abrupt auf.

„Sie leidet an PMS", teilte Ashley dem Kätzchen mit, das vor ihren Füßen hin und her sprang und kläglich miaute, um Leckerlis zu erbetteln.

Sie duschte schnell, schlüpfte in eine schwarze Hose und eine eisblaue Seidenbluse, bürstete und flocht sich das Haar und trat hinaus auf den Flur.

Jacks Tür war geschlossen, obwohl Ashley sie am Vorabend einen Spalt offen gelassen hatte für den Fall, dass er nach ihr rief. Also klopfte sie an.

„Herein."

Sie spähte ins Zimmer. Er saß in aufrechter Haltung auf der Bettkante. Er war unrasiert, aber seine Augen wirkten klar. Überrascht stellte sie fest: „Es geht dir besser."

Er grinste. „Tut mir leid, dass ich dich enttäusche."

Gereizt ignorierte sie seine Bemerkung, damit er nicht merkte, wie leicht er sie aus der Fassung bringen konnte. „Hast du Hunger?"

„Ja. Bacon und Eier wären prima."

Sie zog eine Augenbraue hoch. Am vergangenen Abend hatte er gerade mal einen Teller Suppe geschafft, doch nun wollte er ein deftiges Holzfällerfrühstück? „Das würde dich bloß krank machen."

„Ich bin schon krank. Und ich will trotzdem Bacon und Eier."

„Tja, es sind aber keine da. Bei mir gibt es normalerweise Grapefruit oder Müsli."

„Du setzt deinen zahlenden Gästen *Schonkost* vor?"

Sie wollte nicht eingestehen, zumindest nicht Jack McCall gegenüber, dass seit Langem kein Gast eingekehrt war, ob nun zahlend oder nicht. „Manche Leute legen Wert auf eine gute Ernährung."

„Und manche Leute wollen Bacon und Eier."

Sie seufzte theatralisch.

„Es ist das Mindeste, was du tun kannst, da ich das Dreifache für dieses Zimmer und das Frühstück bezahle, das dem Namen nach zum Bett gehört."

„Also gut. Aber ich muss zuerst einkaufen gehen. Du musst also warten."

„Ist mir recht." Er streckte die Füße aus, wackelte mit den Zehen und beobachtete sie so fasziniert, als wäre es ein Wunder, dass er sie bewegen konnte. „Ich rühre mich nicht vom Fleck." Er grinste. „Also, ab die Post! Ich muss wieder zu Kräften kommen."

Ashley schlenderte gemächlich aus dem Zimmer, schloss die Tür und atmete tief durch, bevor sie übervorsichtig, um nicht über die anhängliche Mrs Wiggins zu stolpern, die Treppe hinunterging.

In der Küche reinigte und füllte sie den kleinen Fressnapf und die Wasserschüssel. Dann schnappte sie sich Mantel, Handtasche und Autoschlüssel und teilte dem Kätzchen mit: „Ich bin bald wieder da.“

Über Nacht war die Temperatur unter den Gefrierpunkt gesunken, und die Straßen waren vereist. Die Fahrt zum Supermarkt dauerte beinahe fünfundvierzig Minuten, der Laden war überfüllt, und als Ashley schließlich wieder zu Hause eintraf, war sie äußerst verstimmt. Sie führte schließlich eine Pension und war keine Krankenschwester. Warum bestand sie nicht darauf, dass Jack nach Flagstaff ins Krankenhaus verlegt wurde?

Sie machte Feuer im Küchenherd, um die Kälte aus den Knochen zu vertreiben und sich hoffentlich ein wenig aufzumuntern. Dann setzte sie Kaffee auf, briet Bacon-Streifen in der alten gusseisernen Pfanne, die Big John gehört hatte, steckte Brotscheiben in den Toaster und holte einen Karton Eier aus der Einkaufstasche.

Sie wusste, wie Jack seine Frühstückseier mochte. Ebenso wusste sie, dass er den Kaffee stark und schwarz trank. Es ärgerte sie maßlos, dass sie sich an diese Details erinnerte – und dazu an wesentlich mehr.

„Hübsches Feuer. Sehr gemütlich.“

Sie fuhr beinahe aus der Haut vor Schreck. Mit offenem Mund wirbelte sie herum, und da stand er in der Tür, wenn auch schwer an den Rahmen gelehnt. „Wieso bist du nicht im Bett?“

Langsam schleppte er sich zum Tisch, zog einen Stuhl hervor und sank auf die Sitzfläche. „Ich konnte die Tapete nicht eine Sekunde länger ertragen“, neckte er sie. „Verdammt viele Rosen und Schleifen.“

Ashley presste die Lippen zusammen. Sie holte einen Becher aus dem Schrank, füllte ihn mit Kaffee, obwohl die Maschine noch immer gurgelnde Laute von sich gab, und stellte ihn mit einem dumpfen Knall auf den Tisch.

„Sag bloß nicht, dass du dermaßen empfindlich wegen deines Dekors bist.“

„Halt den Mund.“

In seinen Augen funkelte es. „Redest du mit all deinen Gästen so respektlos?"

Wie so oft in seiner Gegenwart sprach sie, ohne vorher nachzudenken. „Nur mit denen, die sich mitten in der Nacht aus meinem Bett schleichen und für sechs Monate ohne ein Wort verschwinden."

Jack runzelte die Stirn. „Kennst du denn viele von denen?"

Er war der erste – und einzige – Mann, mit dem sie geschlafen hatte. Aber das wollte sie ihm auf gar keinen Fall verraten. Schließlich hatte er ihr bereits zweimal das Herz gebrochen.

Zum allerersten Mal war er ihr in ihrem ersten Studienjahr begegnet. Damals war sie noch sehr schüchtern und geradezu kindlich gewesen. Doch er hatte ihr Leben vollkommen verändert.

Sie hatten davon gesprochen, gleich nach ihrem Examen zu heiraten, und sich sogar Verlobungsringe ausgesucht. Doch dann war Jack in die Marine eingetreten und nach einigen wenigen Anrufen und Briefen einfach aus ihrem Leben verschwunden.

Ashley hatte ihren Bachelor in Geisteswissenschaften abgelegt, war nach Stone Creek zurückgekehrt, hatte mit Brads Hilfe das *Mountain View* gekauft und sich einzureden versucht, dass sie glücklich war.

Dann, kurz vor Weihnachten vor zwei Jahren, war Jack wieder da gewesen. Wie ein ausgemachter Dummkopf hatte sie sich ein zweites Mal auf ihn eingelassen und fest daran geglaubt, dass die Beziehung Zukunft hatte. Er war gekommen und gegangen, wie es ihm gefiel, hatte sich in den Phasen der Abwesenheit kaum gemeldet, sie aber immer wieder von Neuem mit seinem Charme betört, kaum dass sie beschlossen hatte, die Affäre zu beenden.

Nun behauptete sie steif: „Ich habe keinen Winterschlaf gehalten, während du weg warst." Sie drehte den Bacon um und schaltete den Toaster ein. „Ich hatte zahlreiche Dates."

Es waren lediglich zwei gewesen, um genau zu sein, beide arrangiert von Melissa. Besonders das zweite Treffen mit Melvin Royce, dessen Vater das Beerdigungsinstitut in Stone Creek gehörte, war Ashley lebhaft in Erinnerung geblieben. Den ganzen Abend über hatte Melvin ihr vorgeschwärmt, wie wundervoll lukrativ der Tod für ihn war. Seitdem wusste sie, dass Einäscherung derzeit die angesagteste Methode war und dass man sich angeblich gar nicht vor Leichen gruseln müsste, wenn man sich erst einmal an sie gewöhnt hatte. Daraufhin war sie lieber gar nicht mehr ausgegangen.

O ja, ich bin ein richtiges It-Girl. Wenn ich nicht aufpasse, werde ich noch zu einem gefundenen Fressen für die Boulevardpresse.

„Es tut mir leid", sagte Jack leise, nachdem sie beide eine lange Zeit geschwiegen hatten.

Ihr fiel auf, dass die Hand, mit der er den Kaffeebecher zum Mund hob, ein wenig zitterte. „Was?"

„Alles." Er fuhr sich durch das Haar, schwieg jedoch.

„Das kann alles Mögliche bedeuten." Wütend stellte Ashley einen Teller mit perfekt gebratenen Spiegeleiern auf den Tisch.

„Dich zu verlassen war verdammt blöd. Und vielleicht war es sogar noch dümmer, hierher zurückzukommen."

Die letzte Bemerkung versetzte ihr einen Stich. Hastig wandte sie sich ab. „Auch wenn du noch so krank bist, steht es dir frei, auf dieselbe Weise wieder zu verschwinden, auf die du gekommen bist."

„Würdest du dich hinsetzen und mit mir reden? Bitte!"

Um nicht feige zu wirken, drehte sie sich zu ihm um.

Mrs Wiggins, die kleine Verräterin, hangelte sich an seinem rechten Hosenbein hinauf und rollte sich auf seinem Schoß zusammen, um ein Schläfchen zu halten. Er griff zu seiner Gabel und brach den Dotter eines Spiegeleies, aber er hielt den Blick auf Ashley geheftet.

„Was ist eigentlich mit dir passiert?", fragte sie spontan, obwohl sie eigentlich nicht reden wollte. Da war es wieder, dieses „Phänomen Jack". Sie war normalerweise kein impulsiver Mensch.

Mehrere Sekunden verstrichen, bevor er antwortete. „Aller

Wahrscheinlichkeit nach hat mir ein Typ, mit dem ich bei einem Einsatz aneinandergeraten bin, eine Giftspritze verpasst."

Ihr Herz setzte einen Schlag lang aus und pochte dann heftig. Weil ihre Knie nachzugeben drohten, ließ sie sich auf einen Stuhl am Tisch fallen. „Was war das für ein Einsatz?"

„Du weißt doch, dass ich im Bereich Security arbeite", antwortete Jack ausweichend, ohne sie anzusehen. Stattdessen konzentrierte er sich auf das Frühstück, das er betont langsam verzehrte.

„Security", wiederholte sie bedächtig. Eigentlich wusste sie von ihm nur, dass er in der Weltgeschichte herumreiste, viel Geld verdiente und oft in Gefahr geriet. Nichts davon hatte er ihr wirklich erzählt; sie hatte es sich vielmehr zusammengereimt aus aufgeschnappten Telefongesprächsfetzen, Bemerkungen von Sophie und Olivia und Andeutungen von Tanner.

„Ich muss wieder verschwinden, aber diesmal möchte ich, dass du den Grund dafür erfährst."

Sie wollte doch, dass er wieder ging. Warum also fühlte sie sich, als hätte sich gerade eine Falltür unter ihrem Stuhl aufgetan? „Also, warum?"

„Weil ich Feinde habe. Einer von ihnen hat eine Stinkwut auf mich. Er will eine alte Rechnung mit mir begleichen, und ich will nicht, dass dir oder sonst jemandem in Stone Creek etwas zustößt. Ich hätte mir das besser überlegen sollen, bevor ich hergekommen bin. Aber ich konnte nur noch daran denken, dich zu sehen."

Die Erklärung ging ihr unter die Haut. Sie sehnte sich danach, seine Hand zu nehmen, doch sie hielt sich zurück. „Warum ist er so sauer auf dich?"

„Ich habe ihm seine Tochter gestohlen."

Ashley öffnete den Mund und schloss ihn gleich wieder.

„Sie heißt Rachel und ist sieben Jahre alt. Ihre Mutter Ardith hat ein Semester in Venezuela studiert und sich dort mit einem Amerikaner namens Chad Lombard eingelassen. Ihre Eltern haben herausgefunden, dass er mit Drogen dealt, und sie nach

Phoenix zurückgeholt. Sie war schwanger. Sie sollte abtreiben, hat sich jedoch geweigert. Sie war felsenfest überzeugt, dass Lombard sie zu sich zurückholen und heiraten würde."

„Aber das hat er nicht getan?"

„Nein. Also hat sie ihr Studium beendet, eine sogenannte gute Partie geheiratet, zwei weitere Kinder bekommen. Ihr Ehemann will Rachel adoptieren. Deshalb soll Lombard auf seinen Anspruch verzichten. Aber er besteht darauf, Rachel selbst aufzuziehen, und hat großmütig angeboten, auch Ardith zurückzunehmen, wenn sie sich scheiden lässt und auf die beiden anderen Kinder verzichtet."

„Offensichtlich ist sie nicht darauf eingegangen."

„Natürlich nicht. Eine ganze Weile hat sich nichts getan, aber dann ist Rachel eines Tages aus dem Garten verschwunden. Noch am selben Abend hat Lombard angerufen und erklärt, dass die Polizei gar nicht erst nach dem Kind zu suchen braucht, weil er es bereits aus dem Land geschafft hätte."

Obwohl Ashley keine Mutter war, konnte sie sich gut vorstellen, wie verzweifelt die Familie gewesen sein musste. „Und du bist angeheuert worden, um Rachel zurückzuholen?"

„Ja." Jack sah Bewunderung in ihren Augen und wehrte ab: „Aber komm bloß nicht auf die Idee, dass ich ein Held bin. Mir wurde eine Viertelmillion Dollar dafür angeboten, Rachel unversehrt nach Hause zu bringen, und ich habe nicht gezögert, das Geld anzunehmen."

„Ich habe nirgendwo etwas davon gehört", murmelte sie.

„Das kannst du auch nicht. Die Story muss von den Medien ferngehalten werden. Rachels Leben hängt davon ab, und meins erst recht."

„Hast du gar keine Angst?"

„Und ob! Sogar panische Angst."

Sie sah ihm an, dass er erschöpft war von der langen Erklärung. Obwohl er das Frühstück zur Hälfte aufgegessen hatte, war er immer noch blass. Sanft schlug sie vor: „Du solltest dich wieder hinlegen."

„Ich glaube nicht, dass es mir gelingt, die Treppe hinaufzusteigen."

Sie spürte, dass ihm dieses Eingeständnis schwerfiel. „Du versuchst nur, dich vor der Blümchentapete zu drücken", scherzte sie, obwohl sie den Tränen nahe war. Sie half ihm auf die Füße. „In meiner Nähstube steht ein Bett. Da kannst du dich ausruhen, bis du dich kräftiger fühlst." Sie duckte sich unter seine Schulter und stützte ihn, während sie ihn aus der Küche führte.

Trotz der Anstrengung, die ihn das Gehen kostete, brachte Jack ein Grinsen zustande. „Du bist sehr stark für eine Frau."

„Vergiss nicht, dass ich auf einer Ranch aufgewachsen bin. In der Erntezeit musste ich immer Heuballen aufladen."

Ein Anflug von Respekt trat in seine Augen. „Du hast ganze Heuballen geschleppt?"

„Na klar." Sie erreichten die Nähstube, und Ashley öffnete die Tür. „Du nicht?"

„Machst du Witze? Mein Vater ist Zahnarzt. Ich bin in einer vornehmen Vorstadt aufgewachsen. Da war meilenweit weder Feld noch Wiese in Sicht."

Diese Information war neu für sie. Sie wusste nichts über seine Herkunft. Er hatte bisher nie von seiner Familie gesprochen. Deshalb war sie davon ausgegangen, dass er keine Angehörigen hatte. „Wie lautet deine Berufsbezeichnung eigentlich genau?"

Er fixierte sie mit einem langen harten Blick. „Söldner."

„Steht das in deiner Steuererklärung unter *Berufstätigkeit*?"
„Nein."

Sie erreichten das schmale Bett. Sie half ihm, sich hinzulegen, und deckte ihn zu. „Du reichst doch Steuererklärungen ein, oder?"

Jack lächelte mit geschlossenen Augen. „Sicher. Was ich tue, ist ungewöhnlich, aber nicht illegal."

Sie verdrängte das Bedürfnis, sich zu ihm zu legen und ihn in die Arme zu schließen. „Kann ich dir noch irgendetwas Gutes tun?"

„Meine Ausrüstung. Sie steht unter dem Bett."

Sie nickte und fragte sich, was für eine *Ausrüstung* ein Söldner bei sich tragen mochte. Pistolen? Messer? Sie fröstelte unwillkürlich.

Oben in der Gästesuite holte sie einen Lederbeutel unter dem Bett hervor. Tapfer widerstand sie der Versuchung, ihn zu öffnen. Sie war neugierig, sogar verdammt neugierig, aber sie war keine Schnüfflerin. Sie durchforstete weder das Gepäck ihrer Gäste noch las sie deren Post.

Als sie in die Nähstube zurückkehrte, schlief Jack. Mrs Wiggins hatte es sich auf seiner Brust bequem gemacht.

Geräuschlos stellte Ashley die Tasche ab und schlich sich hinaus. Sie beschäftigte sich mit den üblichen Haushaltspflichten, die allzu bald erfüllt waren. Daher atmete sie erleichtert auf, als Tanner sichtlich erschöpft, aber überglücklich zur Hintertür hereinkam.

„Ich bin hier, um auf Jack aufzupassen, damit du Olivia und die Jungs besuchen kannst." Er durchquerte die Küche, schenkte sich einen Becher lauwarmen Kaffee ein und stellte ihn in die Mikrowelle. „Wie geht es ihm?"

„Nicht schlecht – für das, was er hinter sich hat."

Verblüfft drehte er sich zu ihr um. „Er hat es dir erzählt?"

Sie nickte. „Tanner, ich brauche Antworten, und Jack ist zu krank, um sie mir zu geben."

Er lehnte sich an den Schrank, verschränkte die Arme vor der Brust und musterte Ashley mit scharfem Blick.

Wahrscheinlich überlegt er, wie viel er mir von dem verraten soll, was er weiß. Sie wartete ungeduldig. Da er beharrlich schwieg, sagte sie schließlich: „Er spricht davon, wieder zu verschwinden. Ich bin zwar daran gewöhnt, aber ich denke, ich verdiene zu erfahren, was eigentlich los ist."

Er seufzte schwer. „Ich würde ihm mein Leben anvertrauen. Ich habe ihm Sophies anvertraut, als sie damals nach unserem Umzug hierher aus dem Internat weggelaufen war. Trotzdem weiß ich auch nicht viel mehr über ihn als du."

„Er ist doch dein bester Freund."

„Aber er lässt sich nicht in die Karten blicken. Wenn es um Security geht, ist er der Beste." Tanner hielt inne und strich sich durch das Haar. „Eines kann ich dir versichern: Wenn er dir gesagt hat, dass er dich liebt, dann stimmt es, was auch immer danach passiert ist. Er war nie verheiratet und hat keine Kinder. Sein Vater ist Zahnarzt, seine Mutter Bibliothekarin. Er hat drei jüngere Brüder, die ein ganz normales Leben führen. Er trinkt gern Bier, aber ich habe ihn nie betrunken gesehen. Ich fürchte, das ist alles, was ich dir sagen kann."

„Jemand hat ihm irgendetwas injiziert", eröffnete sie leise. „Deswegen ist er krank."

„Großer Gott!"

Stille trat ein.

Nach einer Weile sagte Ashley: „Und er will wieder weg, sobald er stark genug ist. Weil er Angst hat, uns alle in Gefahr zu bringen. Weil ein Drogendealer namens Lombard wütend auf ihn ist."

Tanner dachte lange darüber nach, bevor er murmelte: „Vielleicht ist es am besten so."

Sie wusste, dass er nicht an sich selbst dachte, sondern an Olivia, Sophie und seine neugeborenen Söhne.

„Aber es gefällt mir gar nicht, einen Freund, der meine Hilfe braucht, gehen zu lassen."

Sie empfand ebenso, obwohl Jack nicht wirklich ein Freund war. Eigentlich hatte sie keine Ahnung, wie sie ihre Beziehung bezeichnen sollte – falls überhaupt eine bestand. „Wir hier in Stone Creek haben eine lange Tradition, Schulter an Schulter zu stehen und Schwierigkeiten anzupacken."

„Das stimmt." Er lächelte müde, aber warmherzig. „Jetzt geh. So müde Olivia auch ist, sie brennt darauf, mit den Babys anzugeben. Ich kümmere mich um Jack, bis du zurückkommst."

4. KAPITEL

Das Krankenhauszimmer glich einem wahren Meer aus Blumen, und mittendrin saß Olivia und hielt überglücklich ein Baby in jedem Arm.

Mit einem Strauß rosa Tulpen, unterwegs schnell im Supermarkt gekauft, trat Ashley an das Bett und musterte die roten runzeligen Gesichter der winzigen Säuglinge, die in flauschige Decken gewickelt friedlich schlummerten. „Oh, Livie, sie sind wundervoll", flüsterte sie entzückt.

„Das finde ich auch. Willst du sie mal halten?"

„Gern." Behutsam griff sie nach einem Bündel und sank auf den Stuhl neben dem Bett.

„Das ist John."

„Wie kannst du das wissen?"

„Sie sind ja ganz unterschiedlich. John ist etwas kleiner und hat meinen Mund. Sam sieht wie Tanner aus."

Ashley sagte nichts dazu. Sie war zu sehr mit John Mitchell Quinn beschäftigt. Als sie ihn schließlich gegen Sam tauschte, konnte auch sie den Unterschied zwischen den Jungen erkennen.

Nach einer Weile kam eine Krankenschwester und holte die Säuglinge, um sie in die Brutkästen zurückzubringen. Sie waren zwar gesund, aber untergewichtig wie die meisten Mehrlinge.

Olivia nickte ein, wachte auf, nickte wieder ein. Einmal murmelte sie: „Ich bin so froh, dass du hier bist."

Eigentlich wollte Ashley gerade gehen, doch nun setzte sie sich wieder. Dann erinnerte sie sich an die Tulpen. Sie stand auf und stellte sie ins Wasser. „Wie kommt es, dass du in Indian Rock statt in Flagstaff gelandet bist?"

„Ich hatte die Nacht über Bereitschaftsdienst und bin zu einem kranken Pferd gerufen worden. Tanner ist mitgekommen, weil wir von dort direkt ins Krankenhaus nach Flagstaff fahren wollten. Aber die Babys haben sich das anders vorgestellt. Die Wehen haben im Stall eingesetzt, und Tanner hat mich hierhergebracht."

„Das ist mal wieder typisch! Neuneinhalb Monaten schwanger und trotzdem mitten in der Nacht zu einem Notfall fahren!" Ashley schüttelte lächelnd den Kopf. „Wie geht es dem Pferd?"

„Gut natürlich. Ich bin schließlich die beste Tierärztin im Lande."

Sie fand einen Platz für die Tulpen. Sie sahen bescheiden aus zwischen den Dutzenden von langstieligen Rosen in sämtlichen Farben, die von Tanner, Brad und Meg sowie unzähligen Freunden und Arbeitskollegen stammten. „Ich weiß."

Olivia griff nach ihrer Hand und drückte sie. „Wieder Freundinnen?"

„Wir waren niemals keine Freundinnen."

„Das stimmt nicht. Wir waren immer Schwestern, aber die sind nicht unbedingt befreundet. Wir wollen die Sache mit Mom nie wieder zwischen uns treten lassen, okay?"

Ashley blinzelte Tränen fort. „Okay."

Im nächsten Moment stürmte Melissa herein – halb verborgen hinter einer riesigen Zimmerpflanze. Aus dem Topf ragten zwei hohe Klapperstörche aus Plastik. Sie stellte die Blume auf den Fußboden, sagte im Vorübergehen zu Ashley „Hi, Zwilling", eilte weiter zu Olivia und küsste sie auf die Stirn.

„Hi." Erwartungsvoll blickte Ashley zur Tür, doch leider war der geheimnisvolle Fremde vom Telefon nicht mitgekommen.

Melissa sah sich suchend um und runzelte die Stirn. „Wo stecken meine Neffen?" Bei ihr musste alles schnell und möglichst effektiv vonstattengehen. Sie war gekommen, um die Babys zu sehen, und reagierte ungehalten auf die Verzögerung.

„Im Säuglingszimmer", erwiderte Olivia schmunzelnd. „Wie viele Tassen Kaffee hast du heute Morgen schon getrunken?"

„Nicht annähernd genug. Ich muss in einer Stunde im Gericht sein."

„Die Straßen sind vereist. Versprich mir, dass du auf dem Rückweg nach Stone Creek nicht rast."

„Ehrenwort." Melissa hob eine Hand zum Schwur. Dabei

fiel ihr Blick auf die Uhr. „Oh. Ich muss rennen." Und damit stürmte sie hinaus.

Ashley rannte hinterher und fragte: „Wer war der Mann, der heute Morgen bei dir ans Telefon gegangen ist?"

„Niemand von Bedeutung."

„Du hast die Nacht mit ihm verbracht, und er ist *niemand von Bedeutung*?"

„Lass uns bitte nicht jetzt darüber reden." Melissa erreichte das Säuglingszimmer und spähte durch die Glasscheibe. Sam und John waren die einzigen Babys im Raum. „Warum liegen sie in Brutkästen? Stimmt etwas nicht?"

„Nur eine Vorsichtsmaßnahme. Sie sind ein bisschen klein."

„Sollen Babys nicht klein sein?" Mit verklärter Miene musterte sie den Neuzuwachs in der Familie. Dann wandte sie sich ab und sagte niedergeschlagen: „Er ist mein Chef."

„Derjenige, der sich gerade scheiden lässt?"

„Ich wusste, dass du so reagierst. Also wirklich, manchmal bist du so ein selbstgefälliger Gutmensch! Die Ehe besteht schon seit Jahren nur noch auf dem Papier. Die Scheidung ist reine Formsache, und wenn du glaubst, dass ich etwas damit zu tun habe – tja, du solltest es besser wissen."

„Natürlich weiß ich es besser", beschwichtigte Ashley. „Ich wollte dir nicht unterstellen, eine Ehebrecherin zu sein. Aber du bist noch nicht über die Trennung von Daniel hinweg. Du brauchst Zeit."

Daniel Guthrie besaß eine schicke Ferienranch zwischen Stone Creek und Flagstaff. Als attraktiver Witwer mit zwei kleinen Söhnen suchte er eine Ehefrau, die sich um ihn und die Kinder kümmerte. Daraus machte er kein Geheimnis. Melissa hatte ihn und die Kleinen durchaus ins Herz geschlossen, aber sie wollte Karriere machen. Schließlich hatte sie sich ihr Jurastudium hart erarbeitet. „Ich hatte keinen Sex mit Alex", erklärte sie ungefragt. „Wir haben bloß geredet."

In einer Geste des Friedens hielt Ashley beide Hände hoch. „Ich glaube dir ja. Aber Stone Creek ist nun mal eine Kleinstadt.

Wenn die ganze Nacht lang das Auto von irgendeinem Kerl vor deinem Haus steht, erfährt Daniel unweigerlich davon."

„Dan hat keinen Anspruch auf mich. Er ist es, der auf einer Auszeit bestanden hat", fauchte Melissa. „Und Alex Ewing ist nicht *irgendein Kerl*. Er ist für den Posten des Staatsanwalts in Phoenix nominiert, und wenn er ernannt wird, soll ich mit ihm gehen."

„Du würdest von hier wegziehen?"

„Warum nicht? Phoenix ist nicht aus der Welt. Es sind keine zwei Stunden von hier. Auch wenn du dich damit zufriedengibst, in diesem Nest zu versauern, muss ich es noch lange nicht tun."

„Aber wir sind hier zu Hause."

„Genau das ist das Problem." Melissa sah erneut auf die Uhr und eilte kopfschüttelnd davon.

Ashley starrte ihr nach und fragte sich, ob sie wirklich in Stone Creek *versauerte*.

Betten machen, Gäste bekochen und backen, Festtagsdekorationen aufhängen, nur um sie nach wenigen Tagen wieder abzunehmen. Ach ja, und Patchworkdecken nähen. Das war ihre Leidenschaft, ihre künstlerische Entfaltung.

Daran war eigentlich nichts auszusetzen. Doch Melissas Bemerkung hatte die Frage aufgeworfen, die Ashley für gewöhnlich mied.

Wann fängt eigentlich mein richtiges Leben an?

Jack schreckte aus einem unruhigen Schlaf auf. Statt wie befürchtet in einem finsteren rattenverseuchten Loch fand er sich in einem kleinen hübschen Raum mit blassgrünen Wänden wieder. Beim Fenster stand eine dieser altmodischen Nähmaschinen mit Fußhebelantrieb, wie sie eigentlich nur noch in Antiquitätenläden und Häusern alter Ladies vorzufinden waren.

Die Decke, unter der er lag, duftete nach Kräutern – vermutlich Lavendel – und weckte Erinnerungen.

Ashley. Ich bin bei ihr.

Erleichterung durchströmte ihn. Doch dann hörte er ein Geräusch in der Ferne. Ein dumpfes Poltern. Sein Instinkt sagte ihm, dass es nicht von einer Frau stammte.

Er lehnte sich aus dem Bett, das schmal und kurz wie für ein Kind gemacht war, sah sich nach dem Lederbeutel um, den er Ashley gebeten hatte, ihm zu bringen, und seufzte erleichtert, als er ihn vor dem Nachtschrank entdeckte. Er beugte sich vor und holte seine Glock-Pistole heraus – das Wunder österreichischer Präzisionsarbeit.

Die Matratze knarrte ein wenig, als er sich erhob. Er blieb reglos stehen und lauschte. Dabei verließ er sich nicht nur auf sein Gehör, sondern bediente sich mehrerer anderer Sinne, die er zu schärfen gelernt hatte, auch wenn er sie nicht benennen konnte.

Erneut waren Geräusche zu hören. Sie näherten sich. Es klang nach schwerfälligen Schritten, die eindeutig nicht zu einer zierlichen Frau wie Ashley gehörten.

„Miau", ertönte es vom Bett her.

Er blickte über die Schulter zu dem Kätzchen, das ihn aus großen Augen ansah. „Pst", flüsterte er kaum hörbar mit einem Finger an den Lippen.

Die Schritte waren nun ganz nah gekommen. Seiner Berechnung nach musste sich die Person jetzt direkt auf der anderen Seite der Tür befinden.

Bleib ruhig! Chad Lombard kann deine Spur nicht bis hierher verfolgt haben; dazu war die Zeit zu kurz.

Jack wäre längst nicht mehr am Leben, hätte er sich nicht ebenso auf sein Bauchgefühl wie auf seinen Verstand verlassen. Und nun standen ihm die Nackenhaare zu Berge. Vielleicht überreagierte er, aber er konnte nicht anders. Sein vielfach erprobter Selbsterhaltungstrieb war in Alarmbereitschaft.

Mit einem Fuß, die Glock in beiden Händen vor sich ausgestreckt, stieß er die Tür auf.

Und wartete.

Und erschoss um ein Haar seinen besten Freund, der nichts Böses ahnend in der Küche stand.

„Herrgott noch mal!", schimpfte Jack und senkte die Pistole. Er atmete tief durch.

Jeder Muskel in seinem Körper erschlaffte, er sank an den Türrahmen und schloss die Augen.

„Das wäre eigentlich mein Text gewesen."

Er öffnete die Augen. „Was zum Teufel machst du hier?"

„Ich spiele das Kindermädchen für dich." Tanner durchquerte den Raum, nahm Jack die Pistole aus der Hand und legte sie oben auf den Kühlschrank. „Ich hätte wohl lieber bei meinem ordentlichen Tagewerk bleiben sollen."

„Und das wäre?"

„Drei Kinder großziehen und der besten Frau der Welt ein guter Ehemann sein. Und ich würde gern lange genug leben, um meine Enkelkinder aufwachsen zu sehen."

Jack ging zum Tisch und setzte sich. „Tut mir leid."

Tanner setzte sich ebenfalls. „Was ist eigentlich los? Und versuch nicht, mich mit mysteriösem Gefasel abzuspeisen."

„Ich muss von hier verschwinden. Noch heute. Bevor jemandem etwas zustößt."

Tanner warf einen finsteren Blick zu der Pistole auf dem Kühlschrank. „Mir scheint, dass du selbst die größte Bedrohung für die öffentliche Sicherheit darstellst. Verdammt, du hättest Ashley erschießen können – oder Sophie oder Carly."

„Ich hab doch gesagt, dass es mir leidtut."

„Oh, das ändert natürlich alles", entgegnete Tanner sarkastisch.

Jack atmete tief durch, und dann erzählte er dieselbe Geschichte, die er Ashley aufgetischt hatte und die sogar überwiegend der Wahrheit entsprach.

„Was ist das denn für ein Leben? Wann hörst du endlich auf, Indiana Jones zu spielen, und kommst zur Ruhe?"

„Diese Worte stammen von dem Mann, der eine schwangere Tierärztin liebt."

Tanner grinste unwillkürlich. „Sie ist nicht mehr schwanger. Wir sind jetzt stolze Eltern von Zwillingsjungen."

Jack freute sich für seinen Freund, war aber auch ein kleines bisschen neidisch. „Seit wann?"

„Heute Morgen."

„Es wäre echt blöd gewesen, wenn ich dich erschossen hätte."

„Das kannst du laut sagen."

„Ein Grund mehr für mich, schleunigst abzuhauen."

„Und wohin?"

„Keine Ahnung. Bloß weit weg. Ich hätte gar nicht herkommen dürfen. Aber ich war total vernebelt vom Fieber und …"

„Du warst allerdings geistig umnachtet. Aber ich glaube, das liegt eher an Ashley als deiner Krankheit. Ich erkenne da ein bestimmtes Muster. Sooft du auch verschwindest, du kommst immer wieder. Was bedeutet das in deinen Augen?"

„Dass ich ein Schuft bin."

„Da kann ich dir leider nicht widersprechen."

„So geht es nicht weiter. Jedes Mal, wenn ich Ashley verlassen habe, wollte ich wegbleiben. Aber sie verfolgt mich. Ich komme einfach nicht von ihr los."

„Das nennt man Liebe, du Idiot."

„Wieso Liebe? Wir sind hier doch nicht beim *Lifetime Channel*."

Tanner zog die Augenbrauen hoch. „Du guckst *Lifetime Channel*? Obwohl das ein reiner Frauensender ist?"

„Ach, halt gefälligst den Mund!"

„Du bist ja total verdreht."

„Kann sein", räumte Jack ein. „Und du bist kein besonders guter Ratgeber."

„Hör auf, wegzulaufen. Es ist an der Zeit, Farbe zu bekennen."

„Aber ich tue Ashley keinen Gefallen, wenn ich bleibe. Was ist, wenn Lombard auftaucht? Er würde nicht zögern, jeden zu beseitigen, der mir wichtig ist."

Tanners Miene wurde sehr ernst. „Was ist mit deinem Dad, deiner Mom und deinen drei Brüdern, die vermutlich das Pech haben, genau wie du auszusehen?"

„Was glaubst du wohl, warum ich sie seit der Highschool nicht mehr gesehen habe?" Jack verspürte einen Stich in der Brust. „Außer dir weiß niemand, dass ich eine Familie habe, und so soll es auch bleiben."

„Was bedeutet, dass du eigentlich nicht Jack McCall heißt. Wer zum Teufel bist du wirklich?"

„Verdammt, du weißt, wer ich bin. Wir haben schließlich genug zusammen durchgemacht."

„Weiß ich das? Jack ist wahrscheinlich dein richtiger Vorname, aber ich wette, dass in deiner Geburtsurkunde nicht McCall steht."

„Meine Geburtsurkunde hat sich praktischerweise vor langer Zeit in Luft aufgelöst. Und wenn du glaubst, dass ich dir meinen Nachnamen verrate, damit du ihn in eine Suchmaschine eingeben kannst, dann bist du ein noch größerer Trottel, als ich je gedacht hätte."

Tanner liebte Puzzles und war außergewöhnlich gut darin, sie zu lösen. „Moment mal. Ashley war im College mit dir zusammen und kannte dich als Jack McCall. Hast du deinen Namen schon in der Highschool geändert?"

Jack sah ein, dass er sich in irgendeiner Form dazu äußern musste, um dieses Thema zu beenden. „Ich war als Teenager ziemlich schwierig. Deshalb haben meine Eltern mich auf so eine Militärakademie geschickt, in der böse Kids gedrillt werden, damit sie sich wie anständige Menschen benehmen. Einer der Ausbilder war früher mal bei einer Spezialeinheit der Navy. Um es kurz zu machen: Die Navy hat mich für eine Sondereinsatztruppe rekrutiert und mir das College finanziert. Ich bin nie wieder nach Hause zurückgekehrt. Die Namensänderung war deren Idee, nicht meine."

Tanner stieß einen leisen Pfiff aus. „Verdammt, deine Angehörigen müssen außer sich sein. Nicht zu wissen, was aus dir geworden ist …"

„Sie halten mich für tot." Jack wunderte sich selbst, wie viel er von sich preisgab. Das Gift schien sein Gehirn anzugreifen.

„Es existiert ein Grab mit Stein und allem. Sie bringen hin und wieder Blumen hin. Soweit sie wissen, wurde ich bei einem Militäreinsatz in undefinierbare Fetzen gerissen."

„Wie konntest du ihnen das antun?"

„Frag die Navy."

Draußen knirschte Schnee unter Reifen; Ashley bog in die Auffahrt ein.

„Ende der Durchsage", sagte Jack und blickte seinen Freund warnend an.

Tanner schob seinen Stuhl zurück und stand auf. „Das glaubst auch nur du."

„Ich verschwinde, sobald ich es arrangieren kann."

Die Hintertür flog auf. Ashley kam mit einem Schwall eiskalter Luft herein. Sie lief zu Tanner und schlang ihm die Arme um die Taille. „Die Babys sind wundervoll!", rief sie begeistert. Freudentränen glitzerten in ihren Augen. „Herzlichen Glückwunsch."

Er drückte sie an sich. „Danke." Mit einem finsteren Blick zu Jack und der Glock auf dem Kühlschrank verabschiedete er sich.

Zum Glück war Ashley zu sehr damit beschäftigt, ihren Mantel abzulegen, um die Pistole zu bemerken. „Du bist ja wieder auf", stellte sie erfreut fest. „Geht es dir besser?"

Jack hatte sie nie aus freien Stücken, sondern immer widerwillig verlassen. Doch dieses Mal fiel ihm der unausweichlich bevorstehende Abschied besonders schwer. „Ich liebe dich, Ashley."

Sie setzte gerade Kaffee auf. Bei seinen Worten hielt sie inne, versteifte sich, starrte ihn an. „Was hast du gesagt?"

„Ich liebe dich. Das war schon immer so, und so wird es immer bleiben."

Sie lehnte sich an den Küchenschrank. Das freudige Funkeln verschwand aus ihren Augen. Nach einer Weile bemerkte sie: „Du hast eine seltsame Art, das zu zeigen, Jack McCall."

„Ich kann nicht bleiben", eröffnete er rau. Er wünschte sich, sie in die Arme zu nehmen, mit ihr zu schlafen, nur noch ein einziges Mal. Aber er hatte auch so schon genug Schaden angerichtet. „Und diesmal werde ich nicht zurückkommen. Das verspreche ich."

„Glaubst du etwa, dass ich mich dadurch besser fühle?"

„Das solltest du. Wenn du wüsstest, was passieren könnte, wenn ich bleibe …"

„Was denn?"

„Dieser Lombard, von dem ich dir erzählt habe, ist ein rachsüchtiger Typ. Falls er je von dir erfährt …"

„Was ist, wenn er von mir erfährt und du nicht hier bist, um mich zu beschützen?", wandte sie ruhig ein.

Betroffen schloss Jack die Augen. „Sag so etwas nicht."

„Stone Creek ist kein schlechter Ort, um eine Familie zu gründen. Wir können hier glücklich werden. Zusammen."

Er stand auf. „Willst du damit sagen, dass du mich liebst?"

Ashley nickte. „Das war schon immer so, und so wird es immer bleiben."

„Es würde trotzdem nicht funktionieren."

Hätte ich mich in meiner Jugend nicht wie ein Rowdy benommen, lägen die Dinge ganz anders. Ich wäre nicht in der Militärakademie gelandet, und niemand hätte mein Talent als Undercoveragent entdeckt. Wahrscheinlich wäre ich Zahnarzt geworden und hätte Frau und Kinder und Hund. Meine Eltern und Brüder würden sonntags zum Grillen vorbeikommen, anstatt ein leeres Grab zu besuchen.

Herausfordernd entgegnete sie: „Das sehe ich anders. Schlaf mit mir und sag mir dann noch mal, dass es nicht funktioniert."

Ihr verlockender Vorschlag brachte sein Blut gewaltig in Wallung und rief eine unangenehm ausgeprägte Erregung hervor. „Bitte lass das."

Sie begann, ihre Seidenbluse aufzuknöpfen.

„Ashley …"

„Was hast du denn? Bist du feige?"

„Hör auf", bat er eindringlich. „Ich bin nicht der, für den du mich hältst. Ich heiße nicht Jack McCall, und ich …"

Ihre Bluse war offen. Sie trug einen BH aus rosa Spitze, der ihre üppigen Brüste zur Geltung brachte. Die dunklen Knospen waren deutlich zu erkennen.

„Mir ist egal, wie du heißt", sagte sie nachdrücklich. „Ich liebe dich. Du liebst mich. Wer immer du auch bist, geh mit mir ins Bett. Oder willst du es gleich hier auf dem Fußboden tun?"

Er konnte ihr einfach nicht widerstehen. Deshalb war er jedes Mal zu ihr zurückgekehrt. Weil er süchtig nach ihr war.

Irgendwie schafften sie es die Treppe hinauf, über den Flur und in ihr Schlafzimmer. Ihre Kleidung schien wie von Geisterhand zu verschwinden.

Noch vor wenigen Minuten wäre Jack zu erschöpft für Sex gewesen, doch er begehrte sie so sehr, dass er sich wie beflügelt fühlte.

Es fand kein Vorspiel statt – das gegenseitige Verlangen war zu stark.

Sie fielen auf das Bett, küssten sich leidenschaftlich, eng umschlungen.

Er nahm sie stürmisch und stellte erfreut fest, dass sie bereit für ihn war. Sie rief seinen Namen, klammerte sich stöhnend an seine Schultern. Immer tiefer drang er in sie ein, und sie wand sich aufreizend unter ihm und hob ihm lustvoll die Hüften entgegen.

Jack versuchte, sich zu beherrschen, um das Liebesspiel auszudehnen, doch es kostete ihn unendlich viel Disziplin. „Ashley, halt bitte still."

Natürlich tat sie es nicht. Im Gegenteil. Sie bewegte sich noch wilder.

Aufstöhnend ließ er sich gehen. Er spürte, wie sich ihr Körper spannte, als auch sie mit einem Lustschrei Erfüllung fand.

Danach lagen sie lange Zeit nebeneinander und rangen nach Atem.

Jack spürte, wie sein Verlangen erneut erwachte.

„Sag es", drängte sie. „Sag, dass du mich verlassen willst. Ich wette, du traust dich nicht."

Er konnte es nicht. Er suchte fieberhaft nach den richtigen Worten, aber sie wollten ihm einfach nicht einfallen.

Also küsste er Ashley stattdessen.

Ashley erwachte allein, in der Dämmerung, nackt und benommen in ihrem Bett. Ihr Körper prickelte noch immer von den Nachwirkungen des Liebesspiels, selbst als Panik in ihr aufstieg. Wieder einmal hatte Jack sie mit seinen Zärtlichkeiten um den Verstand gebracht und sie dann verlassen.

Sie stand auf, schlüpfte in ihren Bademantel und lief hinunter.

„Jack?" Sie kam sich töricht vor, weil sie nach ihm rief, obwohl sie wusste, dass er längst fort war, aber sein Name kam ihr ungewollt über die Lippen, bevor sie sich zurückhalten konnte.

„Hier hinten!"

Ihr Herz schlug höher; sie spürte ein Flattern im Bauch. Sie folgte seiner Stimme bis zum Arbeitszimmer und fand ihn am Computer. Der Monitor warf einen bläulichen Schein auf sein Gesicht.

„Ich hoffe, du hast nichts dagegen", sagte er. „Mein Laptop hat im Dschungel den Geist aufgegeben, also habe ich ihn irgendwo in den Bergen von Venezuela weggeworfen. Ich hatte noch keine Gelegenheit, mir einen neuen zu besorgen."

Mit weichen Knien betrat Ashley den Raum und sank auf den nächstbesten Stuhl. Es war ein Schaukelstuhl, den sie eigenhändig mit Chintz in Pink, Grün und Weiß bezogen hatte. „Fühl dich ganz wie zu Hause."

Er ließ die Finger über die Tastatur fliegen und hielt nicht einmal inne, als er ihr einen Blick zuwarf. „Danke."

„Du hast dich bemerkenswert gut erholt, wie mir scheint."

„Die stärkende Wirkung von gutem Sex ist legendär."

Du bist legendär. Es war Stunden her, seit sie miteinander geschlafen hatten, doch Ashley spürte hin und wieder noch immer ein köstliches Prickeln. „Beantwortest du E-Mails?", erkundigte sie sich, um das Gespräch in Gang zu halten.

Jack schüttelte den Kopf. „Ich bekomme keine E-Mails. Ich

habe das Ding gebootet und alle Programme eingerichtet. Dann habe ich festgestellt, dass du gar keine Website hast. Du kannst heutzutage kein Geschäft führen, ohne im Internet präsent zu sein. Es sei denn, du legst es darauf an, pleitezugehen."

„Du richtest eine Website ein?"

„Ich lege ein paar Vorlagen an. Du kannst sie dir später ansehen und entscheiden, ob dir etwas davon gefällt."

Ihr fiel auf, dass er sich geduscht und rasiert hatte und nun frische Kleidung trug – Bluejeans und ein weißes T-Shirt. „Du bist ein Mann mit vielen Talenten, Jack McCall."

Er grinste. „Ich habe schon vermutet, dass du so denkst, als du dich so wild an mich geklammert und gestöhnt hast."

Ashley lachte. Sie hatte sich ihm mit Körper und Seele hingegeben, und sie bereute nicht eine Sekunde. „Du bist ganz schön eingebildet."

Er drehte sich vom Schreibtisch fort. „Komm her."

Ihr Herz schlug höher; ihr Atem stockte. „Warum?"

„Weil ich dich will", erklärte er unverhohlen.

Sie ging zu ihm und ließ sich auf seinen Schoß ziehen.

Er öffnete ihren Bademantel und enthüllte ihre Brüste. Beide stöhnten vor Lust, als er die Knospen küsste.

Vor Erregung merkte sie kaum, dass er seine Jeans öffnete. Es wurde ihr erst bewusst, als sie seine Männlichkeit heiß und hart zwischen den Schenkeln spürte.

Während er in sie eindrang, nahm er eine Brustspitze in den Mund, liebkoste sie mit der Zunge und saugte mit den Lippen daran.

Ashley warf den Kopf zurück und flüsterte: „Bitte, nicht so schnell …"

Doch sie wurde mitgerissen von den wunderbaren Empfindungen, die Jack mit seinen Zärtlichkeiten in ihr auslöste. Wie in einem Rausch vergaß sie alles um sich herum, bis sie den ekstatischen Gipfel der Lust erreichte.

Jack nahm sich lange zurück, so schwer es ihm auch fiel, bevor auch er sich ganz der Leidenschaft hingab. Er bewegte sich geschmeidig und genüsslich, mit geschlossenen Augen, bis er schließlich aufstöhnend das Liebesspiel unterbrach.

Nach einer kleinen Weile riss er die Augen auf und fragte unvermittelt: „Du nimmst doch die Pille, oder?"

Nicht mehr. Seit du mich verlassen hast, gab es keinen Grund mehr zu verhüten.

„Sag schon", drängte er, als sie nicht antwortete.

Sie schloss ihren Bademantel und wollte von seinem Schoß aufstehen.

Er legte ihr die Hände auf die Hüften und hielt sie entschieden fest. „Ashley?"

„Nein", sagte sie leise, „ich nehme die Pille nicht."

Er fluchte.

„Keine Sorge", versicherte sie und verbarg dabei ihren Schmerz. „Ich werde dich nicht an mich binden, falls ich schwanger werde."

Er wurde wieder hart in ihr. Mit glühendem Blick umfasste er ihre Hüften noch fester. Dann hob und senkte er sie immer wieder, immer schneller. Fasziniert beobachtete er ihr Gesicht, während er sie zu einem berauschenden Höhepunkt brachte.

Sie warf den Kopf zurück und stöhnte vor Ekstase.

Als Jack ebenfalls Erfüllung fand, trat kein einziger Laut über seine Lippen.

O bwohl es wunderschön gewesen war, mit Jack zu schlafen, fühlte sich Ashley danach niedergeschlagen. Sie zog den Gürtel des Bademantels feste zu und verkündete mit erhobenem Kopf: „Ich gehe jetzt ins Bett."

„Gute Nacht." Gelassen wandte Jack sich dem Computer zu. Niemand hätte bei seinem Anblick erraten, dass er soeben berauschenden Sex erlebt hatte.

„Ich brauche eine Kreditkarte von dir."

Er warf ihr einen Seitenblick zu. „Wie bitte?"

Sie errötete. „Nicht für den Sex. Für das Zimmer."

Er konzentrierte sich wieder auf den Monitor. „Meine Brieftasche ist in dem Lederbeutel. Bedien dich."

Verstimmt stürmte sie in die Nähstube, schnappte sich den Beutel und marschierte ins Arbeitszimmer zurück. Dort knallte sie ihn auf den Schreibtisch.

Jack seufzte übertrieben schwer. Er suchte die Brieftasche, holte eine Kreditkarte heraus und hielt sie ihr mit zwei Fingern hin. „Bitte schön, *Madam*."

Sie ignorierte die höhnische Bezeichnung, schnappte sich die Karte und fragte spitz: „Wie lange gedenkst du zu bleiben?"

Mehrere spannungsgeladene Momente lang hing die Frage zwischen ihnen.

„Stell mir am besten zwei Wochen in Rechnung", erwiderte er schließlich. „Die Verpflegung ist gut hier, und der Sex ist noch besser."

Ashley musterte die Karte. Sie war platinfarben, was bedeutete, dass sie ein hohes Limit hatte, und noch drei Jahre gültig. Der Name war jedoch falsch. Verwundert las sie: „Mark Ramsey?"

„Ups. Entschuldige."

„Ist das dein richtiger Name?"

„Natürlich nicht." Mit gerunzelter Stirn blätterte er durch einen dicken Stoß Kreditkarten.

Das sind wesentlich mehr, als die meisten Leute mit sich he-

rumtragen. „Wie heißt du denn dann?" *Da ich gerade mehrere Höhepunkte auf deinem Schoß erlebt habe, habe ich wohl ein Recht darauf, es zu erfahren.*

„Jack McCall", sagte er sanft und tauschte die platinfarbene Karte in ihrer Hand gegen eine goldene. „Versuch es mit der hier."

„Welchen Namen hast du benutzt, als du Rachel gerettet hast?"

„Ganz bestimmt nicht diesen. Aber falls jemand anruft oder womöglich sogar hier auftaucht und nach Neal Mercer fragt, hast du nie von ihm gehört."

Bekümmert ließ sie sich in den Schaukelstuhl fallen, in dem sie vor dem rasanten Intermezzo auf Jacks Schoß gesessen hatte. „Wie viele Decknamen hast du eigentlich?"

Er wandte sich wieder dem Computer zu. „Etwa ein Dutzend. Willst du die Kreditkarte jetzt belasten oder nicht?"

Ashley beugte sich vor, spähte auf den Monitor und sah ein Bild vom *Mountain View Bed and Breakfast*. Das Haus war in strahlenden Sonnenschein getaucht, der Garten präsentierte sich von seiner besten Seite in vollem Sommerschmuck mitsamt üppig belaubten Bäumen, prächtig blühenden Blumen und gepflegten saftigen Rasenflächen. Beinahe konnte sie die Blüten und das taufrische Gras riechen.

„Woher hast du das Foto?"

„Von der Website der Handelskammer runtergeladen."

Sie atmete tief durch.

„Warum der Stoßseufzer?"

„Ich muss noch so viel über Computer lernen." Das war natürlich nur ein kleiner Teil dessen, was sie bedrückte. Sie liebte diesen Mann, und er behauptete, ihre Gefühle zu erwidern, und doch wusste sie nicht einmal, wer er war.

„Es ist gar nicht so schwer. Ich zeige es dir."

„Wie heißt du?"

Jack schmunzelte. „Rumpelstilzchen."

„Sehr witzig! Weißt du eigentlich selbst, wer du wirklich bist?"

Er drehte sich zu ihr um und sah ihr direkt in die Augen.

„Jacob McKenzie", sagte er ernst. „Aber das ist nicht weiter wichtig."

„Warum sollte es nicht wichtig sein?"

„Weil Jacob McKenzie tot ist. Begraben in Arlington, mit allen militärischen Ehren."

Fassungslos, sprachlos starrte sie ihn an.

„Geh jetzt schlafen", meinte er nur.

Sie war zu stolz, um ihn zu fragen, ob er ihr Bett zu teilen beabsichtigte. Sie war nicht einmal sicher, ob sie es überhaupt wollte. Sie liebte ihn von ganzem Herzen, daran bestand kein Zweifel. Aber sie hätten in verschiedenen Universen leben können, so anders waren ihre Welten. Sie war keine internationale Spionin, sondern ein Kleinstadtmädchen. Mysteriöse Machenschaften zählten nicht zu ihrem Repertoire als Betreiberin einer bescheidenen Pension.

Wortlos verließ sie den Raum. Sie ging zum Rezeptionspult in der Lobby, belastete Jacks Kreditkarte und brachte sie ihm zurück. Tonlos sagte sie: „Du musst eine Quittung unterschreiben, aber das kann bis morgen warten."

Er nickte.

Ashley schloss die Tür des Arbeitszimmers hinter sich und stieg die Treppe hinauf.

Jack lauschte, bis er im oberen Stockwerk eine Zimmertür ins Schloss fallen hörte. Dann richtete er eine neue E-Mail-Adresse ein und begann zu tippen:

Hi, Mom,
nur eine kurze Nachricht, dass ich nicht wirklich tot bin …

Er klickte auf *Löschen*, gab den Namen seines Vaters in die Suchmaschine ein und öffnete die Homepage der Zahnarztpraxis.

Ein Bild von Dr. McKenzie erschien auf dem Monitor. In seinem weißen Kittel wirkte der alte Mann sehr vertrauenerweckend. Er hatte breite Schultern, dichtes silbergraues Haar und ein zuversichtliches Lächeln.

Wahrscheinlich sehe ich ihm eines Tages sehr ähnlich. Falls ich lange genug lebe …

Jack erkannte eine Traurigkeit in den Augen seines Vaters, die bestimmt nicht jeder Besucher der Seite wahrgenommen hätte. „Es tut mir leid, Dad", murmelte er vor sich hin.

Aus den Tiefen des Lederbeutels ertönten die ersten Klänge des Countrysongs *Folsom Prison Blues* von Johnny Cash.

Alarmiert wühlte Jack zwischen T-Shirts und Unterwäsche nach dem Handy. Er prüfte das Display. Die Anrufernummer war unterdrückt. Deshalb nahm er das Gespräch nicht an, sondern wartete ab, ob eine Nachricht hinterlassen wurde.

Er benutzte dieses Wegwerfhandy unter dem Namen Neal Mercer; nur wenige Personen kannten die Nummer. Ardith. Rachel. Ein paar FBI-Agenten. Niemand sonst.

Es sei denn, Ardith oder Rachel haben sie jemandem verraten. Unter Zwang.

Ein kalter Schauer rann ihm über den Rücken.

Ein kleiner Umschlag flatterte über das Display.

Jack atmete tief durch und hörte die Mailbox ab.

„Hallo? Hier ist Ardith."

Ihre Stimme klang verängstigt. Sie hatte ihren und Rachels Namen geändert, eine Eigentumswohnung in einer Stadt weit entfernt von Phoenix gekauft und ein neues Leben begonnen – in der Hoffnung, dass Lombard sie nicht aufspürte.

In aufgewühltem Ton fuhr sie fort: „Ich glaube, er weiß, wo wir sind. Rachel ist überzeugt, dass sie ihn heute Nachmittag gesehen hat, wie er am Spielplatz vorbeigefahren ist. Oh Gott, ich hoffe, dass Sie diese Nachricht erhalten. Bitte rufen Sie mich an."

Er drückte die Rückruftaste. Handys waren mit der richtigen Ausrüstung und Fachkenntnis leicht abzuhören, und Lombard verfügte angesichts seiner illegalen Geschäfte vermutlich über beides. Womöglich holte er bereits zum entscheidenden Schlag aus – wenn Rachel wirklich ihn gesehen hatte und nicht nur jemanden, der ihm ähnelte.

„Hallo?", meldete sich Ardith mit ängstlicher Stimme.

„Hier ist Jack. Sie müssen verschwinden. Sofort. Es muss schnell gehen."

„Aber womöglich wartet er schon vor meiner Tür!"

„Ich schicke eine Eskorte. Halten Sie sich einfach bereit, okay?"

„Aber wohin …"

„Das erfahren Sie später. Öffnen Sie niemandem, der Ihnen nicht das Passwort nennt, das wir vereinbart haben."

„Okay", sagte sie mit tränenerstickter Stimme und beendete das Telefonat, ohne sich zu verabschieden.

Da es ziemlich unwahrscheinlich war, dass Ashleys Festnetz abgehört wurde, benutzte er vorsichtshalber ihren Apparat, um Vince Griffin zu kontaktieren und damit zu beauftragen, Mutter und Tochter abzuholen.

„Sind die beiden noch da, wo wir sie abgeliefert haben?"

„Ja." Jack nannte ihm das Passwort. „Ruf mich an, sobald sie bei dir im Auto sitzen."

„Wird gemacht."

„Und sei vorsichtig."

„Immer."

Jack hörte ein Geräusch hinter sich und bereute, dass er die Glock inzwischen in der Nähstube versteckt hatte.

Ashley stand mit bleichem Gesicht in der Tür.

„Sie kommen hierher? Rachel und ihre Mutter?"

„Ja. Aber ich werde sie schnellstmöglich an einen sicheren Ort bringen."

„Sie können bleiben, solange es nötig ist", bot sie an, doch sie sah verängstigt aus. „Es gibt keinen sichereren Ort als Stone Creek."

Nur, solange Lombard seine Exfreundin und seine Tochter nicht hier aufspürt, dachte Jack. Doch er sprach es nicht aus. Es war nicht nötig, sie extra darauf hinzuweisen.

Ashley wusste, dass sie in dieser Nacht kein Auge zutun würde. Daher schlüpfte sie in Jeans und ein altes T-Shirt, sobald Jack sich in die Nähstube zurückgezogen hatte, und ging in die Küche. Dort suchte sie mechanisch die Zutaten für das kompliziertete Rezept in ihrer Sammlung zusammen – den Rum-Walnuss-Kuchen ihrer Urgroßmutter.

Als der Morgen dämmerte, war das vierte Blech gebacken, und Ashley saß mit einer unberührten Tasse Kaffee vor sich am Tisch.

Jack kam mit einer Toilettentasche unter einem Arm aus der Nähstube. Er lächelte matt und ein wenig schuldbewusst. „Hier riecht es wie Weihnachten", sagte er leise. „Konntest du nicht schlafen?"

Sie schüttelte den Kopf. „Und du?"

„Nein. Hör mal, es tut mir leid, dass …"

„Hör auf, dich zu entschuldigen." Unwillkürlich dachte sie an den gestrigen Tag, an dem sie Jack praktisch hier in der Küche verführt hatte. *War es wirklich erst gestern, dass ich Olivia und die Babys im Krankenhaus besucht habe? Mir scheint, dass seitdem hundert Jahre vergangen sind.*

Das Wandtelefon klingelte.

Sofort nahm er eine angespannte Haltung ein.

„Das ist nur Melissa", beruhigte sie ihn. „Ich spüre immer, wenn sie anruft." Sie stand auf und nahm das Gespräch an: „Hallo, Melissa?"

„Ich empfange Zwillings-Schwingungen. Was ist bei dir los?"

„Nichts. Es ist noch nicht mal sechs. Wieso bist du so früh auf?"

„Das habe ich doch gesagt. Ich spüre irgendetwas", erwiderte Melissa ungehalten. „Also, sprich!"

Jack verließ die Küche.

„Bei mir ist gar nichts los", behauptete Ashley und wickelte sich die Telefonschnur um den Zeigefinger.

„Du lügst. Muss ich vorbeikommen?"

„Nur, wenn du frühstücken willst. Blaubeerpfannkuchen oder Crêpes mit Kirschen?"

„Du quälst mich absichtlich! Du weißt genau, dass ich auf Diät bin."

„Wenn das stimmt, dann lasse ich dich in die Geschlossene einweisen." Ashley bereute ihre unbedachte Wortwahl sofort. Denn ihre Mutter war in der Psychiatrie von Flagstaff gestorben, und das Thema sollte vorläufig tabu bleiben, da Melissa ebenso wie Brad und Olivia nicht gut auf Delia zu sprechen war.

„Crêpes mit Kirschen … Du bist ein böses Weib! Außerdem ist es eine Frechheit, dass du mich über Alex ausquetschst, obwohl Jack McCall zurück ist."

„Woher weißt du das?"

„Hast du vergessen, dass deine Nachbarin mit mir in der Kanzlei arbeitet? Sie hat mir erzählt, dass er vorgestern in einem Krankenwagen angekommen ist. Gibt es einen Grund dafür, dass du es nicht erwähnt hast?"

„Ja, Frau Anwältin. Weil ich nicht wollte, dass du es erfährst."

„Warum nicht?", fragte Melissa in verletztem Ton.

„Weil ich wie ein Idiot dastehen werde, wenn er wieder verschwindet."

„Und warum lädst du mich zum Frühstück ein, wenn du versuchst, einen Mann vor mir zu verstecken?"

„Weil ich zu viele Vorräte an Crêpes habe und Platz im Gefrierschrank brauche?"

„Falsche Antwort. Du hättest sagen sollen: Weil du meine Zwillingsschwester bist und ich dich lieb habe."

Ashley lachte, doch es klang gezwungen. „Das auch."

„Ich komme vor der Arbeit auf einen Sprung vorbei. Ist bei dir wirklich alles in Ordnung?"

Nein. Ich liebe einen Fremden, jemand will ihn töten, und meine Pension geht pleite. „Ja, ja. Das wird schon", murmelte sie in gespielt zuversichtlichem Ton.

„Hoffentlich." Melissa legte ohne Verabschiedung auf. Schließlich hatte sie auch am Anfang des Gesprächs kein Wort der Begrüßung geäußert, sondern war direkt zum Thema gekommen. Typisch für sie, dachte Ashley amüsiert.

Während des Telefonats hatte sie Wasser im oberen Badezimmer rauschen gehört. Inzwischen waren die alten Rohrleitungen verstummt. In der Annahme, dass Jack bald herunterkommen und sein Frühstück verlangen würde, holte sie einen Behälter aus dem Tiefkühlschrank.

Vor einem Monat hatte sie ein „Backgelage" veranstaltet und fünf Dutzend Crêpes mit Kirschsoße fabriziert – aus Mitgefühl mit einer alten Freundin vom College, die von ihrem Ehemann betrogen wurde. Zuvor hatte ein wahrer Brownie-Marathon stattgefunden, beginnend am Tag der Beerdigung ihrer Mutter.

Das Gebäck hatte Ashley teils eingefroren, teils dem Pflegeheim um die Ecke gespendet. Denn auf ihre eigene Weise achtete sie genauso auf ihre Figur wie Melissa. Backen als Therapie war eine Sache, das Ergebnis zu verschlingen eine ganz andere.

Eine halbe Stunde verstrich, ohne dass Jack auftauchte.

Ashley wartete.

Nach einer vollen Stunde ließ er sich immer noch nicht blicken.

Resigniert machte sie auf den Weg nach oben und klopfte leise an seine Tür.

Keine Antwort.

Die Fantasie ging mit ihr durch. Immerhin hatte er sich zahlreiche Pseudonyme zugelegt und die siebenjährige Tochter eines Drogendealers aus einer Verbrecherhochburg im lateinamerikanischen Dschungel entführt.

Vermutlich hat er sich wieder mal aus dem Haus geschlichen. Oder vielleicht liegt er bewusstlos oder gar tot da drinnen.

„Jack?"

Kein Ton.

Das Herz klopfte ihr bis zum Hals, als sie die Tür öffnete und den Kopf ins Zimmer steckte.

Er lag nicht im Bett.

Erneut rief sie ihn, ein wenig lauter als zuvor.

Dann hörte sie ein Summen, das nach einem Rasierapparat klang. Gerade wollte sie wieder verschwinden, da öffnete sich die Badezimmertür.

Sein Haar war feucht von der Dusche, und er trug nichts als

ein Handtuch um die Hüften. Grinsend schaltete er den Rasierapparat aus.

„Ich bin nicht wegen Sex hier", erklärte sie hastig und bereute es sofort.

„Schade! Es gibt nichts Besseres als einen Quickie, um den Tag zu beginnen."

Ashley bemühte sich zu verbergen, dass ihr die Idee äußerst reizvoll erschien. Deshalb verkündete sie kühl: „Das Frühstück ist gleich fertig, und Melissa kommt. Also versuch bitte, dich zu benehmen."

Er kam aus dem Badezimmer. „Aber jetzt sind wir doch allein, oder?"

„Hast du vergessen, dass ich immer noch nicht verhüte?"

„Es nützt wohl nicht mehr viel, die Stalltür zu schließen", erwiderte Jack in Anlehnung an das englische Sprichwort. „Das Pferd dürfte schon durchgegangen sein." Er trat zu ihr, schloss sie in die Arme und stieß mit einem Fuß die Zimmertür zu, die Ashley offen gelassen hatte.

Dann drängte er sie rückwärts durch das Zimmer und drückte sie auf das Bett. Sie stöhnte vor Erregung, als er sie stürmisch küsste, ihre Jeans öffnete und eine Hand unter ihren Slip schob. Wo immer er sie berührte, prickelte ihre Haut. Bereitwillig zog sie sich die Hosen über die Hüften hinunter. Wenn es um Jack McCall – oder McKenzie – ging, war sie sehr leicht zu haben.

Er streifte ihr Schuhe, Jeans und Slip ab. Als er sich zwischen ihre Beine kniete, ihre Schenkel spreizte und sie *dort* küsste, erschauerte ihr ganzer Körper vor ungezügeltem Verlangen.

„Langsam", raunte er beschwichtigend, „ganz sachte."

Sie schüttelte den Kopf. „Nein. Schnell und hart. Bitte!"

Er erfüllte ihr den Wunsch, und nach ekstatischen Momenten erlebte sie einen atemberaubend berauschenden Höhepunkt.

Jack streichelte sie sanft und flüsterte ihr zärtliche Worte zu, während sie allmählich in die Wirklichkeit zurückkehrte. Voller Vorfreude wartete sie darauf, dass er sich mit ihr vereinigte. Doch er tat es nicht. Vielmehr kleidete er sie wieder an – sogar die Schuhe.

„Was ist denn mit dem Quickie?", fragte sie enttäuscht, denn so erfüllend seine Zärtlichkeiten auch gewesen sein mochten, sehnte sie sich nach mehr Nähe.

„Der muss wohl warten." Jack setzte sich zu ihr auf das Bett und kuschelte sich an sie. „Hast du nicht gesagt, dass deine Schwester jeden Moment zum Frühstück kommt?"

Sie senkte den Blick zu seinen Lenden. Entweder war das Handtuch wie durch ein Wunder an Ort und Stelle geblieben, oder er hatte es sich unbemerkt wieder umgewickelt. „Aber du bist doch erregt", stellte sie sachlich fest.

Er schmunzelte. „Meinst du wirklich?"

„Ash?", rief Melissa von der Haustür her. „Ich bin da!"

„Ich komme sofort!"

„Das kann ich bestätigen", meinte Jack grinsend.

„Sehr witzig!" Ashley sprang auf und zupfte ihr T-Shirt zurecht, während sie ins Badezimmer lief. Sie spritzte sich kaltes Wasser ins Gesicht, kämmte sich mit den Fingern durch das zerzauste Haar und musterte sich in dem bodenlangen Spiegel an der Tür. Sie sah aus wie eine Frau, die gerade einen wundervollen Höhepunkt erlebt hatte und sich mehr ersehnte. Sie versuchte es mit einem ernsten Gesichtsausdruck, doch das verräterische Leuchten blieb.

Trotzdem blieb ihr nichts anderes übrig, als hinunterzugehen, bevor ihre ungeduldige und allzu scharfsinnige Zwillingsschwester sie suchen kam.

„Du hattest Sex", stellte Melissa zur Begrüßung fest.

„Hatte ich gar nicht."

„Lügnerin."

Ashley durchquerte den Raum und schaltete den Backofen ein. Dann beschäftigte sie sich sehr eingehend damit, die gefrorenen Crêpes aus dem Plastikbehälter auf ein Backblech zu befördern.

„Olivia und die Zwillinge kommen heute nach Hause."

„Ich dachte, die Babys müssten noch im Krankenhaus bleiben, bis sie größer sind."

„Tanner hat zwei Säuglingsschwestern engagiert und hochmoderne Brutkästen aus Flagstaff liefern lassen."

Als die Crêpes im Ofen waren, drehte Ashley sich widerstrebend um.

„Und du hattest doch Sex."

„Ja, okay. Gewissermaßen."

„Wie hat man denn *gewissermaßen* Sex?", hakte Melissa belustigt nach.

„Reicht es nicht, dass ich es zugegeben habe? Willst du auch noch Details hören?"

„Eigentlich schon, aber offensichtlich bekomme ich keine zu hören." Die Tür ging auf. „Zumindest noch nicht."

Ashley verdrehte die Augen.

Jack erschien in der Küche. „Hallo, Melissa."

„Hallo", erwiderte sie unfreundlich, um ihn spüren zu lassen, dass sie nicht mehr dem Jack-McCall-Fanklub angehörte, seit er sich das letzte Mal bei Nacht und Nebel davongeschlichen hatte. Dann fragte sie in zuckersüßem Ton: „Bist du mal wieder auf der Durchreise?"

„Wie der Wind", erwiderte er unbekümmert. „Aber dein Bruder hat mir schon ins Gewissen geredet, also können wir diesen Teil überspringen."

„Hauptsache, einer von uns hat dir seinen Standpunkt deutlich gemacht."

„Oh, keine Sorge, ich habe es begriffen."

„Würdet ihr bitte aufhören zu streiten?", bat Ashley.

Melissa nieste und blickte sich um. „Ist hier irgendwo eine Katze?"

Jack grinste. „Ich könnte den kleinen Mutanten suchen, wenn du ihn streicheln möchtest."

„Ich bin allergisch! Ash, du weißt genau, dass ich ..." Sie nieste erneut.

Ashley hatte Mrs Wiggins völlig vergessen und ebenso die berüchtigten Allergien ihrer Schwester, die sich vermutlich nur im Kopf abspielten, denn sämtliche Tests waren negativ ausgefallen. „Es tut mir leid. Ich ..."

Erneut ein Niesen.

„Gesundheit", wünschte Jack großmütig.

Melissa schnappte sich Mantel und Handtasche, rannte aus dem Haus und knallte die Tür hinter sich zu.

„Also, das ist ja richtig gut gelaufen", spottete er.

„Halt den Mund", fuhr Ashley ihn an.

Er seufzte übertrieben schwer.

Sie holte zwei Teller aus dem Schrank und stellte sie mit viel Wucht auf den Tisch. „Du verkomplizierst mein Leben."

„Meinst du mich oder die Katze?", fragte er ganz unschuldig.

„Dich natürlich. Die Katze will ich nicht loswerden."

„Aber mich? Nach dem überwältigenden Intermezzo gerade eben?"

„Halt doch endlich den Mund!"

Er schmunzelte und presste die Lippen zusammen.

Sie servierte die Crêpes. Sie aßen, ohne dass ein einziges Wort zwischen ihnen gewechselt wurde.

Nach dem Frühstück zog Jack sich in das Arbeitszimmer zurück, und Ashley räumte die Küche auf. Gerade war sie damit fertig, da rief Melissa an und sagte ohne Vorrede: „Es war nicht die Katze."

„Ach nein?"

„Ich habe es echt gedacht, aber wahrscheinlich kriege ich eine Erkältung."

„Oder du bist allergisch gegen Jack."

„Er ist nicht gut für dich, Ash."

„Ich kann mich ja mit Daniel zusammentun. Ich habe gehört, dass er ein Heimchen am Herd sucht."

„Wage es ja nicht!"

Ashley lachte leise, obwohl plötzlich Tränen in ihren Augen brannten. Es war ihr vom Schicksal vorherbestimmt, einen einzigen Mann zu lieben, für den Rest ihres Lebens, vielleicht sogar bis in alle Ewigkeit.

Und Melissa hatte recht: Er war absolut nicht gut für sie.

6. KAPITEL

*I*ch fahre heute nach der Arbeit zu Tanner und Olivia", sagte Melissa. „Ich muss meine Neffen unbedingt in ihrer natürlichen Umgebung sehen. Kommst du mit?"

Ashley wollte zu Hause sein, wenn Ardith und Rachel eintrafen, um ihnen zu helfen, sich einzurichten. Sie hatte beschlossen, die geheimen Gäste in dem Zimmer gegenüber von Jack unterzubringen, damit er in deren Nähe war, falls es zu Schwierigkeiten kam. „Ich habe letzte Nacht nicht gut geschlafen. Bis du aus der Kanzlei kommst, liege ich wahrscheinlich schon im Bett."

„Wie du meinst. Aber sei vorsichtig. Wenn der Sex gut ist, verrennt man sich leicht."

„Das klingt, als ob du aus Erfahrung sprichst. Hast du Daniel in letzter Zeit getroffen?"

Melissa seufzte und sagte ungewohnt traurig: „Wir reden nicht mehr miteinander. Bei unserer letzten Begegnung hat er mir gesagt, dass wir uns beide anderweitig orientieren sollten. Angeblich ist er jetzt mit einer Kellnerin aus Indian Rock liiert."

„Spielst du deswegen mit dem Gedanken, von hier wegzuziehen? Bloß weil er eine andere hat?"

Melissa begann zu weinen. Es war kein Schluchzen, kein Schniefen, überhaupt kein Geräusch zu hören, aber durch die besondere Verbundenheit zwischen Zwillingen spürte Ashley, dass ihre Schwester in Tränen aufgelöst war.

„Warum muss ich mich entscheiden? Warum kann ich nicht Dan *und* meine Karriere haben? Ich habe so hart daran gearbeitet, Anwältin zu werden. Obwohl Brad für die Kosten aufgekommen ist, war das Studium schwer."

„Verlangt Dan etwa von dir, dass du deinen Beruf aufgibst?"

„Er hat zwei kleine Söhne. Die Ranch liegt meilenweit von der Zivilisation entfernt. Im Winter wird sie eingeschneit. Dann ist die Zufahrtsstraße nicht passierbar, und er unterrichtet Michael und Ray zu Hause – vom ersten Schneesturm an, manchmal bis Ostern. Ich könnte höchstens mit dem Hundeschlitten in die Stadt gelangen. Ich würde verrückt werden." Melissa holte tief Luft. „Vielleicht würde ich sogar Mom nacheifern und mich eines Tages auf Nimmerwiedersehen in einen Bus setzen."

„Das kann ich mir von dir überhaupt nicht vorstellen", wandte Ashley ein.

„Tja, ich schon. Ich liebe Dan und habe die Jungs ins Herz geschlossen – zu sehr, um ihnen das anzutun, was Delia uns angetan hat. Da ist es mir sogar lieber, er heiratet diese Kellnerin und nicht jemanden wie mich, der immer einen Ausweg sucht."

„Hast du mit ihm darüber gesprochen?"

„Ich hab's versucht. Seine Standardantwort lautet: Es gibt immer eine Lösung. Womit er meint, dass ich im Haus hocken und kochen und putzen und nähen soll, während er Horden von leitenden Angestellten über die Ranch führt und ihnen hilft, ihren *inneren Cowboy* zu finden."

„Woher weißt du, dass es so wäre? Hat er es ausdrücklich gesagt, oder ist das bloß deine Einschätzung?"

„*Bloß meine Einschätzung?*", wiederholte Melissa pikiert. „Was soll das denn heißen? Ich bin doch kein naiver Klon von Martha Stewart wie ... wie ..."

„Wie ich?"

„Das habe ich nicht gesagt."

„Das ist auch nicht nötig, Frau Anwältin." Betroffen fragte Ashley sich, ob sie auf andere wirklich wie Martha Stewart wirkte, die durch ihre Fernsehprojekte als beste Hausfrau Amerikas bekannt war. *Nur weil ich gern koche, dekoriere und nähe? Weil ich nicht wie Melissa und Brad den Ehrgeiz besitze, die ganze Welt zu erobern?*

„Ash, ich wollte wirklich nicht ..."

Aber du hast es getan, dachte sie. Doch sie war seit jeher die Friedensstifterin in der Familie und versicherte daher sanft: „Ich weiß, dass du meine Gefühle nicht verletzen wolltest. Und vielleicht ist es wirklich an der Zeit, dass ein bisschen Aufregung in mein Leben kommt." Und die war mit Jack im Haus praktisch vorprogrammiert. *Überirdischer Sex und ein Drogendealer, der auf Rache sinnt ... Was kann man mehr erwarten?*

„Da bin ich aber froh", sagte Melissa erleichtert. „Gib den Babys ein Küsschen von mir, falls du sie vor mir siehst."

„Mach ich."

Ashley legte den Hörer auf und machte sich auf die Suche nach Jack. Sie fand ihn im Arbeitszimmer mit Entwürfen für ihre Website beschäftigt. Er wirkte erstaunlich entspannt, ruhig und beherrscht, in Anbetracht der Umstände.

Sie ging in ihr Schlafzimmer hinauf und blickte sehnsüchtig zum Bett. Doch wenn sie sich zu dieser Tageszeit hinlegte, stand ihr eine weitere schlaflose Nacht bevor. Kurz entschlossen griff sie zum Telefon auf dem Nachttisch und rief Olivia an, die sich beim zweiten Klingeln mit „Dr. O'Ballivan" meldete. Sie hatte bei der Hochzeit Tanners Nachnamen angenommen, benutzte aber beruflich nach wie vor ihren Mädchennamen.

„Du klingst sehr geschäftstüchtig für jemanden, der kürzlich im Abstand von zehn Minuten zwei Geburten durchgestanden hat", wunderte sich Ashley.

„Die moderne Medizin macht's möglich, dass man an einem Tag Zwillinge kriegt und am nächsten nach Hause geht. Außerdem hat Tanner Krankenschwestern eingestellt, die sich rund um die Uhr um die Babys kümmern, bis ich mich erholt habe."

„Wie geht es den Kleinen?"

„Sie blühen, wachsen und gedeihen."

„Gut. Ist dir schon nach Besuch zumute?"

„Ich würde mich riesig freuen. Tanner ist draußen und füttert das Vieh, Sophie ist in der Schule. Die Tagesschwester ist vollauf beschäftigt, die beiden neuen Männer im Haus zu verwöhnen, und Ginger ist nicht zum Plaudern aufgelegt. Also weiß ich nichts mit mir anzufangen."

Ginger, eine alternde Retrieverhündin, war Olivias ständige Begleiterin, und die beiden hatten einander für gewöhnlich sehr viel zu sagen.

„Ich komme, sobald ich geduscht und angezogen bin. Brauchst du etwas aus der Stadt?"

„Nein, danke. Wir sind mit allem fürs Wochenende eingedeckt. Die Straßen sind geräumt und gestreut, aber fahr trotzdem vorsichtig. Für heute Nacht ist wieder ein Schneesturm vorhergesagt."

Ashley versprach, gut aufzupassen, und verabschiedete sich. Sie versuchte, die Sturmwarnung gelassen hinzunehmen, doch für sie verlor Schnee nach Weihnachten jeglichen Reiz. Im Gegensatz zu ihren Geschwistern fuhr sie nicht Ski.

Eine heiße Dusche mit einem belebenden Duschgel munterte sie ein wenig auf. Das Handtuch, mit dem sie sich abtrocknete, war weich und flauschig. Wie man es bei einem Martha-Stewart-Klon erwarten darf, dachte sie sarkastisch und schlüpfte in einen schwarzen Rock, einen lavendelfarbenen Sweater mit Fledermausärmeln und hohe schwarze Stiefel.

Sie bürstete sich das Haar, flocht es geschickt zu einem kunstvollen Zopf und musterte sich kritisch im Spiegel.

Vielleicht sollte ich mich in einem Kosmetiksalon umstylen lassen und mir einen peppigen Stufenschnitt mit Strähnchen zulegen.

Doch ihre natürliche Haarfarbe – blond mit einem aparten Kupferglanz – gefiel ihr ausgezeichnet, und Zöpfe waren derzeit sehr angesagt. Die Frisur sah gepflegt und feminin aus und war sehr praktisch für ihren Lebensstil. Andererseits trug sie schon seit Collegetagen denselben Look.

Vielleicht würden Spirallocken bei mir auch so sexy wie bei Melissa aussehen. Aber will ich das überhaupt? Habe ich nicht so schon genug Probleme am Hals?

Schnell legte sie Mascara und Lipgloss auf und lief hinunter. In der Tür zum Arbeitszimmer blieb sie stehen und gönnte sich das Vergnügen, Jack eine Weile zu beobachten, bevor sie sagte: „Ich fahre zu Olivia und Tanner. Willst du mitkommen?"

Er drehte sich zu ihr um. „Ein andermal. Ich bleibe lieber

hier für den Fall, dass Vince früher als erwartet mit Ardith und Rachel auftaucht."

„Hat er angerufen?"

„Ja. Sie sind unterwegs."

„Ohne Schwierigkeiten?"

„Das hängt davon ab, wie man *Schwierigkeiten* definiert. Ardith hat einen Ehemann und außer Rachel noch zwei Kinder, die sie zurücklassen musste. Zumindest vorübergehend."

Ich weiß, was es heißt, auf die Rückkehr einer verschwundenen Mutter zu warten, dachte Ashley voll Mitgefühl. „Unternimmt die Polizei denn nichts?"

„Sie hat angeboten, hin und wieder einen Streifenwagen an Ardiths Haus vorbeizuschicken. Nach geltendem Recht kann sie nicht viel tun, solange Lombard niemanden angreift oder umbringt."

„Das ist ja verrückt!"

„So ist das Gesetz."

„Sind der Ehemann und die anderen Kinder nicht auch in Gefahr? Wäre es nicht besser, wenn die ganze Familie zusammen wäre?"

„Je mehr Personen involviert sind, umso schwerer ist es, sie zu verstecken. Momentan ist es sicherer, wenn sie getrennt bleiben."

„Würde ein Verbrecher wie Lombard nicht die Angehörigen angreifen, um Ardith aus der Reserve zu locken?"

„Ihm ist alles zuzutrauen", gab Jack zu. „Meiner Einschätzung nach ist er aber nur darauf fixiert, Rachel zurückzuholen. Ardith steht ihm dabei im Weg, und er würde nicht zögern, sie umzubringen, um sein Ziel zu erreichen."

Ashley schlang die Arme um sich selbst. Sogar im beheizten Haus und in warmer Kleidung fröstelte sie. „Aber warum ist er so besessen? Er war weder da, als Rachel geboren wurde, noch danach. Er kann gar keine Bindung zu ihr entwickelt haben wie ein normaler Vater."

„Warum dealt er mit Drogen?", gab er zurück. „Warum bringt er Leute um? Wir haben es hier nicht mit einer logisch denkenden

Person zu tun. Er ist ein egoistischer Psychopath, der Rachel als ein Objekt betrachtet, das ihm gehört." Er sah Kummer in ihren Augen und fragte rau: „Tust du mir einen Gefallen?"

„Welchen?"

„Komm heute Abend nicht hierher zurück. Bleib bei Tanner und Olivia oder bei Brad und Meg."

Ashley schluckte. „Du glaubst, dass Lombard hierher-kommt?", fragte sie, obwohl sie längst ahnte, dass er so etwas vermutete.

„Sagen wir mal, dass ich kein Risiko eingehen will."

„Aber dein eigenes Leben riskierst du."

„Das ist wesentlich besser, als dich zu gefährden. Sobald ich Ardith und Rachel an einen Ort gebracht habe, an dem der Mist-kerl sie nicht finden kann, locke ich ihn so weit wie nur möglich von Stone Creek weg."

„Es ist kein Ende abzusehen, oder? Es sei denn …"

„Es sei denn …", Jack stand auf und trat auf sie zu, „… ich bringe ihn um oder er mich."

Erschrocken schlug sie sich die Hand vor den Mund.

Er nahm sie entschieden und doch ganz zärtlich bei den Schul-tern. „Ich würde es mir nie verzeihen, wenn du in die Schusslinie gerätst. Wenn du mich wirklich liebst, dann tu, worum ich dich bitte. Nimm die Katze, verlass dieses Haus und komm nicht zurück, bevor ich Entwarnung gebe."

„Aber …"

Er strich ihr mit dem Daumen über die Wange. „Mir ist klar, dass du von standhaften Pionieren abstammst. Mir ist klar, dass die O'Ballivans sich seit grauer Vorzeit immer gegen alle Wi-dersacher behaupten und sämtliche Probleme meistern, die sich ihnen in den Weg stellen. Aber Lombard ist kein gewöhnlicher Bösewicht. Er ist mit dem Teufel im Bunde. Weil ich dich scho-nen will, sage ich dir nicht, was er alles verbrochen hat. Du wür-dest die Bilder nicht mehr aus dem Kopf kriegen."

Ashley fürchtete so sehr um sein Leben, dass es ihr nicht in den Sinn kam, Angst um sich selbst zu haben. „Als du Rachel in Südamerika gesucht hast …", ihr Mund war so trocken, dass sie kaum sprechen konnte, „… war es nicht dein erster Zusammenstoß mit ihm, oder?"

„Nein."

„Was …"

„Das willst du nicht wissen. Sogar ich wünschte, ich wüsste es nicht." Er ließ die Hände von ihren Schultern zu den Ellbogen gleiten. „Geh, Ashley. Tu es für mich, und ich werde dich nie wieder um etwas bitten."

„Genau das befürchte ich", flüsterte sie.

Jack beugte sich zu ihr und küsste ihre Stirn. Dabei holte er tief Luft, atmete Ashleys Duft und prägte ihn sich ein. „Geh", wiederholte er.

Eine Weile rang sie mit sich, bevor sie widerstrebend nickte. Sie hätte Ardith und Rachel gern kennengelernt, aber vielleicht war es besser – für alle Beteiligten –, wenn sie sich nie begegneten.

„Meldest du dich, wenn du bei deiner Schwester angekommen bist?"

„Ja." Zögerlich wandte sie sich von ihm ab, ging die Treppe hinauf und packte einen kleinen Koffer.

Sie verabschiedete sich nicht von Jack; das erschien ihr zu endgültig. Stattdessen schnappte sie sich Mrs Wiggins und machte sich auf den Weg zur *Starcross Ranch*.

Als sie das kürzlich renovierte große Ranchhaus erreichte, ließ sie ihren Koffer und das Kätzchen im Auto. Sie wollte nämlich nach einem kurzen Besuch zu Meg und Brad weiterfahren und die Nacht bei ihnen verbringen. Denn die Quinns konnten mit zwei Neugeborenen in Brutkästen und wechselnden Krankenschwestern im Haus nicht auch noch eine Verwandte gebrauchen, die Unterschlupf suchte.

Tanner kam aus dem Haus, noch bevor sie die Veranda erreichte. Er lächelte, doch aus seinem Blick sprachen stumme Fragen.

Ashley brachte ein kleines Lächeln zustande. „Hallo."

„Jack hat angerufen."

Sie blieb abrupt stehen. „Oh."

Ohne ein weiteres Wort ging er an ihr vorbei zu ihrem Auto. Er holte den Koffer und das Kätzchen heraus.

„Ich wollte eigentlich bei Brad und Meg übernachten", sagte sie.

„Du bleibst hier. Wir haben Platz genug, und ich verspreche, dass die Hunde deiner Katze nichts antun werden."

„Aber ihr habt genug mit den Babys zu tun. Ich will euch nicht zur Last fallen."

„Brad und Meg kommen nachher mit den Kindern vorbei. Melissa schaut auch herein, sobald sie in der Kanzlei fertig ist. Es ist an der Zeit für ein Familientreffen, und du bist der Ehrengast."

„Wenn es darum geht, dass ich Jack aufgeben soll, kannst du es gleich vergessen."

Er ignorierte ihre Worte. Irgendwie schaffte er es, mit einer zappelnden Katze in einer Hand und einem Koffer in der anderen die Haustür zu öffnen. „Olivia ist in der Küche. Ich bringe deine Sachen ins Gästezimmer. Einschließlich Katze."

Das sogenannte Gästezimmer war in Wirklichkeit eine Suite mit luxuriösem Badezimmer, LCD-Fernseher über einem offenen Kamin und voll ausgestatteter Küchenecke.

Ginger erhob sich schwanzwedelnd aus ihrem gepolsterten Körbchen, als Ashley die Küche betrat. Olivia, gekleidet in Jeans und einem alten Flanellhemd, saß in dem antiken Schaukelstuhl vor den Erkerfenstern. Den Busen diskret von einer Babydecke verborgen, stillte sie ein Neugeborenes. Sie lächelte, doch ihr Blick wirkte besorgt.

Ashley streichelte die Hündin zur Begrüßung und holte sich einen Stuhl vom Tisch. Dann setzte sie sich zu Olivia und küsste sie auf die Wange.

„Sag mir, was los ist. Tanner hat mir nach dem Telefonat mit Jack bloß ein paar Bruchstücke erzählt und ziemlich geheimnisvoll getan."

Wie auf ein Stichwort kam Tanner herein. Er schenkte einen

Becher Kaffee ein und reichte ihn Ashley. „Du siehst aus, als könntest du einen Schuss Whisky vertragen. Aber seit Sophie im Teenageralter ist und ständig Freunde mitbringt, haben wir alle Versuchungen abgeschafft."

„Schon gut. Danke", sagte sie und lächelte ein wenig.

Olivia räusperte sich. „Sprich mit uns."

„Also gut." Ashley berichtete von Rachels Rettung und Lombards Entschlossenheit, seine Tochter zurückzuholen und sich zu rächen. „Jack hat jemanden beauftragt, Ardith und Rachel nach Stone Creek zu bringen, und er will mich aus dem Haus haben, falls Lombard es irgendwie schafft, ihre Spur zu verfolgen."

„Wie äußerst rücksichtsvoll von ihm, diese Probleme direkt vor deiner Tür abzuladen", bemerkte Olivia bissig.

Tanner wirkte nicht überrascht; vermutlich wusste er viel mehr über die ganze Sache, da er eng mit Jack befreundet war.

„Er war sehr krank", sagte er, „und nicht bei Sinnen vor Fieber."

Mutig eröffnete Ashley: „Damit ihr es wisst: Ich liebe ihn."

„Welche Überraschung", murmelte er mit zuckenden Mundwinkeln.

Olivia gab zu bedenken: „Dir ist doch hoffentlich klar, dass die Lage hoffnungslos ist? Selbst wenn es ihm gelingt, die Frau und ihre Tochter jetzt zu schützen, wird dieser Typ immer eine Bedrohung bleiben."

Tanner zog sich einen Stuhl heran, setzte sich neben Olivia und nahm ihre Hand. „Jack ist der Beste auf seinem Gebiet. Er wird nicht zulassen, dass Ashley etwas zustößt."

Tränen stiegen in Olivias ausdrucksvollen Augen und rannen ihr über die Wangen.

Ginger winselte leise, trottete zu ihr und legte ihr den Kopf auf die Knie.

„Ich werde mich nicht beruhigen", erklärte Olivia der Hündin. „Es ist eine ernste Angelegenheit."

Tanner tauschte einen belustigten Blick mit Ashley. Inzwischen hatte er sich an Olivias Kommunikation mit Tieren gewöhnt, und er sagte ruhig: „Ich stimme Ginger zu. Du musst die Ruhe bewahren. Das müssen wir alle."

„Wie kann ich das, wenn sich meine Schwester in Lebensgefahr befindet?", fauchte Olivia. „Und das alles nur wegen *deines* Freundes!"

„Jack ist wirklich mein Freund", bestätigte er. „Und deswegen werde ich tun, was immer in meiner Macht steht, um ihm zu helfen."

„Wie bitte?"

„Ich kann ihn nicht im Stich lassen. Nicht mal dir zuliebe."

„Was ist mit Sophie? Was ist mit John und Sam? Sie brauchen ihren Vater, und ich brauche meinen Ehemann!"

Er wollte etwas entgegnen, hielt sich dann aber zurück. Ein Muskel zuckte an seinem Kiefer.

Ginger blickte immer noch mit feuchten Augen zu ihrem Frauchen auf und winselte kummervoll.

„Du hast gut reden", antwortete Olivia.

Ashley wandte sich an Tanner und erklärte: „Deswegen will ich nicht hierbleiben. Ich bin kaum fünf Minuten in diesem Haus, und schon sorge ich für schlechte Stimmung."

„Du hast doch nichts falsch gemacht", sagte Olivia liebevoll mit Tränen in den Augen. „Als Brad weit weg und mit seiner Karriere beschäftigt war, habe ich Big John an seinem Totenbett versprochen, mich um dich und Melissa zu kümmern, und ich beabsichtige, mein Wort zu halten."

„Aber ich bin kein kleines Kind mehr."

Olivia antwortete nicht. Sie konzentrierte sich darauf, sich John – oder Sam – an die Schulter zu betten und den winzigen Rücken zu tätscheln. Sobald das Bäuerchen kam, übernahm Tanner das Baby und trug es hinaus. Sie packte die Decke beiseite, richtete ihre Kleidung, streichelte Ginger zärtlich den Kopf und schickte sie dann zurück in das Körbchen.

„Du wirst bestimmt eine wundervolle Mutter", meinte Ashley.

„Lenk nicht vom Thema ab. Sag mir lieber, ob du Jack wirklich liebst."

„Ich fürchte, ja. Und ich glaube, dass es für immer ist."

„Hat er denn vor, diesmal zu bleiben?"

„Er hat das Zimmer für zwei Wochen bezahlt."

„Zwei Wochen? Das ist alles?"

„Das ist immerhin etwas." Ashley versuchte zu scherzen. „Falls wir uns entschließen, uns dauerhaft zusammenzutun, werde ich ihm Unterkunft und Verpflegung nicht in Rechnung stellen."

Olivia lächelte nicht einmal. „Was ist, wenn er wieder fortgeht?"

„Ich denke, die Chancen stehen gut, dass er es bald tut", gestand Ashley ein. Dann, ohne nachzudenken, legte sie sich eine Hand auf den Bauch.

„Bist du etwa *schwanger*?"

„Es ist noch zu früh, um das festzustellen. Es sei denn, es gibt einen Test für den zweiten Tag, von dem ich noch nichts gehört habe."

„*Ungeschützter Sex?* Was denkst du dir bloß?"

„Ausnahmsweise nichts. Und das ist eine Wohltat."

„Was ist, wenn du ein Baby kriegst? Möglicherweise wird Jack nicht da sein, um dich zu unterstützen."

„Ich werde es schaffen. Genau wie viele andere Frauen schon seit der Steinzeit, wenn nicht länger."

„Ein Kind braucht seinen Vater."

„Das sind die Worte einer sehr glücklichen Ehefrau mit einem Mann, der sie anbetet", entgegnete Ashley ohne jede Spur von Boshaftigkeit.

Tanner kam zurück, reichte Olivia die Hände und zog sie aus dem Schaukelstuhl. „Zeit für dein Schläfchen."

Sie widersprach nicht, doch sie fixierte Ashley mit einem durchdringenden Blick und sagte warnend: „Das Thema ist noch nicht erledigt."

Schatten um Schatten senkte sich die Nacht herab.

Ashley hatte wie versprochen angerufen, aber nur wenige steife Worte mit Jack gewechselt.

Dass sie sich distanziert gab, wunderte ihn nicht. Schließlich war sie aus ihrem eigenen Haus verbannt worden – von einem Mann, der dort eigentlich gar nichts zu suchen hatte.

Allmählich wurde er nervös. Denn seit Vinces kurzem Anruf gleich nachdem er mit den beiden aufgebrochen war, hatte er seit geraumer Zeit nichts mehr über den Verbleib von Ardith und Rachel gehört.

Zum Glück schien das Gift allmählich abzuklingen, obwohl er immer noch in unregelmäßigen Abständen Schweißausbrüche bekam, gepaart mit Schwächeanfällen.

Um sich die Wartezeit zu verkürzen, loggte Jack sich wieder in die Website seines Vaters ein und klickte die Rubrik *Partner* an.

Da waren sie, seine Brüder. Dean und Jim. Bei ihrer letzten Begegnung hatten sie die Mittelstufe besucht. Er erinnerte sich an sie als Möchtegerncasanovas mit Zahnspangen und Akne. Nun sahen sie wie Moderatoren von Dauerwerbesendungen aus.

Er schmunzelte.

Ein Anhang zeigte einen Schnappschuss von Bryce, dem Jüngsten, der mutig mit der Familientradition brach und Augenoptik studierte.

Jack wurde natürlich mit keinem Wort erwähnt. Auch von seiner Mutter fehlte jede Spur. Das beunruhigte ihn, denn sein Vater hatte stets großen Wert auf Familienzusammenhalt gelegt.

Welche Enttäuschung muss ich für ihn sein!

Er gab die Internetadresse der Bibliothek ein, die seine Mutter geleitet hatte, als er zur Militärakademie geschickt geworden war. Er hoffte, dort ein Foto von ihr zu finden.

Auf der Startseite befand sich ein Porträt der Geschäftsführerin. Doch es war nicht seine Mutter.

Mit gerunzelter Stirn gab er ihren Namen – Marlene Estes McKenzie – in die Suchmaschine ein. Er stieß auf einen Nachruf, der drei Jahre zuvor datiert war, eine Woche nach ihrem dreiundfünfzigsten Geburtstag. Das Foto war alt, eine Nahaufnahme aus einem lang zurückliegenden Familienurlaub. Es brachte ihr strahlendes Lächeln und ihre leuchtenden Augen hinter den Brillengläsern gut zur Geltung. Seine Augen brannten so stark, dass er einige Male blinzeln musste, bevor er den Text lesen konnte.

Sie war zu Hause gestorben, umgeben von Familie und Freunden. Ihr Ehemann und ihre Söhne hatten statt Blumen um Spenden an eine berühmte Stiftung gebeten, die sich dem Kampf gegen Brustkrebs widmete.

Jack atmete tief durch, bis er seine Emotionen wieder einigermaßen im Griff hatte. Dann, wider besseres Wissen, griff er zum Telefon und wählte aus dem Gedächtnis eine Nummer.

„Residenz Dr. McKenzie", antwortete eine Frauenstimme.

Einen Moment lang brachte er keinen Ton heraus.

„Hallo? Ist da jemand? Hallo?"

Schließlich fand er seine Stimme wieder. „Mein Name ist … Mark Ramsey. Ist der Doktor da?"

„Tut mir leid. Mein Mann ist auswärts, bei einer Tagung. Aber einer seiner Söhne kann Sie behandeln, falls es sich um einen Notfall handelt."

„Nein, danke", sagte er und legte auf.

Er stand auf, trat an das Fenster, blickte hinaus auf die Straße. Ein blauer Pick-up fuhr vorüber. Das Haus gegenüber verschwamm vor seinen Augen.

All die Jahre über hatte er sich vorgestellt, dass seine Mutter sein Grab in Arlington besuchte, ein bisschen weinte und den heroischen Tod ihres Erstgeborenen betrauerte, bevor sie die Schultern straffte und sich abwandte. Dabei lag sie selbst in einem Grab.

Er hob eine Hand, rieb sich die Augen mit Daumen und Zeigefinger.

Wie lange mochte sein Vater nach dem Tod seiner ersten Frau mit der erneuten Heirat gewartet haben? Was für ein Mensch war die neue Mrs McKenzie? Mochten Dean, Jim und Bryce sie?

Jack sehnte sich danach, Ashley anzurufen und ihre Stimme

zu hören. Aber was sollte er sagen? *Hi, ich habe gerade heraus-gefunden, dass meine Mutter vor drei Jahren gestorben ist?* Er war sich nicht sicher, ob er den Satz aussprechen konnte, ohne die Fassung zu verlieren.

Er entfernte sich vom Fenster. Es hatte keinen Sinn, sich zur Zielscheibe zu machen. Die Nacht wurde dunkler, kälter und einsamer.

Dennoch machte Jack kein Licht. Er ging auch nicht in die Küche, um den Kühlschrank zu plündern, obwohl er seit dem Frühstück keinen Bissen zu sich genommen hatte.

Er hatte schon viel gewartet in seinem Leben. Auf den geeigneten Moment, um ein Kind, einen Diplomaten oder einen reichen Geschäftsmann zu befreien, der in Geiselhaft gehalten wurde. Einmal hatte er mit unzähligen Knochenbrüchen darauf gehofft, selbst gerettet zu werden.

Diesmal fiel ihm das Warten schwerer denn je zuvor.

Plötzlich klingelte das Wegwerfhandy.

Er zuckte zusammen. Schweiß brach ihm auf der Oberlippe aus. Fieberhaft überlegte er, wer der Anrufer sein könnte. Nicht Vince, denn der sollte sich über Ashleys Festnetz melden. Nicht Ardith. Er hatte ihr untersagt, diese Handynummer zu benutzen – für den Fall, dass ihre Leitung abgehört wurde. Nicht das FBI. Es rief ihn nicht an, um mit ihm zu plaudern. Es setzte eigene Methoden zur Kontaktaufnahme ein.

Mit angehaltenem Atem drückte Jack die Sprechtaste, aber er sprach nicht.

„Ich werde dich finden", drohte Chad Lombard.

„Ich kann es dir leicht machen."

„Ach ja? Wie denn?"

„Wir vereinbaren Ort und Zeit für ein Treffen und beenden die Sache – so oder so."

Lombard lachte. „Ich muss verrückt sein, aber mir gefällt die Idee. Es klingt so aufregend wie das Duell in *Zwölf Uhr mittags*. Aber woher soll ich wissen, ob du allein kommst und nicht mit einem Schwarm Agenten vom FBI und Drogenschutz?"

„Woher soll ich wissen, ob *du* allein kommst?"

„Ich schätze, wir müssen einander vertrauen."

„Ganz genau. Wann und wo?"

„Ich melde mich noch", erwiderte Lombard gelassen. „Übrigens habe ich dich eigentlich schon erledigt. Das Gift – zum Glück hat der Dschungel in dieser Hinsicht so einiges zu bieten und meine Drogenlabore sind, was gewisse lebensbedrohliche Substanzen betrifft, wahre Schatzkammern – müsste inzwischen bis in dein Knochenmark vorgedrungen sein und deine roten Blutkörperchen auffressen. Trotzdem möchte ich dabei sein und zusehen, wie du endgültig den Geist aufgibst, *Robocop*."

Jacks Magen verkrampfte sich, aber er brachte es fertig, in ruhigem Ton zu sagen: „Ich warte darauf, von dir zu hören."

7. KAPITEL

Ü brigens habe ich dich eigentlich schon erledigt …
Die Worte hallten in Jacks Kopf wider wie ein schriller unaufhörlicher Alarm. Sein Instinkt sagte ihm, dass die Behauptung der Wahrheit entsprach, obwohl Lombard ein notorischer Lügner war.

Jack hatte sich nie sonderlich vor dem Tod gefürchtet, aber es machte ihm Angst, Ashley Gefahren auszusetzen, die sie unmöglich einschätzen konnte. Tanner und ihr Bruder würden versuchen, sie zu beschützen, und beide waren nicht zu unterschätzen. Aber spielten sie in derselben Liga wie Lombard und seine Schergen?

Lombard wäre keinem der beiden gewachsen, sollte es zu einem Kampf kommen, in dem er sich einem der beiden allein stellen müsste. Aber für eine faire Auseinandersetzung zwischen zwei Männern war er zu feige.

Die Mitteilung, dass sein Knochenmark von einem Gebräu aus Dschungelpflanzenextrakten und Chemikalien zersetzt wurde, machte Jack zu schaffen, vor allem gepaart mit der Neuigkeit vom Tod seiner Mutter.

Kurz nach Mitternacht fuhr ein Taxi vor dem Haus vor.

Nervös beobachtete er vom Fenster im Arbeitszimmer aus, wie Vince vom Beifahrersitz stieg und die hintere Tür auf der Bordsteinseite öffnete.

Rachel kletterte heraus und baute sich kess mit den Händen in den Hüften auf dem Bürgersteig auf. Ardith folgte ihr zögerlich und in gebeugter Haltung. Sie war in einen schwarzen Trenchcoat gehüllt und hatte den Kopf mit einem Schal vermummt.

Das Taxi fuhr davon; Vince führte seine Schützlinge zum Haus.

Schnell öffnete Jack die Tür. Rachel stürmte energiegeladen an ihm vorbei, Ardith folgte ihr mit schleppendem Schritt.

Sobald Vince die Veranda erreichte, fragte Jack verärgert: „Wieso ein Taxi?"

„Ganz einfach: je auffälliger, desto weniger verdächtig. In aller Öffentlichkeit versteckt man sich am besten."

Jack beschloss, es vorläufig dabei bewenden zu lassen, weil Rachel ihn unablässig am Hemd zupfte, um seine Aufmerksamkeit zu erregen.

„Ich heiße jetzt Charlotte", verkündete sie, „aber du darfst mich immer noch Rachel nennen, wenn du willst."

Er grinste. Am liebsten hätte er das Kind auf die Arme gehoben, aber er hielt sich zurück. Nach dem Gespräch mit Lombard konnte er die Schreckensvision nicht abschütteln, dass seine Knochen hohl wurden und bei der geringsten Anstrengung nachzugeben drohten. Er musste seine Kräfte schonen, um das Unvermeidbare hinauszuzögern.

Mach dich nicht verrückt, sagte er sich. Mit etwas Glück lebte er lange genug, um in einem Krankenhaus testen zu lassen, ob eine Knochenmarktransplantation infrage käme. Bis dahin galt es, andere Prioritäten zu setzen. Wie Ashley, Rachel und Ardith zu beschützen.

„Habt ihr Hunger?", fragte er und dachte an den Gefrierschrank voller Crêpes und anderer Köstlichkeiten. *Wie schön muss es sein, wie ein normaler Mensch zu leben – Ashley zu heiraten, in diesem Haus zu wohnen, für immer in dieser idyllischen Kleinstadt zu bleiben …*

„Ja!", rief Rachel. „Ich habe ganz viel Hunger."

„Ich hätte auch nichts dagegen, etwas zwischen die Zähne zu kriegen", sagte Vince.

Ardith murmelte matt: „Ich bin nur müde."

Jack sah ihr die Erschöpfung an, ebenso wie ihre tiefe Verzweiflung. Sie wirkte spindeldürr, mindestens zehn Pfund leichter als bei ihrer letzten Begegnung, obwohl sie damals schon kein Gramm Fett zu viel gehabt hatte. Trotz des voluminösen Regenmantels zitterte sie.

Er blieb am Fuß der Treppe stehen. „Geht ihr beide schon mal in die Küche", trug er Vince und Rachel auf. „Nehmt euch, was ihr wollt. Aber haltet euch von den Fenstern fern." Obwohl er in versöhnlichem Ton sprach, gab er Vince mit einem finsteren Blick zu verstehen, dass die Sache mit dem Taxi noch nicht ausgestanden war.

Er hielt sich nicht für einen strengen Arbeitgeber. Sicher, seine Anforderungen waren hoch, aber er zahlte auch Spitzenlöhne, Krankenversicherungsbeiträge und großzügige Renten für seine wenigen, sorgfältig ausgesuchten Mitarbeiter. Dafür tolerierte er keine Fahrlässigkeit.

Vince verstand den Wink und verzog das Gesicht. Ohne Widerworte verschwand er mit Rachel in der Küche.

Jack drehte sich zu Ardith um, legte ihr eine Hand auf den Rücken und schob sie die Treppe hinauf. „Wie geht es Ihnen?"

„Ich habe furchtbare Angst", sagte sie mit gesenktem Kopf.

Selbst durch den Trenchcoat und die Kleidung darunter spürte er jeden einzelnen ihrer Wirbel unter den Fingern.

Auf dem Treppenabsatz platzte sie heraus: „Wann ist es endlich vorbei, Jack?" Sie starrte ihn an. Ihre Augen waren groß und dunkel vor Kummer und Angst. „Wann kann ich endlich zu meinem Mann und meinen Kindern zurück?"

„Sobald es nicht mehr gefährlich ist."

„Vielleicht geht die Gefahr nie vorüber!"

Sie hatte recht. Sofern er Lombard nicht ein für alle Mal zur Strecke brachte, musste sie mit Rachel auf der Flucht bleiben. „So dürfen Sie nicht denken. Sonst machen Sie sich noch ganz verrückt."

Er brachte sie zu dem Zimmer, das Ashley für Mutter und Tochter vorgesehen hatte.

So widersinnig es auch sein mochte, wünschte er sich einen Moment lang, sie wäre gegen seine Anordnung bei ihm geblieben. Als Frau verstand sie es sicherlich besser als er, Ardith zu beruhigen und zu trösten.

Außerdem musste er irgendjemandem mitteilen, dass seine Mutter gestorben war. Vince konnte er sich nicht anvertrauen; ihre Beziehung war nicht privat genug. Ardith hatte genug eigene Probleme, und Rachel war noch viel zu klein.

Jack öffnete die Tür zu dem Kaminzimmer mit den geblümten Bettdecken und Spitzengardinen. Vorsorglich hatte er die Fensterläden geschlossen und den Kamin vorbereitet. Nun nahm er eine Streichholzschachtel vom Sims, zündete das zusammengeknüllte Zeitungspapier an und beobachtete, wie die trockenen Späne in Flammen aufgingen.

Ardith blickte sich um und legte den Mantel ab. „Ich will Charles anrufen", verlangte sie. „Ich habe nicht mehr mit ihm gesprochen, seit …"

„Wenn Sie Ihren Mann unbedingt zur Zielscheibe für Lombard machen wollen, dann bitte sehr."

Sie sah beängstigend mager in ihrem türkisfarbenen Jogginganzug aus. Ihr einst schönes Gesicht war ausgemergelt. Die Wangenknochen stachen hervor, die Haut war grau und schlaff. Sie war um zehn Jahre gealtert seit Rachels Entführung. Mit einem ängstlichen Blick zur offenen Tür flüsterte sie: „Ich habe außer Rachel noch zwei andere Kinder."

Jack stapelte Holzscheite in den Kamin und stellte das Schutzgitter davor. Dann drehte er sich zu Ardith um. „Und das soll heißen?"

Sie sank auf die Bettkante und hielt den Kopf gesenkt. „Dass ich gegen Chad sowieso nicht ankomme."

Er durchquerte den Raum, spähte auf den Flur und fand ihn leer vor. Aus der Ferne hörte er Vince und Rachel mit Töpfen und Geschirr hantieren. Er schloss die Tür und fragte sanft: „Sie spielen doch wohl nicht mit dem Gedanken, ihm Rachel zu überlassen, oder?"

Tränen liefen über ihre blassen Wangen. Sie machte keine Anstalten, sie wegzuwischen. Vielleicht merkte sie gar nicht, dass sie weinte. Ihre Augen blitzten. „Wollen Sie mich verurteilen, Mr McCall? Darf ich Sie daran erinnern, dass Sie für mich arbeiten?"

„Darf ich Sie daran erinnern", erwiderte Jack ruhig, „dass Lombard ein internationaler Drogendealer ist? Dass er regelmäßig Menschen quält und tötet – nur so zum Spaß?"

Ardith holte tief Luft. „Ich wünschte, ich hätte mich nie mit ihm eingelassen."

„Da sind Sie nicht die Einzige. Ich bin überzeugt, dass Ihre Eltern und Ihr jetziger Ehemann derselben Meinung sind. Aber Tatsache ist, dass Sie eine siebenjährige Tochter von Lombard haben, die es verdient, dass Sie ihr all Ihren Mut und Ihre Stärke widmen."

„Ich habe nicht viel Kraft übrig. Ich kann nicht mehr lange durchhalten."

„Und was soll aus Rachel werden?"

„Kann sie nicht bei Ihnen bleiben? Hier ist sie in Sicherheit und …"

„Und Sie können nach Hause gehen und so tun, als wäre das alles nie passiert? Als hätten Sie Lombard nie kennengelernt und kein Kind von ihm bekommen?"

„Sie stellen mich furchtbar egoistisch dar."

„Hören Sie, ich weiß, dass es verdammt schwer für Sie ist. Aber Sie dürfen die Kleine nicht im Stich lassen. Tief im Innern wollen Sie das auch gar nicht. Sie müssen diese Sache durchstehen, für Rachel und für sich selbst."

„Aber wenn ich das nicht kann?"

„Sie können, weil Sie keine andere Wahl haben."

„Können das FBI oder der Drogenschutz nicht eingreifen? Eine andere Familie für sie suchen?"

„Das ist nicht Ihr Ernst!"

Ardith ließ sich auf das Bett fallen, zog die Knie an die Brust und schluchzte herzzerreißend.

„Sie sind einfach erschöpft. Sie werden ganz anders darüber denken, wenn Sie erst mal etwas gegessen und sich ausgeschlafen haben. Es gibt eine Lösung, das verspreche ich."

Schritte ertönten auf der Treppe, dann im Flur. Rachel stürmte ins Zimmer. „Mommy, wir haben Eintopf im Kühlschrank gefunden und …" Sie verstummte, sobald sie ihre Mutter auf dem Bett liegen sah, und verzog sorgenvoll das Gesicht. „Warum weinst du denn?"

Jack warf Ardith einen warnenden Blick zu.

Sie hörte auf zu weinen, setzte sich auf und wischte sich mit beiden Händen die Tränen vom Gesicht. „Weil ich deinen Daddy und deine Geschwister vermisse."

„Ich vermisse sie auch."

„Ich weiß, Liebling." Ardith brachte ein kleines zittriges Lächeln zustande. „Habe ich da etwas von Eintopf gehört? Das ist jetzt genau das Richtige."

Rachels Aufmerksamkeit galt inzwischen dem Kamin, und sie rief begeistert: „Wir haben unser eigenes Feuer?"

Jack dachte zurück an die fünf Tage mit ihr im südamerikanischen Dschungel, nach ihrer Befreiung von Lombards abgelegenem Anwesen. Sie hatten drückend heiße Tage mit Moskitos, Schlangen und schnatternden Affen, die gern mit allerlei Gegenständen um sich warfen, ebenso verkraften müssen wie lange dunkle Nächte im Freien, ohne jeglichen Schutz, über ihnen nur der Sternenhimmel. Doch Rachel hatte sich nicht ein einziges Mal beklagt, sondern unaufhörlich über all die Dinge geplappert, die sie ihrer Mommy, ihrem Stiefvater und ihren kleinen Geschwistern erzählen wollte, wenn sie wieder nach Hause kam.

Mit rauer Stimme bestätigte er: „Ja, dieses Feuer habt ihr ganz für euch allein."

Er tauschte einen bedeutungsvollen Blick mit Ardith, und dann gingen sie alle hinunter in die Küche, um sich zu stärken.

Dunkelheit herrschte im *Mountain View Bed and Breakfast*.

Hinter Ashley lag eine anstrengende Nachtfahrt durch tiefen Neuschnee. Wegen der schlechten Wetterbedingungen hatte sie ihren Kleinwagen gegen Olivias zugigen Geländewagen getauscht – heimlich, weil ihr Verschwinden von der *Starcross Ranch* gegen den Beschluss des Familienrats verstieß. Zitternd vor Kälte und Erschöpfung betrat sie das Haus durch den Hintereingang und griff nach dem Lichtschalter.

„Keine Bewegung!", befahl eine männliche Stimme.

Eine fremde männliche Stimme. Ashley zuckte zusammen

und betätigte unwillkürlich den Schalter. Die Deckenlampe tauchte einen Mann, den sie nie zuvor gesehen hatte, in grelles Licht. Er saß an ihrem Küchentisch und richtete eine Pistole auf sie.

„Wer sind Sie?", fragte sie und wunderte sich im nächsten Moment, dass sie trotz ihrer Heidenangst sprechen konnte.

Er stand auf, die Waffe noch immer auf ihre Körpermitte gerichtet. „Die entscheidende Frage hier ist: Wer Sie sind, Lady?"

Sie spürte eine erstaunliche Kühnheit in sich erwachen; Entrüstung paarte sich mit ihrer Furcht. „Ich bin Ashley O'Ballivan", erklärte sie ruhig, „und das hier ist mein Haus."

Bevor der Fremde sich dazu äußern konnte, wurde die Tür aufgestoßen. Jack tauchte auf – ebenfalls mit einer Pistole in der Hand. „Leg die Waffe weg, Vince", befahl er in scharfem Ton.

Der Fremde gehorchte, allerdings widerwillig. Die Waffe landete mit einem lauten Knall auf dem Tisch. „Entspann dich! Du hast mir gesagt, dass ich Wache halten soll, und mehr habe ich nicht getan."

Ashley wandte sich an Jack. Sie war wütend und erleichtert zugleich – und darüber hinaus noch einiges mehr. „Ich erlaube keine Schusswaffen in meinem Haus!"

Vince grinste.

„Verzieh dich", befahl Jack ihm und steckte seine Pistole in den Hosenbund.

Lässig schlenderte Vince aus dem Raum.

„Was willst du hier?", fragte Jack, als wäre sie ein Eindringling.

„Muss ich dir das erst erklären?" Sie warf ihre Handtasche auf einen Stuhl und legte Big Johns Mantel ab, den sie sich ebenso heimlich von Olivia ausgeliehen hatte wie den Geländewagen. „Ich wohne hier."

„Ich dachte, wir wären uns einig, dass du nicht zurückkommst, bevor ich Entwarnung gebe."

„Ich habe es mir eben anders überlegt." Sie verschränkte die Arme vor der Brust. „Und wer ist dieser ... dieser Mensch überhaupt?"

„Er arbeitet für mich."

Reifen knirschten auf der Auffahrt; eine Tür wurde zugeschlagen.

Jack fluchte und zog sich das Hemd aus der Jeans, um die Pistole im Hosenbund zu verbergen.

Tanner stürmte zur Hintertür herein.

„Na, dann ist das Team ja vollzählig", meinte Jack trocken.

„Nicht ganz. Brad ist unterwegs." Tanner wandte sich an Ashley. „Was zum Teufel fällt dir ein, dich unseren Anordnungen zu widersetzen und mitten in der Nacht aus dem Haus schleichen? Wir haben dir deutlich genug klargemacht, dass du nicht hierher zurückzukommen hast, solange Jack nicht verschwunden ist."

Mit fester Stimme entgegnete sie: „Und ich habe deutlich genug klargestellt, dass ihr mich nicht einsperren könnt. Ich bin erwachsen und kann tun und lassen, was ich will."

„Du hast die Alarmanlage ausgelöst, als du den Wagen gestartet hast. Der Hund bellt wahrscheinlich immer noch, und die Babys schreien wie am Spieß und lassen sich nicht beruhigen."

„Das tut mir leid."

Ein Handy klingelte, irgendwo in Tanners Kleidung. Nach einigem Suchen fand er das Gerät in der Manteltasche und nahm den Anruf entgegen. „Sie ist bei sich zu Hause", sagte er, vermutlich zu Olivia. „Nein, keine Sorge. Ich glaube, die Dinge sind unter Kontrolle …"

Ashley schloss die Augen und seufzte schwer.

Vor dem Haus quietschten Reifen.

Tanner beendete das Telefonat.

Brad stieß zu den anderen, ohne große Worte der Begrüßung.

Jack blickte in die Runde. Mit angespannter Miene, aber in mildem Ton fragte er: „Möchte jemand Crêpes mit Kirschen?"

8. KAPITEL

*I*ch weiß einen Ort, an dem Ardith und ihre Tochter in Sicherheit sind", sagte Brad müde, nachdem sich die anfängliche Aufregung ein wenig gelegt hatte. Er saß mit Jack, Tanner und Ashley am Küchentisch bei einem nächtlichen Mahl, das Ashley zubereitet hatte, um nicht vor lauter Sorge durchzudrehen.

Vince, der Mann mit der Pistole, glänzte durch Abwesenheit. Ardith und Rachel schliefen in ihrem Zimmer. Erstaunlicherweise waren sie trotz des Tumults nicht aufgewacht.

Jack schob seinen Teller zurück. Dafür, dass er Bacon und Eier so gern mochte, hatte er nicht viel gegessen. „Wo denn?"

„In Nashville." Brad nannte den Namen einer international bekannten Countrysängerin. „Sie ist eine gute Freundin", erklärte er so gelassen, als wäre es selbstverständlich, eine Berühmtheit mitten in der Nacht zu wecken und zu bitten, fremden Personen für unbestimmte Zeit Unterschlupf zu gewähren. „Sie hat Bodyguards und mehr Hightech installiert als der Präsident. Das volle Security-Programm eben."

„Sie würde wildfremde Personen bei sich aufnehmen?", hakte Jack erstaunt nach.

„Ja. Ich würde es auch für sie tun, das weiß sie. Wir kennen uns schon sehr lange."

„Das klingt doch gut", warf Tanner ein.

Jack gab jedoch zu bedenken: „Wie sollen sie denn ungefährdet dorthin gelangen? Sie sind unter ständiger Lebensgefahr, das dürfen wir nicht vergessen."

„Wir müssen sehr vorsichtig sein", antwortete Brad. „Ich kümmere mich darum." Seine Miene wurde hart. „Allerdings verlange ich eine Gegenleistung von dir."

„Und die wäre?"

„Du verschwindest von hier. Für immer."

„Moment mal!", rief Ashley aufgebracht.

„Er hat recht", beschwichtigte Jack sie. „Lombard hat es

auf mich abgesehen, nicht auf dich. Und so muss es bleiben."

Tanner fragte: „Wann soll die Reise stattfinden?"

„Ich denke, dass wir sie noch vor Sonnenaufgang wegschaffen sollten", erwiderte Brad. „Ich kann innerhalb einer Stunde einen Jet auf die Startbahn bringen."

„Könnt ihr die beiden sich nicht wenigstens für eine Nacht ausruhen lassen?", wandte Ashley ein. „Sie müssen total erschöpft sein von all dem …"

„Es muss heute Nacht passieren."

Jack nickte und stand auf. „Veranlasse alles Nötige. Ich hole sie inzwischen aus dem Bett."

Ashley ging das alles viel zu schnell. Sie blieb am Tisch sitzen in dem unangenehmen Gefühl, sich plötzlich am Rande eines bodenlosen Abgrunds zu befinden. „Warte", bat sie, doch niemand beachtete sie. Sie schien unsichtbar und unhörbar zu sein – wie ein Geist, der im eigenen Haus spukt.

Brad holte sein Handy heraus und schärfte Jack ein: „Ich erwarte, dass du verschwunden bist, wenn ich aus Nashville zurückkomme."

„Abgemacht." Jack mied Ashleys verzweifelten Blick und verließ den Raum.

Sie sprang auf, ohne die leiseste Ahnung, was sie tun sollte. Tanner fasste sie sanft am Handgelenk und zog sie zurück auf den Stuhl.

Brad rief die Sängerin an, entschuldigte sich für die Störung, tauschte Höflichkeiten aus. Dann schilderte er die Situation, bat um Hilfe und erhielt unverzüglich eine Zusage. Daraufhin orderte er so lässig einen Privatjet, als handele es sich um eine Pizza.

Da er für Ashley seit jeher nur der große Bruder und kein Übermensch war, verblüffte sie das Ausmaß seiner Macht immer wieder aufs Neue. Resigniert stand sie auf und bereitete Reiseproviant für Ardith und Rachel vor.

Dann überschlugen sich die Ereignisse.

In Jacks Begleitung stolperten die Hausgäste verschlafen in

die Küche. Ihre Kleider waren zerknittert, ihre Augen glasig vor Verwirrung, Müdigkeit und Angst.

Vince kam herein und fragte: „Was soll ich jetzt tun?"

„Nichts", antwortete Jack schroff. „Du bist hier fertig."

„Endgültig?"

„Vorläufig."

„Kann mich irgendwer zum Flugplatz mitnehmen?"

„Ich bringe dich selbst hin. Später."

„Traust du mir nicht mehr, Boss?", fragte Vince verunsichert.

„Schon möglich."

„Bin ich gefeuert?"

„Leg es nicht darauf an", warnte Jack.

Brad verabschiedete sich, um Ardith und Rachel zum Jet zu fahren. Ashley reichte ihm den Korb mit Proviant und kämpfte mit den Tränen. Seine Miene besänftigte sich etwas, aber er sagte nichts, ebenso wenig wie sie.

Eine tiefe Kluft hatte sich zwischen ihnen aufgetan, obwohl sie an ihm hing und ihn bewunderte. Sie wusste, dass er tat, was er für das Beste hielt – und was vermutlich sogar das Beste war. Dennoch verübelte sie ihm, dass er Jack fortschickte.

Tanner sollte sich laut Familienbeschluss vergewissern, dass Jack am nächsten Morgen in Flagstaff eine Linienmaschine mit bisher unbekanntem Ziel bestieg. Um den Liebenden eine Galgenfrist einzuräumen, erbot Tanner sich, Vince zu seinem Helikopter zu fahren.

So kam es, dass Jack und Ashley allein im Haus zurückblieben. Sie saßen sich am Küchentisch gegenüber und konnten einander nicht ins Gesicht blicken.

Nach einem langen Schweigen eröffnete er: „Meine Mutter ist vor drei Jahren gestorben. Und ich hatte keine Ahnung davon."

„Das tut mir leid."

„Brustkrebs", erklärte er mit feuchten Augen.

„Oh, Jack, das ist ja furchtbar!"

Er nickte und seufzte traurig.

Eine Weile später sagte sie: „Ich schätze, das ist unsere letzte gemeinsame Nacht."

„Es sieht ganz so aus."

„Dann lass uns das Beste daraus machen." Sie verschloss die Hintertür, löschte die Lichter, nahm ihn bei der Hand und führte ihn nach oben in ihr Schlafzimmer.

Er entkleidete sie so behutsam, als wäre sie ein zerbrechliches Heiligtum. Jeder Moment, jede Geste war kostbar. Seine Zärtlichkeit erregte nicht nur ihren Körper, sondern berührte ihre Seele. Hingebungsvoll genoss sie die köstlichen Empfindungen, die er mit seinen Berührungen in ihr auslöste.

Ashley seufzte leise und knöpfte sein Hemd auf. Sie wollte seine nackte Haut warm und glatt unter den Fingern spüren.

Sie küssten sich lange und innig, leidenschaftlich und liebevoll.

Schließlich legte Jack sie auf das Bett, spreizte ihre Schenkel und liebkoste sie, bis sie vor Lust aufstöhnte.

Sie flüsterte seinen Namen. Tränen waren ihr in die Augen gestiegen. Wie konnte sie ohne ihn, ohne seine Liebe leben? Wie farblos würden ihre Tage sein und wie leer ihre Nächte! Er hatte sie gelehrt, diese einzigartigen Glücksgefühle zu begehren, ja zu brauchen, wie sie Luft und Wasser und das Licht der Sonne brauchte.

Doch sie wollte ihre letzte gemeinsame Nacht nicht durch eine imaginäre Reise in eine einsame und unsichere Zukunft verderben. Nur der Augenblick zählte, nur dieser Moment, in dem sie seine Hände auf den Schenkeln und seinen Mund auf ihrer intimsten Stelle spürte. Wie er sie liebte, fühlte sich wundervoll an.

Fast zu schön, um wahr zu sein.

Der erste Höhepunkt kam sanft und wirkte doch überwältigend. Ashley vergrub stöhnend die Finger in seinem Haar und bat: „Hör nicht auf."

„Oh, ich bin noch lange nicht fertig", versicherte er schmunzelnd, und schon fuhr er fort, sie mit herrlichen Zärtlichkeiten aufs Neue zu erregen.

Sie wusste nicht, wie lange der betörende Sinnestaumel andauerte, wie oft die heißen Wellen der Leidenschaft anschwollen und wieder abebbten, wie oft sie selbstvergessen vor Lust aufschrie und sich vor Verlangen aufbäumte.

Wenn sie sich vereinigten, genoss sie in vollen Zügen seine heiße harte Männlichkeit, das Pulsieren und die Begierde, die immer wieder zwischen ihnen entflammte. Sie öffnete sich weit für ihn, und Jack drang tief in sie ein, immer wieder, bis er nach einer langen köstlichen Phase der Selbstbeherrschung die Kontrolle verlor.

Immer wieder liebten sie sich in jener Nacht. Und wenn sie sich dazwischen erholten, hielten sie einander schweigend und eng umschlungen fest.

Im Morgengrauen versprach Jack atemlos vor Erschöpfung: „Ich komme zurück, wenn ich kann. Gib mir ein Jahr, bevor du dich in einen anderen verliebst. Okay?"

Ein Jahr. Das erschien Ashley wie eine Ewigkeit, so bewusst war ihr jede Sekunde, die verstrich, jedes Ticken der Himmelsuhr. Doch gleichzeitig wusste sie, dass sie das Versprechen mit ruhigem Gewissen geben konnte. Sie hätte ein Leben lang gewartet, denn für sie existierte kein anderer Mann außer Jack.

Sie nickte stumm, und ihre heißen Tränen fielen auf seine nackte Schulter.

Gegen acht Uhr am nächsten Morgen löste Jack sich behutsam aus Ashleys Armen und verließ ihr Bett. Es war ein wunderschöner idyllischer Wintertag. Unberührter Schnee glitzerte im Sonnenschein, und über allem schien ein Mantel der Reinheit zu liegen.

Jack kleidete sich in seinem eigenen Zimmer an, sammelte die wenigen Habseligkeiten zusammen, die er mitgebracht hatte, und stopfte sie in seinen Lederbeutel.

Wäre es nach ihm gegangen, hätte er sich still in einen Sessel gesetzt, Ashley im Schlaf beobachtet und sich jede ihrer Linien und Rundungen eingeprägt, um ihr Bild bis zu seinem Tod im Kopf und im Herzen zu behalten.

Aber er gehörte zu jenen Männern, denen es selten gestattet war, nur nach eigenem Gutdünken zu handeln. Er hatte viel zu erledigen.

Als Erstes musste er sich mit Chad Lombard treffen.

Falls er die Begegnung überlebte – und es war reine Glückssache, ob er oder Lombard oder keiner von beiden mit dem Leben davonkam –, dann musste er sich wieder in einem Krankenhaus behandeln lassen.

Er fühlte sich einsamer als je zuvor, was angesichts der unzähligen widrigen Umstände, die er schon durchgestanden hatte, einiges bedeutete. Vielleicht zog es ihn deshalb an den Computer in Ashleys Arbeitszimmer. Er rief die Website seines Vaters auf, klickte den Link *Kontakt* an und schrieb eine E-Mail, die er niemals abzuschicken beabsichtigte.

Hallo Dad,
ich bin am Leben, aber wahrscheinlich nicht mehr lange …

Er erklärte ausführlich, warum er nie von der Militärakademie nach Hause zurückgekehrt war, sondern seine Angehörigen in dem Glauben gelassen hatte, tot zu sein. Er entschuldigte sich für den Kummer, den sie seinetwegen erlitten haben mussten, und widerstand der Versuchung, die Navy zu beschuldigen. Schließlich hatte ihm niemand die Pistole auf die Brust gesetzt. Er hatte die Entscheidung selbst getroffen und es in vielerlei Hinsicht nie bereut.

Weiterhin brachte er die Hoffnung zum Ausdruck, dass seine Mutter nicht allzu große Schmerzen hatte erleiden müssen, und bat um Vergebung. In kurzen Zügen berichtete er von dem Gift, das ihn vermutlich tötete. Abschließend schrieb er:

Ihr sollt wissen, dass ich eine Frau kennengelernt habe.
Wenn die Dinge anders lägen, würde ich mich gern mit ihr
niederlassen, hier in dieser kleinen Stadt im Westen, und
eine Schar Kinder mit ihr aufziehen. Aber manche Dinge

*sollen einfach nicht sein, und es sieht ganz so aus, als ob
dieser Wunsch dazugehört.*
*Auch wenn es anders aussehen mag, ich habe Dich lieb,
Dad.*
Es tut mir leid.
Jack

Gerade wollte er den Mauszeiger zum Symbol *Löschen* bewegen – allein das Verfassen der E-Mail hatte befreiend gewirkt –, da passierten zwei Dinge gleichzeitig: Sein Handy klingelte schrill, und ein lautes Klopfen dröhnte von der Hintertür durch das Haus.

Vor Schreck zuckte Jack zusammen, die Maus verrutschte und er klickte versehentlich auf *Senden.*

Was soll's? sagte er sich und schloss das E-Mail-Programm.

Dann nahm er den Anruf entgegen und ließ Tanner in das Haus, das er schon bald verlassen musste – vermutlich für immer.

Nie wieder Crêpes mit Kirschen.

Nie wieder eine mutierte Katze.

Nie wieder Ashley.

„Mercer?", fragte Lombard leutselig, „bist du das?"

„Wer sonst?" Jack schlüpfte augenblicklich in die Rolle des Neal Mercer, in der Lombard ihn kannte, und bedeutete Tanner mit einer stummen Geste, sich still zu verhalten.

Ashley schlief immer noch, und Jack wollte sie nicht wecken. Sie zu verlassen, fiel ihm schwer genug, auch ohne einen Abschied von Angesicht zu Angesicht.

Aber bin ich ihr nicht wenigstens so viel schuldig?

„Was ist?", fragte er ins Telefon.

„Ich habe einen Ort für den Showdown ausgesucht. Tombstone, Arizona – der Schauplatz berühmter Schießereien. Das ist doch passend, meinst du nicht?"

„Du bist ein wahrer Westernheld."

Fragend zog Tanner die Augenbrauen hoch.

Jack schüttelte den Kopf und deutete zu dem Lederbeutel

neben der Tür. Im Geist hörte er John Denver singen: *I'm lea-
ving on a jet plane ...*

Tanner brachte das Gepäckstück hinaus zu seinem Truck.
Der Auspuff stieß eine weiße gekräuselte Abgasfahne in die
kalte klare Luft.

„Morgen", fuhr Lombard fort. *„High Noon – zwölf Uhr
mittags."*

„Wie dramatisch!"

„Sei pünktlich."

Jack klappte das Handy zu.

Tanner kehrte ins Haus zurück und wartete mit den Händen
in den Taschen seines Schaffellmantels.

„Gib mir noch eine Minute."

Tanner nickte mit einfühlsamer Miene.

Mitleid konnte Jack in diesem Moment überhaupt nicht gebrauchen. Er musste stark sein. Stärker denn je. Er wandte sich
hastig ab und lief die Treppe hinauf.

Lautlos betrat er Ashleys Zimmer, setzte sich zu ihr auf das
Bett und beobachtete sie kostbare Momente lang. Diese Augenblicke wollte er in guter Erinnerung behalten bis zu seinem Tod,
ob der nun in wenigen Tagen oder erst in Jahrzehnten eintrat.
Es musste ihm einfach gelingen, in einem Jahr zu ihr zurückzukehren.

Sie schlug die Augen auf, blinzelte und flüsterte seinen
Namen.

Seit vielen Jahren behauptete Jack, kein Herz zu haben. Jemanden zu lieben konnte er sich einfach nicht erlauben.

Nun wusste er, dass er sich selbst und alle anderen belogen
hatte. Er hatte sehr wohl ein Herz, und es brach in diesem Moment. „Ich liebe dich", raunte er zärtlich. „Das war schon immer
so, und so wird es immer bleiben."

Sie setzte sich auf, schlang ihm die Arme um den Nacken,
klammerte sich einige Sekunden lang zitternd an ihn. „Ich liebe
dich auch", flüsterte sie. Dann wich sie zurück und blickte ihm
tief in die Augen. „Danke."

„Wofür?"

„Für die Zeit mit dir. Dafür, dass du nicht ohne Abschied gehst."

Er nickte stumm, denn er traute sich nicht zu, etwas zu sagen.

„Wenn du zurückkommen kannst ..."

Jack löste sich aus ihren Armen und stand auf. Im kalten Tageslicht erschien die Rückkehr nach Stone Creek, zu Ashley, höchst unwahrscheinlich. Es war nur ein Wunschtraum, mit dessen Hilfe er ihr und sich selbst den Abschied erleichtern wollte.

Er nickte erneut, schluckte schwer, und im nächsten Moment war er fort.

Ein Arbeiter von der *Starcross Ranch* brachte Mrs Wiggins nach Hause. Ashley war froh darüber, aber sie fühlte sich trotzdem völlig benommen und zerrissen. Beinahe so, als stünde sie neben sich.

Sie schlief eine kleine Weile. Sie kochte und backte, um die Zeit totzuschlagen. Sie hoffte verzweifelt auf einen Anruf von Jack, aber es kam keiner.

Gegen vier Uhr am Nachmittag tauchte Brad auf.

Sie fing ihn an der Hintertür ab. „Er ist weg", sagte sie und meinte Jack. „Bist du jetzt zufrieden?"

„Du weißt, dass ich es nicht bin." Er zwängte sich an ihr vorbei in die Küche, obwohl sie ihm den Zutritt verwehren wollte, und schenkte sich eine Tasse Kaffee ein.

„Sind Ardith und Rachel in Sicherheit?"

„Ja." Er lehnte sich an den Schrank und nippte an seinem Kaffee. „Geht es dir gut?"

„Oh, mir geht es einfach fabelhaft, vielen Dank."

„Ashley, hör bitte auf. Du weißt, dass Jack nicht bleiben konnte."

„Ich weiß vor allem, dass es meine Entscheidung gewesen wäre, nicht deine."

Brad seufzte müde.

Sie spürte, wie ausgelaugt er war, aber sie wollte kein Mitgefühl empfinden.

Nach einer Weile meinte er: „Du wirst es überwinden."

„Oh, ich danke dir! Jetzt geht es mir schon viel besser."

„Meg bekommt ein Baby", verkündete er unverhofft. „Im Frühling."

Ashley erstarrte. Sie hätte sich freuen sollen. Vor allem, da Meg ein Jahr nach Macs Geburt eine Fehlgeburt erlitten und befürchtet hatte, keine weiteren Kinder bekommen zu können. Steif, ohne ihn anzusehen, sagte sie: „Glückwunsch."

„Bei dir wird es auch noch klappen. Wenn erst mal der Richtige kommt …"

„Der Richtige ist schon gekommen", fauchte sie, „und jetzt ist er wieder weg."

Wenigstens hatte Jack sich diesmal verabschiedet. Diesmal war er nicht aus freien Stücken gegangen. Ein schwacher Trost, aber immerhin.

Brad stellte seinen Becher ab, ging zu ihr und legte die Hände auf ihre Schultern. „Ich hätte alles dafür gegeben, die Situation ändern zu können."

Sie glaubte ihm, aber das linderte ihren Kummer nicht. Sie gestattete sich endlich, zu weinen.

Ganz im Stil eines großen Bruders schloss er sie in die Arme und stützte das Kinn auf ihren Kopf. „Denk an unser Motto: Die O'Ballivans lassen sich nicht unterkriegen. Sag es!"

Sie wiederholte den Leitspruch, doch ihre Stimme zitterte und klang hohl.

Sie fühlte sich der Situation ganz und gar nicht gewachsen, aber sie war fest entschlossen durchzuhalten. Weil ihr gar keine andere Wahl blieb.

Um Viertel vor zwölf traf Jack in Tombstone ein. Er bezahlte den Piloten der zweisitzigen Cessna, die er in Phoenix gechartert hatte, und nahm ein Taxi ins Stadtzentrum. Zum Glück war der Ort nicht groß, sodass er es pünktlich zu seinem Rendezvous schaffte.

Zu seinem Leidwesen waren zahlreiche Touristen unterwegs. Er hatte darauf gehofft, dass die Straßen ohne großes Aufhebens von der Lokalpolizei geräumt werden konnten, bevor die Schießerei losging.

Vor seinem Abflug hatte er den Behörden Hinweise auf den bevorstehenden Showdown gegeben, um ahnungslose Unbeteiligte zu schützen – und weil das FBI wie die Drogenfahndung alte Rechnungen mit Lombard zu begleichen hatten.

Er verstaute seine Habseligkeiten im Waschraum einer Tankstelle, steckte sich die Glock in den Hosenbund, deckte sie mit dem Hemd zu und trat hinaus auf die Straße. Er schlenderte über einen hölzernen Bürgersteig und gab vor, die Sehenswürdigkeiten zu betrachten, während er verstohlen sowohl nach Lombard und dessen Männern wie nach dem FBI und der Drogenfahndung Ausschau hielt.

Sein Handy klingelte. Er holte es aus der Tasche. „Ja?"

„Du hast das FBI eingeschaltet!", zischte Lombard.

„Richtig. Du bist in der Unterzahl, Freundchen."

„Ich werde dich erst ganz zum Schluss umlegen. Damit du mit ansehen kannst, wie all die Mommys, Daddys und Kids ins Gras beißen."

Jack gefror das Blut in den Adern. Er hatte etwas in der Art befürchtet und deswegen Verstärkung gerufen. Aber wider jede Vernunft hatte er gehofft, dass ein Mensch, der selbst Vater war, doch nicht so tief sinken würde.

„Wo bist du?", fragte er mit einer Gelassenheit, die er keineswegs empfand. Noch schlimmer war, dass sich wieder einmal einer dieser elenden Schwächeanfälle ankündigte.

Lombard stieß ein Lachen aus; es klang spröde und unheimlich. „Gleich hier oben."

Jack hob den Blick. Auf einem Balkon auf der gegenüberliegenden Straßenseite stand eine Gestalt in der Aufmachung eines Revolverhelden, komplett mit langem schwarzem Mantel, rundem schwarzem Hut auf dem Kopf und Gewehr in der Hand.

„Achtung, Schusswaffe! Alles runter von der Straße!"

Die Menschenmenge geriet in Panik, stob schreiend in alle Himmelsrichtungen auseinander. Erwachsene liefen aufgescheucht hin und her, um Kinder, alte Ladys und kleine Hunde in Sicherheit zu bringen.

Lombard hob das Gewehr; Jack zog die Glock.

Stille kehrte ein. Die ganze Stadt hielt den Atem an.

Und dann …

Ein Schuss zerriss die trügerische Idylle des sonnigen Januartags.

Doch keiner der Duellanten hatte seine Waffe abgefeuert. Die Kugel kam aus einer ganz anderen Richtung.

Wie in einer Filmszene segelte Lombard über das hölzerne Balkongeländer. Es zersplitterte und folgte ihm zu Boden.

Schrille Schreie gellten durch die Straßen. Für jeden Killer, den Lombard zur Verstärkung mitgebracht hatte, stellten die Umstehenden so wehrlose Zielscheiben wie eine Schar Enten auf einem Teich dar.

FBI-Agenten stürmten die Straße, schoben die Touristen in Restaurants und Hotels und Souvenirläden – äußerst effektiv, wenn auch etwas verspätet.

Jemand schoss eifrig Fotos; Jack nahm aus den Augenwinkeln ein ganzes Blitzlichtgewitter wahr. Langsam überquerte er die Straße.

Lombard lag reglos auf dem Bürgersteig – zumindest bewusstlos, wenn nicht im Sterben oder bereits tot. Aber auf jeden Fall war er blind gegenüber dem Tumult, den er so sehr genossen hätte. Er starrte mit leeren Augen in den blauen Himmel. Ein roter Fleck breitete sich auf seinem weißen Hemd aus.

Die Agenten rückten heran, Jack spürte eine Hand auf der Schulter, weitere Fotos wurden geschossen.

Wie aus weiter Ferne hörte er eine vertraute Stimme sagen: „Danke, McCall." Er drehte sich nicht zu dem langjährigen Bekannten um, den er aus Phoenix angerufen hatte. Unverwandt musterte er den Mann, der vor ihm auf dem Bürgersteig lag.

Lombard sah gar nicht wie ein Mörder oder Drogenhändler aus. Er wirkte kindlich-unschuldig wie ein Messdiener; sein Gesicht wies eine starke Ähnlichkeit mit Rachels Zügen auf.

„Wir konnten ihn nicht lokalisieren, bevor er sich auf dem Balkon gezeigt hat", erklärte Special Agent Fletcher. „Wir vermuten, dass er das Kostüm aus einem der Fotoateliers entwendet hat."

„Warum habt ihr die Straße nicht früher räumen lassen?"

„Weil wir erst kurz vor dir eingetroffen sind. Ist bei dir alles klar?"

Jack nickte, schüttelte dann den Kopf.

„Was denn nun? Ja oder nein?"

Er schwankte. „Ich glaube, nein", murmelte er, kurz bevor er das Bewusstsein verlor.

*D*as erste Geräusch, das Jack wahrnahm, war ein stetes Piepsen. Er schloss daraus, dass er sich in einem Krankenhaus befand. Der Himmel mochte wissen, wo. *Wahrscheinlich liege ich im Sterben.*

„Jack?"

Mühsam schlug er die Augen auf und sah seinen Vater über sich gebeugt. Neben dem alten Mann stand eine hübsche Frau. Wäre sie nicht gewesen, hätte Jack geglaubt, er halluziniere.

Dr. William McKenzie, von Freunden und Angehörigen Bill genannt, lächelte und schaltete die Leselampe über dem Bett ein.

Der Lichtschein ließ Jack zusammenzucken. „Wie ich sehe, hast du immer noch sämtliche Haare", stellte er sehr langsam und mit trockener rauer Kehle fest. „Oder du trägst eine ausgezeichnete Perücke."

William lachte, obwohl seine Augen feucht schimmerten. Vielleicht waren es Abschiedstränen. „Du warst schon immer ein frecher Junge. Das ist mein echtes Haar. Und da wir gerade davon sprechen: Deins ist zu lang. Du siehst aus wie ein Hippie."

Gibt es eigentlich heutzutage noch Hippies? In der Generation seines Vaters gab es zahlreiche. Jack vermutete sogar, dass sein Dad in seiner Jugend der Hippiebewegung angehört hatte. Es gab so vieles, das sie nicht voneinander wussten. „Wie habt ihr mich gefunden?"

„Nach dem Vorfall in Tombstone war es nicht besonders schwer, dich aufzuspüren. Du warst in sämtlichen Medien präsent. Du wurdest ins Krankenhaus von Phoenix eingeliefert, und dann hat sich ein Kongressabgeordneter mit mir in Verbindung gesetzt. Sobald du stark genug warst, habe ich dich nach Hause bringen lassen, wohin du gehörst."

Nach Hause? Um zu sterben? Jacks Blick glitt zu der Frau. Sie schien sich unwohl zu fühlen. *Meine Stiefmutter,* dachte er und verspürte dabei einen Stich, weil seine Mom neben seinem Dad hätte stehen sollen, nicht diese Fremde.

„Abigail", erklärte William. „Meine Frau."

Sie nickte Jack zu, entschuldigte sich dann leise und eilte aus dem Zimmer.

William seufzte und blickte ihr nach.

Jack sah Zärtlichkeit auf dem Gesicht seines Vaters und dachte: Er scheint seinen Frieden gefunden zu haben. Nach einer Weile fragte er: „Wie lange bin ich schon hier?"

„Erst ein paar Tage." William räusperte sich. Einen Moment lang schien er auf den Korridor flüchten zu wollen, wie Abigail es getan hatte. „Dein Zustand ist sehr ernst. Du bist auf jeden Fall noch lange nicht über den Berg."

„Ich weiß." Jack versuchte, sich in das wahrscheinlich Unvermeidliche zu fügen. „Und du bist hier, um Abschied zu nehmen?"

William biss die Zähne zusammen, genau wie früher, wenn er seine Söhne wegen eines Verstoßes zur Rechenschaft gezogen hatte. „Ich bin hier, weil du mein Sohn bist und weil ich dich für tot gehalten habe."

„So wie Mom."

„Über deine Mutter reden wir ein andermal. Momentan bist du gesundheitlich sehr angegriffen, und das ist schwer genug zu verkraften, auch ohne all die anderen Probleme."

„Es geht um das Knochenmark", rief Jack sich in Erinnerung, doch sofort dachte er an Ashley. Sie interessierte sich nicht sonderlich für die Medien, aber vermutlich hatte sogar sie die Meldungen über ihn verfolgt. „Um irgendein Gift, das speziell für mich zusammengebraut wurde."

„Du brauchst eine Knochenmarkspende", eröffnete William ihm. „Es ist deine einzige Chance. Und ehrlich gesagt, steht es selbst dann noch auf der Kippe. Ich bin bereits typisiert worden, ebenso wie deine Brüder. Bryce ist der Einzige, der passt."

„Das Baby?"

„Ihm würde es nicht gefallen, so genannt zu werden." Er schmunzelte. „Dein Bruder ist bereit, sobald du es bist."

Jack stellte sich Ashley vor, wie sie roch und sich anfühlte, wenn sie warm und nackt bei ihm lag. Im Geist sah er sie dann backen, mit dem Kätzchen spielen, am Computer sitzen – mit gerunzelter Stirn vor Verwirrung, aber auch mit einer Entschlossenheit, die er noch nie zuvor gespürt hatte.

Wenn ich diese Krise überstehe, kann ich zu ihr zurückgehen. Mein altes Leben gegen ein neues tauschen und nie wieder zurückblicken …

Aber wenn ein Kumpel von Lombard auftauchte und das unerledigte Geschäft zu Ende führte?

Er seufzte entmutigt. Es gab zu viele ungewisse Faktoren. Er durfte nicht wieder mit Ashley zusammen sein, selbst wenn er die Vergiftung mit viel Glück überlebte. Nur wenn er sich sicher sein konnte, dass er sie nicht in Gefahr brachte, hätten sie noch eine Chance auf eine gemeinsame Zukunft. „Wann soll die Transplantation denn stattfinden?"

„So schnell wie möglich. Die Ärzte warten nur darauf, dass sich dein Zustand stabilisiert."

„Ich würde meine Brüder gern sehen", sagte Jack. Noch während er sprach, drohte er wieder in die unheilvolle Finsternis zu versinken. „Wenn sie überhaupt mit mir sprechen wollen."

William strich sich mit einem Handballen über die feuchten Augen. „Natürlich sprechen sie mit dir. Aber wenn du durchkommst, kannst du dich darauf gefasst machen, dass dir alle drei die Leviten lesen dafür, dass du so mir nichts, dir nichts verschwunden bist."

Wenn du durchkommst …

Jack nickte matt. „Das kann ich verstehen."

In den Tagen nach Jacks Abreise hatte Ashley viel nachgedacht und in sich eine neue Stärke entdeckt. Mit einem Gleichmut, der selbst sie überraschte, hatte sie den Medienrummel mit Jack und Lombard in den Hauptrollen anfänglich verfolgt, nach der ersten großen Welle von Berichterstattungen jedoch einfach abgeschaltet.

Zwei Tage nach dem *Tombstone Showdown*, wie die Reporter den Zwischenfall nannten, tauchten zwei FBI-Agenten auf Ashleys Türschwelle auf. Sie stellten ausführliche Fragen und gaben äußerst knappe Antworten.

Im Wesentlichen verrieten sie nur, dass von Lombards Organisation keine Gefahr mehr drohte; einige der Mitglieder waren in Arizona in Haft genommen worden, der Rest hatte sich in alle Himmelsrichtungen verstreut.

Immerhin erfuhr sie, dass Jack am Leben war. Das erleichterte sie unendlich.

Doch die Fragen, so harmlos und routinemäßig sie auch wirkten, machten ihr Angst. Obwohl sie keine Details erfuhr, schloss sie aus einem gewissen resignierten Unterton, dass Jack immer noch in Schwierigkeiten steckte.

Vor allem wollte man von ihr wissen, ob er ihr etwas über seine Verbindung zu bestimmten Behörden erzählt oder etwas bei ihr zurückgelassen hatte, was sie beides verneinte.

Was seinen Aufenthaltsort anging, hüllten sich die Agenten in Schweigen. Sie verabschiedeten sich mit der Zusage, sie demnächst zu kontaktieren.

Danach hörte sie nichts mehr vom FBI.

Da packte sie eine seltsame wilde Entschlossenheit, etwas zu unternehmen. Doch sie hatte keine Ahnung, wo Jack sich aufhielt und in welchen Zustand er sich befand. Sie wusste nur, dass er in Tombstone zusammengebrochen war; Fotos waren in Zeitungen und im Web aufgetaucht.

Brad und Tanner setzten auf Ashleys Bitte hin ihre Leute darauf an, Informationen zu beschaffen, konnten aber nichts in Erfahrung bringen. Zumindest behaupteten sie das. Vielleicht wollten sie aber auch verhindern, dass Jack gefunden wurde.

Auch Melissa suchte nach ihm. Obwohl sie genauso wenig von ihm hielt wie Brad und Olivia, konnte sie durch die Zwillings-Verbundenheit eher nachempfinden, was Ashley durchlitt.

Nach einer Woche verschwand der Fall Jack McCall aus den Nachrichten, verdrängt von Meldungen über Hochseepiraterie, den neusten Haushaltsbericht über den Präsidenten und anderen Neuigkeiten.

Der Februar zog ins Land. Inzwischen verstand Ashley es blendend, sich und anderen vorzumachen, dass es sie nicht kümmerte, wo Jack war, was er trieb, ob er zurückkommen wollte – oder konnte. Sie war fest entschlossen, nach vorn zu blicken.

Carly und Sophie hatten mehrere Nachmittage geopfert und ihr eine Website eingerichtet. Inzwischen konnte Ashley problemlos im Netz surfen, Nachforschungen anstellen, E-Mails abrufen und beantworten. Das Geheimnis der Navigation im Cyberspace war gelüftet.

Die Homepage, die auf einem Entwurf von Jack basierte, war schlicht gehalten, aber sehr ansprechend gestaltet. Sie bescherte ihr mehr Gäste, als Ashley sich je erträumt hatte. Durch ein spezielles Romantik-Angebot war das *Mountain View* an dem Wochenende, auf das der Valentinstag fiel, schon lange im Voraus ausgebucht.

Fast zwei Wochen vor dem Feiertag begann Ashley, Torten zu backen und einzufrieren – einige für ihre Pensionsgäste, andere für den alljährlichen Wohltätigkeitsball, dessen Erlös diesmal der Renovierung des öffentlichen Freibads zugutekommen sollte.

Ashley hatte angeboten, wie in jedem Jahr Punsch beizusteuern und Erfrischungen auszuschenken. Diesmal stand aber nicht ihre Großherzigkeit im Vordergrund. Vor allem wollte sie der ganzen Stadt – die von ihrem romantischen Desaster mit Jack durch einen Bericht bei CNN und einem Artikel im Magazin *People* erfahren hatte – beweisen, dass sie den Kopf nicht hängen ließ.

Die O'Ballivans lassen sich nicht unterkriegen.

Und wenn sie sich gelegentlich immer noch in den Schlaf weinte, brauchte das niemand zu wissen. Niemand außer Mrs Wiggins, die ihr treu zur Seite stand und allzeit bereit war, sie durch Kuscheleinheiten zu trösten. Inzwischen konnte sich Ashley ein Leben ohne die kleine Katzendame gar nicht mehr vorstellen.

Medienberichten zufolge waren Ardith und Rachel inzwischen wieder zu Hause, in einem Vorort von Phoenix, glücklich vereint mit dem Rest der Familie.

„Und ich", sagte Ashley zu Mrs Wiggins, die wie ein Papagei auf ihrer rechten Schulter hockte, „komme von Tag zu Tag, von Stunde zu Stunde mehr über Jack hinweg. Oder etwa nicht?"

Mrs Wiggins schnurrte ihr laut ins Ohr.

Trotzdem hörte Ashley ein Motorengeräusch. Sie wandte sich vom Computer ab, an dem sie gerade Buchungsanfragen beantwortete, blickte aus dem Fenster und sah ein rotes Auto in die Auffahrt einbiegen. „Gut. Ich kann eine kleine Ablenkung gebrauchen."

Sie lief in die Küche und öffnete die Hintertür.

Mit Schneeflocken im Haar und einem breiten Grinsen auf dem Gesicht wehte Melissa herein. „Es hat geklappt!", rief sie überschwänglich, während sie sich den roten Mantel auszog. Sie warf Mrs Wiggins, die nun brav in ihrem Körbchen neben dem Herd lag, einen schiefen Blick zu, krauste die Nase und hielt sorgfältig Abstand. „Alex hat die Stelle als Staatsanwalt bekommen, und ich werde seine Assistentin! Ich fange Anfang März an und stehe schon auf der Warteliste für eine tolle Wohnung in Scottsdale."

„Wie schön für dich", murmelte Ashley mit einem verkrampften Lächeln.

„Welch enthusiastische Reaktion!"

„Wenn es das ist, was du willst, dann bin ich glücklich für dich. Aber ich werde dich wahnsinnig vermissen. Abgesehen von deiner Studienzeit waren wir nie wirklich getrennt."

Melissa hängte ihren Mantel über eine Stuhllehne und legte ihre eiskalten Hände auf Ashleys Schultern. „Scottsdale liegt gerade mal zwei Stunden entfernt. Du kannst mich ganz oft besuchen, und natürlich komme ich nach Stone Creek, sooft ich nur kann."

„Das tust du bestimmt nicht." Ashley wandte sich ab und

setzte Teewasser auf, damit sie nicht länger lächeln musste. „Du wirst mit deiner Arbeit voll ausgelastet sein."

„Ich muss einfach weg von hier."

„Weil?"

„Weil sich die Situation zwischen Dan und seiner Kellnerin zuspitzt. Sie heißt übrigens Holly. Von einer Sekretärin in der Kanzlei habe ich erfahren, dass sie sich in der letzten Woche dreimal in Krullers Juwelierladen Ringe angesehen haben."

„Oje! Setz dich doch."

Erstaunlicherweise gehorchte Melissa. Dabei war sie normalerweise die Führungskraft von beiden, die Entscheidungen traf und aus dem Stegreif motivierende Reden schwang.

„Deswegen willst du also aus Stone Creek wegziehen?" Ashley vergaß den Tee und ließ sich ebenfalls am Tisch nieder. „Weil Dan und diese Holly vielleicht heiraten?"

„Nicht vielleicht, sondern sicher. So eng die Beziehung zwischen Dan und mir auch war, er hat zu mir nie ein Wort von Verlobung gesagt. Wenn er jetzt Ringe sucht, dann ist es ihm verdammt ernst mit dieser Frau."

„Und?"

„Und ich bin womöglich noch ein kleines bisschen in ihn verliebt."

„Du kannst nicht alles haben", gab Ashley sanft zu bedenken. „Du hast eine Entscheidung getroffen, und jetzt musst du sie entweder rückgängig machen oder die Dinge so akzeptieren, wie sie sind."

„Du hast gut reden!"

„Findest du wirklich?"

„Entschuldige", murmelte Melissa betroffen. „Ich weiß, dass die Sache mit Jack …"

„Es geht hier nicht um Jack, sondern um Dan und dich. Wenn das Gerücht mit den Ringen überhaupt stimmt, heiratet er wahrscheinlich aus Enttäuschung, weil du ihm wirklich wichtig warst. Und womöglich macht er damit den größten Fehler seines Lebens."

„Das ist *sein* Problem."

„Sei nicht so biestig. Du wolltest ihn und das Leben nicht, das er dir geboten hat. Was hast du geglaubt, würde er tun? Dass er wartet, bis du dein Karriereziel erreicht hast und eines Tages deinen Job als Richterin am Obersten Gerichtshof an den Nagel hängst, um deine Memoiren zu schreiben?"

„Auf wessen Seite stehst du eigentlich?"

„Auf deiner. Ich möchte nur, dass du mit ihm sprichst, bevor du den Job in Phoenix annimmst."

„Was soll das bringen? Erstens hat *er* Schluss gemacht, nicht ich. Zweitens ist es zu spät. Und wie sollte ich es überhaupt anstellen? Zu ihm in die Einöde fahren und fragen, ob er Mr O'Ballivan werden und mit mir in der großen Stadt leben will? Ich kann dir sagen, wie seine Antwort ausfallen würde. Und was ist, wenn ich ihn bei … na ja, bei *etwas* störe?"

„Bei was denn? Wildem Sex, der den Kronleuchter wackeln lässt? Vergiss nicht, dass er Kinder hat. Bestimmt treibt er es nicht ständig mit Miss Heißer Feger im Wohnzimmer."

Gegen ihren Willen musste Melissa lachen.

„*Heißer Feger?* Wie kommst du denn auf den Ausdruck? Weil du selbst zur feurigen Sorte gehörst?"

Ashley dachte mit einem Stich an den berauschenden Sex mit Jack und murmelte: „Du würdest dich wundern."

„Du vermisst Jack sehr, oder?"

„Nur, wenn ich es zulasse." Sie stand auf und löffelte Teeblätter in eine chinesische Kanne. „Neulich habe ich geträumt, dass er an meinem Bett steht. Ich konnte durch ihn durchgucken, weil er … weil er tot war."

Melissa betrachtete sie liebevoll. Mit ihrer launischen Art war sie in einem Moment eiskalt, im nächsten ganz warmherzig. „Er kann nicht tot sein."

„Wieso nicht?"

„Weil Tanner es bestimmt erfahren hätte."

Ashley seufzte und stellte zwei Tassen, Milch und Würfelzucker auf den Tisch. „Was stimmt mit uns eigentlich nicht? Brad hat mit Meg alles richtig gemacht, genau wie Olivia mit Tanner. Warum schaffen wir beide das nicht?"

„Ich glaube, wir sind in Liebesdingen gehandicapt."

„Oder zu störrisch und stolz", sagte Ashley und meinte damit natürlich nur Melissa. Sie selbst wäre über glühende Kohlen gegangen, um mit Jack zusammen zu sein.

„Ein bisschen Stolz kann nicht schaden, und manche Leute bezeichnen Starrsinn als Standhaftigkeit."

„Manche Leute können alles beschönigen. Willst du nun die Dinge mit Dan klären, bevor du weggehst, oder nicht?"

„Nein."

„Feigling."

„Das stimmt. Wenn er mir ins Gesicht sagt, dass er diese Miss *Heißer Feger* liebt, würde ich vor Schmach vergehen."

„Sei nicht so melodramatisch! Dazu bist du viel zu stark. Und zumindest wüsstest du, wo du stehst." *Ich würde alles für eine zweite Chance mit Jack geben.*

„Ich weiß ganz genau, wo ich stehe." Melissa schenkte den Tee ein und wärmte sich die Hände an ihrer Tasse, anstatt zu trinken. „In der Klemme und zwischen den Stühlen."

„Das sind falsche Metaphern. Da *sitzt* man."

„Dann stehe ich eben auf dem Schlauch", erwiderte Melissa, und das war vorläufig das Ende der Diskussion.

Eine Woche nach der Transplantation war noch immer nicht geklärt, ob die Operation von Erfolg gekrönt war oder nicht. Nur weil sich der angesehene Dr. McKenzie verbürgte, persönlich darauf zu achten, dass sein Sohn gut gepflegt wurde und sich nicht überanstrengte, wurde Jack vorzeitig aus dem Krankenhaus entlassen.

Also kehrte er in seine alte Heimatstadt Oak Park in Illinois zurück und bezog sein Jugendzimmer in dem großen Backsteinhaus in der Shady Lane. Dort hatte Abigail, die sich ihm gegenüber nach wie vor schüchtern verhielt, alles für seinen Einzug vorbereitet.

Die von seinen Eltern verpönten Rockstarposter – Erinnerungen an seine bewegte Jugend – hingen noch immer an den Wänden. Der antiquierte Computer, ein ganz frühes Modell, das er aus gebrauchten Einzelteilen eigenhändig zusammengebaut hatte, stand auf dem Schreibtisch vor einem Fenster. Hockey- und Baseballschläger lehnten in jeder Ecke.

Der Anblick überwältigte Jack und ließ ihn seine Mutter schmerzlicher denn je vermissen.

Doch das war nichts im Vergleich dazu, wie sehr ihm Ashley fehlte.

Bryce, der kurz vor seinem Examen zum Augenoptiker stand, tauchte in der Tür auf. Er war Mitte zwanzig, sah aber wesentlich jünger aus. „Du schaffst es", meinte er zuversichtlich – mit der Stimme eines Mannes, nicht eines Jungen.

So viele Dinge hatten sich verändert. So viele Dinge waren gleich geblieben. „Dank dir habe ich vielleicht wirklich eine Chance."

„Es gibt kein Vielleicht."

Jack sagte nichts weiter dazu. Er setzte sich an seinen Schreibtisch, denn er ermüdete immer noch zu schnell. Nach einer kleinen betretenen Pause fragte er: „Was hältst du eigentlich von Abigail?"

Bryce schloss die Tür und nahm auf der Bettkante Platz. Er verschränkte die Finger und stützte die Ellenbogen auf die Knie. „Sie tut Dad gut. Er war total am Boden zerstört nach Moms Tod."

Jack wandte den Kopf zum Fenster und starrte auf die Straße mit den kahlen Bäumen, die auf den Frühling warteten. „Ich kann mir denken, dass es eine schwere Zeit war."

„Es war wirklich ziemlich schlimm. Hat Dad dir eigentlich erzählt, dass die Regierung deinen Grabstein und den leeren Sarg vom Friedhof in Arlington entfernen lässt?"

„Ich schätze, sie brauchen den Platz." Mutlosigkeit befiel Jack. Früher einmal hatte er sich für einen Teufelskerl gehalten. Nun war er nur noch ein Schatten seiner selbst.

„Kann sein. Wer ist eigentlich die Frau?"

„Welche Frau?"

„Die du in deiner E-Mail an Dad erwähnt hast."

Von Sehnsucht nach Ashley übermannt, schloss Jack einen Moment lang die Augen. Er fragte sich, ob sie inzwischen gut genug mit dem Computer umgehen konnte, um mit dem Mailprogramm klarzukommen. Wusste sie, wie es um seine Gefühle für sie stand, weil sie die Nachricht an seinen Vater gelesen hatte?

Bryce brach das Schweigen, indem er erzählte: „Übrigens will ich mich am Valentinstag verloben. Sie heißt Kathy. Wir sind zusammen zum College gegangen."

„Herzlichen Glückwunsch."

„Weißt du, ich wollte immer wie du sein. Krach schlagen. Auf die Militärakademie geschickt werden. Vielleicht sogar im Dienst ins Gras beißen."

Jack schaffte es, einen Mundwinkel so hochzuziehen, dass es als Grinsen durchgehen konnte. „Gott sei Dank hast du es dir anders überlegt. Mom und Dad … Wie sind sie mit meinem Verschwinden fertiggeworden?"

„Sie waren am Boden zerstört."

Was hast du erwartet? Dass sie fröhlich weitermachen, als wäre nichts passiert? Dass sie deinen vermeintlichen Tod gelassen hinnehmen, weil sie ja noch drei andere Söhne haben? „Ich muss ihr Grab sehen."

„Ich bringe dich nachher hin." Bryce stand auf. „Wenn ich aus der Uni zurück bin."

„Natürlich."

„Und sei nett zu Abigail, okay? Dad liebt sie sehr, und sie bemüht sich wirklich, sich einzufügen, ohne Mom den Platz streitig zu machen."

„War ich denn nicht nett zu ihr?"

„Du warst ziemlich abweisend."

„Am Leben zu bleiben hat mich meine ganze Zeit und Kraft gekostet", erklärte Jack. „Dank dir habe ich eine kleine Chance.

Ich werde dir nie vergessen, was du für mich getan hast. Wie man es auch dreht und wendet, Knochenmark zu spenden tut weh."

Bryce räusperte sich verlegen und griff nach der Türklinke. „Es könnte Zeit brauchen", meinte er nachdenklich, „bis wir alle wieder eine Familie sind. Aber gib nicht auf, okay? Und komm bloß nicht auf die Idee, einfach wieder zu verschwinden, denn das wäre ganz furchtbar für Dad. Er hat schon so viel verloren."

„Ich gehe nirgendwohin", versprach Jack. „Aber vielleicht brauche ich das Grab in Arlington doch noch. Sie sollten den neuen Bewohner nicht so schnell zur letzten Ruhe betten."

Anstatt auf die Bemerkung zu reagieren, fragte Bryce noch einmal: „Wer ist die Frau?"

„Sie heißt Ashley O'Ballivan und führt ein Bed and Breakfast in Stone Creek. Aber tu mir einen Gefallen, kleiner Bruder. Komm nicht auf die Idee, sie anzurufen und ihr zu sagen, wo ich bin."

„Warum rufst du sie nicht selbst an?"

„Weil ich immer noch nicht weiß, ob ich überleben werde."

„Vielleicht möchte sie so oder so von dir hören und die Zeit, die dir bleibt, mit dir verbringen."

„Und vielleicht möchte sie einfach ihr eigenes Leben fortsetzen."

Bryce zuckte die Schultern und ging.

Jack versuchte, den Computer hochzufahren, um sich im Internet über die Geschehnisse zu informieren, die er seit dem Vorfall in Tombstone verpasst hatte. Leider ohne Erfolg, die alte Blechkiste blieb stumm.

Er beschloss, später den Laptop im Arbeitszimmer seines Vaters zu benutzen. Um zu sehen, ob Ashleys Website eingerichtet war. Mit etwas Glück fand sich dort ein Foto von ihr – als einladend lächelnde Gastwirtin in einem schicken Kleid, das Haar zu diesem Zopf geflochten, den es ihn immer zu lösen reizte.

Doch zunächst war es an der Zeit, seine Stiefmutter kennenzulernen, obwohl sich vielleicht nur eine kurze Bekanntschaft entwickeln konnte, falls sein Körper das Transplantat abstieß.

Weil es so viele Dinge gab, die er nicht wiedergutmachen konnte, musste er ihr um seines Vaters willen eine Chance gewähren.

Bestimmt hätte Mom es so gewollt, dachte er, als er die Küche betrat, in der er so viele Gespräche mit seiner Mutter geführt hatte.

Wie erwartet traf er Abigail dort an. Sie trug eine geblümte Schürze und einen lockeren Haarknoten im Nacken, und ihre Hände waren von Mehl bedeckt. Sie wirkte sehr weiblich und war recht hübsch anzusehen.

Sie lächelte schüchtern. „Dein Vater liebt Pfirsichkuchen über alles."

„Der schmeckt mir auch ziemlich gut", gestand Jack. „Du backst gern?"

Sie zuckte die Schultern. „Unter anderem."

Forschend musterte er seine Stiefmutter. Sie wirkte zierlich und gepflegt. Vermutlich strickte und häkelte sie gern, und vielleicht gärtnerte sie auch. Zumindest äußerlich war sie das genaue Gegenteil seiner Mutter, die oft humorvoll lamentiert hatte, dass sie ins achtzehnte Jahrhundert gehört hätte, als ausladende Busen und Hüften noch gefragt waren. Sie hatte gern Golf gespielt und gesegelt und – soweit er wusste – nie einen Kuchen gebacken oder eine Schürze getragen.

„Was liegt dir denn noch?"

Abigail lächelte. „Ich habe mich früher mit Immobilien befasst. Aber kurz bevor ich Bill begegnet bin, habe ich meine Firma für einen Batzen Geld verkauft und beschlossen, für den Rest meines Lebens nur noch das zu tun, was ich liebe. Backen, Blumen pflanzen, nähen. Ach ja, und meinen Ehemann verwöhnen."

Jack stahl sich ein Stück Pfirsich, und sie schlug ihm wider Erwarten nicht auf die Finger. Nebenbei fragte er: „Warst du schon mal verheiratet? Hast du Kinder?"

„Weder noch. Ich war zu sehr mit meiner Karriere beschäftigt", sagte sie ohne eine Spur von Reue. „Außerdem habe ich mir immer geschworen, auf den Richtigen zu warten, wie lange es auch dauern mag. Wie sich herausgestellt hat, ist das Bill McKenzie."

Er hatte sie unterschätzt, das wurde ihm nun klar. Sie war eine unabhängige Frau, die so lebte, wie es ihr gefiel. Sie hatte es nicht nötig, sich einen wohlhabenden Zahnarzt zu angeln, um sich von ihm aushalten zu lassen. Wahrscheinlich besaß sie sogar mehr Geld als sein Dad, und das wollte einiges heißen. „Du machst ihn glücklich, Abigail. Dafür danke ich dir." Er griff nach einem zweiten Stück Pfirsich.

Diesmal schlug sie ihm auf die Finger, lächelnd und kopf-schüttelnd. Sie holte eine Schüssel aus dem Schrank, füllte eine großzügige Portion Obst hinein und reichte sie ihm.

Spontan entschied Jack, dass er genug von ihr wusste. Sie liebte seinen Vater, und besser hätte es nicht kommen können. Er beugte sich zu ihr und küsste ihre Wange. „Willkommen in der Familie."

Sie lächelte. „Danke", sagte sie schlicht und wandte sich wieder dem Pfirsichkuchen zu.

10. KAPITEL

*M*iss O'Ballivan? Hier ist Bryce McKenzie. Ich möchte …"

Ashley klemmte sich den Telefonhörer zwischen Ohr und Schulter, während sie Kuchenteig ausrollte. „Tut mir leid, Mr McKenzie, aber wir sind für den Valentinstag bereits ausgebucht."

„Wie bitte?"

„Rufen Sie nicht wegen des Sonderangebots auf meiner Website an? Valentinstag im *Mountain View*?"

„Nein. Ich bin Jack McKenzies Bruder."

Nun erst erkannte sie den Namen wieder, den Jack vor so langer Zeit abgelegt hatte. Sie dehnte das Spiralkabel des Telefons bis zum Äußersten, damit sie sich auf einen Küchenstuhl setzen konnte, und murmelte: „Oh."

„Ich sollte Sie eigentlich nicht anrufen, aber …"

„Geht es ihm gut?"

„Ja und nein."

Sie legte sich eine bemehlte Hand auf das Herz und hinterließ weiße Fingerabdrücke auf dem T-Shirt. „Sagen Sie mir, was das Nein bedeutet, Mr McKenzie."

„Nennen Sie mich bitte Bryce." Er räusperte sich, und dann erklärte er: „Es war eine Knochenmarktransplantation nötig. Er hat die Operation ganz gut überstanden und bekommt Medikamente, die eine Gewebeabstoßung verhindern sollen, aber mit der Heilung geht es nicht richtig voran. Die Familie macht sich Sorgen. Wir haben das ohne ihn besprochen und sind zu dem Schluss gekommen, dass ein Wiedersehen mit Ihnen seine Genesung fördern könnte."

Ashley hatte mit geschlossenen Augen und klopfendem Herzen gelauscht. „Wo ist er denn jetzt?"

„Hier bei uns, in Chicago. Im Haus meines Vaters ist genügend Platz, um Sie unterzubringen. Ich meine, falls Sie überhaupt kommen wollen."

Ihre Gedanken überschlugen sich. In einer Woche war Valentinstag, und sie musste ihre Gäste persönlich begrüßen und es ihnen behaglich machen. Oder nicht? Es war ihre große Chance, das Geschäft anzukurbeln, die rückständigen Raten an Brad zu bezahlen und ihre schwindenden Ersparnisse aufzustocken.

Und nichts von alldem ist so wichtig wie ein Wiedersehen mit Jack.

Mit unsicherer Stimme sagte sie: „Ich denke, dass er mich persönlich angerufen hätte, wenn er mich sehen wollte."

„Er will zuerst sicher sein, dass er überlebt", gestand Bryce unverhohlen. Dann fragte er: „Können wir mit Ihnen rechnen? Es könnte einen Wendepunkt für seine Gesundheit bedeuten. Zumindest hoffen wir das."

Sie blickte sich in der Küche um. Sämtliche Arbeitsflächen waren von Backutensilien übersät. Der Gefrierschrank war voll, das Haus bereit für den Ansturm der Liebespaare, die sich zu einem romantischen Rendezvous in ihrer Pension einfinden wollten.

Wie kann ich ausgerechnet jetzt wegfahren?

Wie konnte sie bleiben?

„Ich komme mit dem nächsten Flieger", hörte sie sich sagen.

„Ich hole Sie am Flughafen ab", versprach Bryce erleichtert. „Rufen Sie mich nur an, und geben Sie mir die Flugdaten durch."

Sie schrieb sich seine Handynummer auf und versprach, sich schnellstens mit den entsprechenden Informationen zu melden. Zu Mrs Wiggins sagte sie: „Das ist total verrückt."

„Miau", antwortete das Kätzchen und schmiegte sich an ihre Beine.

Sobald der Entschluss getroffen war, fühlte Ashley sich unerwartet energiegeladen. Sie reservierte einen Flug für den nächsten Tag und rief Bryce zurück. Skeptisch fragte sie: „Sind Sie auch sicher, dass er mich sehen will?"

„Ganz sicher", bestätigte er mit einem Lächeln in der Stimme.

Als Nächstes rief sie bei Melissa in der Kanzlei an und sprudelte die ganze Geschichte hervor. „Vielleicht bin ich vor dem Valentinstag wieder zurück, aber sicher kann ich es nicht sagen.

Unter Umständen musst du für mich einspringen", schloss sie und wartete mit angehaltenem Atem auf die Reaktion ihrer Zwillingsschwester.

„Ich verstehe. Ich habe zwar absolut keine Ahnung, wie man ein Bed and Breakfast führt, geschweige denn, wie man kocht. Doch ich werde für dich da sein. Pack deine Sachen."

Tränen waren Ashley in die Augen gestiegen. Sie konnte immer auf ihre Zwillingsschwester – und auch auf die anderen Familienmitglieder – zählen, wenn ein Notfall eintrat. Warum hatte sie auch nur einen Moment daran gezweifelt? „Danke."

„Aber du musst die Katze zu Olivia bringen. Du weißt, wie stark meine Allergie sein kann, wenn ich nur in die Nähe von Fell komme."

„Ich weiß, dass du dir deine Krankheiten bloß einbildest, und ich hab dich trotzdem lieb."

„Oh, vielen Dank", antwortete Melissa sarkastisch und beharrte: „Keine Katze. Sonst spiele ich nicht mit."

„Ich bin sicher, dass Olivia sie nimmt. Noch eins: Kannst du beim Valentinstanz Punsch und Kuchen servieren, falls ich es nicht rechtzeitig schaffe? Ich habe auch schon alles vorgebacken."

„Wenn es unbedingt sein muss. Aber du solltest dich lieber anstrengen, nach Hause zu kommen, bevor die ersten Gäste eintreffen. Sonst gehst du ein großes Risiko ein. Wie du weißt, bin ich kein bisschen häuslich veranlagt, und ich könnte dir das Geschäft ernsthaft vermasseln."

Ashley lachte. „Ich verspreche dir, dass ich mein Bestes gebe."

Sie beendete das Gespräch, holte ihren einzigen Koffer vom Dachboden und legte ihn geöffnet auf das Bett.

Mrs Wiggins kletterte sofort hinein, als wäre sie entschlossen, ihr Frauchen zu begleiten.

„Diesmal nicht." Sanft klaubte Ashley das Fellknäuel wieder heraus und packte einige Wintersachen ein.

Dann rief sie auf der *Starcross Ranch* an. Tanner meldete sich. Ohne sich lange mit einer Begrüßung aufzuhalten, fragte sie:

„Ich muss dringend verreisen. Könnt ihr Mrs Wiggins für ein paar Tage bei euch einquartieren?"

„Natürlich", erwiderte er wie erwartet. „Aber wohin willst du denn so überstürzt?"

Ashley holte tief Luft und erklärte ihm die Situation.

„Ich verstehe. Jack hat dich also nicht selbst angerufen?"

„Nein. Leider."

Er dachte einen Moment darüber nach, ohne sich dazu zu äußern. „Hältst du mich auf dem Laufenden?"

„Ja."

„Ich hole die Katze heute Nachmittag ab. Soll ich dich zum Flughafen bringen?"

„Nicht nötig. Danke für alles. Ich weiß deine Hilfe sehr zu schätzen."

„Wir sind schließlich eine Familie. Apropos: Brad kann bestimmt einen Jet für dich chartern."

„Lieber nicht. Ich will nicht mit ihm über die Sache sprechen. Jedenfalls noch nicht."

„Er wird aber wissen wollen, wo du steckst", gab Tanner zu bedenken. „Er hat seine drei kleinen Schwestern ziemlich genau im Auge, weißt du."

Ashley seufzte. „Aus dem Stegreif fällt mir nichts ein, was ich ihm sagen könnte."

„Keine Sorge, ich kümmere mich um ihn."

„Danke. Und bitte grüß Olivia von mir und erklär ihr alles."

„Wird gemacht."

Die nächsten Stunden vergingen wie im Flug durch die hektischen Vorbereitungen.

Wie versprochen tauchte Tanner am späten Nachmittag auf und holte Mrs Wiggins ab. „Grüß Jack von mir, und pass auf dich auf", bat er mit einem Abschiedskuss auf die Wange.

„In Ordnung."

Am Abend kam Melissa vorbei. Ashley erklärte ihr Schritt für Schritt, was während ihrer Abwesenheit zu tun war – welches Zimmer für welche Gäste gedacht war, wie die sorgfältig beschrifteten und eingefrorenen Speisen zubereitet werden sollten, wie mit Reservierungen und Kreditkarten umzugehen war und unzählige Dinge mehr.

Melissa wirkte überfordert, versprach aber, ihr Bestes zu geben.

Ashley verfrachtete schon an diesem Abend ihren Koffer in das Auto und machte sich auf den Weg nach Flagstaff. Dort wollte sie in ein Hotel beim Flughafen einchecken, da ihr Flug bereits um halb sechs am nächsten Morgen starten sollte.

Unterwegs bog sie in den Weg ab, der zum Friedhof führte. Sie stellte das Auto am Tor ab und stapfte durch den Schnee zum Grab ihrer Mutter.

Es fielen keine sentimentalen Worte und auch keine Tränen. Sie hatte einfach das Bedürfnis, an diesem friedlichen Ort zu verweilen. Irgendwann, irgendwie hatte sie unbemerkt einen Schlussstrich gezogen. Nun konnte sie nach vorn blicken.

Weil es bitterkalt war, kehrte sie bald zu ihrem Auto zurück und fuhr weiter nach Flagstaff.

Sie würde ihre Mutter, so wenig diese auch für sie da gewesen sein mochte, immer im Herzen tragen. Doch nun war es an der Zeit, sich den Lebenden zuzuwenden, die ihre Liebe erwiderten: Brad und Meg, Olivia und Tanner, Melissa und der kleine Mac, Carly und Sophie, die Babys.

Und Jack.

Zu ihrer eigenen Verwunderung fürchtete Ashley sich nicht vor dem, was sie in Chicago erwartete. Ausnahmsweise war sie bereit, ein Risiko einzugehen und ihr Glück zu versuchen.

Und das hing nun einmal von Jack McCall – oder McKenzie – ab.

Die Ausläufer eines heraufziehenden Blizzards erreichten Chicago kurz vor der Landung. Das Flugzeug geriet in derart heftige Turbulenzen, dass Ashley sich mit aller Kraft an die Armlehnen klammerte und sich nach dem Aufsetzen zwingen musste, die Finger zu lockern.

Sie war eine Stubenhockerin und passte eigentlich überhaupt nicht zu einem Abenteurer wie Jack. Hätte sie auch nur einen Funken Verstand besessen, wäre sie trotz Schneesturm gleich wieder nach Stone Creek zurückgeflogen, wohin sie gehörte.

Ungeduldig wartete sie, während ihre Mitreisenden in Seelenruhe Mäntel und weitere Habseligkeiten aus den Gepäckfächern kramten und sich im Schneckentempo zu den Ausgängen begaben.

Die anderen Fluggäste hatten offensichtlich alle Zeit der Welt. Ashley hingegen musste befürchten, dass es bei ihr ganz anders aussah.

Als sie endlich ausgestiegen war, hastete sie den Flugsteig entlang zur Gepäckausgabe. Nachdem sie ihren altmodischen Koffer an sich gebracht hatte, eilte sie weiter. Atemlos erreichte sie die Halle und ließ den Blick über die wartende Menschenmenge schweifen. Bryce hatte versprochen, ein Schild mit ihrem Namen hochzuhalten, doch obwohl sie sich auf Zehenspitzen stellte, konnte sie keines entdecken.

„Ashley?"

Sie wirbelte herum, und da stand Jack. Unwillkürlich stieß sie einen erstickten Laut aus, der halb ein Schluchzen, halb ein Aufschrei war. Er sah so dünn, so blass aus. Seine Augen waren *wie zwei Brandlöcher in einem Bettlaken*. So hatte Big John es immer umschrieben.

„Hey", sagte er rau.

Sie schluckte. „Selber hey."

Er grinste und erinnerte dadurch ein wenig an früher.

Trotzdem erkundigte sie sich vorsichtshalber: „Freust du dich, mich zu sehen?"

„Wäre es nach mir gegangen, wärst du nicht gekommen", gestand er unverhohlen. „Aber ja, ich bin froh, dich zu sehen."

„Gut." Sie spürte ein Gefühl der Fremdheit zwischen ihnen, trotz der allgegenwärtigen sexuellen Spannung.

„Mein intriganter Bruder wartet draußen beim Auto. Gehen wir zu ihm, bevor der Sturm noch schlimmer wird und wir im Schnee stecken bleiben. Es ist eine lange Fahrt nach Oak Park."

Ashley nickte stumm. Sie war überglücklich, bei Jack zu sein, und wünschte gleichzeitig, sie wäre zu Hause geblieben.

Nachdem sie sich mit Bryce bekannt gemacht und ihr Gepäck in dem Kofferraum seines Wagens verstaut hatte, setzte sie sich auf den Beifahrersitz. Jack stieg hinten ein.

Bryce fuhr zum Glück einen Geländewagen mit Allradantrieb und schien sich kein bisschen Sorgen wegen des Wetters zu machen.

Der Schneefall war so heftig und der Verkehr so dicht, dass sie fürchtete, niemals heil in Oak Park anzukommen. Doch dann ging alles glatt, und sie atmete erleichtert auf, als sie in die Auffahrt zu dem großen Backsteinhaus der McKenzies einbogen.

Die ganze Familie McKenzie hatte sich als Empfangskomitee versammelt. Jack stellte Ashley seinen Vater und seine Stiefmutter, seine Brüder und deren Frauen vor. Doch sie vergaß die meisten Namen gleich wieder. Denn sie konnte sich auf nichts und niemanden außer ihm konzentrieren.

Die ganze Fahrt vom Flughafen über hatte er stumm auf dem Rücksitz gesessen. Bryce hatte versucht, ein Gespräch in Gang zu halten und sich bei Ashley nach dem Flug und Stone Creek und dem Leben dort erkundigt. Ihre Antworten waren dürftig ausgefallen, denn sie fühlte sich auf ihre Weise ebenso unwohl wie Jack.

Ich hätte nicht herkommen dürfen. Er will mich hier nicht haben, wie ich befürchtet habe.

Doch seine Angehörigen nahmen sie ausnahmslos herzlich im Kreis der Familie auf, und Abigail servierte einen so köstlichen Hackbraten zum Abendessen, dass Ashley beschloss, sich das Rezept geben zu lassen.

Jack – der vermutlich nicht auf eigenen Wunsch neben ihr saß – aß wenig und sprach noch weniger.

„Sie müssen müde sein", sagte William nach dem Essen. „Jack, warum zeigst du Ashley nicht ihr Zimmer, damit sie sich aus-ruhen kann?"

Jack nickte und begleitete sie aus dem Esszimmer.

Eine breite gewundene Treppe führte in das obere Stockwerk. Während sie die Halle durchquerten, fiel Ashley auf, wie lang-sam er sich bewegte. Vermutlich war er erschöpft. „Du musst mich nicht nach oben …"

Schroff unterbrach er sie: „Ich kann immer noch Treppen steigen."

„Es tut mir leid. Ich hätte nicht herkommen sollen."

Flüchtig strich er ihr mit einer Hand über die Wange. „Es muss dir nicht leidtun. Ich schätze … nun, es verletzt meinen Stolz, dass du mich so siehst."

Seine Erklärung verblüffte sie. Sicher, er hatte viel Gewicht verloren und war sehr blass, aber in ihren Augen war er immer noch derselbe. „Wieso denn?"

„Es ist gut möglich, dass ich sterbe. Ich wollte, dass du mich so in Erinnerung behältst, wie ich früher war."

Ashley versteifte sich. „Du wirst nicht sterben. Ich werde es nicht zulassen."

Es zuckte ein wenig um seine Mundwinkel. „Ach so? Was willst du denn dagegen tun?"

Spontan platzte sie hervor: „Einen Schwangerschaftstest ma-chen."

Erstaunt musterte er ihr Gesicht. „Du glaubst, dass du schwanger bist?"

„Es könnte sein. Ich bin überfällig. Schon ziemlich lange."

Er bot ihr den Arm und begleitete sie mit mehr Elan die Treppe hinauf, als sie ihm zugetraut hätte.

„Ist das ungewöhnlich?"

„Ja. Sehr sogar."

Er lächelte; ein Leuchten trat in seine Augen. „Du sagst das nicht einfach so? Du willst mir nicht bloß einen Grund geben, um weiterzuleben?"

„Wenn dir selbst kein Grund dafür einfällt, Jack McCall …",

sie deutete zum Esszimmer hinunter, wo seine Familie versammelt war, „… dann bist du in einer noch armseligeren Verfassung, als ich dachte."

„Jack McKenzie", korrigierte er. „Ich benutze jetzt meinen richtigen Namen."

„Bravo!", rief sie sarkastisch.

Er blieb ernst. „Warum bist du hergekommen?"

„Das weißt du ganz genau."

„Nein. Wir haben uns doch geeinigt, dass ich nach Stone Creek zurückkehre, wenn alles vorbei ist, und dass wir bis dahin getrennt bleiben."

Ihre Kehle war wie zugeschnürt, als ihr bewusst wurde, was er durchstehen musste. „Und ich dachte, wir hätten uns darauf geeinigt, dass wir uns lieben. Ob du überlebst oder stirbst, ich will bei dir sein."

Er verzog das Gesicht. „Ashley, ich …"

„Ich gehe nirgendwohin", fiel sie ihm entschieden ins Wort. „Wann erfährst du, ob die Transplantation erfolgreich war?"

Ein Funkeln trat in seine Augen, und er blickte demonstrativ auf seine Armbanduhr. „Ich erwarte jeden Moment eine E-Mail von Gott."

„Das ist überhaupt nicht witzig!"

„In letzter Zeit ist nicht viel witzig." Jack umfasste ihre Oberarme. „Ich will, dass du in ein Flugzeug steigst und nach Stone Creek zurückfliegst, sobald dieser Blizzard nachlässt."

„Tja, ich habe eine Neuigkeit für dich: Nur weil du etwas willst, bekommst du es noch lange nicht."

Er schmunzelte und schüttelte den Kopf. „Seltsam, dass ich nie gemerkt habe, wie stur du sein kannst."

„Gewöhne dich lieber daran."

Er ging über den Flur und öffnete eine Tür.

Sie folgte ihm und spähte in ein behaglich eingerichtetes Zimmer mit Himmelbett, antiker Kommode und gepolsterten Stühlen. „Ich kann bestimmt nicht schlafen", warnte sie.

„Ich auch nicht."

Sie blickte ihm unverwandt ins Gesicht und bat aus tiefstem Herzen: „Bitte stirb nicht, Jack. Was immer zwischen uns passiert, gib dich nicht auf."

Er beugte sich zu ihr und küsste sie sanft auf den Mund. „Ich werde mein Bestes tun, um es zu verhindern." Dann wandte er sich ab und wollte das Zimmer wieder verlassen.

„Willst du gar nicht ins Bett?", fragte Ashley. Plötzlich fühlte sie sich einsam und weit weg von zu Hause.

„Später." Er zwinkerte ihr zu. „Jetzt will ich erst mal herumtelefonieren und eine Apotheke suchen, die trotz Schneesturm liefert."

Ihr Herz setzte einen Schlag lang aus. Alarmiert fragte sie: „Ist dir deine Medizin ausgegangen?"

„Nein. Ich will so einen Test kommen lassen."

„Was denn für einen Test?"

„So einen, der schwanger oder nicht schwanger anzeigt."

„Das kann doch warten. Guck mal aus dem Fenster."

„Ich muss es aber sofort wissen", beharrte Jack.

„Du bist verrückt."

„Kann sein. Bis später."

„Okay." Sie betrat das Gästezimmer, schloss die Tür, lehnte die Stirn dagegen und atmete mehrmals tief durch, um aufsteigende Tränen zu unterdrücken.

Ihr Gepäck befand sich bereits im Zimmer. Sie setzte sich auf die Bettkante und holte das Handy heraus, das sie sich zugelegt hatte, weil sie inzwischen die Vorzüge moderner Technik zu schätzen gelernt hatte. Sie wählte die Nummer des *Mountain View*.

Melissa meldete sich nach dem ersten Klingeln. „Ashley?"

„Hallo. Ich bin gut angekommen, und es geht mir blendend."

„Du klingst aber gar nicht so. Was ist mit Jack?"

„Er sieht furchtbar aus, und ich glaube nicht, dass er sich über meinen Besuch freut."

„Oh, das tut mir leid. Ist der Schuft grob zu dir?"

„Er ist kein Schuft, und er ist schon gar nicht grob zu mir."

„Was hast du denn dann?"

„Ich glaube, er hat aufgegeben. Er scheint beschlossen zu haben, es hinter sich zu bringen. Und er will nicht, dass ich es mit ansehe."

„Vielleicht solltest du einfach nach Hause kommen."

„Das geht nicht. Wir sind eingeschneit." Ashley zögerte, gestand dann ein: „Aber ich würde sowieso hierbleiben. Wie läuft es bei dir?"

„Ausgezeichnet. Ich musste mindestens fünf Leute abweisen, die für den Valentinstag ein Zimmer buchen wollten." Besorgt fragte Melissa: „Ist dir klar, dass du unter Umständen eine ganze Weile da festsitzt? Hast du genug Geld dabei?"

„Nicht für längere Zeit."

„Ich kann dir aushelfen. Brad auch."

„Ich melde mich, falls es nötig sein sollte. Tu mir einen Gefallen, ja? Ruf Olivia und Tanner an und sag ihnen, dass ich gut angekommen bin."

„Wird gemacht."

Ashley beendete das Gespräch und überlegte, was sie mit sich anfangen sollte. An Schlaf war nicht zu denken, so müde sie auch sein mochte. Sie nahm ein Bad, putzte sich die Zähne und schlüpfte in einen Pyjama. Dann sah sie sich im Fernsehen eine Nachrichtensendung und den Wetterbericht an. Weitere Schneefälle wurden erwartet. Der Flughafen war geschlossen, und die Polizei riet, sich außer in dringenden Notfällen von den Straßen fernzuhalten.

Um Viertel nach zehn klopfte es an die Tür. „Ich bin's", rief Jack. „Kann ich reinkommen?"

„Natürlich."

Er trat mit einer weißen Tüte in der Hand ein, die er ihr reichte. „Nichts kann die Post oder den Apothekenlieferservice aufhalten."

Ihre Hand zitterte, als sie die Tüte entgegennahm. „Komm nachher wieder", sagte sie und ging zum Badezimmer.

Er setzte sich auf die Bettkante. „Ich warte lieber hier."

A shley hockte im Badezimmer und starrte mit einer Mischung aus Entzücken und Entsetzen auf den Test aus Plastik.

Ich bin schwanger.

Fieberhaft rechnete sie im Kopf nach. Normalerweise wäre sie sofort darauf gekommen, dass der voraussichtliche Geburtstermin auf Mitte September fiel. Nun brauchte sie etwas länger, weil sie so aufgeregt war.

„Hast du schon ein Ergebnis?", rief Jack auf der anderen Seite der Tür.

Vorsichtshalber hatte Ashley abgeschlossen, damit er nicht vor lauter Ungeduld einfach hereinkommen konnte. Sie brannte darauf, ihm die Neuigkeit anzuvertrauen. Aber sie wollte ihn nicht an sich binden. Er sollte sich nicht moralisch verpflichtet fühlen, sie zu heiraten, wenn er es nicht wirklich wollte.

Und was ist, wenn er stirbt?

Vielleicht übte das Wissen von dem Baby eine heilsame Wirkung auf ihn aus und ermutigte ihn, an eine Genesung zu glauben und härter daran zu arbeiten. Doch vielleicht überforderte es ihn gerade in dieser schwierigen Phase.

Er rüttelte an der Klinke. „Ashley? Wie sieht es aus?"

„Alles in Ordnung."

„Bist du nun schwanger oder nicht?"

„Das Ergebnis ist nicht eindeutig", behauptete sie betont fröhlich.

„Ich habe den Beipackzettel gelesen. Entweder kommt ein Plus oder ein Minus", erwiderte er sehr ernst. „Also, was ist es?"

Sie schloss einen Moment lang die Augen und betete im Stillen um Weisheit, Stärke und Mut. Sie war keine gute Lügnerin und musste befürchten, dass Jack sie durchschaute, wenn sie ihn zu hintergehen versuchte. Außerdem hielt sie eine Täuschung für falsch, selbst wenn eine gute Absicht dahinterstecken mochte. Er hatte ein Recht zu erfahren, dass er Vater wurde. „Es ist … ein Plus."

„Mach die Tür auf!"

Hörte sie Freude oder Verärgerung in seiner Stimme? Zögernd drehte sie den Schlüssel im Schloss.

Jack stürmte herein, nahm ihr den Test aus der Hand und starrte auf das kleine Sichtfenster, ohne zu verraten, was in ihm vorging. Seine Schultern wirkten angespannt, sein Atem kam schnell und flach.

Schließlich flüsterte er: „Mein Gott, wir haben ein Baby gemacht."

„Stimmt", murmelte Ashley mit bewegter Stimme.

Er hob den Blick. In seinen Augen lag ein Anflug von Freude, aber auch Besorgnis. „Warum wolltest du es mir nicht sagen? Ich würde dieses Pluszeichen als sehr eindeutig bezeichnen."

„Ich wusste nicht, wie du reagieren würdest."

„Wie konntest du daran zweifeln? Das ist das Beste, was mir je passiert ist – abgesehen von dir."

Sie sagte nichts, denn sie war sprachlos vor Überraschung und aufwallender Hoffnung.

„Du willst dieses Baby doch, oder?", fragte er besorgt.

„Natürlich. Ich war bloß nicht sicher, ob du es willst."

Jack blickte wieder auf den Test, schüttelte den Kopf und lachte. „Den bewahren wir auf. Du kannst ihn in das Babybuch kleben oder so."

„Aber der ist doch unhygienisch", protestierte sie. Dann wunderte sie sich, dass sie über derart triviale Dinge sprachen, während so viele wichtige Fragen unbeantwortet waren.

„Das sind volle Windeln auch. Hygiene ist gut und schön, doch ein Kind braucht Keime in seiner Umgebung, damit es die nötigen Antikörper bilden kann."

Unvermittelt verkündete sie: „Du musst mich nicht heiraten, wenn du nicht willst." Im nächsten Augenblick hätte sie sich am liebsten die Zunge abgebissen.

„Doch, natürlich! Nenn mich altmodisch, aber ich bin der Meinung, dass ein Kind Vater und Mutter haben sollte."

„Natürlich was? Dass du mich heiraten *musst*? Oder dass du es *willst*?", hakte Ashley unsicher nach.

„Ich will", erklärte er mit rauer Stimme. „Ich bin mir nur nicht sicher, ob du den Rest meines Lebens mit mir verbringen willst. Womöglich wirst du in sechs Monaten Witwe – oder sogar noch früher. Eine schwangere Witwe."

„Nicht, wenn du ums Überleben kämpfst."

Ein entrückter Ausdruck trat auf sein Gesicht. Offensichtlich hatte er ein düsteres Szenario vor Augen, das nur er sehen konnte. „Geld ist genügend vorhanden. Wenigstens habe ich mit meiner Tätigkeit gut verdient. Es wird dir und unserem Baby an nichts mangeln."

„Geld interessiert mich nicht", sagte sie nachdrücklich und auch ein bisschen verärgert. „Mir liegt an dir, unserem Baby und unserem gemeinsamen Leben. Unserem *langen* gemeinsamen Leben. Ich liebe dich. Hast du das vergessen?"

Behutsam legte Jack den Test auf das Waschbecken und zog Ashley in den Wohnbereich der kleinen Suite. „Ich kann dir in einem Badezimmer keinen Heiratsantrag machen."

Sie lachte und weinte gleichzeitig.

Er kniete vor ihr nieder und drückte fest ihre Hand. „Ich liebe dich, Ashley O'Ballivan. Willst du mich heiraten?"

„Ja."

Er stieß einen überschwänglichen Schrei aus, stand auf, schloss sie in die Arme und raubte ihr den Atem mit einem stürmischen Kuss.

Die Tür zum Flur sprang auf, und Dr. William McKenzie murmelte verlegen: „Oh."

Jack und Ashley wichen auseinander. Er lachte, sie wirkte verstört.

„Entschuldigt", bat William. „Ich habe einen Schrei gehört und dachte, es sei etwas passiert."

„Alles ist gut, Dad", versicherte Jack. „Es ist sogar noch besser. Ich habe Ashley gerade gefragt, ob sie mich heiraten will, und sie hat Ja gesagt."

„Aha", murmelte William lächelnd und machte leise die Tür zu. Im nächsten Augenblick ertönte vom Flur her ein jubilierendes „Jawohl!".

Sie stellte sich vor, wie ihr zukünftiger Schwiegervater triumphierend eine Faust in die Luft stieß, und fühlte sich ermutigt.

„Ich könnte trotzdem sterben", gab Jack zu bedenken.

„Willkommen im Klub", entgegnete sie trocken. „Von dem Moment an, in dem wir auf dieser Welt ankommen, sind wir alle schon auf dem Weg zum Ausgang."

Er nickte bedächtig, nahm sie bei der Hand und setzte sich mit ihr auf das Bett. Beide sehnten sich danach, miteinander zu schlafen, doch sie hielten sich zurück. Zumindest vorläufig.

„Wie bald können wir heiraten?", fragte er.

Das Herz klopfte ihr bis zum Hals vor lauter Glück. „Moment mal. Zuerst müssen wir einige Dinge entscheiden."

„Zum Beispiel?"

„Wo wollen wir wohnen?" Ihr gefiel Chicago – zumindest das Wenige, was sie bisher davon gesehen hatte. Doch ihr wahres Zuhause war und blieb Stone Creek.

„Wo immer du willst. Und ich weiß, dass es deine alte Heimat ist. Aber vergiss nicht, dass deine Familie nicht gerade gut auf mich zu sprechen ist."

„Das wird sich ändern", meinte Ashley zuversichtlich, „sobald sie merken, dass du diesmal bei mir bleibst."

„Versuch nur, mich abzuschütteln. Du würdest es nicht schaffen." Jack beugte sich zu ihr und küsste sie, diesmal ganz sanft.

Seine Zärtlichkeit ging ihr unter die Haut. „Soll das heißen, dass du deinen Beruf oder als was auch immer man diese merkwürdige Tätigkeit beschreiben kann, aufgeben willst?"

„Es soll heißen, dass ich Schnee schaufeln, den Müll rausbringen und dich lieben will, solange wir beide leben."

Glückstränen verschleierten ihr den Blick, doch sie wandte besorgt ein: „Das wird leider nicht reichen, um dich auszufüllen. Du bist doch an Action gewöhnt."

„Ich habe Action satt. Zumindest die Art, die verdeckte Operationen erfordert. Vince soll meine Firma leiten, zusammen mit einigen ausgesuchten verlässlichen Leuten. Ich kann alles vom Computer aus organisieren."

„Ich dachte, du vertraust Vince nicht mehr."

„Ich war ziemlich sauer auf ihn, aber er ist eigentlich ganz in Ordnung. Sonst würde er schon längst nicht mehr für mich arbeiten."

„Und du wirst nicht ganz plötzlich verschwinden, weil irgendein wichtiger Auftrag deine Fachkenntnisse erfordert?", hakte Ashley nach.

„Ich bin gut in meinem Metier, aber nicht unersetzlich. Ich kann delegieren. Allerdings ist es möglich, dass ich manchmal bei Tanner auf der Ranch abhänge und mit ihm Cowboy spiele."

„Kannst du denn reiten?"

Jack schmunzelte. „Bisher habe ich es nur auf Kamelen versucht. Auf einem Pferd dürfte es nicht viel anders sein, außer dass ich der Erde näher wäre."

Die letzte Bemerkung wirkte ernüchternd. Beide dachten dasselbe: dass er vielleicht schon bald *unter* der Erde landete.

„Ich werde es schaffen", versuchte er, sie zu beruhigen.

Sie lehnte die Stirn an seine Schulter, legte die Arme um ihn und klammerte sich einen Moment lang an ihn. „Das will ich dir auch raten."

Drei Tage später zog der Sturm endlich weiter und ließ eine kristallklare Welt zurück. Auf jedem Baum und jedem Dach lag eine dicke Schicht aus Schnee und Eis.

Ein Privatjet, zur Verfügung gestellt von Brad, landete auf dem Rollfeld eines kleinen Flugplatzes am Stadtrand von Chicago. Jack und Ashley nahmen vorübergehend Abschied von seiner Familie, die sich vollzählig eingefunden hatte.

Der ganze Clan plante, in zwei Wochen zur Trauung nach Stone Creek zu kommen und im *Mountain View* abzusteigen.

Ashley hätte den Valentinstag als Hochzeitsdatum vorgezogen. Aber das kam ja nicht infrage, da das Bed and Breakfast ausgebucht war, und bis zum nächsten Jahr wollten weder sie noch Jack warten.

William schüttelte seinem ältesten Sohn die Hand und nahm ihn dann unverhofft in die Arme. Mit erstickter Stimme sagte er: „Sieh zu, dass du endlich einsteigst und nicht länger hier im kalten Wind herumstehst." Er wandte sich an Ashley, küsste ihre Wange und flüsterte ihr zu: „Ich habe mir immer eine Tochter wie dich gewünscht."

Jack verabschiedete sich mit Handschlag von seinen Brüdern und mit einer Umarmung von seiner Stiefmutter.

Die Flugzeugtür klappte auf. Mit einem Surren fuhr die integrierte Treppe hinunter. Der Pilot erschien in der Türöffnung. Es war Vince Griffin. „Komm in die Gänge, Boss!", rief er. „Ein neues Unwetter zieht in unsere Richtung. Da will ich lieber nicht reingeraten."

Jack nahm Ashley am Arm und führte sie die Stufen hinauf in die luxuriöse Kabine, die acht Sitzplätze aufwies. Jeweils zwei befanden sich einander gegenüber, getrennt von einem schmalen Klapptisch.

„Fragst du gar nicht, was ich hier mache?", fragte Vince.

„Nein. Weil es ganz offensichtlich ist, dass du dir den Job ergaunert hast, uns nach Hause nach Stone Creek zu fliegen."

Nach Hause nach Stone Creek. Das klang wundervoll in Ashleys Ohren, vor allem aus Jacks Mund.

Vince lachte. „Ich lege mich mächtig ins Zeug, um bei dir wieder zu punkten." Er legte einen Hebel um. Die Treppe fuhr ein, und er verriegelte die Kabinentür. „Klappt es?"

„Vielleicht."

„Ich hasse es, wenn du *vielleicht* sagst."

„Flieg einfach los", wies Jack ihn an, und ein Funkeln war in seine Augen getreten. „Ich will nicht unbedingt in dieses Unwetter geraten, genau wie du."

„Okay." Vince zog sich in das Cockpit zurück und schloss die Tür hinter sich.

Jack half Ashley aus dem Mantel, drückte sie sanft auf einen Ledersitz und schloss ihren Sicherheitsgurt.

Seine Nähe löste eine prickelnde Vorfreude in ihr aus. Hab Geduld, sagte sie sich.

Anscheinend erriet er ihre Gedanken, denn er beugte sich über sie und versprach: „Sobald wir zu Hause sind, tun wir es, als wäre es das allererste Mal."

Die Bemerkung sandte einen wohligen Schauer durch ihren Körper. „Ich kann es kaum erwarten", gestand sie in kokettem Ton.

Da das Flugzeug bereits auf die Startposition rollte, setzte Jack sich auf den Sitz ihr gegenüber und schnallte sich an.

Viereinhalb Stunden später landeten sie am Stadtrand von Stone Creek.

Brad und Meg erwarteten sie, zusammen mit Melissa, Olivia und Tanner, Carly und Sophie.

„Gott sei Dank, dass du wieder da bist!" Melissa atmete auf. „Ich dachte schon, ich müsste tatsächlich kochen."

Brad und Jack bauten sich voreinander auf, mit starren Gesichtern und vor der Brust verschränkten Armen.

„Oho", flüsterte Melissa. „Testosteron-Überdosis."

Keiner der Männer rührte sich. Keiner sagte ein Wort.

Olivia stieß Brad mit einem Ellbogen in die Rippen. „Benimm dich gefälligst! Jack gehört bald zur Familie, und das bedeutet, dass ihr beide miteinander auskommen müsst."

Nach kurzem Zögern entspannte er sich und streckte eine Hand aus. „Das bedeutet aber nicht, dass du meine kleine Schwester schlecht behandeln kannst", warnte er.

„Das würde mir nicht im Traum einfallen", versicherte Jack, während er Brads Hand nahm und kraftvoll schüttelte. „Ich liebe sie." Er legte Ashley einen Arm um die Schultern, zog sie dicht an sich und blickte ihr ernst ins Gesicht. „Das war schon immer so, und so wird es immer bleiben."

Zwei Wochen später
Presbyterianische Kirche von Stone Creek

„Ich finde es total unangebracht, mit einem Anhänger hinterm Auto vor der Kirche vorzufahren", sagte Olivia tadelnd, während sie ihr Brautjungfernkleid mit einiger Mühe schloss, da sie nach der Geburt der Zwillinge immer noch ein bisschen füllig war.

Melissa verdrehte die Augen. „Es geht aber nicht anders. Ich muss am Montag ganz früh in Phoenix sein, um meine neue Stellung anzutreten."

Ihre Besitztümer standen bereits größtenteils in dem neuen schicken Apartment in Scottsdale; der geliehene Anhänger enthielt die restlichen Habseligkeiten.

Nachdem sie mit viel Erfolg und Spaß geholfen hatte, den Ansturm zum Valentinstag im *Mountain View* zu bewältigen, war sie unschlüssig geworden, was ihren Umzug anging. Schließlich gefiel ihr die Stellung in der kleinen lokalen Anwaltskanzlei, in der sie schon seit dem Examen arbeitete.

Doch dann war Daniel Guthrie unverhofft mit Holly durchgebrannt. Seitdem gab es kein Halten mehr für Melissa. Sie hatte sich entschieden, das verstaubte Leben in Stone Creek hinter sich zu lassen und ganz von vorn anzufangen.

Ashley trat vor den großen Wandspiegel und strich über ihr Hochzeitskleid aus perlenbestickter elfenbeinfarbener Seide. Es war ihr wie auf den Leib geschneidert und stand ihr ausgezeichnet.

Es war einfach perfekt – anders als die Brautjungfernkleider aus leuchtend gelbem Taft mit den eckigen Ausschnitten, Puffärmeln und entschieden zu vielen Rüschen.

Was habe ich mir nur dabei gedacht? fragte Ashley sich beschämt und unterdrückte ein Kichern.

Offenbar hatte sie gar nicht gedacht. Weil sie so hoffnungslos und unwiderruflich in Jack verliebt war, dass sie den lieben langen Tag von ihm träumte und sich nachts den überwältigenden Liebesspielen hingab.

Olivia stellte sich neben sie und musterte sich missmutig. „Wir werden auf den Fotos wie übergroße Kanarienvögel aussehen. Du dagegen bist wunderschön."

Ashley wandte sich zu ihr und umarmte sie. „Ich mache es wieder gut", versprach sie. „Dass ihr diese furchtbaren Kleider tragen müsst, meine ich."

Melissa blickte an ihrem weiten Rock hinunter und schüttelte sich. „Ich kann mir nicht vorstellen, wie du das hinkriegen willst."

Der Organist stimmte den Hochzeitsmarsch an.

Brad kam zur Tür herein. Er sah ausgesprochen gut aus in seinem dunklen Anzug. „Bist du bereit?", fragte er Ashley. „Falls du es dir anders überlegt hast, können wir uns immer noch zur Hintertür hinausschleichen und weglaufen."

Lächelnd schüttelte sie den Kopf und ging zu ihm.

Er küsste sie auf die Stirn und zog den Schleier vor ihr Gesicht. „Jack McKenzie ist ein Glückspilz."

„Ist er da?", flüsterte sie nervös, während er sie über die Schwelle zwischen ihrem alten und ihrem neuen Leben führte.

„Ich glaube, ich habe ihn neben Tanner am Altar gesehen. Oder war das der Pfarrer?" Er hielt theatralisch inne und schlug sich mit der flachen Hand an die Stirn. „Ach nein, der Pfarrer trägt ja einen Talar. Der Mann, den ich meine, hat einen schwarzen Anzug an und zupft andauernd an seinem Hemdkragen. Könnte das vielleicht Jack sein?"

„Hör auf! Ich bin schon aufgeregt genug, auch ohne dass du dich über mich lustig machst."

Der Organist schlug kräftiger in die Tasten.

„Das ist unser Stichwort."

Als Erste schritt Olivia über den Mittelgang zwischen den Kirchenbänken, vorbei an McKenzies, O'Ballivans, McKettricks und allerlei Freunden. Melissa folgte ihr.

Durch den Schleier blickte Ashley zu Jack, der aufrecht und mit hoch erhobenem Kopf am Altar wartete, und sie verspürte ein überwältigendes Glücksgefühl.

In den vergangenen zwei Wochen hatte er große Fortschritte in Richtung einer vollständigen Genesung gemacht. Er hatte zugenommen und wieder eine gesunde Gesichtsfarbe bekommen. Er behauptete, dass es an der erholsamen Wirkung von gutem Sex läge.

Sie errötete, als sie sich lebhaft an einige der leidenschaftlichen Szenen erinnerte und sich auf neue Abenteuer freute.

An Brads Arm schwebte sie förmlich durch die Kirche. Aus den Augenwinkeln sah sie, dass sich die Gäste erhoben und sie anlächelten. Doch sie hielt den Blick unverwandt auf Jack geheftet. Er lächelte ihr entgegen und zwinkerte ihr zu.

Dann stand sie an seiner Seite, Brad zog sich zurück, und der Pfarrer begann seine Ansprache.

Ashley und Jack legten ihre Gelübde ab und tauschten die Ringe. Sobald sie zu Mann und Frau erklärt wurden, lüftete er ihren Schleier und stutzte verblüfft, denn ihr üblicher Zopf war verschwunden. Stattdessen trug sie eine schulterlange Föhnfrisur, die ihr Gesicht elegant umschmeichelte.

Unter dem Jubel der Hochzeitsgäste und dem Tosen der Orgel tauschte das Brautpaar einen innigen Kuss und lief hinaus auf den Vorplatz. Dort wurde es mit Reis und guten Wünschen überschüttet, bevor es in einer reich geschmückten Limousine zum *Mountain View* fuhr.

Dort war bereits alles für einen unvergesslich schönen Hochzeitsempfang vorbereitet. Sogar das Wetter spielte mit. Der Schnee war geschmolzen, die Sonne schien strahlend, der Himmel war wolkenlos und tiefblau.

„Ich habe extra für dich einen perfekten Tag bestellt", flüsterte Jack, während er Ashley aus dem Wagen half.

In den folgenden Stunden war das Haus zum Bersten gefüllt mit Gästen, die ausgelassen feierten. Dabei ging es so hoch her, dass Ashley bald das Ende der Party herbeisehnte, denn sie und Jack wollten die Hochzeitsnacht zu Hause verbringen und erst am nächsten Morgen in die Flitterwochen aufbrechen.

Als die Abenddämmerung einsetzte, löste sich die Gesellschaft auf. Brad lud die Familie McKenzie, die sämtliche Gästezimmer belegt hatte, zu einer Nachfeier auf die *Stone Creek Ranch* ein, damit das Brautpaar die Hochzeitsnacht einläuten konnte.

Melissa verabschiedete sich als Letzte. Sie hatte sich bereits für die Fahrt nach Scottsdale umgezogen und trug nun Jeans, Sweatshirt und Sneakers. Sie hielt das zusammengerollte Brautjungfernkleid hoch und prophezeite unter Tränen: „Dieses blöde Ding werde ich dir nie verzeihen."

„Vielleicht revanchierst du dich ja eines Tages", entgegnete Ashley sanft. „Dann bist du die Braut, und ich sehe aus wie ein riesiger Kanarienvogel."

„Das furchtbare Schicksal bleibt dir erspart. Ich stürze mich in meine Karriere, und ehe du es dich versiehst, bin ich Richterin am Obersten Gerichtshof. Zumindest meine Memoiren dürften interessant werden."

Ashley küsste sie auf die Wange. „Pass auf dich auf."

„Etwas Schlimmeres als dieses scheußliche Kleid kann mir gar nicht passieren. Hast du mich auch lieb, wenn ich es in den nächsten Mülleimer werfe?"

„Ich werde dich immer lieb haben. Egal, was passiert."

„Bis demnächst, Mrs McKenzie." Mit einem zittrigen Lächeln schluckte Melissa ihre Tränen hinunter und stürmte zur Tür hinaus. Sie stieg in ihren kleinen roten Sportwagen, der viel zu winzig zu sein schien, um einen Anhänger zu ziehen, und brauste mit einem Winken davon.

Jack trat zu Ashley und küsste sie zärtlich. „Keine Angst. Sie ist schließlich eine O'Ballivan. Sie kommt schon zurecht."

Sie nickte stumm und schloss die Haustür.

„Die Caterer sind gleich fertig. Ich habe ihnen ein großzügiges Trinkgeld versprochen, wenn sie sich beeilen. Möchtest du nicht endlich das unbequeme Kleid loswerden?"

Sie stellte sich auf Zehenspitzen und küsste ihn.

„Dabei brauche ich Hilfe. Es hat ungefähr eine Million Knöpfe am Rücken."

„Für diese Aufgabe bin ich genau der Richtige."

Mrs Wiggins kam mit zuckender Schwanzspitze aus dem Arbeitszimmer, in das sie vor dem Tumult geflohen war, und schlug mit einer Pfote spielerisch nach dem Spitzensaum des Brautkleids.

„Lass das", sagte Ashley streng und hob sie auf Augenhöhe hoch. „Dieses Kleid ist ein Erbstück. Eines Tages wird es eine andere Braut tragen."

„Unsere Tochter", prophezeite Jack. „Bestimmt wird sie darin genauso hübsch aussehen wie ihre Mom."

Ashley lächelte. „Sieh zu, dass die Caterer fertig werden", drängte sie und stieg die Treppe hinauf.

Einen Moment später stand sie in dem Schlafzimmer, das bisher ihr allein gehört hatte – auch wenn sie und Jack jede Nacht seit der Rückkehr aus Chicago gemeinsam darin verbracht hatten.

Die letzten Strahlen der Wintersonne fielen zum Fenster herein und verliehen der antiken Spitzengardine einen goldenen Schimmer. Unzählige duftende Rosenblätter lagen auf dem Bett verstreut. Vor dem Schrank standen zwei Koffer – gepackt für einen ganzen Monat Sonnenschein auf Hawaii.

Morgen um diese Zeit sind wir in den Flitterwochen.

Tief atmete sie durch. Sie war noch immer aufgeregt und der Gedanke, sich mit ihrem Ehemann zu vereinen, ließ ihr Herz schneller schlagen – fast so, als wäre sie noch unberührt. Alles war beim Alten und doch ganz neu, da sie jetzt verheiratet waren.

Verheiratet. Vor nicht allzu langer Zeit hatte sie der Ehe abgeschworen. Doch dann war Jack auf der Suche nach einem Ort der Genesung aufgetaucht.

So viel war seitdem passiert – Beängstigendes, Bezauberndes …

Mrs Wiggins sprang auf einen Sessel und rollte sich zusammen, um ein Schläfchen zu halten.

Vorsichtig nahm Ashley das Diadem mit dem Schleier ab und legte die hauchzarte Spitze beiseite. Vor dem Spiegel über der

Kommode fuhr sie sich mit beiden Händen durch das Haar. Ihre Wangen glühten, ihre Augen leuchteten.

Leise öffnete sich die Tür. Jack kam herein. Er hatte die Smokingjacke abgelegt und öffnete die Ärmelaufschläge, während er den Raum durchquerte. Er warf die Manschettenknöpfe auf die Kommode, zog Ashley in die Arme und küsste sie stürmisch.

Ihre Knie wurden weich – wie immer, wenn er ihr so nahe kam.

Schließlich hob er den Kopf, drehte sie um und begann, die winzigen Knöpfe im Rücken ihres Kleides zu öffnen. Dabei streichelte er jeden Zentimeter Haut, den er entblößte.

Ein Prickeln lief von ihrem Nacken aus den ganzen Rücken hinunter. Das Kleid landete auf dem Fußboden. In nichts als hauchzarten verführerischen Dessous stand sie vor Jack. Sie erschauerte. Nicht vor Angst oder Kälte, sondern vor Verlangen. Sie konnte es kaum erwarten, sich ihm hinzugeben – zum ersten Mal als seine Ehefrau.

Doch er wandte sich ab, hockte sich vor den Kamin und entzündete ein Feuer.

Ein Feuer ganz anderer Art loderte schon längst in Ashley.

Dann richtete er sich auf, lockerte mit erleichterter Miene die Krawatte und hängte sie an einen Stuhl. Dann begann er, sich das Hemd auszuziehen, und dabei musterte er sie mit glühendem Blick von Kopf bis Fuß.

Wie hypnotisiert öffnete sie ihren BH und entblößte ihre Brüste. Fasziniert beobachtete er, dass sich die Knospen verhärteten, wie aus Vorfreude auf seine Zärtlichkeiten.

Dieser verführerische Striptease schien ewig zu dauern, Kleidungsstück um Kleidungsstück, doch schließlich waren sie beide nackt.

Und während das Feuer fröhlich im Kamin knisterte, sanken sie auf das Bett.

Wegen ihrer Schwangerschaft – von der die Familie noch nicht wusste – fiel sein Liebesspiel äußerst behutsam aus. Unendlich zärtlich spreizte er ihre Schenkel, übersäte diese mit sanften Küssen, ließ die Fingerspitzen bis zu den Fesseln gleiten.

Ashley seufzte erwartungsvoll. Sie wusste, was er vorhatte, brauchte es, brauchte ihn.

Aufreizend langsam fuhr er mit der Zungenspitze an der Innenseite ihres Schenkels entlang, und sie vergrub die Finger in seinen Haaren und drückte seinen Kopf begierig an sich. Er hörte nicht auf, sie zu liebkosen, küsste zart und saugte fordernd, und sie bäumte sich auf und stöhnte hingebungsvoll.

„Nicht so hastig, Mrs McKenzie", raunte Jack schmunzelnd. „Lass es uns langsam angehen."

„Ich … ich glaube nicht, dass ich … warten kann."

Er wandte den Kopf und ließ die Lippen über ihre zarte Haut bis zum Knie wandern. „Doch, das kannst du."

„Bitte, Jack", flüsterte sie eindringlich.

Er schob die Hände unter ihre Hüften, hob sie hoch und erforschte genießerisch die Stelle zwischen ihren Beinen, die das Zentrum ihrer Lust bildete.

Beinahe augenblicklich nahte der Gipfel der Erfüllung. Ihr Körper spannte sich und zuckte heftig, und dann sank sie mit einem zufriedenen Seufzer auf die Matratze.

Jack küsste ihren Bauch dort, wo ihr Baby warm und behütet heranwuchs.

„Ich liebe dich", flüsterte Ashley mit schwacher Stimme, denn der überwältigende Höhepunkt hatte sie erschöpft.

Vorsichtig beugte er sich über sie und drang mit einer geschmeidigen Bewegung in sie ein.

„Das war schon immer so", fügte sie atemlos hinzu, „und so wird es immer bleiben."

EPILOG

Behutsam legte Jack McKenzie seine Tochter in die Wiege und musterte sie mit Zärtlichkeit und Faszination. Katie – nach seiner Großmutter benannt – war nun fast drei Monate alt und ihrer Mutter wie aus dem Gesicht geschnitten.

Leise öffnete sich die Schlafzimmertür hinter ihm. Ashley trat ein und flüsterte: „Der Arzt ist am Telefon."

Er drehte sich zu ihr um. Wie jedes Mal, wenn er seine Ehefrau sah, wunderte er sich, wie es möglich war, abends mit so viel Liebe zu einer Frau einzuschlafen und sie am nächsten Morgen noch mehr zu lieben. „Okay."

Sie hielt sein Handy in der Hand, das in der Lobby liegen geblieben war. Dort hatten sie gemeinsam einen riesigen Tannenbaum geschmückt und sogar einen Strumpf für Katie aufgehängt, auch wenn sie den Sinn des Weihnachtsfestes natürlich nicht begreifen konnte. Das ganze Haus war üppig dekoriert, obwohl über die Feiertage keine zahlenden Gäste erwartet wurden.

Da Ashley mit dem Baby, ganz zu schweigen von ihrem Ehemann, voll und ganz ausgelastet war, wollte sie sich zumindest für ein Jahr aus dem Gastronomiegeschäft zurückziehen. Allerdings kreierte sie immer noch kulinarische Köstlichkeiten wie eine französische Sterneköchin, worauf wohl zurückzuführen war, dass Jack seit der Hochzeit einige Pfund zugelegt hatte. Außerdem war sie inzwischen eine Expertin am Computer. Bisher schien sie es nicht zu vermissen, berufstätig zu sein.

Den ganzen Vormittag über hatte sie gekocht und gebacken, da die halbe Familie zu einem weihnachtlichen Festmahl bei ihnen zusammenkommen würde.

Jack nahm das Handy entgegen, räusperte sich und meldete sich mit heiserer Stimme.

Ashley rückte ganz nahe zu ihm, lehnte sich an ihn und stützte ihn gleichzeitig. Ihr Kopf ruhte an seiner Schulter.

Er küsste ihr Haar, sog den betörenden Duft ein.

„Hier ist Dr. Schaefer", verkündete eine Männerstimme am anderen Ende der Leitung.

Als ob ich das nicht wüsste! dachte Jack. Schon seit Tagen warteten er und Ashley voller Anspannung und Sorge auf das Ergebnis der letzten Untersuchung in der Klinik von Flagstaff. Er fühlte sich prächtig, aber das bedeutete noch lange nicht, dass er außer Lebensgefahr war. Und es stand so viel auf dem Spiel.

„Wie sieht es aus?"

„Alle Testergebnisse sind normal ausgefallen, Mr McKenzie", verkündete Dr. Schaefer. „Ich denke, wir können mit ziemlicher Sicherheit davon ausgehen, dass die Knochenmarktransplantation ein voller Erfolg war, ebenso wie die Medikation gegen Gewebeabstoßung."

Jack schloss die Augen, atmete tief durch und wiederholte für Ashley wie für sich selbst: „Alles normal."

Aufatmend drückte sie ihn fest an sich.

„Vielen Dank, Doktor", sagte er ins Telefon.

„Gern geschehen", versicherte Dr. Schaefer. „Frohe Weihnachten – auch wenn ich Ihnen das sicher nicht erst wünschen muss."

„Ihnen auch ein frohes Fest." Jack steckte das Handy in die hintere Hosentasche, schloss Ashley in die Arme und wirbelte sie überschwänglich im Kreis herum. „Weißt du was, Mrs McKenzie? Wir haben eine gemeinsame Zukunft. Du und ich und Katie. Eine sehr lange, wie ich hoffe."

Sie lachte überglücklich.

Es klingelte an der Haustür.

Ashley löste sich von Jack, beugte sich über die Wiege und deckte Katie sorgfältig zu. Dann kehrte sie an seine Seite zurück, und sie gingen gemeinsam, Hand in Hand, die Treppe hinunter.

Brad und Meg standen auf der Schwelle, mit Schneeflocken

auf Schultern und Haaren. Sie hatten Eva, ihren jüngsten Nachwuchs, und Carly und Mac mitgebracht.

Kurz darauf erschienen Olivia und Tanner, Sophie und die Zwillinge, die inzwischen laufen konnten.

Olivia schaute sich suchend um. „Wo steckt Melissa?"

„Sie müsste jeden Moment da sein", erwiderte Ashley. „Sie hat vor einer guten Stunde angerufen. In Scottsdale herrscht sehr dichter Verkehr." Sie blickte zu Jack, und sie beschlossen in stiller Übereinkunft, sich mit dem Verkünden der guten Neuigkeit noch ein wenig zu gedulden, bis sie vollzählig waren.

Die Frauen gingen in die Küche und kümmerten sich um das Essen, während Carly und Sophie die kleineren Kinder unterhielten. Die Männer holten inzwischen bunt eingewickelte Päckchen aus den Autos und legten sie unter den Weihnachtsbaum.

Ashley, Meg und Olivia deckten gerade den Tisch mit zartem Porzellan und kostbarem Silberbesteck, als eine Hupe in der verschneiten Auffahrt ertönte.

Im nächsten Moment stürmte Melissa zur Hintertür herein. „Kinder, es ist eiskalt da draußen …", sie hockte sich hin und fing die Kleinsten auf, die sich ihr in die Arme warfen, „… und ich glaube, ich habe gerade beobachtet, wie der Weihnachtsmann aus dem Wald gekommen ist."

Eine Weile später saßen alle an dem großen Tisch im Speisesaal. Die Doppeltüren zur Lobby standen sperrangelweit offen, damit der beleuchtete Weihnachtsbaum in seiner ganzen Pracht zu sehen war.

Gerade wollte Jack einen Toast ausbringen, da platzte Melissa heraus: „Ich habe Neuigkeiten."

Alle Blicke richteten sich erwartungsvoll auf sie.

„Ich komme zurück nach Stone Creek. Ich werde die neue Bezirksstaatsanwältin!"

Die ganze Familie johlte vor Freude.

Sobald sich die Aufregung ein wenig legte, erhoben sich Ashley und Jack und blickten Arm in Arm in die Runde.

„Die Testergebnisse?", flüsterte Olivia mit angehaltenem

Atem. Forschend musterte sie die beiden, und dann breitete sich endlich ein strahlendes Lächeln auf ihrem Gesicht aus. „Sie sind positiv ausgefallen?"

Ashley nickte mit Freudentränen in den Augen.

Es folgte ein Begeisterungssturm, der so lange anhielt, dass die köstlichen Speisen fast kalt wurden. Niemand störte sich daran.

Es war schließlich Heiligabend.

Und sie waren alle zusammen. Zu Hause in Stone Creek.

– ENDE –

Lesen Sie auch von Linda Lael Miller:

2 Romane nur 8,99€!

NEW YORK TIMES
BESTSELLER AUTOREN
ROMANCE
ROMAN

Linda Lael
Miller
In einer zärtlichen
Winternacht

Band-Nr. 25625
8,99 € (D)
ISBN: 978-3-86278-472-1
320 Seiten

Linda Lael Miller
In einer zärtlichen
Winternacht

Ein Cowboy zum Verlieben: Montana, 1910. Als ihre kleine Schule geschlossen wird, steht Juliana praktisch auf der Straße. Dankbar folgt sie Lincoln Creeds Einladung, einige Tage auf seiner Ranch zu wohnen. Mit seinem überraschenden Heiratsantrag versetzt er ihr Herz in Aufruhr …

Hör auf die Stimme deines Herzens: Brad ist auf seine Ranch zurückgekehrt! Die Nachricht trifft Meg wie ein Schlag. Vor Jahren war sie mit ihm verlobt. Doch dann zog es ihn nach Nashville – und er wurde als Countrysänger ein Star. Plötzlich steht Brad wieder vor ihr – er scheint fast unverändert. Genau wie ihre Gefühle für ihn …

Deutsche Erstveröffentlichung

Susan Wiggs
Nur wenn du mich hältst

Schneeflocken schweben lautlos zu Boden und hüllen Avalon in eine weiße Decke. Was für andere Menschen der Inbegriff von Romantik ist, ist für PR-Beraterin Kimberly ein Albtraum. Nie hatte sie an den Willow Lake zurückkehren wollen. Doch nachdem ihr in aller Öffentlichkeit das Herz gebrochen wurde, ist es der einzige Ort, an den sie sich zurückziehen kann …

Band-Nr. 25687
8,99 € (D)
ISBN: 978-3-86278-750-0
eBook: 978-3-86278-792-0
384 Seiten

Emilie Richards
Stille Zeit der Wunder

Vor siebzehn Jahren hat Elise Ramsey sich für die Pflicht und nicht für das Glück entschieden. Damals ist sie bei ihrer kranken Mutter geblieben, statt mit ihrer großen Liebe Sloane Tyson die Stadt zu verlassen. Siebzehn Jahre, in denen sie das Lachen in seinen Augen nicht vergessen konnte. Doch jetzt ist Sloane zurück in Miracle Springs …

Band-Nr. 25704
8,99 € (D)
ISBN: 978-3-86278-824-8
304 Seiten

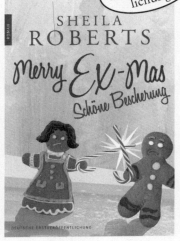

Deutsche Erstveröffent- lichung

Sheila Roberts
Merry Ex-Mas – Schöne Bescherung

Weihnachten ist die schönste Zeit des Jahres – auch wenn drei Freundinnen in Icicle Falls das ganz anders sehen. Aber dieses Jahr wird die Liebe wiedergefunden und Raum für neue Träume eröffnet. Der Zauber der Weihnacht weist den drei Freundinnen den Weg. Merry Ex-Mas!

Band-Nr. 25706
8,99 € (D)
ISBN: 978-3-86278-836-1
eBook: 978-3-86278-897-2
304 Seiten

Lisa Kleypas
Das Winterwunder von Friday Harbor

MAGIC MIRRORS – In goldenen Lettern prangt der Name über dem Schaufenster. Und dieser Spielzeugladen bedeutet Maggie alles. Nachdem ihr Mann vor zwei Jahren gestorben ist, wagt sie in Friday Harbor einen Neuanfang. Als dann der attraktive Mark mit seiner kleinen Nichte Holly das Geschäft betritt, ist Maggie wie verzaubert …

Band-Nr. 25633
7,99 € (D)
ISBN: 978-3-86278-483-7
208 Seiten

Deutsche Erstveröffen- lichung